JOHN SAUL

TEUFLISCHE SCHWESTER

Roman

Aus dem Amerikanischen von
Peter Pfaffinger

PAVILLON VERLAG
MÜNCHEN

PAVILLON TASCHENBUCH
Nr. 02/0113

Titel der Originalausgabe
SECOND CHILD

Umwelthinweis:
Dieses Buch wurde auf
chlor- und säurefreiem Papier gedruckt.

Taschenbuchausgabe 11/2000
Copyright © 1990 by John Saul
Copyright © der deutschsprachigen Ausgabe 1991 by
Wilhelm Heyne Verlag GmbH & Co. KG, München
Der Pavillon Verlag ist ein Unternehmen der
Heyne Verlagsgruppe, München
http://www.heyne.de
Printed in Germany 2000
Umschlagillustration: Guiseppe Mangoni/Agentur Schlück
Umschlaggestaltung: Nele Schütz Design, München
Gesamtherstellung: Elsnerdruck, Berlin

ISBN: 3-453-17645-6

Für Helen, Alison und Marya

1

Als Polly MacIver kurz vor dem ersten Morgenlicht die Augen aufschlug, konnte sie nicht ahnen, daß sie nur noch wenige Minuten zu leben hatte. Schlaftrunken kicherte sie leise vor sich hin. Noch war sie aus ihrem letzten Traum nicht ganz erwacht. In diesem Traum hatte sie eine große Party gegeben. Das Haus war gerammelt voll von Gästen. Einige kannte sie gut, andere gar nicht. Vor dem Kamin lag Tom in seiner ganzen Länge auf dem Boden. Angestrengt studierte er das Schachbrett. Teri hatte ihn da in eine schöne Zwickmühle gebracht. Wie es aussah, hatte er seine Dame schon so gut wie verloren. Teri saß im Schneidersitz auf dem Teppich und grinste ihren Vater frech an. Im Wohnzimmer hielten sich noch andere auf, weitaus mehr, als der Raum eigentlich fassen konnte. Aber der Traum folgte seinen eigenen Gesetzen, und es schien keine Rolle zu spielen, wie viele Menschen, ob Fremde oder Freunde, in das Zimmer strömten. Es dehnte sich nach Bedarf einfach magisch aus. Überall wurde fröhlich gelacht. Der Abend war ein Erfolg – bis Polly in die Küche ging, um nach dem Braten zu sehen. Dort wartete die Katastrophe auf sie. Sie mußte den Backofen zu heiß eingestellt haben, denn aus allen Ecken stiegen Rauchschwaden empor. Sobald sie sich dann aber über den Ofen beugte, war sie wieder beruhigt. Es war ja nur wieder einmal das passiert, was ihr leider allzuoft unterlief. die Kochkunst war für Polly nun einmal ein Buch mit sieben Siegeln. Sie klappte den Ofen auf, und sofort schlug ihr Rauch entgegen, um sich in der ganzen Küche auszubreiten und sich weiter über die Eßdiele ins Wohnzimmer zu wälzen. Das Husten der Gäste und die ungeduldigen Rufe ihrer Tochter hatten Polly schließlich geweckt.

Allmählich verblaßte die Erinnerung an den Traum. Polly räkelte sich träge und kuschelte sich dann wieder an Toms warmen Körper. Draußen braute sich ein Sommergewitter zusammen, und ihr fielen soeben wieder die Augen zu, da zuckte ein Blitz durch das fahle Grau der Dämmerung. Mit einem Ruck fuhr sie hoch. Vor Schreck blieb ihr im ersten Moment die Luft weg.

Dann schüttelte sie ein Hustenanfall, denn Rauch drang in ihre Lungen.

In jäher Angst weiteten sich ihre Augen. Das hatte nichts mehr mit dem Traum zu tun, der Rauch war echt.

Im nächsten Augenblick hörte sie Flammen prasseln.

Polly stieß die Decke von sich und rüttelte ihren Mann wild an der Schulter. »Tom! Tom!«

Unerträglich langsam, so kam es ihr vor, wälzte Tom sich ächzend auf die andere Seite und griff nach ihr. Sie riß sich los, tastete nach der Nachttischlampe und fand endlich den Schalter.

Keine Reaktion.

»Tom!« kreischte sie. Ihre Stimme wurde immer schriller. Panik stieg in ihr hoch. »Wach auf! Das Haus brennt!«

Das riß Tom aus dem Schlaf. Er sprang aus dem Bett und warf den Morgenrock über.

Polly, die nichts außer einem dünnen Negligé anhatte, rannte zur Tür und drehte am Griff. Der war so glühend heiß, daß ihre Hand in einem Reflex zurückzuckte. »Teri!« stöhnte sie. Ihre Stimme überschlug sich. »O Gott, Tom! Wir müssen Teri da rausholen!«

Aber Tom hatte sie schon beiseite gestoßen. Er hatte die Hände in eine Wolldecke gewickelt und versuchte jetzt den Griff herumzudrehen. Endlich öffnete sich die Tür ein paar Zentimeter.

Rauch schlug durch den Spalt herein, eine sengend heiße Wolke, die mit gierigen Fingern nach ihnen griff und sie mit ihrer wütenden Umklammerung zu ersticken drohte.

Hinter diesem formlosen, wabernden Qualm verbarg sich irgendwo der Brandherd. Instinktiv wich Polly vor dem Ungeheuer zurück, das da ihr Haus so urplötzlich verschlang. Und als Polly ihr etwas zurief, klangen seine Worte wie ein undeutliches Echo aus der Ferne.

»Spring aus dem Fenster! Ich hole Teri!«

Polly erstarrte vor Entsetzen. Sie sah, wie die Tür weiter aufging und ihr Mann ganz plötzlich in dem Qualm verschwand.

Die Tür fiel ins Schloß.

Polly wollte ihm nachlaufen, ihm ins Feuer folgen, sich an ihn klammern und gemeinsam mit ihm das Mädchen retten. Mechanisch bewegte sie sich auf die Tür zu, doch in diesem Augenblick hallten die Worte ihres Mannes in ihr wider.

»Spring aus dem Fenster!«

Ein hilfloses Stöhnen würgte sie. Mühsam schleppte sie sich zum Fenster und zog es hoch. Sie sog die frische Luft von draußen ein und sah in die Tiefe.

Die Betonauffahrt zur Garage hinter dem Haus lag fünf Meter unter ihr. Es gab nichts, woran sie hätte hinabklettern können, keinen Sims, kein Rohr, keinen Baum. Wenn sie sprang, brach sie sich unweigerlich die Beine.

Sie wich vom Fenster zurück und ging noch einmal durch den Qualm in Richtung Tür. Dabei trat sie auf etwas Weiches.

Die Decke lag neben dem Bettpfosten. Sie riß sie an sich und wickelte sie sich um den Körper. Wie Tom es kurz vorher getan hatte, benutzte sie einen Zipfel als Handschuh, um den glühend heißen Türgriff zu drehen. Langsam atmete sie ein, bis die Lunge voll war. Die dick gefütterte Bettdecke filterte den größten Teil des Rauchs heraus. Die Angst drohte sie schon wieder zu überwältigen, aber schließlich machte sie die Tür auf.

Durch den Luftzug erhielt das Feuer mit einem Schlag neue Nahrung. Es saugte sie in sich auf und türmte sich noch mächtiger vor Polly auf. Sein Prasseln schwoll zu einem grauenerregenden Brüllen an.

Die Zeit schien stehenzubleiben. Jede Sekunde schleppte sich wie eine Ewigkeit dahin.

Die Flammen züngelten an ihr hoch. Polly war zu hilflos, um sich ihrem Griff zu entziehen. Lähmendes Entsetzen ergriff sie mit eisernen Klauen. Sie spürte die glühende Hitze im Gesicht, spürte sogar, wie sich Brandblasen überall da bildeten, wo die nackte Haut dem Feuer ausgesetzt war.

Dann hörte sie ein seltsam gedämpftes Geräusch. Es erinnerte sie an das Zischen von Öl in der Bratpfanne. Instinktiv griff sie nach ihrem Haar.

Es war verschwunden, von den gierigen Flammen verschlungen. Mit ausdruckslosen Augen starrte sie einen Augenblick lang die verkohlten Überbleibsel auf ihren Fingerspitzen an. Was vor einer Sekunde noch dichtes blondes Haar gewesen war, lag jetzt als sonderbar schmierige Asche auf ihrer rußigen, mit Brandblasen übersäten Haut.

Ihr Verstand sperrte sich gegen das, was sie da sah, nahm die sengende Hitze einfach nicht wahr.

Sie taumelte zurück. Jetzt wickelte sich auch noch die Bettdecke um ihre Füße, als hätte sie sich mit dem mörderischen Feuer verbündet.

Schwach, wie von ganz weit weg, hörte sie Tom und Teri rufen.

Von irgendwoher kam ein dumpfes Pochen. Vielleicht hämmerte er gegen eine Tür.

Dann hörte sie nichts mehr.

Nichts außer dem Zischen und Prasseln der Flammen, die vor ihr auf und ab tanzten, sie hypnotisierten.

Stolpernd und taumelnd wich sie weiter vor dem tobenden Feuer zurück.

Etwas stand ihr im Weg, sie stieß mit dem Rücken dagegen. Es war hart und unverrückbar. Sie starrte weiter gebannt auf das Inferno, das inzwischen ins Schlafzimmer eingedrungen war, griff aber mit der Hand hinter sich.

Und griff ins Leere.

Wieder packte sie Panik, denn mit einemmal schien sich das Schlafzimmer aufzulösen und ließ sie einfach allein mit den gefräßigen Flammen.

Langsam setzte ihr Verstand die Informationen Stück für Stück zusammen, bis sie begriff, daß sie beim Fenster angekommen war. Wimmernd setzte sie sich aufs Fensterbrett und schwang nacheinander die Beine durch die Öffnung, erst das rechte, dann das linke.

Endlich konnte sie die Blicke vom Feuer wenden und drehte sich um. Sie hielt sich am Fensterrahmen fest und starrte hinaus auf das noch schwache Grau der Dämmerung. Dann wanderte ihr Blick nach unten zum Betonboden.

Sie nahm allen Mut zusammen. Indem sie sich an die Bettdecke klammerte, ließ sie sich über das Fensterbrett gleiten.

Sie ließ los, doch im selben Augenblick verfing sich die Bettdecke irgendwo mit dem Zipfel, der noch im Zimmer gehangen hatte. Polly spürte den Ruck. Sie ertappte sich dabei, wie sie sich die unsinnige Frage stellte, wo nur die Decke hängengeblieben war.

Ob es wohl das Heizungsventil war?

Oder hatte sie sich an einem hervorstehenden Nagel verfangen?

All das im Fallen! Plötzlich stürzte sie mit dem Kopf voran weiter. Die Bettdecke blieb einfach hängen.

Vergeblich griffen ihre Finger nach der Bettdecke. Sie entglitt ihnen, als wäre sie in Öl getränkt.

Kopfüber stürzte sie dem Beton entgegen. Sie streckte die Arme aus, um den Aufprall abzumildern, als sie schon mit dem Kopf auf dem Beton aufschlug.

Sie spürte nichts, nicht den geringsten Schmerz.

Sie empfand nur für einen ganz kurzen Augenblick Überraschung und hörte ein leises Knacken in ihrem Genick, als ihre Rückenwirbel brachen und das Rückenmark zermalmt wurde.

Seit sie aufgewacht war und unter dem Eindruck des Traums leise vor sich hingelacht hatte, waren keine drei Minuten vergangen.

Jetzt hatte das Lachen ein Ende, und Polly MacIver war tot.

Teri MacIver stand wie angewurzelt auf dem Rasen vor dem Haus. Mit der rechten Hand umklammerte sie den Saum ihres Frotteebademantels. Sie war ein verschämtes Mädchen von noch nicht ganz fünfzehn Jahren. Sie starrte gebannt auf das nun überall brennende Haus, das seit zehn Jahren ihr Heim gewesen war. Es war recht alt. Gebaut worden war es vor fünfzig Jahren, als San Fernando noch ein kleines Landstädtchen im gleichnamigen Tal in Kalifornien gewesen war. Es bestand ganz aus Holz, und die Sonne hatte es im Laufe der Jahre ausgebacken und ausgetrocknet. Als das Feuer ausgebrochen war, war es zu Teris Verblüffung mit atemberaubender Geschwindigkeit durch sämtliche Zimmer gerast. Es war, als hätten es die Flammen von einem Augenblick zum anderen verschlungen.

Teri nahm nur am Rande wahr, was sich um sie herum

abspielte. Eine in der Ferne aufheulende Sirene wurde stetig schriller, doch Teri hörte sie kaum. Ihre Aufmerksamkeit galt ganz dem Donnern des Feuers und dem Knistern des Verputzes. Der fiel nach und nach vom Gerippe des Hauses ab. So gab er das Innere der frischen Luft preis, die die tosenden Flammen mit noch mehr Nahrung versorgte.

Ihre Eltern...

Wo waren sie? Waren sie rausgekommen? Sie zwang sich, den Blick von diesem seltsam faszinierenden Inferno abzuwenden, und sah sich um. Von der Straße her kam jemand auf sie zugelaufen, aber im Grau der Morgendämmerung war die Gestalt kaum mehr als ein Schatten.

Stimmen drangen allmählich in ihr Bewußtsein, Leute riefen einander etwas zu, wollten wissen, was geschehen war.

Dann erhob sich über das donnernde Feuer und das Stimmengewirr ein gellender Schrei. Er kam vom Haus. Da die Wände schon in sich zusammenfielen, konnte ihn nichts mehr dämpfen. Der schrille Laut befreite Teri aus ihrer Lähmung. Sie rannte zur Auffahrt. Mit weit aufgerissenen Augen starrte sie zum ersten Stock hinauf, zum Schlafzimmerfenster ihrer Eltern.

Dort erblickte sie eine dunkle Silhouette vor dem grell glühenden Feuer, ihre Mutter. Sie war in etwas gehüllt – eine Decke oder vielleicht auch die Bettdecke. Teri beobachtete, wie die Beine ihrer Mutter über dem Fensterbrett auftauchten, und eine Sekunde später sah sie sie springen – und sich in der Luft umdrehen, weil sich die Bettdecke um ihre Füße zusammengezogen hatte.

Einen Augenblick lang schien ihre Mutter in der Luft zu hängen, zwischen Himmel und Erde einfach zu schweben, dann gab sie die Bettdecke frei, und sie stürzte mit dem Kopf vornüber auf die Betonauffahrt.

Hatte sie den Aufprall gehört oder bildete sie sich das ein?

Teri fing an zu laufen, doch es war, als blieben ihre Füße in Schlamm stecken. Es kam ihr wie eine Ewigkeit vor, bis sie die Stelle erreichte, an der ihre Mutter zerschmettert und regungslos liegengeblieben war. Ein Arm war ausgestreckt, als deute er auf ihre Tochter, als greife er selbst noch im Tod nach dem Leben.

»M-Mom?« stammelte Teri. Sie ließ den Bademantel los und betastete vorsichtig ihre Mutter. Dann schwoll ihre Stimme zu einem angstvollen Kreischen an. »Mom!«

Sie bekam keine Antwort. Als Teri herbeieilende Schritte wahrnahm, warf sie sich über Pollys Körper, wiegte den Kopf in ihrem Schoß und streichelte das von Brandblasen entstellte Gesicht, so wie ihre Mutter sie vor wenigen Stunden noch beim Gutenachtkuß gestreichelt hatte. »Nein«, wimmerte sie. Die Tränen quollen ihr aus den Augen. »Nein! Nein! Bitte, lieber Gott, laß Mami nicht sterben!« Aber sobald sie die eigenen Worte hörte, wußte Teri bereits tief in ihrem Innersten, daß es zu spät war, daß ihre Mutter unwiderruflich tot war.

Als sie sanfte Hände an den Schultern spürte, sah sie langsam auf. Es war Lucy Barrow vom Haus gegenüber. »Sie ist tot«, sagte Teri mit gebrochener Stimme. Ihre Worte schienen einen Schwall von Gefühlen zu entfesseln, die bislang in ihr eingeschlossen gewesen waren. Sie riß die Hände vor das Gesicht und fing an, hemmungslos zu schluchzen, so daß sie am ganzen Körper zitterte.

Lucy selbst hatte einen Schock erlitten beim Anblick von Pollys versengtem und zerbrochenem Körper. Wie betäubt zog sie Teri hoch und führte sie langsam fort. »Dein Vater...?« fragte sie. »Wo ist dein Vater? Ist er rausgekommen?«

Teri ließ die Hände verblüfft vom Gesicht sinken. Ganz

kurz zuckten ihre Augen, dann setzte sie zu einer Antwort an, doch bevor sie ein Wort bilden konnte, gab es plötzlich einen kurzen, scharfen Knall, dem unmittelbar ein Splittern folgte.

Lucy Barrow packte Teri fest am Arm und zog sie weiter mit sich fort. Hinter ihnen stürzte das Dach in die Flammen, die alsbald hoch in den fahlen Morgenhimmel schossen.

Drei Feuerwehrwagen blockierten die Straße vor dem Haus der MacIvers. Zwischen dem Anwesen und dem Hydranten an der Straßenecke lag ein Gewirr von Schläuchen. Vor über einer Stunde hatte ein Krankenwagen Pollys Leiche fortgeschafft, doch während immer mehr Nachbarn herbeiströmten und voller Grauen auf die schwelenden Überbleibsel starrten, deuteten andere in makabrer Faszination auf die Stelle, an der Teris Mutter den Tod gefunden hatte. Die Neuankömmlinge gafften dann einige Sekunden lang auf die Auffahrt, stellten sich die zerschlagene Leiche vor und dachten mit einem Schaudern daran, welch panische Angst Polly bis zu ihrem Tod gehabt haben mußte.

Hatte sie überhaupt gewußt, daß wenigstens ihre Tochter den Brand überlebt hatte?

Natürlich nicht.

Häupter schüttelten sich traurig, Zungen schnalzten voller Mitleid. Dann richtete sich die Aufmerksamkeit wieder auf die rauchenden Überreste. Die meisten Balken standen noch. Sogar Teile des ersten Stocks waren intakt geblieben, obwohl das Dach eingestürzt war. Jetzt, im hellen Tageslicht, sah die Ruine aus wie die Radierung eines ausgedörrten, schwarz verfärbten Skeletts.

Teri, die die letzten zwei Stunden im Wohnzimmer der Barrows schweigend dagesessen hatte und die Augen keine Sekunde vom Brand hatte wenden können, erschien jetzt auf der Veranda. Lucy Barrow schwebte schützend neben ihr her. Mit zitternder Stimme versuchte sie Teri dazu zu überreden, ins Haus zurückzugehen.

»Ich kann nicht...« flüsterte Teri. »Ich muß doch meinen Vater finden. Er ist...« Ihre Stimme erstarb, doch ihr Blick richtete sich weiter auf die Ruine gegenüber.

Ohne es zu merken, biß sich Lucy Barrow auf die Lippe, als wolle sie einen Teil von Teris Schmerzen auf sich nehmen. »Vielleicht ist er rausgekommen«, meinte sie zuversichtlich, aber ihre zitternde Stimme strafte die Worte Lügen.

Teri gab keine Antwort, sondern ging noch einmal auf die Straße. Sie trug noch immer den Bademantel, in dem sie dem Inferno entkommen war. Über der Straße lastete plötzlich unheimliches Schweigen. Jedes Murmeln der Herumstehenden verstummte, als Teri zielstrebig durch die Menge ging. Alle machten ihr schweigend Platz.

Schließlich blieb Teri vor dem Vorgarten ihres ehemaligen Zuhauses stehen. Schweigend blickte sie auf das verkohlte Holzgerippe und die rußigen Ziegel des in den Himmel ragenden Kamins. Sie wagte einen Schritt auf die Überreste der Veranda zu, doch eine starke Hand hielt sie fest.

»Da darfst du nicht hin, Mädchen.«

Teri stockte der Atem. Sie drehte sich um. Ein Feuerwehrmann sah sie aus freundlichen Augen an. »M-Mein Vater...« setzte sie an.

»Wir gehen jetzt rein«, erklärte der Mann. »Wenn er dort ist, finden wir ihn.«

Wortlos sah Teri zu, wie zwei mit gefütterten Mänteln und dicken Handschuhen geschützte Feuerwehrmänner vorsichtig über Schutt und Asche hinwegstiegen. Behutsam wagten sie sich auf den Treppen voran. Vor jeder

Stufe prüften sie deren Stabilität, ehe sie sich mit dem ganzen Gewicht daraufstellten. Durch die Fenster und die teilweise eingestürzte Fassade waren sie ständig sichtbar. Von einem Zimmer fehlten eine ganze Wand und der größte Teil des Fußbodens. Die Feuerwehrmänner tasteten sich von Balken zu Balken zögernd weiter. Es sah so aus, als balancierten sie auf einem rußgeschwärzten Gerüst. Schließlich entschwanden sie Teris Blicken, als sie im hinteren Teil des Hauses bei ihrem Zimmer angelangt waren.

Zehn Minuten später erschien der Mann mit den freundlichen grauen Augen wieder in der Vordertür und trat auf Teri zu. Die Augen starr auf ihn gerichtet, stand sie da und wartete.

»Es tut mir leid«, sagte er mit rauher Stimme. Er hatte noch Tom MacIvers verkohlte Überreste vor Augen, die er vor Teris nach wie vor versperrter Tür gefunden hatte. »Er wollte dich rausholen. Er hatte keine Ahnung, daß du schon draußen warst.« Seine große, kräftige Hand blieb ein paar Sekunden lang beruhigend auf Teris Schulter liegen, dann wandte er sich ab und rief seinen Leuten die Anweisungen für den Abtransport von Tom MacIvers Leiche zu.

Teri blieb an Ort und Stelle stehen. Sie starrte weiter unentwegt auf das Haus, als könne sie sich nicht vorstellen, daß der Feuerwehrmann die Wahrheit gesagt hatte. Schließlich drang Lucy Barrows Stimme zu ihr durch.

»Wir müssen deine Verwandten anrufen.«

Teri wandte sich von den schwelenden Trümmern ab und sah Lucy mit ausdruckslosen Augen an. Einen Augenblick lang war sich Lucy nicht sicher, ob Teri sie gehört hatte, doch dann gab das Mädchen eine Antwort.

»Mein Vater«, sagte sie mit tonloser Stimme. »Könnten Sie bitte meinen Vater anrufen?«

O Gott, dachte Lucy. Das muß der Schock sein. Sie hat noch gar nicht begriffen, was da geschehen ist. Sie legte den Arm um Teri und drückte sie fest an sich. »Mein Liebling«, flüsterte sie. »Er ist im Haus geblieben. Das wollte der Feuerwehrmann dir erklären. Es tut mir leid.« Sie kam sich hilflos vor. Was konnten auch Worte in einer solchen Situation ausrichten? »Es tut mir so schrecklich leid.«

Teri ließ sich regungslos in den Arm nehmen, dann entwand sie sich und schüttelte den Kopf.

»Nicht der da«, rief sie. »Wir müssen meinen richtigen Vater anrufen.« Sie drehte sich wieder zum Haus um, wo sich drei Männer bereits um die Bergung von Tom Mac-Ivers Leiche kümmerten. »Er war mein Stiefvater«, fuhr sie fort. »Er hat mich adoptiert, als ich vier war. Jetzt müssen wir meinen richtigen Vater anrufen.«

2

Gleißendes Sonnenlicht flutete durch das Zimmer. Melissa Holloway schlug die Augen auf, und sofort befielen sie Gewissensbisse – sie hatte wieder einmal verschlafen. Hastig warf sie die dünne Bettdecke von sich, da fiel es ihr wieder ein. Heute durfte sie ja ruhig verschlafen. Heute würden ihr diese und sämtliche anderen kleinen Sünden, die ihr tagtäglich unterliefen, verziehen.

Denn heute hatte sie Geburtstag.

Und es war auch nicht irgendein Geburtstag. Heute war ihr dreizehnter Geburtstag, der erste Tag eines völlig neuen Lebens. Sie war jetzt ein Teenager.

Sie ließ sich aufs Kissen zurückfallen, streckte sich behaglich und versuchte sich den Unterschied zwischen der Melissa von heute und der anderen Melissa auszumalen, die all die übrigen Tage ihres Lebens erduldet hatte.

Sie spürte nichts. Keinerlei Unterschied.

Das Wohlbehagen ließ ein bißchen nach, doch sie entschied, daß es nichts zu bedeuten habe, wenn sie sich nicht anders fühlte. Das würde sich schon noch einstellen. Die Hauptsache war doch, daß sie jetzt eine andere war.

Sie setzte sich auf und ließ die Blicke durch das Zimmer schweifen, in dem sie seit ihrer Geburt jeden Sommer verbracht hatte. Hier mußte sich jetzt alles ändern, beschloß sie. Es war ja überhaupt kein Teenagerzimmer. Es war ein Kleinmädchenzimmer. Die Regale ringsum quollen über von Puppen und Stofftieren. In den Ecken stapelte sich ihr Lieblingsspielzeug aus den Babyjahren. Neben der Heizung stand ihr riesiges viktorianisches Puppenhaus. Das mußte auf alle Fälle auch verschwinden. Puppen waren schließlich etwas für kleine Kinder.

Schon wieder zog sie die Stirn in Falten. Vielleicht sollte sie wenigstens beim Puppenhaus einen Kompromiß machen. Es war ja nicht irgendein Puppenhaus. Es war groß – so groß, daß sie als kleines Kind sogar hatte hineinkriechen können – und es war mit Miniaturmöbeln aus der Zeit der Jahrhundertwende ausgestattet.

»Was meinst du, D'Arcy?« fragte sie laut. »Findest du nicht auch, daß wir es wenigstens noch eine Weile behalten sollten?« Plötzlich hielt sie sich erschreckt den Mund zu. Ihr fiel ihr Versprechen wieder ein. Hatte sie nicht ihrem Vater letzte Woche geschworen, daß sie D'Arcy heute aufgeben würde?

Schließlich brauchten nur Kinder Freunde, die allein in ihrer Fantasie existierten. Wenn man heranwuchs, tauschte man die eingebildeten Freunde gegen echte. Andererseits war D'Arcy für Melissa eigentlich keine eingebildete Freundin – sie war fast so wirklich wie sie selbst.

Sie lebte oben im Speicher von Secret Cove. Dort blieb sie auch den Rest des Jahres, wenn die Familie in ihre Wohnung in Manhattan zurückkehrte. Natürlich hatte D'Arcy außer Melissa kaum Ansprache – höchstens noch Cora Peterson, die Haushälterin –, aber das hatte ihr noch nie etwas ausgemacht.

Melissa hatte gedacht, daß D'Arcy sich im Winter einsam fühlen mußte, weil dann niemand im Haus wohnte, doch vor Jahren, als Melissa wieder einmal nicht schlafen konnte, hatte D'Arcy ihr in einem ihrer langen nächtlichen Gespräche anvertraut, daß sie sich allein durchaus wohl fühlte. Gestern hatte Melissa D'Arcy gebeichtet, was sie ihrem Vater versprochen hatte. Sie würde nie wieder mit ihr sprechen. D'Arcy war sofort einverstanden gewesen. »Aber ich werde immer an dich denken«, hatte Melissa ihrer Freundin versichert.

Obwohl D'Arcy nichts gesagt hatte, war Melissa davon überzeugt, daß ihre Freundin genau wußte, was sie meinte. Das war auch das Wunderbare an D'Arcy. Selbst wenn sonst niemand Melissa verstand, D'Arcy verstand sie immer.

Melissa seufzte. Es fiel ihr schwer, die Freundin aufzugeben, viel schwerer noch als das Puppenhaus. Na ja, vielleicht konnte sie ein bißchen mogeln. Vielleicht behielt sie das Puppenhaus und tat einfach so, als redete sie mit den kleinen Holzfiguren in den Zimmern, wenn sie sich tatsächlich mit D'Arcy unterhielt. Freilich, sie würde immer wissen, daß sie schummelte, auch wenn sie damit vielleicht ihre Eltern und Cora hinters Licht führte.

»Weißt du was?« sagte sie, ohne zu merken, daß sie wieder laut sprach. »Du kannst das Puppenhaus haben. Ich stelle es auf den Speicher und dann komme ich dich manchmal besuchen. Und wenn du dann da bist, kann ich ja nichts dafür, oder?«

Von weit weg, aus den Tiefen ihrer Fantasie, hörte sie ein Lachen. Es war bestimmt das von D'Arcy.

Sie stand auf und ging zum Fenster. Es war schon warm. Der Himmel war klar und wolkenlos. Todd, Coras vierzehnjähriger Enkel, hatte bereits den Rasen gemäht, so daß Melissa den Duft von frischem, feuchtem Gras einatmete. Der Rasen erstreckte sich in einer sanften Neigung über fünfzig Meter bis hin zum Strand. Die Wellen plätscherten heute friedlich in die Bucht und brachen sich mit einem gedämpften Zischen. Stetig spülten sie einen weißen Teppich aus Schaum auf den Sand und deckten die Spuren der vor ihnen herumstaksenden Vögel zu.

Melissas Blicke wanderten über den Strand. Genau so hatte sie ihn am liebsten. Er war so gut wie verlassen. Nur wenige Leute sonnten sich weiter draußen auf dem Sandstrand vor dem Cove Club. Zwischen ihrem Haus und dem Club im Süden der Bucht lagen nur fünf weitere Villen. Keine davon war so groß wie die der Holloways, aber alle waren von gepflegten Rasen und Gärten umgeben. Und weil die meisten anderen Jugendlichen fast die ganze Zeit im Club herumhingen, betrachtete Melissa den Strand als ihr persönliches Eigentum.

Sie zog sich hastig die Jeans und ein T-Shirt an. Das T-Shirt hatte Todd ihr nach langem Bitten geschenkt. Unten wartete sicher schon ihr Vater auf sie. Sie beschloß, daß sie als erstes einen ausgedehnten Spaziergang am Strand unternehmen würden. Sie wollte in Richtung Norden laufen, weit weg vom Club, und vielleicht auf die Felsenklippe klettern, die Secret Cove vom anderen Teil der Bucht abschnitt. Als sie wenig später die Treppe hinunterging, hatte sie sich schon mehr für den ganzen Tag vorgenommen, als sie und ihr Vater wirklich ausführen konnten. Dennoch sollte ihr heute alles recht sein. Hauptsache war, daß sie Geburtstag hatte. Egal, was für dringende

Geschäfte Daddy zu erledigen hatte, heute würde er den ganzen Tag mit ihr verbringen, mochte ihre Mutter das für so kindisch halten, wie sie wollte.

Melissa mußte lächeln bei der Erinnerung an das Gespräch, das sie letzten Sonntag zufällig mitgehört hatte. Ihre Eltern hatten es geführt, kurz bevor ihr Vater für die letzten drei Tage vor ihrem Geburtstag nach New York geflogen war.

»Sie wird jetzt dreizehn, Charles«, hatte ihre Mutter gemeint. »In dem Alter ist sie kein Baby mehr, und da macht es ihr bestimmt auch nichts aus, wenn du erst Freitag abend zurückkommst.«

Mit angehaltenem Atem hatte Melissa auf die Antwort ihres Vaters gewartet: »Es ist ihr Geburtstag, egal wie alt sie wird, und ich werde ihn mit ihr verbringen. Darauf freut sie sich ja auch schon so lange.« Melissa hatte aufgeatmet.

Der Rest hatte Melissa nicht mehr interessiert, denn sie wußte, daß ihre Mutter Daddy von keinem Vorhaben abbringen konnte, wenn er sich einmal festgelegt hatte. Das hieß, daß das heute ihr Tag war und daß Daddy ihr jeden Wunsch erfüllen würde, selbst wenn sie nur am Strand herumtollten und sich Geschichten über die Wolken ausdachten. Das hatten sie letztes Jahr getan. Beim Abendessen hatte ihre Mutter sie dann angestarrt, als hätte sie eine Verrückte vor sich. Und ein Jahr danach noch hallten ihre ärgerlichen Worte in Melissas Ohren wider: »Eins muß man dir lassen. Dir ist es wahrhaftig gelungen, die wertvolle Zeit deines Vaters zu vergeuden. Es war rücksichtslos von dir, ihn den ganzen weiten Weg herkommen zu lassen und dann nichts anderes zu tun als sonst, nämlich gar nichts.«

Melissa waren die Tränen in die Augen getreten, doch dann hatte Daddy eine Lanze für sie gebrochen: »Aber deswegen bin ich ja gekommen, um nichts Besonderes zu tun. Und wenn es ihr soviel Spaß gemacht hat wie mir, dann hatten wir einen wunderschönen Tag zusammen.«

Aus den Augenwinkeln hatte Melissa gesehen, wie ihre Mutter die Lippen zusammenbiß, doch sie hatte nichts gesagt. Am nächsten Tag freilich, als Daddy in die Stadt gefahren war...

Sie verscheuchte die unangenehme Erinnerung. Dieses Jahr sollte es ganz anders werden.

Ihr Vater war in der Küche bei Cora. Er lächelte sie an, als sie eintrat. »Na, hast du Appetit auf meine Spezialwaffeln: Blaubeeren mit Schokolade?«

Cora runzelte mißbilligend die Stirn. »Ich weiß nicht, woher Sie solche Rezepte haben. Ich jedenfalls habe Ihnen keine Süßigkeiten gegeben, als Sie klein waren...«

»Willst du auch eine«, fiel Charles der alten Haushälterin mit einem vielsagenden Blick ins Wort. Sie schürzte die Lippen und betrachtete kritisch all die Naschereien und schmutzigen Teller, die ihr Brotherr auf dem Tisch arrangiert hatte. Schließlich fügte sie sich seufzend in die Niederlage.

»Na ja, eine wird wohl nichts schaden.«

»Geh mal zu Todd«, befahl Charles Melissa augenzwinkernd. »Und sag ihm, daß er an deinem Geburtstag nichts anderes darf als herumblödeln.«

Melissa war schon bei der Tür, als das Telefon schrillte. Sie blieb jäh stehen und wartete. Cora nahm ab. Eine Sekunde später wurde sie aschfahl und reichte Charles den Hörer mit zitternden Fingern.

»Es ist wegen Polly...« Ihre Stimme bebte. Tränen schossen ihr plötzlich in die Augen. »Sie ist... Sie und ihr Mann... Es hat ein Feuer gegeben...« Sie sank auf einem Hocker nieder, während Charles ihr den Hörer aus der Hand riß.

Melissa versuchte aus den Gesprächsfetzen schlau zu werden. Als er schließlich auflegte, war er genauso bleich wie Cora. »Es ist leider etwas Schreckliches passiert, mein Liebling«, erklärte er sanft, aber mit belegter Stimme. »Ich muß sofort nach Los Angeles fliegen.«

Melissa starrte ihn aus weit aufgerissenen Augen an.

»Polly und Tom MacIver sind tot«, fuhr er fort. »Ihr Haus ist heute morgen abgebrannt.«

»Und Teri?« flüsterte Melissa, ohne den Blick von ihm zu wenden. »Was ist mit Teri?«

Charles schloß für einen Augenblick die Augen. Er legte die Hand auf die Stirn, als hätten ihn plötzlich heftige Kopfschmerzen gepackt. Schließlich brachte er ein Nicken zuwege. »Ihr geht es gut. Sie hat sich retten können. Soweit ich verstanden habe, wußte Tom das nicht. Er versuchte sie zu retten. Und Polly ist beim Sprung aus dem Fenster ums Leben gekommen.

»O Gott«, stöhnte Cora.

Melissa hörte die Worte wohl, verstand auch, was sie bedeuteten, doch sie schüttelte den Kopf. »Aber... heute ist doch mein Geburtstag...«

Charles stellte sich neben seine Tochter und drückte sie fest an sich. »Ich weiß, mein Liebling«, flüsterte er ihr ins Ohr. »Und ich weiß auch, was ich dir versprochen habe. Aber es geht nicht anders. Ich bin schließlich auch Teris Vater und muß zu ihr. Sie hat ja niemanden sonst auf der Welt. Verstehst du das denn nicht?«

Melissa stand stocksteif da, dann nickte sie. Als Charles sie losließ, gelang ihr ein unsicheres Lächeln. »Wenn du zurückkommst, bringst du dann Teri mit? Ich meine, für immer?«

Charles zögerte. Er überlegte, was in Melissa vorgehen mochte.

»Das werde ich wohl müssen, meinst du nicht auch?«

sagte er. »Sie ist ja meine Tochter und ist jetzt ganz allein auf der Welt. Findest du nicht auch, daß sie hierher gehört?«

Melissa zögerte mit der Antwort. Gemischte Gefühle spiegelten sich in ihrem Gesicht. Natürlich taten ihr Teris Mutter und Stiefvater leid, aber sie hatte sie nie gesehen. Und auch über Teri wußte sie so gut wie nichts. Eigentlich waren es nur zwei Dinge.

Teri war in diesem Haus auf die Welt gekommen.

Und Teri war ihre Halbschwester.

Eine Halbschwester war fast das gleiche wie eine richtige Schwester. Und soweit Melissa sich zurückerinnern konnte, hatte sie sich nichts sehnlicher gewünscht als eine Schwester.

Eine ältere Schwester, eine Freundin, die ihr all die Fragen beantwortete, die sie ihrer Mutter nicht stellen konnte.

Das hatte sie sich ja auch immer von D'Arcy gewünscht. Nur daß D'Arcy kein richtiger Mensch war.

Teri MacIver dagegen war ein richtiger Mensch.

Melissas unsicheres Lächeln wurde breiter. »Ich bin auch dafür, Daddy«, erklärte sie. »Ich meine, es ist natürlich schrecklich, daß so etwas passiert ist, aber endlich kriege ich das, was ich mir schon immer gewünscht habe. Ich bekomme doch jetzt eine Schwester, nicht wahr?«

Charles biß sich auf die Lippen, um die Tränen zurückzudrängen. »Ja«, sagte er, »danach sieht es wohl aus.«

Melissa ließ sich auf dem Wasser einfach treiben. Sie lag auf dem Rücken und paddelte nur hin und wieder mit den Füßen, um nicht unterzugehen. Auf dem Gesicht spürte sie die heiße Sonne. Durch die geschlossenen Lider drangen die Strahlen als rosa flimmerndes Licht in ihre Augen. So gut es ging, konzentrierte sie sich auf das Farbspiel.

Schließlich gab sie es auf, als ein Schatten über ihr Gesicht fiel. Sie machte die Augen auf und blinzelte in eine Wolkenfront, die vom Meer her aufzog. Neben ihr spielte Todd den toten Mann. Seine Augen waren noch zu. Ganz leise winkelte Melissa den Arm an. Seine Sommersprossen hatten es ihr angetan. Sie wollte sie ihm gehörig vollspritzen. Gerade als sie zum Schlag ins Wasser ansetzte, kam plötzlich Leben in Todd. Er drehte sich blitzschnell auf die andere Seite und peitschte gleichzeitig soviel Wasser auf, daß Melissa das Salzwasser in die Augen bekam.

»Ertappt!« rief er und kraulte schon zum Ufer. Melissa setzte ihm sofort nach.

Im nächsten Augenblick packte sie ihn am linken Knöchel. Sie zog fest daran, bis sie gleichauf mit ihm lag. Dann stemmte sie beide Hände in seinen Rücken und drückte ihn nach unten. Er wollte sie mit sich nach unten ziehen, doch sie versuchte ihn mit Strampeln und Spritzen in Schach zu halten.

Eine ganze Weile tauchten sie einander immer wieder unter. Schließlich wurden sie müde und schwammen gemeinsam zum Strand. Keuchend und lachend ließ Melissa sich in den Sand fallen. Sogleich kam Blackie, der gewaltige schwarze Labrador, der nur offiziell Todd gehörte, auf sie zugeschossen und leckte sie überall liebevoll ab. Schützend warf sie die Hände vors Gesicht. »Platz!« schrie sie. Blackie ließ sich folgsam neben ihr nieder und legte die riesige Schnauze in ihren Schoß. Melissa kraulte den Hund hinter den Ohren, dann wandte sie sich an Todd, der einen Meter neben ihr auf dem Sand ausgestreckt dalag.

»Was meinst du, wie sie ist?«

Todd verstand sofort. »Du meinst, ob sie dich mögen wird.«

Melissa lief rot an. »Das auch«, gab sie zu. »Aber ich bin überhaupt auf sie gespannt, auf ihr Aussehen und so...«

Todd setzte plötzlich eine wissende Miene auf. »Willst du ein paar Fotos von ihr sehen?« rief er grinsend.

Melissa sah ihn überrascht an. Fast den ganzen Tag hatten sie über nichts anderes als Teri geredet. Bis jetzt hatte er ihr aber nie etwas von Fotos gesagt. »Hast du denn welche?« wollte sie wissen.

Todds Grinsen wurde breiter. »Klar. Ihre Mom hat meiner Oma jedes Jahr eins geschickt. Oma bewahrt sie in einer Schublade auf.«

Melissa rappelte sich auf. »Warum hast du mir nie was davon gesagt?«

»Warum hast du mich nie gefragt?« neckte Todd sie und warf sich das Handtuch um den Hals. »Soll ich vielleicht Gedanken lesen?«

Gefolgt von Blackie, liefen sie über den Strand und den Rasen zum Häuschen, in dem Cora Petersen seit einem halben Jahrhundert jeden Sommer verbracht hatte. Sie liefen gerade am Herrenhaus vorbei, als die Stimme von Melissas Mutter vom zweiten Stock herübergellte. »Melissa! Wohin gehst du?«

Melissa blieb wie angewurzelt stehen. Fieberhaft suchte sie nach einer Ausrede. »Zum Swimmingpool!« rief sie. »Wir haben am ganzen Körper Salz.«

»Könnt ihr euch denn nicht duschen?« schrie Phyllis Holloway. »Du weißt doch, daß Todd nicht in unseren Swimmingpool darf!«

Vor Verlegenheit lief Melissa rot an. Ihre Mutter sah ja, daß Todd neben ihr stand. Warum sollte er eigentlich nicht im Swimmingpool baden dürfen? Dann fiel ihr wieder ein, daß ihr gemeinsames Bad im Meer gar nicht geplant gewesen war. »Ist recht!« rief sie und wollte weiterlaufen, doch noch einmal hielt sie die schrille Stimme ihrer

Mutter zurück. »In fünf Minuten bist du bei mir, verstanden!«

»Jawohl, Mutter«, antwortete Melissa und lief Todd nach.

Sie holte ihn unmittelbar vor Coras Häuschen ein. Auch wenn er nichts sagte, konnte sie an seinem Gesicht ablesen, daß er jedes Wort ihrer Mutter verstanden hatte.

»Wenn du willst, können wir das Becken benutzen«, schlug sie vor. »Daddy hat's erlaubt.«

»Klar«, erwiderte Todd bitter. »Und sobald wir draußen sind, muß ich es wieder ablaufen lassen und von oben bis unten schrubben.« Er zog die Augenbrauen hoch. »Wir Dienstboten sind doch pfui.«

Erneut errötete Melissa vor Verlegenheit. Sie wollte abstreiten, daß ihre Mutter es so gemeint hatte, aber was nutzte es? Ihre Mutter hatte es ja genau so gemeint, und sie beide wußten es. »Du und Cora, ihr seid doch keine Dienstboten«, rief sie. »Cora ist wie eine Oma zu mir!«

Todd verdrehte die Augen. »Sag das nur nie deiner Mom.«

Instinktiv drehten sie sich noch einmal um, aber von hier aus konnte man Phyllis' Fenster nicht sehen. Wie zwei Verschwörer schlichen sie ins Haus.

»Sie sind in der Schublade im Wohnzimmertisch«, erklärte Todd. Er warf das Badetuch auf den Boden und lief in ein schäbig eingerichtetes Zimmer. Die Couch war abgewetzt und die Sesselpolster hingen durch. Sogleich reichte er Melissa ein kleines Fotoalbum.

Melissa überkam eine sonderbare Scheu. Erst starrte sie eine Weile auf den billigen Plastikdeckel, ehe sie es wagte, das Album aufzuschlagen und die erste Fotografie zu betrachten.

Sie zeigte ein kaum zwei Jahre altes Kleinkind, das sich an die Hand eines unsichtbaren Mannes klammerte. Das

Mädchen trug ein blaues Kleidchen, weiße Strümpfe und Glanzlederschuhe. Ihr hellblondes Haar war an beiden Seiten mit einer Schleife zusammengebunden.

Das kleine Mädchen unterschied sich in nichts von anderen Zweijährigen. Melissa fühlte sich mit einem Schlag erleichtert. Hastig blätterte sie weiter bis zum letzten Foto.

Melissas Zuversicht verflog im Nu.

Eine große, schlanke junge Dame blickte ihr entgegen. Das Haar war im Laufe der Jahre geringfügig dunkler geworden. Sie trug es modisch kurz geschnitten, so daß die makellos ebenmäßigen Züge voll zur Geltung kamen. Das Gesicht wirkte elegant und doch zart, und die blauen Augen, die im richtigen Abstand zueinander lagen, schienen Melissa zu mustern. Aus ihnen sprach ein Selbstvertrauen, wie Melissa es noch nie besessen hatte.

Fast gegen ihren Willen wanderte ihr Blick zum Spiegel über dem Kaminsims. Schweigend verglich sie die eigenen Züge mit denen des Mädchens auf der Fotografie.

Ihr mattes braunes Haar fiel in klebrigen Strähnen über den Rücken. Sie versuchte sich einzureden, daß das nur daher kam, weil es vom Schwimmen noch ganz naß war. Gleichzeitig wußte sie, daß das nicht stimmte. So sehr sie es auch bürsten mochte, es blieb einfach widerspenstig.

Die eigenen Züge kamen ihr hoffnungslos flach vor. Die Nase war ein bißchen zu groß, die Augen funkelten nie so recht und lagen nach ihrem Empfinden zu nahe beieinander.

Außerdem war ihr Gesicht etwas pausbäckig. Das war gewiß kein Babyspeck, wie ihr Vater ihr immer erklärte.

»Sie ... sie sieht toll aus, was?« brachte Melissa schließlich hervor.

Todd nickte. »Oma meint, daß sie genau wie ihre Mutter aussieht.«

Melissas Blick wanderte wieder zur Fotografie zurück.

Sie betrachtete Teri noch einmal aufmerksam und tröstete sich allmählich mit dem Gedanken, daß es vielleicht gar nicht so schlimm kommen würde. Zwar hatte sie nicht solch eine umwerfende Schönheit erwartet, dafür konnte Teri ihr gewiß zeigen, wie man sein Haar pflegte und was man am besten anzog.

Bei Teri sah jedes Kleidungsstück gut aus.

Bei ihr dagegen sah es immer aus, als wäre es für eine andere gekauft worden.

Vielleicht konnte Teri ihr alle nötigen Tricks beibringen.

Und dann fiel ihr ein, daß Teri sein konnte wie sie mochte, sie war ihre Schwester.

Aber was wäre, wenn Teri sie nicht mochte?

Sie verdrängte den Gedanken sogleich und gab Todd das Album zurück. »Ich gehe jetzt besser ins Haus zurück. Mom hat...«

Ein herrisches Klopfen unterbrach sie mitten im Satz. Gleich darauf ging die Tür auf, und Phyllis Holloway erschien wutschnaubend im Spalt.

»Was machst du hier, Melissa?« verlangte ihre Mutter zu wissen.

»Ich... ich... Todd wollte mir nur etwas zeigen...«

»Ach ja?« rief Phyllis. Ihr zorniger Blick streifte Todd. »Ich will nicht, daß du Melissa hierher schleppst. Darüber werde ich mit Cora zu sprechen haben.« Ohne Todds Antwort abzuwarten, packte sie Melissa am Arm und schleifte sie mit hinaus. »Was soll ich nur mit dir machen?« klagte sie. »Von mir aus kannst du ja mit diesem Todd befreundet sein, aber vergiß bitte nicht, daß er nur ein Dienstbote ist. Alles hat seine Grenzen.«

»Aber Mutter...«

Schlagartig ließ Phyllis Melissas Arm los und lächelte ihr ins Gesicht. »Kein aber«, sagte sie. »An deinem Geburtstag wollen wir doch nicht streiten. Mach dich lieber für die Party fertig.«

Melissa starrte ihre Mutter entgeistert an. »Was für eine Party? Ich habe niemanden eingeladen.«

»Aber ich«, verkündete Phyllis. »Glaub mir bitte, daß es nicht leicht war, in letzter Sekunde eine ordentliche Geburtstagsfeier zusammenzustellen. Aber weil ich weiß, wie enttäuscht du über die Abreise deines Vaters bist, habe ich die Situation den Müttern deiner Freunde erklärt und...«

Phyllis plapperte weiter über die eingeladenen Jugendlichen, doch Melissa hörte nicht mehr hin. Voller Entsetzen begriff sie, was ihre Mutter getan hatte.

Der Cove Club.

Phyllis hatte alle ihre Freundinnen vom Cove Club angerufen und sie inständig gebeten, ihre Kinder nach Maplecrest zu Melissas Geburtstagsfeier zu schicken. Natürlich hatte Phyllis ihnen auch ausführlich erklärt, warum Melissas Vater so überstürzt abgereist war. Alle hatten Mitleid. Ohne ihre Kinder zu fragen, hatten sie sofort zugesagt.

Und sie würden alle kommen. Freilich würden sie hier genau dasselbe tun wie sonst im Cove Club: miteinander reden und Melissa links liegen lassen.

»Es wird bestimmt toll, mein Schatz«, rief ihre Mutter im Treppenhaus. »Du kannst dein rosa Kleidchen anziehen, und ich habe sogar einen Discjockey bestellt, damit ihr tanzen könnt. Du solltest dich mehr freuen. Schließlich bist du jetzt ein Teenager, und es wird Zeit, daß du mehr mit den anderen unternimmst. Einen besseren Zeitpunkt für so einen Anfang als einen Geburtstag kann es nicht geben.«

Melissa spürte schon einen Brechreiz aufsteigen, aber sie wußte, daß eine Diskussion mit ihrer Mutter keinen Sinn hatte.

Still ging sie in ihr Zimmer und machte sich für die Party fertig.

Bevor sie sich ins Badezimmer verzog, warf Melissa einen heimlichen Blick auf die Wanduhr in der Diele. Es war erst vier Uhr. Das hieß, die Party würde noch eine ganze Weile andauern. Der Discjockey war noch gar nicht gekommen, und die Kellner vom Club richteten eben erst das kalte Buffet auf der Terrasse vor dem Swimmingpool her. Und doch kam es Melissa so vor, als hätte der Nachmittag schon eine Ewigkeit gedauert.

Wenigstens war ihr die Demütigung mit dem rosa Kleidchen erspart geblieben. Sie hatte es schon angezogen und wollte eben damit die Treppe hinuntergehen, als sie einen Wagen vor dem Haus vorfahren hörte. Sie erkannte den schwarzen Porsche von Brett Van Arsdale. Er hatte ihn vor zwei Wochen zum sechzehnten Geburtstag geschenkt bekommen. Mit dem drängten sich sechs weitere Jugendliche aus dem Wagen. Und sie alle trugen dasselbe.

Ihre Tennissachen.

Die Hemden der Jungen waren noch schweißnaß. Melissa merkte auf den ersten Blick, daß sie direkt vom Tennisclub kamen. Sie hatten es nicht der Mühe wert gefunden, sich umzuziehen.

Gleich darauf klingelte es. Sofort befahl sie die Stimme ihrer Mutter herunter. Melissa stürzte aber erst wieder in ihr Zimmer, wand sich aus dem Kleidchen und zog sich hastig eine kurze Hose und eine Bluse an. Beim Fummeln an den Knöpfen merkte sie, daß diese Sachen ihr zwar noch letzten Sommer gepaßt hatten, jetzt aber etwas zu eng waren. Sie sprang in ein Paar Turnschuhe und rannte die Treppe hinunter. Auf halbem Weg mußte sie stehenbleiben und die Schnürsenkel zubinden, denn sie wäre fast die letzten zehn Stufen hinuntergefallen. Als sie aufsah, standen schon alle in der Diele und starrten sie an.

Jeff Barnstable war auch dabei. Melissa hatte ihn in den letzten zwei Jahren heimlich verehrt. Er stand da – Hand in Hand mit Ellen Stevens.

»Wir haben schon Tennis gespielt«, rief Ellen und schaute pikiert auf Melissas Schuhe. »Jetzt würden wir ganz gerne schwimmen.«

Ohne eine Antwort abzuwarten, stürmten die Jugendlichen durch das Haus zum Swimmingpool. In den Umkleidekabinen lagen Badesachen für sie bereit. Bis Melissa sich oben umgezogen hatte und zum Schwimmbecken kam, war eine Partie Wasserball im Gange.

Melissa blieb still am Beckenrand stehen und wartete darauf, daß eine der Mannschaften sie zum Mitspielen aufforderte.

Keiner machte Anstalten dazu.

Als ihre Mutter sich wenig später dazu gesellte und zuschaute, wollte sie wissen, warum Melissa nicht mitspielte. Melissa erkärte hartnäckig, daß sie keine Lust habe.

Aber sie sah nur zu deutlich, daß ihre Mutter den wahren Grund kannte.

Den ganzen Nachmittag war Melissa ausgeschlossen geblieben. Am liebsten wollte sie sich bis zum Ende der Party im Badezimmer einschließen. Das freilich würde ihre Mutter zu verhindern wissen.

Plötzlich drehte sich der Türgriff, und jemand rüttelte ungeduldig. »Das ist doch das Letzte!« vernahm sie Ellen Stevens' Stimme. »Erst müssen wir zu dieser dämlichen Wohltätigkeitsfete kommen, und dann kann man nicht einmal ins Bad!«

»Gehen wir nach oben«, entgegnete Cyndi Miller.

»Vielleicht finden wir dort einen von Melissas Lippenstiften.«

Ellens höhnisches Gelächter drang laut in das Badezimmer. »Seit wann hat die denn einen Lippenstift? Selbst wenn sie einen hätte, du würdest dich damit nur entstellen. Warum gehen wir nicht einfach?«

»Das ist doch nicht möglich«, meinte Cyndi. »Meine Mutter hat gesagt, daß wir mindestens bis neun Uhr bleiben müssen, egal wie langweilig es wird. Sonst muß sie sich wieder Mrs. Holloways Litaneien anhören, wie garstig wir zu ihrem herzallerliebsten Töchterchen waren.«

Auf einmal reichte es Melissa. Sie riß die Tür auf und starrte den zwei Mädchen ins Gesicht. Mit großer Anstrengung kämpfte sie die Tränen nieder. »Von mir aus braucht ihr nicht zu bleiben«, sagte sie leise. »Mir war es von Anfang an nicht recht, daß ihr kommt.«

Die zwei Mädchen, die beide nur ein Jahr älter waren als Melissa, tauschten überraschte Blicke aus. Cyndi fand als erste die Sprache wieder: »Du hättest uns nicht belauschen dürfen«, erklärte sie.

Langsam verlor Melissa die Selbstbeherrschung. Sie hatte doch nichts getan. Absichtlich hatte sie gewiß nicht zugehört. Sie waren einfach dagestanden und hatten über sie hergezogen. Was konnte sie denn dafür? Und dann sah sie ihre Mutter die Treppe herunterkommen und sie fragend anschauen.

»Stimmt etwas nicht?« fragte Phyllis Holloway.

Melissa wollte den Kopf schütteln, doch es war zu spät.

»Wir gehen wohl besser heim, Mrs. Holloway«, sagte Ellen Stevens, als wollte sie die Situation höflich bereinigen. »Melissa hat uns soeben gesagt, daß sie auf unsere Gesellschaft keinerlei Wert legt.«

Beim Anblick von Phyllis' wutverzerrtem Gesicht stürzte Melissa Hals über Kopf nach oben in ihr Zimmer und warf sich schluchzend aufs Bett. Sie zuckte am ganzen Leib. Vor Verzweiflung trommelte sie mit den Fäusten aufs Kopfkissen.

Aber bald ließ das Schluchzen nach, und der Zorn über Cyndi, Ellen und die anderen legte sich.

Sie konnten schließlich auch nichts dafür. Sie hatten genausowenig Lust auf diese Party gehabt wie sie. Und wenn ihre Mutter nicht die anderen Mütter angerufen und gebettelt hätte, wären sie auch nicht gekommen.

Der Zorn wich panischer Angst. Nach all dem, was heute nachmittag geschehen war, war Melissa sicher, daß ihre Mutter heute nacht warten würde, bis Cora sich schlafen legte, und dann in ihr Zimmer kommen würde.

Und dann mußte sie sich wieder auf eines ihrer ›kleinen Gespräche‹ gefaßt machen.

3

Jedesmal aufs neue überkam Charles Holloway bei der Ankunft in Los Angeles ein unbestimmtes Gefühl der Orientierungslosigkeit. Schuld an seiner Verwirrung waren teilweise die Stadtautobahnen, die alle nur in südlicher und nördlicher Richtung zu verlaufen schienen, obwohl sie sich in rechtem Winkel kreuzten. Zu guter Letzt fand er aber den labyrinthartig angelegten Vorort San Fernando Valley. Neunzig Minuten nach der Ankunft am Flughafen parkte er seinen Mietwagen vor dem verkohlten Haus der MacIvers. Er sah diese Gegend zum allererstenmal, doch er wußte sofort, warum sie Polly gefallen hatte.

Die Häuser vermittelten den Eindruck von Zeitlosigkeit. Die Vorgärten mit ihren hohen, schattigen Bäumen sahen aus, als würden sie schon seit Jahrhunderten liebevoll gepflegt. Vom grellen Grün frisch angelegter Rasenflächen oder dem vielen Zierat der modernen Vororte war nichts zu sehen. Nein, diesem Viertel haftete etwas Unveränderliches an, eine gutbürgerliche Gediegenheit, wie sie Polly von je her imponiert hatte. Ihm selbst kam es einfach trostlos vor, wie ein Abklatsch der Kleinstädte an der Ostküste, die ihn schon immer zu Tode gelangweilt hatten. Polly hatten sie dagegen magnetisch angezogen. »So was ist wenigstens echt«, hatte sie in den ersten Monaten ihrer Ehe immer wieder betont, als er noch gehofft hatte, sie würden sich zusammenraufen. »In Manhattan und Secret Cove werde ich nie ein Kind großziehen können. Das wäre ja entsetzlicher als jeder Elfenbeinturm!«

Teilweise hatte Charles natürlich verstanden, was sie meinte. Sie waren beide in Lebensverhältnissen aufgewachsen, von denen die große Mehrheit nur träumen kann. Charles hatte das einfach akzeptiert. Er war davon ausgegangen, daß Polly ähnlich dachte. Wie er aber bald merkte, hatte Polly den Reichtum und Rang ihrer Familie schon immer verabscheut. Dabei waren die Porters bei weitem nicht so wohlhabend wie die Holloways gewesen. Auch in ihren Ansichten hatten sie sich von ihnen und den meisten anderen in der Clique von Secret Cove unterschieden – nichts galt bei ihnen als selbstverständlich. Bis zur Hochzeit freilich hatte Charles nie etwas davon geahnt. Gut, er hatte gewußt, daß Polly in Berkeley studiert hatte, wohingegen er und die anderen an die Eliteuniversitäten der Ostküste gegangen waren. Aber daß sie sich von der Westküstenmentalität hatte prägen lassen, begriff er erst lange nach der Hochzeit.

»Warum hast du mich überhaupt geheiratet, wenn du von unserer Lebensweise nichts hältst?« hatte er sie nach der Scheidung gefragt.

»Weil es von uns erwartet wurde«, erklärte sie. »Mein Gott, Charles, seit unserer frühesten Kindheit war für uns doch klar, daß wir heiraten würden. Ich glaubte nur, daß es schon irgendwie klappen würde. Aber nach Berkeley kam mir die ganze Sache so unwirklich vor. Verstehst du, Lenore Van Arsdale hat nicht nur keine Ahnung von allem, was sich außerhalb von Secret Cove abspielt, es ist ihr auch noch egal!«

Charles fiel die Kinnlade herunter. »Lenore war doch deine beste Freundin. Ihr seid zusammen aufgewachsen.«

Ein ironisches Lächeln spielte um Pollys Lippen. »Ich weiß. Ich habe mich eben von ihr fortentwickelt, wie auch von dir und allen anderen in Secret Cove. Ich kann nicht mein ganzes Leben lang Partys organisieren, die dreimal soviel kosten wie sie Geld für irgendeinen guten Zweck einbringen, nur damit die vom Cove Club sich wieder als Samariter aufspielen dürfen. Und ich habe es satt, stapelweise sündteure Kleider zu kaufen, wenn Millionen nackt herumlaufen müssen.«

»Was hast du dann vor?« hatte Charles schließlich gefragt. »Willst du jetzt alles verschenken?«

Zu seinem Entsetzen war genau das Pollys Absicht, die sie dann auch in die Tat umsetzte. Sie gründete eine Stiftung, wobei sie darauf achtete, daß Mitglieder des Secret Cove Club nicht aufgenommen wurden. Dann stellte sie ihr ganzes Guthaben der Stiftung zur Verfügung. Hindern konnte sie niemand daran. Ihre Eltern waren drei Jahre zuvor bei einem Skiunfall ums Leben gekommen. Charles spielte zwar mit dem Gedanken, vor Gericht wenigstens um das Sorgerecht für die kleine Teri zu kämpfen, verwarf ihn aber wieder, weil er seiner Tochter einen langwierigen Rechtsstreit nicht zumuten wollte. Trotz allem war Polly auch eine hingebungsvolle Mutter. Als

Polly später Tom MacIver heiratete, willigte er sogar in die Adoption ein. So zog die neue dreiköpfige Familie an die Westküste, wo Tom und Polly eine Universitätslaufbahn einschlugen.

Kaum war die Scheidung rechtskräftig geworden, heiratete Charles Phyllis. Polly hatte sie als Kindermädchen für Teri ins Haus gebracht. Wenn sie auch von Geburt an nicht zum Secret Cove Club gehörte, respektierte sie doch schnell seine Regeln. So führten sie zwar nicht gerade eine erfüllte Ehe, aber er durfte in dem Stil weiterleben, in dem er aufgewachsen war und in dem er auch zu sterben hoffte. Schon wenige Monate nach der Hochzeit schenkte ihm Phyllis ein Töchterchen. Die nach Teris Verlust entstandene Lücke war also schnell geschlossen worden. Alles hatte sich zum besten gefügt.

Jetzt aber, da er vor den verkohlten Überresten des Hauses der MacIvers stand, war ihm klar, daß es nicht mehr so weitergehen konnte wie bisher. Teri sollte am anderen Ende des Landes in eine völlig ungewohnte Umgebung mit lauter unbekannten Menschen verfrachtet werden. Er hatte den Verdacht, daß Polly sie nie über die Mentalität an der Ostküste aufgeklärt hatte. Wozu auch, wo gar kein Anlaß dazu bestanden hatte?

Er wandte sich von dem Trümmerhaufen ab und suchte die Hausnummer, die er heute früh auf einen Schmierzettel gekritzelt hatte. Das Haus unterschied sich in nichts von den übrigen in diesem Viertel. Es sah nicht sehr groß aus und wirkte bescheiden, aber recht solide. Als er zur Veranda hochstieg, stellte er sich unwillkürlich die Frage, ob es genauso schnell abbrennen würde wie das von Polly.

Er hielt es für sehr wahrscheinlich.

Charles drückte auf die Klingel. Von innen ertönte ein gedämpftes Läuten. Einen Augenblick später ging die Tür einen Spaltbreit auf, und eine mollige Frau spähte hinaus.

»Mrs. Barrow?« fragte er durch den Spalt. »Ich bin Charles Holloway, Teris Vater.«

Sofort ging die Tür weiter auf und Mrs. Barrow machte ihm Platz. »Mr. Holloway...« stöhnte sie. Die Erleichterung war ihr förmlich anzumerken. »Gott sei Dank. Ich weiß einfach nicht, was ich sagen soll... Es war ein einziger Alptraum... Und als Teri mir gesagt hat, ich soll Sie anrufen...« Sie brach mitten im Satz ab und blieb kurz wie erstarrt stehen. Schon das Zittern ihrer Hände verriet, wie durcheinander sie war. »Ich... Na ja, keiner hier wußte etwas von Ihnen. Ich meine, Polly und Tom haben uns nie etwas von Ihnen gesagt...« Erneut verstummte sie.

Charles führte sie behutsam in ihr Wohnzimmer. »Es ist ja gut, Mrs. Barrow«, sagte er beruhigend. »Ich kann Ihre Empfindungen gut verstehen. Es...« Die Worte blieben ihm in der Kehle stecken, als er Teri zusammengekauert auf der Couch hocken sah. Den dünnen Bademantel hatte sie ganz fest um den schmalen Körper geschlungen. Aus weit aufgerissenen Augen starrte sie ihn ängstlich an. Ihr schien der Atem zu stocken, als hätte sie die ganze Zeit an seinem Kommen gezweifelt.

Keiner sagte ein Wort. Nach einiger Zeit rührte sich Teri auf ihrer Couch und stand unsicher auf. Ihr Mund ging auf, und als sie endlich sprach, klang ihre Stimme rauh, als hätte sie den ganzen Tag geweint. »V-Vater?«

Von Rührung überwältigt, durchmaß Charles mit drei schnellen Schritten das Zimmer und legte den Arm um das Mädchen. Sie erstarrte für einen Augenblick; die Spannung schien dann aber nachzulassen, und sie legte das Kinn an seine Brust. Unbeholfen streichelte er ihr das Haar. Nach einer Weile nahm er ihr Kinn zwischen die Finger, damit sie ihm in die Augen sehen konnte. »Es ist jetzt alles vorbei, Teri«, flüsterte er. »Ich bin ja da, und du bist nicht mehr allein. Und ich werde dafür sorgen, daß jetzt alles gut wird.« Noch einmal drückte er sie fest an sich. Ihr Gesicht konnte er zwar nicht sehen, aber er glaubte ein erstes leises Lächeln an seiner Brust zu spüren.

Er begriff, daß sie sich bis zu diesem Augenblick vollkommen allein auf der Welt vorgekommen sein mußte.

Allein und verlassen.

Melissa saß vor dem kleinen Schminktisch in ihrem Zimmer und stocherte im Abendessen herum, das ihr Cora vor gut einer Stunde gebracht hatte. So sehr sie es auch versuchte, mehr als die Hälfte hatte sie nicht hinunterwürgen können, und selbst das bißchen lag ihr wie ein Stein im Magen. Untröstlich stierte sie auf den Teller. Nichts würde sie in diesem Augenblick lieber tun als ihn leerzuessen. Noch dazu hatte Cora zu ihrem Geburtstag ihr Lieblingsgericht gekocht: ein kleines, halbrohes Steak, so wie sie es mochte, einen Maiskolben – einen ganz jungen, weil einem dann keine Fasern zwischen den Zähnen steckenblieben – und grüne Bohnen, die sie letzten Frühling gemeinsam mit Todd in Coras Garten hinter der Garage eingepflanzt hatte. Dabei hätte Melissa eigentlich ausgehungert sein müssen. Sie hatte den ganzen Tag kaum etwas gegessen.

Vor der Tür hörte sie Schritte und nahm hastig Messer und Gabel in die Hände. Sicher kam ihre Mutter gleich zum Kontrollieren herein. Statt dessen machte Cora die Tür auf, und Melissa atmete erleichtert auf. Dennoch lief sie schuldbewußt rot an, als die Haushälterin den halbvollen Teller erblickte. »Es tut mir leid, Cora«, murmelte sie. »Aber mehr bringe ich heute einfach nicht herunter.«

»Laß dir deswegen keine grauen Haare wachsen, Missy«, tröstete Cora sie. Sie benutzte den Spitznamen ›Missy‹ trotz Phyllis' ausdrücklichen Verbots. »Du ißt einfach soviel, wie du willst, und läßt noch ein bißchen Platz für die Nachspeise.« Sie stellte einen Teller mit einem großen Stück Kuchen auf den Tisch. Mit einem zufriedenen Nicken registrierte sie, wie Melissas Niedergeschlagenheit einem scheuen Lächeln wich. »So wie ich das sehe«, fuhr sie fort, »war es ganz gut so, daß die Party so früh zu Ende war. Keinem Kind schmeckt der Kuchen auch nur halb so gut wie dir. Und so ist das meiste für dich und Todd übriggeblieben. Morgen könnt ihr euch nach Herzenslust damit vollstopfen.«

Das Steak war vergessen. Melissa schnitt sich einen Bissen von dem herrlich duftenden Kuchen ab, doch gerade als sie die Gabel zum Mund führte, trat ihre Mutter ins Zimmer.

»Aber Melissa!« rief Phyllis. »Du weißt doch genau, daß es keine Nachspeise gibt, solange du nicht aufgegessen hast.«

Das freudige Aufleuchten in Melissas Augen war schon wieder erloschen. Gehorsam legte sie die Gabel auf den Teller. »Ich... ich bin wohl schon satt, Cora.« Mit den Augen flehte sie die Haushälterin an, es nicht auf einen Streit mit ihrer Mutter ankommen zu lassen. »Vielleicht esse ich morgen ein bißchen.«

Cora vermied es, Phyllis in die Augen zu sehen. Sie räumte den Tisch ab und drückte sich an Phyllis vorbei aus dem Zimmer.

Ohne ihre Tochter eines weiteren Wortes zu würdigen, folgte Phyllis der Haushälterin. Hinter ihr fiel die Tür laut ins Schloß.

Wieder einmal war Melissa allein. Sie schlich zum Bett, legte sich bedrückt nieder und wartete auf das Unvermeidliche.

Sie nahm ein Buch in die Hand und versuchte zu lesen, blieb aber immer an derselben Stelle stecken. Der Verstand registrierte einfach nicht, was die Augen wieder und wieder lasen. Langsam verstrichen die Minuten. Schließlich hörte sie Cora Blackie rufen. Das hieß, die alte Frau ging jetzt für die Nacht in ihr Häuschen. Melissa legte das Buch beiseite. Fünf Minuten später ging die Tür auf und ihre Mutter kam noch einmal herein. Wortlos machte Phyllis die Fenster zu. Dann wandte sie sich zu ihrer Tochter. Ihr Gesicht verriet, wieviel Zorn sich in ihr aufgestaut hatte.

»Du unverschämter Fratz!« schrie sie mit bebender Stimme. »Kennst du denn kein bißchen Dankbarkeit? Was habe ich nicht alles für dich getan? Und du trittst mich mit Füßen!«

Melissa wich ans äußerste Ende ihres Betts zurück. Die Knie zog sie abwehrend bis unters Kinn. Ihr Blick war starr auf die Mutter geheftet, doch in Gedanken flüsterte sie mit D'Arcy. *Was habe ich denn getan, D'Arcy? Ich hab' doch keinem was Böses getan! Warum versteht Mama einfach nicht, daß die mich nicht mögen?*

»Dein Kleid, Melissa!« herrschte Phyllis sie plötzlich an. »Wo hast du es hingetan?«

Melissa schwieg zunächst, doch als ihre Mutter bedrohlich auf sie zutrat, schluckte sie den Kloß in ihrem Hals hinunter. »In die Kammer«, flüsterte sie.

Phyllis' Augen verengten sich zu Schlitzen. Sie riß die Tür mit solcher Wucht auf, daß sie laut gegen die Wand knallte. Das rosa Kleidchen lag zerknittert auf dem Boden. In ihrer Hast hatte Melissa es am Nachmittag nicht richtig auf den Bügel gehängt, so daß es heruntergefallen war. Phyllis ergriff es wütend und wirbelte damit herum. »Geht man so mit seinen Kleidern um?« schrie sie. Dann nahm sie es zwischen beide Hände und riß es mit einem kräftigen Ruck auseinander. Melissa schluchzte bei dem Geräusch laut auf.

Als hätte sie Phyllis' Gemeinheit zu neuem Leben erweckt, sprang sie auf und stürzte zu ihrer Mutter. »Bitte!« heulte sie. »Bitte zerreiß mein Kleid nicht!« Sie griff nach dem Kleidchen, wich aber sofort zurück, als ihre Mutter ausholte und sie mit voller Wucht am Hals traf.

Nach Luft japsend, taumelte Melissa zum Bett zurück. Phyllis folgte ihr. Eine Hand umklammerte noch das Kleidchen, die andere war zur Faust geballt. Melissa duckte sich gegen die Bettkante.

Hilf mir! schrie sie lautlos in das leere Zimmer. *Bitte, D'Arcy, hilf mir! Sonst schlägt sie mich wieder!* Während ihre Mutter immer näher kam, schossen Melissas Blicke verzweifelt durch das Zimmer, als suche sie ein Versteck oder einen Beschützer.

Und dann erblickte sie in der anderen Ecke einen vertrauten Schatten. Er war zuerst kaum sichtbar, doch schnell nahm die unscheinbare Form die Gestalt eines Mädchens an und trat geräuschlos ans Bett.

Halt sie auf, flüsterte Melissa der seltsamen, nur für sie sichtbaren Gestalt zu. *Bitte, bitte sag ihr, daß ich nichts getan habe. Mach, daß sie mich nicht bestraft.* Und dann hörte sie D'Arcys leise Stimme.

Schlaf, Melissa. Ich bin jetzt bei dir. Schlaf ruhig ein.

Als ihre Mutter sich über sie beugte, spürte Melissa einen sanften Druck. D'Arcy wiegte sie in ihren warmen, weichen Armen. Sie ließ sich friedlich hineinfallen und schloß die Augen, um D'Arcys beruhigendes Summen besser zu hören. Das Gezeter ihrer Mutter versank allmählich, und das vertraute Dunkel des Schlafs senkte sich über sie. D'Arcy war ja jetzt da und würde mit der tobenden Mutter schon fertig werden.

Phyllis' Hand krallte sich um Melissas Arm und riß sie hoch. »Warum soll ich das Kleid denn nicht zerreißen?« rief sie. »Hast du etwa dafür gezahlt? Aber von schonendem Umgang hast du noch nie was gehört!« Im Rhythmus ihrer Worte schüttelte sie Melissa hin und her. Schließlich stieß sie sie aufs Bett und fing an, das Kleid methodisch zu zerreißen. Erst trennte sie es der Länge nach in zwei Teile, dann riß sie mit einem Ruck die Ärmel herunter und schleuderte sie ihrer Tochter ins Gesicht.

»Ich weiß nicht, was ich noch mit dir tun soll«, stieß sie hervor. »Ahnst du denn nicht, wieviel Mühe es mich gekostet hat, all die Kinder hierherzuholen? Glaubst du vielleicht, daß sie kommen wollten? Und wie zeigst du ihnen deinen Dank? Indem du sie beleidigst!«

Wieder packte sie Melissa mit der rechten Hand und schüttelte sie heftig. Melissa wurde hin und her geschleudert, gab aber keinen Laut von sich. Auch machte sie keinerlei Anstalten, sich mit den Armen gegen die tobende Mutter zu schützen. Aus weit aufgerissenen Augen starrte sie ausdruckslos geradeaus. Als ihr Kopf gegen die Wand flog, verzog sie keine Miene.

Schließlich hatte Phyllis ihre Wut abreagiert. Keuchend ließ sie von ihrer Tochter ab, die sofort in sich zusammensackte. Dann packte sie die Kleiderhälften und schleuderte sie noch einmal auf Melissa. »Bis morgen hast du dein Kleid wieder zusammengenäht und ordentlich in der Kammer aufgehängt«, sagte sie gefährlich leise.

Sie durchbohrte ihre Tochter mit einem böse funkelnden Blick, dann drehte sie sich abrupt um und stolzierte aus dem Zimmer.

Sobald die Tür zugefallen war, stand Melissa auf und huschte zum Schminktisch. Mit ausdruckslosen leeren Augen starrte sie in den Spiegel. Der Kopf saß dabei sonderbar steif und schief auf dem Hals. Aus dem Spiegel blickte ihr das eigene Abbild entgegen, aber irgendwie schien es sich verändert zu haben. Das Gesicht sah schmaler aus und die Fettpolster waren verschwunden, so daß die Wangenknochen leicht hervortraten. Insgesamt wirkten ihre Züge entspannter. Mißtrauisch befühlte sie ihr Haar und strich es aus dem Gesicht, um die von den Schlägen noch brennenden Ohren zu streicheln. Nach einer Weile erhob sie sich, nahm das Kleid in die Hand und huschte zur Tür. Nachdem sie das Licht ausgeschaltet hatte, trat sie in die Diele. Sie blieb stehen und lauschte. Kein Laut drang zu ihr herauf.

Mit dem zerrissenen Kleid in der Hand huschte sie weiter bis zu einer schmalen Treppe, die zum Speicher führte. Erneut verharrte sie kurz. Schließlich schlich sie vorsichtig die Treppe hinauf, öffnete leise die Speichertür, schlüpfte in den Raum und zog die Tür hinter sich wieder zu.

Der Speicher war fast in vollständige Dunkelheit getaucht. Durch die schmale Dachluke konnte so gut wie kein Mondlicht eindringen. Melissa bewegte sich jedoch sicher und zielstrebig in der Finsternis. Kein einziges Mal stieß sie sich an den aufgetürmten Kartons, den alten Truhen und den ausrangierten verstaubten Möbeln. Sie nahm ihre Umgebung nicht einmal wahr und ging ohne Zögern weiter, bis sie in ein kleines Mansardenzimmer kam. Dort standen ein abgewetztes Sofa, ein kleiner Tisch und eine Kommode. Auf dem Tisch fand sie eine Öllampe und eine Streichholzschachtel. Melissa legte das zerfetzte Kleid auf das Sofa und zündete die Lampe an.

Ein gedämpftes oranges Licht erhellte das winzige Zimmer

Sie huschte zur Kommode und öffnete die unterste Schublade. Darin befand sich ein Nähkästchen mit vielerlei Nadeln, Zwirn in allen Farben, Stecknadeln und Fingerhüten. Mit dem Nähkästchen ging Melissa zum Sofa zurück, setzte sich und suchte fachmännisch eine geeignete Nadel und Zwirn in der zum Kleid passenden Farbe aus. Geschickt führte sie den Faden ins Nadelöhr und machte sich mit flinken Fingern an die Arbeit. In präzisen, gleichmäßigen Stichen tanzte die Nadel alsbald auf und ab.

Ohne die Umgebung wahrzunehmen, arbeitete Melissa konzentriert und still im flackernden Licht der Öllampe.

Die Stunden vergingen, doch ihre Finger ermüdeten nicht, und die Arme taten ihr nie weh, obwohl sie ständig den Stoff in die Höhe hielten.

Denn es war nicht Melissa, die in dieser endlosen Nacht unentwegt arbeitete. Es war ein anderes Kind, und es nähte unermüdlich weiter, bis die ersten Sonnenstrahlen allmählich aus dem Meer tauchten und das Werk vollendet war. Erst jetzt war sie bereit, sich Schlaf zu gönnen.

Wie fast jeden Morgen wachte Cora Peterson pünktlich um halb sechs auf. Während sie sich anzog und das Bett machte, warf sie immer wieder einen besorgten Blick auf Melissas geschlossene Fenster. Sie überlegte, ob sie nicht gegen ihre sonstige Gewohnheit zum Herrenhaus gehen sollte, um bei Melissa nach dem Rechten zu sehen.

Gestern abend, als sie den halben Teller hatte stehen lassen, hatte sie wahrhaftig nicht gut ausgesehen. Das arme Kind hatte unter einer schrecklichen Nervenanspannung gestanden, und sein Gesicht war ganz eingefallen gewesen. Aber vielleicht hatte sie nur aus Müdigkeit vergessen, die Fenster vor dem Zubettgehen aufzumachen. Schließlich hatte es in diesem Sommer noch keinen Ärger gegeben, und so nahm die Haushälterin ihre Sorgen nicht weiter ernst.

Als sie mit dem Aufräumen fertig war, klopfte sie laut an Todds Tür, bevor sie zum Frühstücken in die Küche ging. Natürlich wäre es für sie weitaus leichter, wenn sie im Herrenhaus essen könnte. Das ließ die zweite Mrs. Holloway jedoch nicht zu. So bezeichnete Cora Phyllis insgeheim nach wie vor, obwohl sie jetzt schon so lange mit Charles verheiratet war. Die neue Hausherrin hatte eben ihre eigenen Regeln und dazu gehörte, daß das Personal nicht mit den Herrschaften essen durfte.

»Das Personal«, schnaubte Cora verächtlich, während sie ein halbes Dutzend Eier in die Pfanne schlug. Als ob es heutzutage noch Pagen, einen Schwarm Dienstmägde und einen Butler gäbe! Vor Generationen mochte das noch der Fall gewesen sein, aber trotz ihrer dreiundsiebzig Jahre kannte Cora solche Verhältnisse nicht aus ihrer Kindheit. Dieser Tage kam allenfalls ein Reinigungstrupp einmal wöchentlich ins Haus. Den Rest der Arbeit bewältigte Tag für Tag sie allein. Das störte sie freilich nicht. Um Charles Holloway kümmerte sie sich immerhin seit dem Tag seiner Geburt. Genauso wollte sie es weiter mit ihm und seinen Kindern halten, bis ihr das Herz den Dienst versagte.

Beim Gedanken an Charles trat Polly ihr wieder vor Augen. Cora kämpfte die Tränen zurück. Sie halfen jetzt auch nicht weiter. Wenn Cora sich etwas zugute hielt, so war es ihre praktische Veranlagung. Nein, mit einer Toten durfte sie sich nicht weiter abgeben. Statt dessen wollte sie lieber überlegen, wie sie das Haus für Teris Heimkehr herrichtete.

Sie brauchte unbedingt ein Zimmer. Vielleicht das hübsche sonnige im Ostflügel mit Blick auf die Bucht.

Sie hielt inne. Womit gab sie sich ab? Sie erwarteten ja nicht die Ankunft eines Kleinkindes. Teri war ja bald erwachsen! Sie wollte bestimmt selbst entscheiden, in welches Zimmer sie zog.

Todd riß sie aus ihren Gedanken. Nur mit einer abgeschnittenen alten Jeans bekleidet, kam er in die Küche geschlurft und lümmelte sich auf seinen Stuhl. Cora musterte ihn streng. »Willst du heute schon wieder faulenzen?«

Todd schüttelte den Kopf. »Nein, ich will was im Gemüsegarten tun. Mrs. Holloway wird mich den ganzen Tag nicht zu Gesicht bekommen.«

Mit einem Brummen stellte Cora einen Teller vor ihren Enkel. Nicht zum erstenmal fragte sie sich, von wem er seinen Charakter hatte. Von ihrem Sohn gewiß nicht, denn der hatte schon in der Kindheit jede Arbeit gescheut. Und soweit Cora es beurteilen konnte, hatte Todd auch wenig mit seiner Mutter gemein. Sie hatte die meiste Zeit in Gaststätten verbracht, wo Kirk Peterson sie auch kennengelernt hatte. Kurz nach Todds Geburt waren die beiden fortgefahren. Das Baby hatten sie ›für ein paar Wochen‹ bei der Großmutter gelassen. Aus den Wochen waren Monate und dann Jahre geworden. So hatte sie Todd allein aufgezogen und mit wachsender Zufriedenheit festgestellt, daß er sich in jeder Hinsicht anders entwickelte als sein Vater. Er arbeitete fleißig, schien sich von niemandem aus der Fassung bringen zu lassen und legte ein geradezu sonniges Gemüt an den Tag. Er mußte diese Einstellung erfunden haben, sagte sich Cora, denn von der Welt um ihn herum konnte er sie nicht haben.

Sie musterte seine schäbige Kleidung noch einmal abschätzig. »Sag ja nicht, ich hätte dich nicht gewarnt, wenn sie dir aufträgt, etwas Anständiges anzuziehen.«

Todd grinste sie frech an. »Ach was, Oma. Glaubst du wirklich, die Holloway würde sich im Garten blicken lassen? Wetten, daß sie nicht mal weiß, wo er ist.«

Cora zog die Augenbrauen leicht hoch. Eigentlich wollte sie ihn zurechtweisen, er solle für seine Arbeitgeberin mehr Respekt bezeugen, ließ es aber bleiben. Todd hatte ja recht. Seit der Hochzeit mit Charles Holloway hatte Phyllis jede Erinnerung an ihre Vergangenheit zu tilgen versucht. Soweit Cora wußte, stammte sie von einem Bauernhof irgendwo in Pennsylvania. Ein Bauernhof war für Cora nichts anderes als ein größerer Garten. Und in der Nähe des Gartens hier ließ sich die große, stolze Mrs. Holloway tatsächlich nie blicken. »Na schön, von mir aus. Aber wenn sie dich trotzdem erwischt, hast du es dir selbst zuzuschreiben.«

»Geht in Ordnung«, versprach Todd. Er aß auf und ging mit dem Teller zur Spüle, um das ganze Geschirr zu spülen. Cora gab ihm auch ihren Teller, küßte ihn flüchtig und ging zum Herrenhaus, wo ein langer Arbeitstag auf sie wartete. Auf dem Weg über den Rasen fielen ihr erneut Melissas geschlossene Fenster auf. Bevor sie ihre Arbeit in der Küche aufnahm, lief sie unverzüglich in den ersten Stock. Ohne anzuklopfen, trat sie in Melissas Zimmer.

Wie sie befürchtet hatte, lag Melissa nicht im Bett.

Mühsam kletterte Cora mit schmerzenden Gliedern die Treppe zum Speicher hinauf. Sie blieb wiederholt keuchend stehen, bevor sie sich weiter am Geländer hochzog. Das Sonnenlicht konnte den düsteren Speicher nur spärlich erleuchten. Cora tastete sich langsam durch den vollgestellten Dachboden. Vor der Tür zu dem winzigen Abstellraum verharrte sie eine Weile. Schließlich gab sie sich einen Ruck.

Melissa lag in tiefem Schlaf zusammengerollt auf dem verstaubten Sofa. »Ach, mein liebes Kind«, flüsterte Cora fast unhörbar. »Nicht schon wieder.«

Sie trat ans Sofa und beugte sich über das Mädchen. Vorsichtig, damit sie sie nicht erschreckte, weckte sie Melissa auf. Es dauerte einige Zeit, bis ihre Augenlider zuckten und sie sie endlich aufschlug. Erst lächelte sie Cora an, doch sobald sie gewahr wurde, wo sie war, erstarb das Lächeln.

Nach Luft schnappend setzte sie sich abrupt auf. Ihre Blicke schossen gehetzt durch den winzigen Raum.

Schließlich sah sie Cora an. Ihr Gesicht war leichenblaß. »Bitte sag Mama nichts«, flehte sie. »Bitte.«

Cora ergriff zärtlich ihre Hand. »Aber Missy, du weißt doch, daß ich es deiner Mutter sagen muß. Wenn du wieder mit dem Schlafwandeln anfängst, muß sie es doch wissen. Dir könnte dabei ja was zustoßen.«

»Aber es ist doch das erstemal diesen Sommer«, wimmerte Melissa. »Ich mache es auch bestimmt nie wieder! Bitte sag es Mama nicht. Bitte?«

Cora erhob sich und zog Melissa mit hoch. »Jetzt bringen wir dich erst mal in dein Bett und dann überlegen wir es uns noch einmal in aller Ruhe, ja?«

Melissa biß sich auf die Lippe, nickte aber und ließ sich folgsam durch den Haufen Unrat führen. Eine Minute später lag sie wieder in ihrem Bett. Behutsam deckte Cora sie zu. »Jetzt schläfst du noch ein, zwei Stunden«, befahl ihr die Haushälterin. »Du brauchst deinen Schlaf unbedingt. Und mach dir um nichts Gedanken. Du bist an nichts schuld, und deine Mutter wird dich nicht schimpfen. Sie will dir doch auch helfen.«

Cora küßte Melissa zärtlich auf die Stirn. Ehe sie das Zimmer verließ, machte sie beide Fenster auf, um die Morgenluft hereinzulassen.

Als sie allein war, versuchte Melissa sich an die vergangene Nacht zu erinnern. Langsam kam ihr alles wieder ins Gedächtnis.

Ihre Mutter war hereingekommen und war furchtbar böse gewesen. Aus Wut hatte sie sogar das rosa Kleid zerrissen. Und dann hatte sie sie geschlagen. Danach konnte Melissa sich an nichts mehr erinnern.

Denn danach war ihr D'Arcy zur Hilfe geeilt. D'Arcy kam immer und half ihr, wenn ihre Mutter böse war.

Sie blieb noch eine Weile im Bett liegen und überlegte. Was war nur mit dem Kleid geschehen? Dann stand sie auf und ging zur Kammer. Zögernd machte sie die Tür auf.

Das Kleid hing ordentlich auf einem Bügel.

Melissa starrte es ungläubig an. Hatte sie sich getäuscht? War ihre Mutter am Ende gar nicht hereingekommen? Hatte sie sich das alles nur eingebildet?

Schließlich nahm sie das Kleid mit zitternden Händen vom Bügel. Sie stülpte das Futter nach außen und unterzog es einer eingehenden Prüfung.

Das meiste sah vollkommen normal aus. aber an den Ärmeln und am Oberteil war die Naht anders.

Die Einstiche waren sauber und unauffällig, aber der Faden war ein kleines bißchen dunkler als der Stoff.

Lächelnd sah sie zur Decke empor. »Danke, D'Arcy«, flüsterte sie. »Danke, daß du es mir genäht hast.«

4

»Um Himmels willen, Cora, was machst du denn da?« Mit ihrer durchdringenden Stimme erschreckte Phyllis Holloway die alte Haushälterin so sehr, daß sie das Schälmesser in die Spüle fallen ließ.

Sie schielte automatisch auf die Uhr. Es war doch erst halb zehn. Normalerweise ließ sich Mrs. Holloway frühestens eine Stunde später in der Küche blicken. Cora hob das Messer auf und legte es neben die Spüle. Dann drehte sie sich zu ihrer Arbeitgeberin um. »Ich wollte einen Apfelauflauf backen«, meinte sie. »Sie wissen ja, wie gerne Melissa das ißt.«

Phyllis' Lippen wurden ganz schmal. »Nach ihrem gestrigen Benehmen verdient sie so etwas wohl kaum, meinst du nicht auch?« Cora gab keine Antwort. Sie wußte, daß es sich nur um eine rhetorische Frage handelte. »Und meinst du nicht auch, daß du Dringenderes zu tun hast, als einen Apfelauflauf zu backen?« fuhr Phyllis fort.

Cora zog die Augenbrauen leicht hoch. Sie überlegte blitzschnell, was sie heute schon alles getan hatte. Melissa hatte längst gefrühstückt, und das Geschirr hatte sie auch schon abgewaschen. Wie jeden Morgen hatte sie heute eine große Kanne Kaffee in Mrs. Holloways Zimmer gebracht. Unten hatte sie vorhin die Abfälle von der Party weggeräumt und jedes Zimmer gründlich abgestaubt. Endlich glaubte sie verstanden zu haben. »Mit dem Staubsaugen habe ich gewartet«, erklärte sie. »Ich wollte Sie nicht mit dem Lärm belästigen.«

»Das war sehr rücksichtsvoll von dir«, erwiderte Phyllis etwas nachsichtiger. »Aber eigentlich dachte ich an Teri. Ich finde, wir sollten allmählich ihr Zimmer herrichten.«

Cora fiel ein Stein vom Herzen. So wie es aussah, blieb ihr diesmal eine endlose Tirade über irgendeine Kleinigkeit, die sie angeblich übersehen hatte, erspart. »Daran habe ich auch schon gedacht«, rief sie. »Vielleicht sollten wir das Eckzimmer im Ostflügel...« Sie verstummte, als Phyllis' Blick sich sichtlich verfinsterte.

»Im Ostflügel?« rief Phyllis. »Aber der ist doch für die Gäste, weil der Blick so schön ist! Nein, nein, ich dachte vielmehr an das Zimmer neben dem von Melissa.«

In der Verwirrung kräuselten sich Coras Augenbrauen. Melissa hatte das Eckzimmer im Südflügel. Daneben lag doch nichts außer dem Zimmer für das Kindermädchen, das über das Bad mit Melissas Zimmer verbunden war. »Ich weiß nicht so recht«, fing Cora an. »Es ist doch nicht viel mehr als eine Abstellkammer...«

Phyllis ließ sie nicht ausreden. »Wir gehen rauf und schauen es uns an.«

»Sehr wohl«, murmelte Cora. Sie wischte sich die Hände an einem Küchentuch ab und folgte Phyllis durch den Anrichteraum und das Eßzimmer in die große Vorhalle. Oben knipsten sie erst das Licht an, ehe sie in den engen, dunklen Raum traten. Kein Vergleich mit Melissas luftigem, hellem Zimmer! Cora blickte skeptisch um sich. Der Raum war mit einem kleinen Bett, einem alten Sekretär an der Wand, einem kleinen Tisch vor dem schmalen Fenster und einem alten Schaukelstuhl karg eingerichtet. Den Parkettboden bedeckte ein ausgefranster, abgetretener Teppichläufer, der ursprünglich im Gästezimmer gelegen hatte, den man aber den Besuchern nicht mehr zumuten wollte.

Für das Personal aber war er gut genug.

»Na ja . . . ist es nicht ein bißchen klein?« fragte Cora, um die Worte sofort zu bereuen, als sie Phyllis' erzürnten Blick auf sich spürte.

»In diesem Zimmer habe ich einmal gelebt, Cora«, hielt sie der Haushälterin vor. »Und ich kann mich nicht daran erinnern, mich je darüber beklagt zu haben.«

Lange bist du ja nicht drin geblieben, dachte Cora mißmutig für sich. Bei ihrer Antwort bemühte sie sich freilich um einen höflichen Tonfall. »Ich dachte nur, daß ein Teenager sicher mit einer Unmenge von Kleidern kommt und vielleicht ein größeres Zimmer braucht.«

Wieder brauste Phyllis auf. »Tu nicht dümmer, als du bist, Cora!« fuhr sie sie an. »Ich habe heute morgen mit Mr. Holloway telefoniert. Teri kann von Glück reden, daß sie mit heiler Haut davongekommen ist. Hältst du es da nicht auch für eine Schnapsidee, sie in einem riesigen Zimmer unterzubringen, wenn sie selbst rein gar nichts hat? Außerdem dürfen wir unmöglich ihre Erziehung vergessen. Sie soll sich hier wohl fühlen, aber in einem Zimmer, das so groß ist wie das ganze Haus ihrer Eltern, würde sie sich doch nur verloren vorkommen. Siehst du das etwa nicht genauso?«

Sie hielt kurz triumphierend inne, ehe sie fortfuhr. »Es dürfte uns ja nicht schwerfallen, das Zimmer freundlicher einzurichten. Eigentlich hast du gar nicht so unrecht. Die Möbel habe ich nie gemocht. Aber auf dem Speicher müßten wir doch etwas Passenderes finden. Ruf bitte Todd. Er soll die Sachen runtertragen.«

Zwanzig Minuten später folgten Cora, Melissa und Todd Phyllis auf den Speicher. Die Hausherrin machte die Tür weit auf, trat ein und blieb jäh stehen.

Die Fußspuren auf dem ansonsten überall dick verstaubten Boden waren deutlich zu sehen. Phyllis starrte sie an. Bedrohlich langsam drehte sie sich zu ihrer Tochter um. »Melissa? Hast du mir nichts zu sagen?«

Beim Anblick der verräterischen Fußstapfen weiteten sich Melissas Augen in plötzlicher Angst. Mit einem flehenden Blick wandte sie sich an Cora.

»Bist du letzte Nacht wieder schlafgewandelt?« wollte Phyllis wissen.

Melissa biß sich auf die Lippen und schwieg. Cora gab schließlich die Antwort. »Sie war nur wegen der Party gestern so aufgeregt. Es war das erstemal diesen Sommer...«

Phyllis' Augen verengten sich zu Schlitzen. »Ach ja? Sind mir nicht vielmehr die anderen Male verschwiegen worden?« Sie durchbohrte Melissa förmlich mit den Augen. Als sie wieder zu reden anfing, verriet ihre Stimme keinerlei Regung. »Sag die Wahrheit, Melissa. War es das erstemal diesen Sommer?«

Melissa spürte einen Knoten in der Magengrube. Warum konnte Daddy ihr jetzt nicht helfen? Was sollte sie nur sagen? Warum fand sie bei ihrer Mutter auch nie die richtige Antwort? Aber ihre Mutter sah ihr nach wie vor unbarmherzig in die Augen. Sie mußte etwas sagen. »Ich... ich weiß nicht, Mama«, murmelte sie. »Ich kann mich an gar nichts erinnern.«

Phyllis atmete tief ein und ließ die Luft langsam wieder ausströmen. Dann wandte sie sich an Cora. »Na schön«, sagte sie. »Wenn sie sich nicht erinnert, kannst du mir vielleicht sagen, was los war, Cora.«

So knapp es ging, gab Cora wieder, was in der Nacht geschehen war. »Aber sie hat nichts getan«, meinte sie zum Schluß. »Sie ist nur in den kleinen Abstellraum gegangen. Sie schlief ganz friedlich auf dem Sofa, als ich sie fand.«

Phyllis Blickte bohrten sich noch einmal in Melissa hinein. Ihre Worte waren dagegen für Cora bestimmt. »Ich will, daß du dich hier oben weiter umsiehst. Vielleicht findest du etwas für Teri. Ich fürchte, ich muß mich ein bißchen mit Melissa unterhalten.«

Sie packte ihre Tochter am Arm und führte sie die Treppe hinunter und über die Diele. Als die Tür zu Melissas Zimmer mit einem Knall zufiel, sah Todd seine Großmutter unsicher an.

»Was passiert jetzt, Oma? Was wird sie jetzt mit Melissa anstellen?«

Cora sah ihn schweigend an. »Ich weiß es nicht«, antwortete sie schließlich mit einem Kopfschütteln. »Ich weiß es einfach nicht.«

Phyllis starrte ihre Tochter schweigend an. Melissa stand an der Wand neben dem Kamin. Die Hände hatte sie aus Angst hinter dem Rücken verschränkt. Unter dem bohrenden Blick ihrer Mutter wurde sie immer unsicherer, bis sie sich schamrot abwandte. Dann erst trat Phyllis auf die Kammer zu und riß die Tür auf. Das rosa Kleidchen hing so da, wie Melissa es verlassen hatte.

Phyllis nahm den Bügel von der Stange und überprüfte

die Nähte. Schließlich sah sie ihrer Tochter wieder in die Augen.

»Das ist hervorragende Arbeit«, meinte sie. Melissas Spannung ließ ein bißchen nach, doch sie wartete gebannt auf die nächste Frage. »Hast du das gemacht?«

Nach einigem Zögern schüttelte Melissa den Kopf.

»Wenn du es nicht warst, wer war es dann?« Phyllis' Stimme war gefährlich leise. Ihre Frage schien im Raum zu hängen. Melissa suchte verzweifelt nach einer plausiblen Antwort. Weil sie keine fand, entschied sie sich für die Wahrheit. »D'Arcy«, murmelte sie kaum vernehmbar.

Phyllis kniff die Augen zusammen. »Wer?«

Melissa duckte sich. »D'Arcy«, antwortete sie ein bißchen lauter. »Ich kann nicht so gut nähen. Drum hat D'Arcy mir geholfen.«

Phyllis ballte die Fäuste um den hauchdünnen Stoff. Melissa hatte schon Angst, sie würde ihn wieder zerreißen. Doch dann schleuderte Phyllis das Kleid auf das Bett. »Aber ich dachte, D'Arcy gibt es nicht mehr«, rief sie. Ihre Stimme wurde jetzt lauter.

Melissa drückte sich immer enger gegen die Wand. Sie brachte ein mühsames Kopfschütteln zuwege.

Phyllis trat dicht an sie heran. Sie packte Melissa so fest an den Schultern, daß ihre Finger sich tief in ihr Fleisch gruben und das Mädchen glaubte, vor Schmerz aufheulen zu müssen. Als Phyllis wieder den Mund zum Sprechen aufmachte, kam ein wütendes Zischen heraus. »Melissa, wir haben darüber oft genug gesprochen. Du hast dir D'Arcy nur eingebildet! D'Arcy gibt es nicht. Verstehst du das?«

Melissa nickte stumm. Die panische Angst raubte ihr die Sprache.

»Du bist jetzt dreizehn Jahre alt, Melissa«, fuhr Phyllis fort, ohne den Griff um Melissas Schultern zu lockern. »In dem Alter erfindet man keine Gestalten mehr, die es nicht gibt. Und du bist alt genug, selbst die Verantwortung zu übernehmen für das, was du getan hast. Verstehst du, was ich sage?«

Erneut brachte Melissa nur ein schwaches Nicken zuwege.

»Also, warum bist du letzte Nacht wieder schlafgewandelt?«

Wieder versuchte Melissa vergeblich, sich zu erinnern. Sie wollte ihrer Mutter die Wahrheit sagen, daß D'Arcy ihr gestern nacht geholfen hatte, daß sie anscheinend mit ihr auf den Speicher gegangen war und sie dort eingeschlafen sein mußte, während D'Arcy das Kleid genäht hatte. Aber sie wußte es nicht genau. Sie konnte nur mit Bestimmtheit sagen, daß D'Arcy gekommen war. Der Rest war Leere, bis Cora sie heute morgen geweckt hatte. Endlich fiel ihr ein, was ihre Mutter hören wollte: »Ich... ich war gestern zu aufgeregt. Und wenn ich mich aufrege, muß ich immer im Schlaf aufstehen.«

Ihre Mutter lockerte den Griff um ihre Schultern. Der stechende Schmerz ging in ein anhaltendes Brennen über.

»Und was hat dich gestern so aufgeregt?« setzte Phyllis nach.

Melissa drückte die Augen fest zu. Hoffentlich fand sie jetzt die richtige Antwort. »Weil ich mich so schlecht benommen habe. Es war eine sehr schöne Party, und ich habe allen den Spaß verdorben. Ich war schuld, Mama.«

Endlich nahm Phyllis die Hände von Melissas Schultern. Ihre Züge entspannten sich und sie lächelte sogar. »Das stimmt«, meinte sie. »An allem, was gestern geschehen ist, bist du schuld. Nur aus schlechtem Gewissen bist du wieder schlafgewandelt.«

Melissa nickte benommen. »Bist du mir jetzt noch

böse?« fragte sie schüchtern und sah flehentlich zu ihrer Mutter auf.

Phyllis' Lächeln erstarrte. Ein kalter Ausdruck schlich sich in ihre Augen. In Melissa flackerte die Panik wieder auf.

»Das sehen wir noch«, meinte Phyllis. »Das hängt ganz von deinem Benehmen heute ab.«

Kurz nach zwölf Uhr parkte Phyllis ihren Mercedes vor dem Cove Club. Noch einmal begutachtete sie ihr Haar und Make-up im Spiegel. Eine hellblonde Strähne war dem strengen französischen Chignon am Hinterkopf entkommen. Sie schob sie sorgfältig unter den Knoten und trug noch etwas Lippenstift auf. Dann erst stieg sie aus, nahm den ehrerbietigen Gruß des Hausdieners mit einem kurzen Nicken zur Kenntnis und schritt zum Club. Bevor sie ins Foyer trat, blieb sie, einer Gewohnheit folgend, ein paar Sekunden stehen, um durch die malerische Fensterfront den Blick auf den Atlantik zu genießen. Fast nervös blickte sie sich um. Es war doch immer das gleiche, schalt sie sich. Warum fiel sie nach immerhin dreizehn Jahren immer noch einer Scheu zum Opfer, als gehörte sie nicht hierher? Ein Blick auf eine der von unten bis oben verspiegelten Säulen, die das Dach trugen, bestätigte ihr, daß das smaragdgrüne Kostüm perfekt saß. Es war aus reiner Seide. Darunter trug sie eine crèmefarbene Bluse. Ihre modische Strumpfhose mit dem schicken Muster hatte nirgends Falten, und die Schuhe waren zwar etwas unbequem, dafür paßten sie vorzüglich zum Kostüm.

Phyllis lächelte dem herbeieilenden Ober freundlich und doch kühl genug zu, daß die Distanz gewahrt blieb.

»Hoffentlich bin ich nicht die erste. Ich hasse es, allein zu sitzen.«

»Ganz und gar nicht«, erwiderte André steif. »Die anderen Damen haben bereits bestellt.« Er schritt voran in den Speisesaal, wo am anderen Ende die restlichen drei Mitglieder des Wohltätigkeitskomitees an dem ständig für Lenore Van Arsdale reservierten Tisch saßen.

Plötzlich gefror ihr das Blut in den Adern.

Lenore und die anderen zwei Frauen trugen legere Sachen und nur Tennisschuhe oder Sandalen. Keine hatte auch nur eine Spur von Schminke aufgetragen. Als Phyllis sich setzte, lächelte Lenore sie an. Phyllis war überzeugt, daß sich Belustigung hinter der Freundlichkeit verbarg.

»Es tut mir ja so leid«, entschuldigte sich Lenore. »Ich hätte dich anrufen sollen und dir sagen, daß wir heute morgen erst Tennis spielen wollten. Deswegen haben wir nichts Besonderes an. Aber du siehst umwerfend aus! Ich selbst würde es nicht wagen, solche Farben schon tagsüber zu tragen. Die hellen Sachen hebe ich für besondere Anlässe auf, wenn Harry repräsentieren muß.«

Die Demütigung trieb Phyllis die Schamröte ins Gesicht. Sie konnte nur hoffen, daß dies unter dem Make-up nicht auffiel. Sie hatten sie also zum Tennisspielen erst gar nicht eingeladen! Für wie dumm hielt diese Lenore Van Arsdale sie eigentlich, wenn sie kokett auf ihre unpassenden Kleider anspielte? Warum sollte sie dieses Kostüm zum Mittagessen denn nicht tragen? Nach einem nervösen Blick durch den ganzen Saal stellte sie jedoch fest, daß sie sich geirrt hatte. Alle anderen Frauen trugen schlichte Baumwollröcke in unauffälligen Farben. Nur den Blusen sah man den eleganten Schnitt an. Wie hatte sie nur so dumm sein können? Beim letztenmal...

Und dann fiel es ihr wieder ein. Beim letztenmal waren alle in ihren Abendkleidern zu einer Cocktailparty gegangen.

Zu einer Cocktailparty, zu der sie nicht eingeladen worden war.

Ein sanfter Druck auf ihrem Arm weckte sie aus den trüben Gedanken. Erst jetzt merkte sie, daß Kay Fielding etwas zu ihr gesagt hatte. »Entschuldige bitte«, murmelte sie. »Ich war wohl nicht ganz bei der Sache.«

»Da kann man dir wirklich keinen Vorwurf machen«, meinte Kay voller Mitgefühl in der Stimme. »Nach allem, was geschehen ist...«

Erneut lief Phyllis rot an. »Ich kann euch gar nicht sagen, wie leid es mir tut. Ich weiß selbst nicht, was gestern in Melissa gefahren ist. Wahrscheinlich war es die Enttäuschung über die plötzliche Abreise ihres Vaters. Aber sie hat mich gebeten, euch allen auszurichten, wie leid es ihr tut.«

Kays Lächeln erstarrte. »Wofür sollte sie sich denn entschuldigen?«

Phyllis schluckte. »Die... die Party gestern. Melissa hat sich gestern fürchterlich benommen. Aber ich kann euch garantieren, daß so etwas nicht noch einmal vorkommt. Ich habe sie mir ordentlich vorgenommen.«

Lenore Van Arsdale ließ ihr glockenhelles Lachen erklingen. »Ach, meine liebe Phyllis, was wäre ein Kindergeburtstag ohne Katastrophe? Und wer könnte es Melissa übelnehmen? Jeder weiß doch, wie sehr sie an ihrem Vater hängt.« Dann nahm ihr Gesicht einen ernsten Ausdruck an. Sie beugte sich nach vorne und redete mit gesenkter Stimme weiter. »Wir haben uns vorhin über Polly unterhalten. Einfach schrecklich! Wie konnte so etwas nur geschehen?«

Mit einem Schlag beugten sich die anderen Frauen ebenfalls vor. Zum erstenmal wollten sie wirklich etwas von Phyllis erfahren. Im Bewußtsein ihrer neuen Bedeutung erzählte Phyllis alles, was sie vom Telefonat mit ihrem Mann in Erinnerung hatte.

Als sie geendet hatte, ließ sich Lenore Van Arsdale mit

einem schweren Seufzer zurückfallen. »Das ist ja entsetzlich«, stöhnte sie. »Gott sei Dank ist wenigstens Teri gerettet. Was wird jetzt aus ihr?«

Einmal mehr richteten sich sämtliche Augen auf Phyllis.

»Sie bleibt natürlich bei uns. Charles ist schließlich ihr Vater. Sonst hat sie ja niemanden.«

Kay Fieldings makellos manikürte Finger spielten rastlos mit der Gabel. »Wir haben uns nur Gedanken gemacht, weil... na ja, weil...« Ihre Stimme erstarb. Sie suchte nach den richtigen Worten. »Es hängt mit Melissas Problemen zusammen. Jeder weiß, was für ein nervöses Kind sie ist.«

Phyllis spürte die Hitze im Kopf, aber sie zwang sich zu einem gelassenen Lächeln. »Ich glaube eher, Teris Gesellschaft wird ihr guttun. Vermutlich hat sie nur deswegen diese Probleme, weil sie ein Einzelkind ist.«

»Da hast du vielleicht recht«, erwiderte Kay Fielding. Ihr Tonfall ließ jedoch deutlich Zweifel erkennen. »Teri hat ja auch die richtigen Erbanlagen«, fuhr sie mit aufgehellter Miene fort. »Auf der einen Seite ist sie eine Holloway und auf der anderen eine Porter. Bessere Voraussetzungen kann es ja gar nicht geben, oder?«

Zum erstenmal meldete sich Eleanor Stevens. »Allerdings hätte Polly mehr daraus machen können«, meinte sie spitz. »Das muß man sich mal vorstellen. Jeden Cent hat sie weggegeben! Ihre Eltern müssen sich im Grab umgedreht haben.« Mitleidig schüttelte sie den Kopf. »Was Polly ihrem Kind nicht alles verweigert hat! Manchmal hatte ich das Gefühl, sie wäre übergeschnappt.«

Lenore Van Arsdale warf Eleanor einen mißbilligenden Blick zu. »Daran war Berkeley schuld«, verkündete sie. »Wenn sie an einer anständigen Universität studiert hätte, wäre es nie so weit gekommen. Sie war ja jahrelang meine beste Freundin. Und vor Kalifornien war sie vollkommen normal. Aber sie ist ganz verdreht aus Berkeley zurückgekommen.«

»Na ja«, rief Kay Fielding fröhlich. »Zumindest bekommen wir Teri zurück, ehe es zu spät ist. Hier hat sie garantiert die besten Voraussetzungen für ihr späteres Leben.«

Das Gespräch ging noch eine ganze Weile so weiter, aber Phyllis hörte nicht mehr hin. Sie dachte fieberhaft nach. Sie hatte es für sich behalten, doch bis vor wenigen Augenblicken hatte sie sich gefragt, was sie nur mit Teri MacIver anfangen sollte. Eine Heranwachsende im Haus war schon schlimm genug, zumal wenn sie so viele Schwierigkeiten machte wie Melissa. Wie wäre es dann erst mit zwei? Allein die Vorstellung hatte ihr Kopfschmerzen bereitet. Jetzt aber sah sie plötzlich die andere Seite der Medaille. Diese Frauen, die sie jede Sekunde hatten spüren lassen, daß sie nicht wirklich zu ihnen gehörte, waren ganz offensichtlich bereit, Teri in ihrer Mitte aufzunehmen. Und das, obwohl sie sie seit über dreizehn Jahren nicht mehr gesehen hatten. Teri konnte bestimmt damit rechnen, zu all den Partys eingeladen zu werden, von denen sie Melissa ausgeschlossen hatten. Und in Maplecrest würde es von jetzt an auch Partys geben. Denn die vielen Einladungen, mit denen sie Teri überschütten würden, durften nicht unerwidert bleiben. Dafür würde sie schon sorgen. Ja, vielleicht war Teri endlich der Schlüssel zur Aufnahme in die Gesellschaft von Secret Cove, die ihr so lange vorenthalten geblieben war. Das hatte sie doch nicht verdient.

Genausowenig hatte sie verdient, mit dem Wissen leben zu müssen, daß diese Frauen Polly jederzeit wieder in ihrem Kreis aufgenommen hätten, als hätte sie ihn nie verlassen.

Als ob Polly Charles eine so gute Ehefrau gewesen wäre wie sie.

Dabei wußte sie in ihrem Innersten, daß das nicht stimmte. Polly war viel exzentrischer gewesen, als diese Damen auch nur ahnen konnten. Manchmal hätte Phyllis ihnen am liebsten erzählt, was sich alles in Maplecrest abgespielt hatte, bevor Polly endlich gegangen war. Selbst jetzt erinnerte sie sich noch lebhaft daran.

Vor allem an eine Nacht.

In Maplecrest liefen die Vorbereitungen für eine Party. Es hatte zwar nicht zu ihrer Aufgabe gehört, aber Phyllis hatte fast alles selbst gemacht. Zusammen mit Cora hatte sie die Speisen zusammengestellt, sich um die Dekoration gekümmert und dafür gesorgt, daß nichts schiefgehen konnte.

Und was hatte Polly getan? Den ganzen Tag hatte sie sich in ihrer zerfransten Jeans in den Sessel gelümmelt und Gedichte gelesen.

Nichts als Gedichte!

Eine Stunde vor der Party hatte Charles sie gebeten, sich doch endlich fertigzumachen. Und sie hatte nur kurz von ihrem Buch aufgesehen und gemeint: »Vielleicht lasse ich es bleiben. Es sind ja doch nur die gleichen Langweiler mit ihrem ewig leeren Gerede.«

Phyllis, die zufällig daneben gestanden hatte, war sofort der Ausdruck in Charles' Augen aufgefallen. Er hatte sie sogar angesehen. Aber in diesem Blick hatte keinerlei Scham gelegen, weil sie etwas gehört hatte, was nicht für ihre Ohren bestimmt war.

Er hatte vielmehr um Verständnis geworben.

Und sie hatte verstanden.

Daß Charles nämlich eine Frau brauchte, die sich vorbehaltlos in das einzige für ihn mögliche Leben stürzte.

Daß er eine Gastgeberin brauchte, die seine Geschäftsfreunde unterhielt, ohne daß ihre Augen vor Langeweile ganz glasig wurden.

Daß er eine Partnerin brauchte, die das Vermögen der Holloways zu würdigen wußte und nicht darüber höhnte.

Daß er *sie* brauchte – und keine Polly.

Aber keine, aber auch keine einzige von Pollys Jugendfreundinnen hatte das je verstanden. Für sie würde Polly immer die bleiben, die sie ihr Leben lang gekannt hatten. Und sie würde ewig Phyllis, die Außenseiterin bleiben.

Aber jetzt, mit Teris Rückkehr, änderte sich das vielleicht. Zeit war es längst dafür.

Während des Essens fanden die Damen zum eigentlichen Thema ihrer Zusammenkunft, zum Kostümfest, das von jeher genau in der Mitte der Ferien stattfand. Phyllis meldete sich zwar nicht zu Wort, aber immerhin lief die Diskussion nicht ganz an ihr vorbei. In Gedanken war sie immer noch bei Teris Ankunft. Vielleicht war es doch ein Fehler, sie mit dem Zimmer neben dem von Melissa abzuspeisen. Vielleicht sollte sie Teri doch das größere im Ostflügel geben. Dieses unerwartete zweite Kind brauchte jetzt unbedingt einen ordentlichen Empfang. Sie nahm sich vor, sofort mit Cora darüber zu sprechen, sobald sie hier fertig war. Nein, am besten, sie rief sie von hier aus an. Vielleicht blieb sie ja nach dem Essen und trank auf der Terrasse neben dem Becken ein, zwei Martinis. Sie entschuldigte sich und machte sich auf die Suche nach einem Telefon.

Kaum war sie weg, beugte sich Lenore Van Arsdale vor. »Mein Gott«, raunte sie. »Könnt ihr euch vorstellen, was Polly jetzt denken würde? Jetzt hat Phyllis ihr nicht nur den Mann weggeschnappt, sondern auch noch die Tochter!«

»Eins verstehe ich ja nicht«, warf Kay Fielding ein. »Warum bleibt Charles überhaupt bei dieser Frau? So wie sie ihn behandelt...«

»Es ist wegen Melissa«, antwortete Eleanor Stevens.

»Charles war eben immer ein anständiger Kerl. Ich kann mir nicht vorstellen, daß er Melissa dieser Phyllis überlassen würde.«

»Aber das wäre doch gar nicht nötig«, gab Kay zu bedenken. »Kein Gerichtshof der Welt würde ihm das Sorgerecht verweigern.«

»Natürlich«, pflichtete ihr Eleanor bei. »Aber darum geht es auch gar nicht. So wie ich Phyllis einschätze, würde sie mit Klauen und Zähnen kämpfen. Und Melissa hätte das Nachsehen. Jahrelang würden sie sich vor Gericht streiten, selbst wenn sie wüßte, daß sie keine Chance hat. Charles will Melissa das ersparen. Und ich kann es ihm nicht verdenken.«

»Dann muß sie ja bei Phyllis bleiben!« stöhnte Kay. »Das Leben kann schon ungerecht sein. Phyllis ist eine entsetzliche Nervensäge. Und die arme Melissa wird von Tag zu Tag sonderbarer. Es würde mich nicht wundern, wenn...«

Ein Tritt vors Schienbein ließ sie verstummen. Sie drehte sich gerade noch rechtzeitig um, um Phyllis mit versteinerter Miene hinter sich stehen zu sehen.

Fünf Minuten später klemmte sich Phyllis hinter das Lenkrad ihres Mercedes. Endlich konnte sie ihrer Wut freien Lauf lassen. Sie drückte das Gaspedal bis zum Anschlag durch und schoß mit quietschenden Reifen aus der Parklücke. Auf der Küstenstraße ließ sie bei unverminderter Geschwindigkeit das Fenster herunter, damit der Wind ihr etwas Abkühlung bringen konnte.

Noch war ihr Kopf hochrot, und Kays letzte Worte klangen ihr in den Ohren: »...die arme Melissa wird von Tag zu Tag sonderbarer.« Kein Wunder, daß ihr der Zugang zur Welt von Secret Cove so schwer fiel. Alle meinten, mit ihrer Tochter stimme etwas nicht! Und warum auch nicht?

Seit dem Tag ihrer Geburt war Melissa ganz anders gewesen als die übrigen Kinder hier. Mit Teri hatte sie auch gar nichts gemeinsam gehabt.

In den wenigen Monaten, in denen Phyllis sie versorgt hatte, war Teri ein wunderbar angenehmes Baby gewesen. Sie war schon mit blonden Haaren und blauen Augen auf die Welt gekommen. Schwierigkeiten hatte es nie mit ihr gegeben. Sie hatte jedermann glücklich angestrahlt und die Hände nach allem und jedem ausgestreckt.

Melissa war das genaue Gegenteil gewesen. Ständig hatte sie geweint, wenn nicht gerade ihr Vater sie in die Arme genommen hatte. Und während Teri schon als Baby sehr extravertiert gewesen war, hatte Melissa nie mit anderen gespielt. Am Strand und überall sonst war sie lieber für sich geblieben. Richtiggehend abgeschottet hatte sie sich. Mit ihrem seltsamen Verhalten hatte sie ihre Mutter dem Gespött der Leute preisgegeben.

Ihrer Überzeugung nach war Melissa von dem Tag ihrer Geburt an schuld daran, daß sie nie richtig in die Gemeinschaft von Secret Cove aufgenommen worden war.

Das hatte sie einfach nicht verdient. Dabei hatte sie es sich ganz anders vorgestellt. Sie hatte Pollys Platz an Charles' Seite und als Mutter seiner Tochter eingenommen. Von daher war es nur recht und billig, wenn sie auch ihren Rang in der Gesellschaft von Secret Cove einnahm. Aber dazu war es nie gekommen.

Jetzt freilich kam Teri. Und damit bot sich Phyllis eine neue Chance, vorausgesetzt, Melissa verdarb sie ihr nicht. Hoffentlich hatte Teri sich auch nicht verändert. Sie schickte ein Stoßgebet zum Himmel, daß Teri genauso lieb geblieben war, wie sie sie in Erinnerung hatte.

Charles Holloway schaltete den Fernsehapparat in seinem Hotelzimmer aus und wälzte sich auf die andere Seite. Er blickte noch einmal auf den Wecker. Er war auf sechs Uhr gestellt. Jetzt war es kurz vor Mitternacht. Er boxte gegen das viel zu harte Kissen, das eine Spezialität sämtlicher moderner Hotels zu sein schien, und griff nach einem Krimi, seiner Bettlektüre der letzten Monate. Bislang war er nicht über Seite hundert hinausgekommen, ein Zeichen dafür, daß er stets schnell eingeschlafen war. Heute nacht kamen aber gewiß fünfundzwanzig Seiten dazu. Er tröstete sich damit, daß er bald wieder zu Hause war.

Er hatte kaum angefangen, als aus dem Nebenzimmer gedämpfte Geräusche an seine Ohren drangen. Er lauschte ein paar Augenblicke gebannt, dann legte er das Buch beiseite und trat an die Tür vor Teris Zimmer, von wo die Laute kamen. Diesmal erkannte er sie.

Teri weinte.

Hastig knotete er den Bademantel zu, öffnete die Tür leise und schlüpfte in Teris Zimmer. Es war dunkel, doch aus seinem Zimmer drang soviel Licht herein, daß er Teri fest zusammengerollt auf ihrem Bett liegen sehen konnte. Mit den Armen preßte sie das Kissen an sich. Er trat an ihr Bett heran, setzte sich auf die Kante und legte seiner Tochter vorsichtig die Hand auf die Schulter. »Teri, mein Liebes. Was hast du denn?«

Teri wälzte sich auf den Rücken. Aus tränenverquollenen Augen sah sie zu ihm auf. »Es... es tut mir leid«, schluchzte sie. »Ich habe mich nur so einsam gefühlt. Ich wollte dich nicht wecken.«

»Das hast du nicht«, versicherte ihr Charles. »Warum bist du nicht zu mir gekommen?«

»Ich wollte dich nicht stören«, flüsterte Teri mit tränenerstickter Stimme. »Ich meine, du bist schon meinetwegen den ganzen weiten Weg gekommen und...« Erneut schüttelte sie ein Weinkrampf.

Charles wiegte sie sanft in seinen Armen. »Das macht

mir doch nicht das geringste aus. Du sollst so etwas nie wieder denken. Ich bin dein Vater und ich liebe dich.« Er spürte, wie Teri erstarrte. Sie entzog sich der Umarmung und sah ihm in die Augen.

»Ist das auch wahr?« fragte sie mit unsicher bebender Stimme.

»Aber natürlich.«

»Mama hat aber etwas anderes gesagt.«

Charles runzelte im Halbdunkel die Stirn. »Was meinst du damit? Was hat deine Mutter gesagt?«

Teri unterdrückte ein Schluchzen. »Sie hat gesagt, daß du jetzt nur noch Melissa liebst. Deswegen hast du mir auch nie Briefe oder Geschenke zu Weihnachten oder zum Geburtstag geschickt.«

Charles erstarrte. War das denn möglich? War Polly tatsächlich zu solchen Worten fähig gewesen? Das war eine glatte Lüge! »Wovon redest du, mein Liebes?« rief er. »Ich habe dir regelmäßig Briefe geschrieben. Und Weihnachten und deinen Geburtstag habe ich nie vergessen. Jedes Jahr habe ich dir ein Päckchen geschickt. Hast du denn nie etwas bekommen?«

Teri schüttelte den Kopf. »Ich... ich konnte auch gar nicht daran glauben, daß du heute kommen würdest.«

»O Gott«, stöhnte Charles und zog sie wieder an sich. »Kein Wunder, daß du geweint hast. Das muß ja schrecklich für dich gewesen sein.«

»Du... du mußt mich auch nicht zu dir nehmen, wenn ihr das nicht wollt«, stammelte Teri. »Ich kann hierbleiben und Arbeit suchen... Ich habe ja Freunde...«

Charles legte ihr sanft die Hand auf den Mund. »Sag so etwas nie wieder, mein Liebes.« Plötzlich packte ihn die Wut auf seine ehemalige Frau. Es mochte ja noch angehen, daß sie sich von ihm und ihrer Vergangenheit getrennt hatte. Aber daß sie versucht hatte, ihn seiner Tochter zu entfremden, das war unverzeihlich. Kein Wunder, daß er nie einen Brief von Teri bekommen hatte. Sie mußte ja gedacht haben, daß er nichts von ihr wissen wollte.

»Jetzt hör mir bitte gut zu«, sagte er. Er bemühte sich nach Kräften, sich die Empörung nicht anmerken zu lassen. »Ich weiß nicht, aus welchem Grund deine Mutter dir solche Lügengeschichten aufgetischt haben sollte, aber sie sind nicht wahr. Ich habe nie aufgehört, dich zu lieben, und ich habe immer an dich gedacht. Und für mich stand auch sofort fest, daß ich dich holen würde. Du warst und bist meine Tochter. Ich habe dich die ganze Zeit vermißt, und es hat mir sehr wehgetan, daß du nicht bei mir warst. Was die Briefe und die Geschenke betrifft, kann ich mir nicht vorstellen, daß deine Mutter sie abgefangen haben soll. Letztes Weihnachten erst habe ich dir eine Perlenhalskette geschickt. Es waren wunderschöne rosa Perlen. Und sie waren nicht das einzige Geschenk. Spielzeug habe ich dir geschickt, als du klein warst, Kleider, alles mögliche. Du hast immer noch einen Vater. Und dazu sind jetzt eine Stiefmutter und eine Schwester gekommen.«

Teri setzte sich abrupt auf und sah Charles aufgeregt an. »Eine Schwester«, flüsterte sie. »Wie ist sie eigentlich?«

Charles lächelte im Halbdunkel. »Du wirst sie gern haben. Gestern war ihr dreizehnter Geburtstag. Ich soll dir von ihr ausrichten, wie leid ihr das alles tut, aber daß sie sich unheimlich auf dich freut, weil sie endlich das bekommt, wonach sie sich immer gesehnt hat – eine Schwester. Jetzt hat sie eine.«

Teri rutschte unbehaglich hin und her. »Aber... aber was ist, wenn sie mich nicht mag?«

Charles drückte ihr sanft die Hand. »Natürlich wird sie dich mögen«, versprach er ihr. »Sie wird dich genauso gern haben wie ich.«

Sie plauderten noch eine Weile miteinander, bis Teri sich endlich beruhigte und ihre Tränen versiegten. Schließlich deckte Charles sie zu und gab ihr den Gutenachtkuß. »Und vergiß nicht«, mahnte er sie. »Wenn du dich wieder allein fühlst, kommst du einfach zu mir rein und weckst mich.«

Teri nickte. Als Charles das Zimmer verlassen und die Tür hinter sich zugezogen hatte, blieb sie regungslos in der Dunkelheit liegen und dachte nach.

Sie dachte an ihre Mutter.

An ihre Mutter und ihren Stiefvater.

Und ihren richtigen Vater.

Eigentlich war es heute nacht nicht anders als in all den Nächten davor, in denen sie schlaflos im Bett gelegen hatte und sich zu erklären versucht hatte, warum ihre Mutter ihren richtigen Vater verlassen hatte. Es kam ihr so vor, als sei damals in dem riesigen Haus alles vollkommen harmonisch gewesen. Natürlich konnte sie sich nicht mehr daran erinnern. Bei der Scheidung war sie ja keine drei Jahre alt gewesen. Und seitdem war sie nie wieder dort gewesen. Trotzdem hatte sie Secret Cove insgeheim immer als ihre eigentliche Heimat betrachtet, wo sie auch hingehörte.

Und jetzt kehrte sie nach Hause zurück.

Wenn nur ihre Mutter mitkommen könnte. Dann wäre alles so wie damals, als sie ein Baby war. Da war die Welt noch in Ordnung gewesen...

Sofort verscheuchte sie den Gedanken wieder. Es hatte keinen Sinn, sich mit dem Unmöglichen zu beschäftigen.

Sie wälzte sich auf die andere Seite und versuchte einzuschlafen, aber der Schlaf wollte nicht kommen. Schließlich schaltete sie das Licht an, ging zur Kammer und griff in die Tasche ihres Bademantels. Zufrieden legte sie sich wieder ins Bett. In der Hand hielt sie den einzigen Gegenstand, den sie aus dem brennenden Haus gerettet hatte.

Sie hielt ihn sich vor die Augen und betrachtete ihn eingehend.

Es war eine Halskette aus rosa Perlen.

Lange sah sie sie an, betastete ihre glatte Oberfläche und rieb sie sanft gegen das Gesicht. Als sie eine Stunde später einschlief, hielt sie die Perlenhalskette immer noch in der Hand.

5

»Teri. In zwanzig Minuten landen wir.«

Teri blinzelte, öffnete die Augen ganz und streckte sich, soweit es die Sitze der DC 9, Business Class, zuließen. Ihr Mund war ganz ausgetrocknet, und obwohl sie ein bißchen geschlafen hatte, fühlte sie sich, als hätte sie die ganze Nacht kein Auge zugetan. Ihre Augen brannten, und jeder einzelne Knochen tat ihr weh.

»Trink das.« Gehorsam nahm sie ein Glas Orangensaft von ihrem Vater entgegen.

»Ich hasse Nachtflüge«, brummte Charles Holloway mißmutig. »Vor allem die nach Osten im Sommer. Wenn man an Bord geht, scheint noch die Sonne und bei der Ankunft ist es schon wieder Morgen. Aber man hat das Gefühl, die Nacht sei ausgefallen. Warum gehst du nicht auf die Toilette und wäschst dir das Gesicht? Du siehst dann gleich viel frischer aus.«

Teri, die ihrer Stimme noch nicht wieder ganz traute, nickte stumm und kletterte über ihren Vater auf den Mittelgang. In die winzige Toilette nahm sie die Handtasche mit, die ihr Vater ihr vor zwei Tagen gekauft hatte. Sie spritzte sich kaltes Wasser ins Gesicht und versuchte sich zu kämmen. Beim Anblick des eigenen Spiegelbilds zuckte sie zusammen. Ihre Augen sahen richtig verquollen aus. Und aus dem Gesicht schien über Nacht die ganze Bräune gewichen zu sein. Die Person, die sie da anstarrte, sah fahl aus, als wäre sie lange Zeit krank gewesen. Sie wusch sich noch einmal das Gesicht und fingerte in der Ledertasche nach dem Lippenstift. Nachdem sie etwas Rouge aufgetragen hatte, wagte sie einen zweiten Blick in den Spiegel.

Ganz so verquollen wie zuvor sah sie nicht mehr aus. Mehr war unter den Umständen wohl nicht zu erreichen. Sie ging zu ihrem Sitz zurück, wo ein weiteres Glas Orangensaft auf sie wartete. Ihr Vater hatte es während ihrer Abwesenheit bestellt. Dankbar trank sie einen Schluck und schaute zum Fenster hinaus.

Das Flugzeug war bereits im Sinkflug. Bevor es endgültig zur Landung ansetzte, bekam Teri die Küste von Maine zu sehen. So etwas Schönes hatte sie nicht erwartet. Zerklüftete Klippen wechselten sich mit idyllischen Buchten und sanften Stränden ab. Sie suchte in ihrem Gedächtnis nach Erinnerungen an ihre frühe Kindheit.

Nichts wollte ihr einfallen. Es war ein völlig unvertrauter Anblick. Sie wandte sich an ihren Vater. »Eigentlich müßte ich mich an die Gegend hier erinnern.«

Charles lächelte sie verschmitzt an. »Das wäre ziemlich ungewöhnlich. Als ihr weggegangen seid, warst du ja keine drei Jahre alt. Ihr seid in einem Auto davongefahren.

Teri schüttelte den Kopf. »Aber an bestimmte Sachen kann ich mich erinnern. Nicht viel, aber alles ist nicht weg. Einen großen Rasen und einen Strand sehe ich immer noch vor mir.«

Charles schmunzelte. »Na ja, in Secret Cove haben wir

unheimlich viel Rasen, und einen Strand kann ich dir auch garantieren.« Als er sah, wie Teri nervös einen Spiegel aus der Tasche zog und noch einmal ihr Gesicht prüfend musterte, glaubte er den Grund für ihre Aufgeregtheit zu kennen. »Du brauchst dir keine Sorgen zu machen. Nach so einem Flug sehen alle zerknittert aus.«

»Was ist, wenn Phyllis und Melissa mich nicht mögen?«

Charles drückte ihr liebevoll die Hand. »Wie oft muß ich dir noch sagen, daß du überhaupt nichts zu befürchten hast. Ich habe gestern mit Phyllis telefoniert, und sie haben ein Zimmer für dich hergerichtet. Es sind sogar zwei, und du kannst dir das schönste aussuchen. Außerdem hat Melissa in den letzten zwei Tagen über nichts anderes geredet als über ihre Schwester.«

Teri hörte die Worte, wußte aber nicht, ob sie sie wirklich glauben sollte. In den letzten Tagen hatte sie sich ständig eingeredet, daß alles gut ausgehen würde, daß ihr Vater sie wirklich bei sich haben wollte und sie nicht wieder irgendwohin schicken würde.

Aber einmal hatte er sie ja bereits gehen lassen. Es war lange her, und sie war fast zu klein gewesen, um sich heute daran zu erinnern.

Was wäre, wenn er sie wieder nicht haben wollte?

Was würde sie dann tun?

Melissa sah das Flugzeug aufsetzen und auf die Abfertigungshalle zusteuern. Ohne daß sie es merkte, spielten ihre Finger nervös am Kragen ihres Strickpullovers.

»Um Himmels willen, Melissa!« fuhr ihre Mutter sie scharf an. »Mußt du denn ständig an allem herumspielen. Laß den Pullover gefälligst in Ruhe. Vorher war er ganz sauber – und jetzt? Schau ihn dir an!«

Melissa ließ die Hände augenblicklich fallen und in den Hosentaschen verschwinden.

»Was ist, wenn sie mich nicht mag?« fragte sie aufgeregt.

Mit verzogener Miene sah Phyllis ihre Tochter von oben herab kalt an. »Ich sehe keinen Grund, warum sie dich nicht mögen sollte«, erwiderte sie. »Wenn du dir nur ein bißchen Mühe geben würdest, hättest du auch nirgendwo Schwierigkeiten. Aber so wirst du nie viele Freunde haben.«

Melissa biß sich auf die Lippen. Warum hatte sie auch diese Frage ihrer Mutter gestellt? Nervös spielte sie mit den Haaren, um die Hände sofort wieder sinken zu lassen. Die Worte ihrer Mutter waren ihr gegenwärtig: »Wie willst du jemals schöne Haare haben, wenn du sie dir mit diesem Gefummel ruinierst?«

Endlich war der Jet zum Stehen gekommen, und einen Augenblick später sah sie ihren Vater auf sich zukommen. Wie immer hatte er seine Ledertasche nachlässig über die Schulter geworfen. Sie stürzte ihm entgegen und schlang die Arme um ihn, noch während er die Tasche zu Boden gleiten ließ. Im nächsten Augenblick spürte sie seine Lippen auf ihrer Wange.

»Hast du mich vermißt?« fragte er. Sie nickte heftig. Dann befreite er sich sanft aus der Umarmung und drehte sich zu dem neben ihm stehenden Mädchen um. »Das ist deine Schwester, mein Liebes.«

Melissa stockte der Atem. Zum erstenmal sah sie Teri leibhaftig. Sie kam ihr noch schöner vor als auf dem Foto. Die Augen waren tiefblau, und das aus dem Gesicht gekämmte Haar sah aus wie frisch gewaschen. Sie trug eine weiße Bluse und Khaki-Shorts. Es waren fast dieselben wie die von Melissa, nur Teri paßten sie genau, während sie an Melissa wie ein Kartoffelsack herunterhingen.

»H-Hi«, stammelte Melissa. Ihrer Halbschwester gegenüber fühlte sie sich noch gehemmter als sonst.

»Zumindest könntest du deiner Schwester einen Kuß geben«, wies Phyllis sie zurecht und gab ihr einen Stoß. Errötend stolperte Melissa auf Teri zu. Die bemerkte ihre Verlegenheit augenscheinlich und grinste sie an.

»Lieber nicht. Ich muß am ganzen Leib stinken.«

»Du siehst aber durchaus frisch aus«, erklärte Phyllis und trat an Melissa vorbei, um Teri in die Arme zu schließen. »Kannst du dich überhaupt an mich erinnern? Ich habe mich um dich gekümmert, als du ganz klein warst.« Sie drückte Teri fest an sich. »Es tut uns allen so schrecklich leid, was passiert ist«, fuhr sie mit gedämpfter Stimme fort. »Es muß entsetzlich für dich gewesen sein.«

Teri erwiderte die Umarmung, sagte aber nichts. Alle sahen betreten drein. Charles erlöste sie schließlich.

»Fahren wir mal heim«, schlug er vor. »Wo ist der Wagen?«

»Auf dem Parkplatz«, antwortete Phyllis. »Du kannst mit Melissa ja schon vorausgehen. Ich kann Teri mit dem Gepäck helfen.«

»Ich habe keins«, erklärte Teri leise. »Ich habe nur die paar Kleinigkeiten, die mir Vater gekauft hat. Der Rest...« Ihre Stimme erstarb. Unverzüglich legte Phyllis den Arm verständnisvoll um ihre Schulter.

»Mach dir deswegen keine Sorgen. In Secret Cove haben wir einen aufregenden Laden neben dem anderen. Und morgen kleiden wir dich neu ein.«

Melissa lief Hand in Hand mit ihrem Vater. Alle paar Sekunden drehte sie sich nach ihrer neuen Schwester um.

»Na, was hältst du von ihr?« fragte er sie augenzwinkernd.

»Sie ist wunderschön«, flüsterte Melissa.

Charles drückte ihr fest die Hand. »So schön wie du ist sie nicht, mein Schatz«, versicherte er seiner Tochter und zog sie näher zu sich.

In der Gegenwart ihres Vaters legte sich ein wenig die Spannung der letzten Tage. Ihr Vater war wieder da, für ein paar Tage wenigstens. In der Zeit war sie sicher. Und wenn Teri dabei war, hielt sich ihre Mutter vielleicht ein bißchen zurück. Vielleicht konnte Teri ihr genausoviel Schutz geben wie ihr Vater.

Sobald der Mercedes die Flughafenautobahn verließ und auf die Landstraße nach Secret Cove abbog, spähte Teri durch das Heckfenster nach irgend etwas Vertrautem. Aber nichts kam ihr bekannt vor, auch nicht das kleine Dorf mit seinen gepflegten Geschäften, die entweder aus dem letzten Jahrhundert stammten oder dem damaligen Stil getreu nachempfunden waren. Nein, Teri erkannte nichts wieder, doch der Anblick war faszinierend. Von San Fernando Valley her war sie endlose, schnurgerade Straßen vorbei an gigantischen Supermärkten oder Schnellimbißrestaurants gewöhnt. Hier fuhr man durch einen Wald und war plötzlich mitten in Secret Cove. Da die Straße sich durch den Ort schlängelte, fühlte Teri sich eher an einen Park erinnert. Jedes Geschäft hatte Blumenkästen vor dem Fenster und einen sauber gepflegten Vorgarten. Früher war das anscheinend eine reine Wohngegend gewesen.

»Das ist ja herrlich!« rief Teri. Zum erstenmal wandte sie sich an Melissa. »War das schon immer so?«

Melissa nickte. »Heute lebt keiner mehr im Dorf. Die, die ständig hier leben, haben ihre Häuser weiter im Westen. Es gibt auch alle möglichen Vorschriften, was sie im Dorf überhaupt tun dürfen. Wir haben zum Beispiel eine eigene historische Gesellschaft, die dafür sorgt, daß sich nichts verändert.« Sie kicherte leise. »Cora – das ist die Haushälterin – meint, daß sie den ganzen Ort in ein Museum verwandeln wollen. Aber Todd findet das nicht so schlimm, weil für ihn die ganzen Bewohner ohnehin schon Fossilien sind.«

»Wer ist Todd?«

»Coras Enkel. Er lebt bei ihr. Seine Eltern sind einfach weggegangen und haben ihn zurückgelassen. Hättest du so etwas für möglich gehalten?«

Teri schüttelte den Kopf. »Was für ein Typ ist er denn? Sieht er toll aus?«

Phyllis mischte sich vom Beifahrersitz aus ins Gespräch ein. »Er ist ein ganz gewöhnlicher Junge. Er arbeitet ein bißchen im und ums Haus. Wenn er erwachsen ist, wird er wohl eins von den Mädchen im Ort heiraten.«

»Das stimmt doch nicht!« rief Melissa. »Er will auf ein College gehen und Architekt werden.«

Phyllis bedachte ihre Tochter mit einem bösen Blick. »Ach ja? Und wer soll so ein Studium bezahlen?«

Melissa zuckte mit den Schultern. »Ich... ich nehme an, er wird etwas arbeiten oder ein Stipendium oder so etwas bekommen. Es muß ja nicht jeder nach Harvard oder Yale gehen.«

»Wer wirklich etwas im Leben erreichen will, studiert nur dort«, erwiderte Phyllis. »Wie ist das mit dir, Teri. Hast du dir schon mal übers Studium Gedanken gemacht?«

Teri schüttelte den Kopf. »Ich hätte wohl in Los Angeles studiert, aber jetzt...« Ihre Stimme erstarb wieder. Jeder im Wagen begriff, daß sämtliche Pläne, die sie gehabt haben mochte, unter den Trümmern des Hauses begraben lagen.

»Du hast ja noch genügend Zeit, dir Gedanken zu machen«, sagte Phyllis eilig. »Was meinst du, wieviel Spaß es machen wird, die richtige Schule für dich herauszusuchen. Eleanor Stevens schaut sich nächste Woche ein paar Colleges mit ihrer Tochter zusammen an. Vielleicht sollten wir uns anschließen.«

Charles warf seiner Frau von der Seite her einen Blick zu. »Nur nichts überstürzen, Phyllis. Erst muß sie ja noch zwei Jahre lang zur Schule gehen.«

»Mit dem Planen kann man nicht früh genug anfangen«, verteidigte sich Phyllis. »In die wirklich guten Colleges kommt man unheimlich schwer hinein, und da kann es nie schaden, wenn man beizeiten Beziehungen anknüpft.«

Teri wandte sich an Melissa. »In welche Schule gehst du denn?«

»Prissy Preston«, antwortete Melissa und mußte über Teris verdutztes Gesicht lachen. »Eigentlich heißt sie ja ›Priscilla Preston Academy For Young Ladys‹«, erklärte sie. »Ich kann sie nicht ausstehen. Aber Mom meint, ich muß sie besuchen, weil alle dorthin gehen. Sie ist fürchterlich alt und muffig und ganz entsetzlich streng. Und weil auch noch die Lehrer alle so verstaubt sind, nennen wir sie immer Prissy Preston.«

»Es ist eine hervorragende Schule, Melissa, und du solltest dankbar sein, daß du sie besuchen darfst.«

Melissa verdrehte die Augen und Teri grinste sie an. Für Melissa stand nun fest, daß sie sich gut verstehen würden.

Dann passierte der Wagen das Tor von Maplecrest. Auf der langen Zufahrt zum Haus starrte Teri wieder gebannt zum Fenster hinaus.

Als sie aus dem Wald kamen, stockte Teri der Atem.

Irgend etwas kam ihr vertraut vor. Sie wußte nur nicht, ob es das große Haus war oder der weite Rasen davor.

Das Haus türmte sich gewaltig vor ihnen auf. Oben zierten es Dachschindeln, als Vorbau hatte es eine Veranda, auf die von fast allen Zimmern Loggiatüren gingen. In der Mitte führte eine große Tür ins Innere. Als sie auf die Tür starrte, wußte Teri plötzlich wieder, was sich dahinter verbarg.

Eine überwältigende Vorhalle – zumindest war sie ihr als kleines Kind überwältigend vorgekommen –, von der eine Treppe in den ersten Stock führte. Von einem riesigen Absatz auf halber Höhe teilte sie sich nach links und rechts und dann...

Der Rest war Leere, denn außer dem Treppenhaus war ihr nichts in Erinnerung geblieben.

Charles parkte den Wagen auf dem Kiesweg vor dem Haus. Beinahe zögernd stieg Teri aus. Ehrfurchtsvoll sah sie an der Fassade empor.

»Es ist so groß«, flüsterte sie fast unhörbar. »Ich hätte nie gedacht... Es ist ja ein richtiges Herrenhaus!«

»Gemütlich ist es auf alle Fälle«, sagte Phyllis. Wie immer, wenn sie Fremden das Haus zeigte, tat sie, als sei es nichts Besonderes. »Aber ein Herrenhaus ist es nicht. So etwas kann sich ja heutzutage kein Mensch mehr leisten. In den wenigen, die es noch gibt, sitzen jetzt Behörden oder Sekten.«

Die Tür ging auf. Ohne der Haushälterin auch nur zuzunicken, hastete Phyllis an Cora vorbei und ging hinein. Cora, die sich eine frische Schürze umgebunden hatte, kam herausgewetzt. Todd war seiner Großmutter gefolgt, blieb aber oben auf der Veranda stehen, während Cora die Stufen hinunterlief.

»Teri! Bist das wirklich du?« Sie warf die Arme um das Mädchen und drückte sie fest an ihre breite Brust. Dann hielt sie sie eine Armlänge von sich. »Du bist ja richtig erwachsen geworden! Und das genaue Abbild deiner Mutter!« Kaum waren die Worte heraus, erstarb ihr Lächeln. »Ach, mein liebes Kind«, murmelte sie. »Es ist ja so schrecklich, und ich tue einfach so, als würdest du auf einen normalen Besuch kommen.« Aus ihren Augen quollen Tränen. Sie wischte sie mit dem Schürzenzipfel weg. »Ich wollte ja nur... wie soll ich es sagen... und du mußt mich für eine schreckliche alte Närrin halten. Kannst du dich überhaupt noch an mich erinnern?«

Teri schüttelte den Kopf. »Ich... ich kann mich an so gut wie nichts erinnern. Es ist ja so lange her. Aber irgendwie kommt mir alles vertraut vor.«

»Deine Mutter hat dir doch sicher Fotos vom Haus gezeigt«, schaltete Charles sich ein.

Teri nickte. »Aber Fotos sind nicht dasselbe. In meinen Träumen hat das Haus aber fast genauso ausgesehen wie in Wirklichkeit.«

»Natürlich hast du davon geträumt«, meinte Cora. »Schließlich bist du ja hier auf die Welt gekommen. Bestimmte Sachen vergißt man eben nie. Jetzt komm mal mit, du mußt meinen Enkel kennenlernen. Todd? Das ist Teri.«

Todd kam langsam die Treppe herunter und streckte Teri die Hand entgegen. »Hi«, sagte er.

»Hallo, Todd«, sagte Teri und schüttelte ihm lächelnd die Hand. Ein lautes Bellen war zu hören. Teri drehte sich um und sah einen riesigen Labrador mit heftig wedelndem Schwanz über den Rasen jagen.

»Komm her, Blackie«, rief Melissa. »Komm schon, mein großer Junge.« Das Ungetüm von Hund raste auf Melissa zu, stellte sich vor ihr auf die Hinterpfoten und leckte ihr liebevoll das Gesicht ab. Lachend kraulte Melissa den Hund hinter den Ohren. dann wehrte sie ihn sanft ab. »Das ist Teri, Blackie«, sagte sie und deutete auf ihre Halbschwester. »Gib ihr brav die Hand.«

Aber anstatt die Pfote zu heben, drückte sich Blackie eng an Melissas Beine. Tief aus seiner Kehle kam ein leises Knurren. »Blackie!« rief Melissa. »Begrüßt man so eine neue Freundin?« Sie grinste Teri erwartungsfroh an.

»Komm ruhig her, Teri. Laß ihn deine Hand beschnüffeln. Er hat nur Angst.« Nur widerstrebend machte Teri einen zögernden Schritt auf sie zu und hielt die Hand nach unten.

Doch Blackie wich zurück und verschwand mit weiten Sätzen über den Rasen in Richtung Strand. »Blackie!« schrie Melissa ihm nach. »Komm sofort zurück!«

»Das macht nichts«, sagte Teri. »Laß ihn ruhig springen.«

Melissa schaute kurz zum Strand. Dann wandte sie sich achselzuckend an Teri. »Komm mit, ich zeig' dir dein Zimmer.«

Sie ging voran ins Haus. In der Vorhalle blieb Teri abrupt stehen.

Genauso hatte sie sie sich vorgestellt. Die Wände waren mit weiß gestrichenem Holz vertäfelt, und eine breite Treppe führte in den ersten Stock. Links und rechts von der Treppe gingen zwei Loggiatüren auf die Terrasse hinter dem Haus. Und ganz oben sorgte eine Kuppel aus Mattglas für ein herrliches Licht, das in allen Regenbogenfarben durch das Haus schillerte und sich unten auf dem Marmorboden spiegelte.

»Daran kann ich mich noch erinnern«, flüsterte Teri. »Als ich ein Baby war, hat das alles so gewaltig ausgesehen.« Sie kicherte. »Aber so unrecht hatte ich gar nicht, findest du nicht auch?«

Melissa nickte. »Ich bin immer gerne das Treppengeländer hinuntergerutscht. Cora hatte fürchterliche Angst, daß ich mir etwas tue, und Mama hat gesagt, daß es unschicklich für eine Dame ist. Mir hat es trotzdem Spaß gemacht. Willst du es mal probieren?«

Teri blinzelte zum bogenförmig nach unten verlaufenden Geländer aus blankpoliertem Walnußholz. »Cora hat wohl recht«, meinte sie mit einem Kopfschütteln. »Wahrscheinlich würde ich runterfallen und mir das Genick brechen.«

»Bestimmt nicht«, rief Melissa. »Es macht wirklich Spaß. Morgen können wir es ja mal probieren.«

Sie stiegen die Treppe bis zu einem weit ausladenden, kreisförmigen Zwischengeschoß empor, in dem die Treppe sich teilte. Sie wählten die Stufen rechts und kamen in den ersten Stock. Von dort führten breite Flure in den Ost- und den Westflügel.

»Du kannst dir dein Zimmer aussuchen, Teri«, erklärte Melissa. »Eins ist für die Gäste, aber Mama sagt, du kannst es haben, wenn du willst.«

Sie führte Teri in das große Zimmer im Ostflügel. Es hatte an drei Wänden große Fenster, zwei mit Blick auf die Bucht und das weite Meer am Horizont. Vom dritten Fenster konnte man auf die Terrasse an der hinteren Fassade sehen, die zwischen den zwei Flügeln eingebettet war. »Mein Zimmer ist auf der anderen Seite«, sagte Melissa. »Es ist nicht so groß. Und das hier hat ein eigenes Bad.«

»Wo ist das andere Zimmer?« wollte Teri wissen.

Das Lächeln wich aus Melissas Gesicht. »Kein Vergleich mit dem hier. Es ist kleiner, und der Blick ist auch nicht so schön.«

»Anschauen können wir es ja, oder?«

Teri ging zum anderen Flügel voran. Vor dem Zimmer, das Phyllis ursprünglich für sie vorgesehen hatte, blieb sie stehen.

»Na ja, eigentlich... ist es gar kein richtiges Zimmer«, stotterte Melissa. Sie stieß die Tür auf und ließ Teri den Vortritt.

Melissa und Cora hatten das Zimmer ordentlich geschrubbt, bis der Boden glänzte. Im Speicher hatten sie zudem passendere Möbel gefunden. Die massive Truhe war einer geräumigen Kommode mit handgeschnitzten

Verzierungen gewichen. Todd hatte sie in einer Ecke im Speicher aufgestöbert. Dort hatten sie auch ein antikes Bettgestell gefunden, an das Cora sich noch vage erinnern konnte. Die Couch hatten sie dagegen im Zimmer gelassen. Nur den Bezug hatten sie ausgetauscht. Ein helles Blumenmuster schuf gleich eine viel fröhlichere Atmosphäre.

»Wenn du dich für das Zimmer entscheidest, können wir es sicher neu tapezieren«, meinte Melissa.

Der wehmütige Unterton machte Teri hellhörig. »Was ist denn besonderes an dem Zimmer?« fragte sie. »Ich meine, es ist bei weitem nicht so groß und schön wie das andere.«

»Ich weiß«, seufzte Melissa. »Und wenn ich die Wahl hätte, würde ich wahrscheinlich sofort das andere nehmen. Aber schau mal.« Sie lief auf die andere Seite und machte die Badezimmertür auf. »Durch das Bad kommt man direkt in mein Zimmer und spart sich den Weg über den Flur. Wenn du das kleine Zimmer nimmst, können wir uns gegenseitig besuchen, ohne daß Mom und Dad etwas mitkriegen.«

Teri sah sich das Bad genauer an. Es war zwar das kleinste in Maplecrest, aber immer noch weitaus größer als das, das sie mit ihren Eltern in Kalifornien geteilt hatte. Und in dem Zimmer, für das Melissa sich entschuldigt hatte, würde sie auch mehr Platz haben als zu Hause.

Nein, verbesserte sie sich still. Das hier ist jetzt mein Zuhause.

Sie trat zur zweiten Tür, die in Melissas Zimmer führte. Blitzartig fuhr ihr wieder einer dieser sonderbaren Erinnerungsfetzen in den Sinn.

»Geh ruhig rein«, hörte sie Melissas aufmunternde Stimme.

Langsam drückte sie die Tür auf.

Kaum war sie eingetreten, wußte sie es wieder.

Das war *ihr* Zimmer gewesen.

Alles kam ihr vertraut vor. Nur daß sie den ganzen Rest ihres Lebens nicht mehr hiergewesen war.

Selbst der Geruch schien die Vergangenheit wieder zu wecken. Gefühle von Wärme und Sicherheit, Arme die sie wiegten und die Bilder von Gesichtern, die sich über sie beugten und sie anlächelten.

Richtig, das war ihr Zimmer gewesen, in dem sie als Baby gelebt hatte.

Sie schwieg. Die Gefühle hatten sie aufgewühlt.

Das andere Zimmer – das im Ostflügel – mochte geräumiger und heller sein als das neben Melissa, aber dort wurden nur immer die Gäste untergebracht.

Gäste, die ein paar Tage oder vielleicht Wochen blieben und dann wieder gingen.

Aber Teri ging ja nicht. Das war jetzt wieder ihr Zuhause, und sie wollte sich nicht wie ein Gast vorkommen.

Und natürlich hatte sie hier auch Melissa.

Melissa, die Schwester, die es seit so vielen Jahren gab und die sie nie gesehen hatte. Melissa, die jetzt voller Bangen auf ihre Entscheidung wartete.

Sie lächelte. »Ich glaube, du hast recht. Ich nehme das kleine Zimmer. Das andere ist mir viel zu groß. Wahrscheinlich würde ich über die Terrasse zu dir herüberschauen und überlegen, was du gerade machst. Und hier können wir immer miteinander reden. Was meinst du, wieviel Spaß wir zusammen haben werden!«

Melissa starrte das schöne, lächelnde Mädchen an. Auf einmal schlang sie die Arme um sie.

»Ich weiß ja, daß du ein schreckliches Erlebnis hinter dir hast«, flüsterte sie. »Aber du kannst dir gar nicht vorstellen, wie froh ich bin. Ich war hier immer einsam, aber das wird jetzt ganz anders.«

Teri zögerte. Dann legte auch sie die Arme um Melissa. Aber obwohl ihre Lippen lächelten, aus ihren Augen sprach etwas anderes. Einem Dritten wäre die gefühllose Kälte aufgefallen.

6

Brett Van Arsdale fixierte den Volleyball, der in hohem Bogen übers Netz kam. Erst im allerletzten Moment schnellte er mit ausgestrecktem Arm und geballter Faust in die Höhe, um den Ball genau im richtigen Augenblick ins gegnerische Feld zurückzuschmettern, wo er zwischen Kent Fielding und Cyndi Miller aufschlug. Die zwei funkelten einander vorwurfsvoll an. »Warum hast du ihn nicht angenommen?« schimpften sie gleichzeitig los. »Er war doch auf deiner Seite!«

»Gewonnen!« jubelte Jeff Barnstable. »Habt ihr Lust auf ein Match Jungen gegen Mädchen?«

»Erst mal eine Pause«, stöhnte Ellen Stevens. »Vor zwei Jahren wolltet ihr nie gegen uns spielen, weil wir damals noch größer waren!«

»So ändern sich die Zeiten«, konterte Jeff mit einem frechen Grinsen. »Man muß eben am Ball bleiben.«

Ellen ging zur Wiese und ließ sich auf ihr Badetuch plumpsen. »Ich mache einen Gegenvorschlag«, sagte sie und räkelte sich träge. Unter Jeffs bewundernden Blicken trug sie neues Sonnenöl auf. »Nach dem Essen gehen wir auf den Tennisplatz, und du kannst mit Kent gegen Cyndi und mich antreten.«

Ächzend ließ sich Jeff neben sie fallen. »Hältst du mich für total blöde? Ich lasse mich doch nicht vor allen Leuten von euch auseinandernehmen!«

Ellen zog die Augenbrauen hoch. »Aber wenn wir im Volleyball gegen euch verlieren, können die Leute ruhig zuschauen?« zog sie ihn auf. »Manchmal bist du wirklich ein entsetzlicher Chauvi.«

Als Jeff sie mit einer Handvoll Sand bedrohte, rollte sie sich kichernd zur Seite. So ließ er ihn einfach durch die Finger rinnen. »Hey«, rief er in die Runde. »Hat einer von euch schon Teri gesehen?«

Cyndi Miller schüttelte den Kopf. »Komisch, nicht? Dabei ist sie schon zwei Tage da. Eigentlich hätte sie sich längst am Strand blicken lassen müssen.«

»Vielleicht ist sie genauso plemplem wie Melissa«, wieherte Marshall Bradford. »Sie ist zwei Jahre älter. Vielleicht müssen sie sie im Speicher einsperren.«

Ellen Stevens kicherte. »Meine Mom liegt mir ständig damit in den Ohren, daß ich sie anrufen soll. Aber ich kann sie ja schlecht einladen. Dann müßte ich Melissa ja auch Bescheid sagen!«

»Ach, das muß nicht sein«, warf Cyndi ein. »Es ist ja nicht so, als ob Melissa auf uns scharf wäre. Letzthin hat sie uns doch buchstäblich rausgeschmissen!«

»Erinnere mich bloß nicht an die Party«, stöhnte Brett. »Eine Partie Wasserball und Cora Petersons Cracker mit Erdnußbutter – wie aufregend. Wir hätten...« Er verstummte. Etwas im Norden hatte seine Aufmerksamkeit erregt.

Jeff Barnstables Blick folgte dem seines Freundes. Er stieß Ellen Stevens an, die auf dem Rücken lag und mit der Hand die Augen gegen die Sonne abschirmte. »Rat mal, wer da den Strand entlangläuft. Melissa Holloway und noch jemand. Das muß Teri MacIver sein.«

Ellen gab ein übertriebenes Stöhnen von sich. »Kann man denn nichts gegen die Umweltverschmutzung am Strand tun?«

Jeff feixte. Als die Mädchen mit dem schwanzwedelnd hinter Melissa herumspringenden Blackie näher kamen, stieß er Ellen noch einmal an. »Also, wenn du mich fragst – Teri sieht nicht unbedingt wie eine Vogelscheuche aus.«

»Ich habe dich nicht gefragt«, versetzte Ellen. Dennoch setzte sie sich auf. Da sie jetzt keinen Schutz mehr gegen die Sonne hatte, kniff sie die Augen unvermittelt zu. Als sich ihre Pupillen an die Strahlen gewöhnt hatten, erkannte sie die etwas zu mollige Gestalt von Melissa. Wie immer hing ihr das braune Haar in Strähnen über die Schultern. Aber beim Anblick des Mädchens neben Melissa weiteten sich ihre Augen. Teri war das vollkommene Gegenteil von Melissa. Das Haar hatte sie elegant aus dem Gesicht gekämmt. Es war von einem Blond, um das Ellen sie auf Anhieb beneidete. So brachte sie das ihre nie zum Glänzen, obwohl sie ständig zum Apotheker ging und ein Mittel nach dem anderen probierte. Dazu hatte Teri eine ideale Figur. Der etwas knappe Badeanzug zeigte eine makellos braungebrannte Haut. Ellen sah automatisch an sich herunter. Zwischen den Schenkeln hatte sie noch einige blasse Stellen.

»Aus Kalifornien eben«, sagte sie. Im Sprechen merkte sie schon, daß ihre Worte wie saure Zitronen klangen. Sie schaute sich hastig um. All ihre Freunde – einschließlich Cyndi Miller – starrten auf die Neue. »Jetzt kriegt den Mund schon wieder zu. So aufregend sieht sie auch wieder nicht aus.«

»O doch«, rief Brett Van Arsdale, ohne den Blick von Teri zu wenden. »Gib's zu, Ellen. Neben ihr siehst du aus wie Hundefutter.«

»Unverschämtheit!« ereiferte sich Ellen. »Du siehst mir eher wie ein Hund aus, Brett. Die Zunge hängt dir ja schon zum Hals raus. Gleich fängst du zu sabbern an.

Und nur, weil ihr Badeanzug ein paar Nummern zu knapp ist. Wann wirst du endlich erwachsen?«

»Ich glaube, ich bin es soeben geworden«, seufzte Brett. »Wie trete ich ihr gegenüber nur auf?«

»Hast du schon einmal daran gedacht, einfach aufzustehen und ›Hallo‹ zu sagen?« fragte Ellen voll beißendem Spott.

»Das wäre gegangen, wenn du neulich nicht so fies zu Melissa gewesen wärest.«

»Ich?« kreischte Ellen. »Was habe *ich* denn getan?«

Bretts Augen richteten sich bohrend auf Ellen. »Hör schon auf damit. Ich hab' doch mitgekriegt, wie du mit Cyndi über Melissa gelästert hast. Und sie hat es auch gehört.«

»Wenn du dir plötzlich wegen Melissa Gewissensbisse machst, brauchst du sie ja bloß darum zu bitten, dich mit ihrer Schwester bekannt zu machen.«

»Das tue ich vielleicht auch«, entgegnete Brett. Er machte aber keinerlei Anstalten, von seiner Decke aufzustehen.

»Na los, geh schon!« stachelte ihn Kent Fielding an. »Geh doch zu Melissa und sag ihr, daß es uns allen wegen ihrer bescheuerten Geburtstagsparty so unendlich leid tut. Und dann erklärst du ihr, daß du auf ihre Schwester scharf bist.«

»Ach Mensch«, ächzte Brett. »Laßt mich doch in Frieden.«

»Wie willst du sie denn sonst kennenlernen?« fragte Jeff.

Brett zuckte die Achseln. »Wenn ihr dabeiseid, versuche ich es lieber nicht. Aber irgendwann wird sie sich ja im Club zeigen.«

»Genau!« prustete Cyndi Miller los. »Vor allem, wenn Melissa und Mrs. Holloway dabei sind. Vergiß es, Brett.

Wenn du Teri willst, mußt du wohl oder übel Melissa in Kauf nehmen müssen.« Sie wälzte sich auf den Bauch. So entging ihr, wie die zwei Mädchen fünfzig Meter vor ihnen stehenblieben und aufgeregt miteinander tuschelten. »Es ist ja auch gleichgültig«, sagte sie gelangweilt. »Jede Wette, daß Teri genauso komisch ist wie Melissa.«

»Kennst du sie denn nicht?« wollte Teri wissen und deutete mit dem Kinn auf die Gruppe junger Leute, die sich am Strand neben dem Volleyballfeld niedergelassen hatten.

Melissa biß sich auf die Lippe. Ihr war klar, daß Teri die anderen kennenlernen wollte, aber sie hatte die Gemeinheiten von der Geburtstagsfeier noch nicht überwunden. »Ja, ich kenne sie«, gab sie zu. »Aber das heißt nicht, daß ich sie auch mag. Es sind die Obersnobs vom Cove Club.«

Teri sah sie erstaunt an. »Aber sind wir nicht auch Clubmitglieder?«

»Schon, aber...«

»Aber was?« setzte Teri nach. »Du hast hier doch jeden Sommer verbracht. Sind sie denn nicht deine Freunde?«

Melissa holte tief Luft. Dann schüttelte sie den Kopf. »Nein«, gestand sie endlich. »Sie... sie können mich nicht ausstehen.« Ihr Blick blieb starr auf den Boden gerichtet. Sie brachte es nicht fertig, Teri in die Augen zu sehen.

»Was meinst du damit?« fragte Teri. »Was sollten sie gegen dich haben?«

Melissa zuckte die Achseln. Sie wünschte, sie wären nicht an den Strand gegangen. In den letzten Tagen hatten sie am Swimmingpool gelegen und gefaulenzt. Heute hatte Teri einen Spaziergang am Strand vorgeschlagen. Melissa hatte kein Wort über die Lippen gebracht, daß sie Angst hatte, den anderen Jugendlichen über den Weg zu laufen. Endlich sah sie auf. Ihre Halbschwester hatte nicht wie die anderen diesen gräßlichen überheblichen Ausdruck in den Augen.

»Sie mögen mich eben nicht. Das ist alles.«

Teri warf einen Blick auf die Gruppe. Sie begriff sofort. Sogar aus der Entfernung erkannte sie, daß sie sich alle ähnelten. Alle hatten blonde Haare, die Mädchen waren sehr schlank und die Jungen gut gebaut mit breiten Schultern, einm kräftigen Brustkorb und trainierten Muskeln.

Diese Sorte kannte sie schon von Kalifornien her. Bei Busfahrten nach Beverley Hills hatte sie die einheimischen Jugendlichen immer in der Sonne liegen sehen. Eigentlich hatten sie nur herumgehangen. Teri hatte einen geübten Blick für solche Leute entwickelt. Sie sahen alle gleich aus, trieben sich am Vormittag am Rodeo Drive herum und verbrachten den Nachmittag im Schwimmbad oder auf dem Tennisplatz.

Beachteten sie Teri oder ihre Freunde einmal – was praktisch nie vorkam –, so verrieten ihre Blicke nur das eine:

»*Du gehörst nicht hierher. Warum ziehst du nicht Leine?*«

Trotzdem wagte sie einen zweiten verstohlenen Blick auf die Jugendlichen am Strand. Einer zumindest verriet deutliches Interesse. Sie war sich dessen ganz sicher, denn mehr als ein Junge hatte ihr mit demselben Blick zu verstehen gegeben, daß er sie gerne kennenlernen würde. Es sei denn, er starrte lediglich auf ihren knappen Badeanzug, den sie nur anhatte, weil kein anderer da war.

Er war der größte in der Gruppe. Sie schätzte ihn auf eins achtzig. Wenn er lächelte, waren gewiß Grübchen unter den Wangen zu sehen.

»Wer ist das?« wollte sie von Melissa wissen.

Melissa brauchte nicht hinzusehen, um zu wissen, wen Teri meinte. Es konnte doch kein anderer als der sein, den sie seit zwei Jahren heimlich verehrte. »Jeff Barnstable. Er sieht toll aus, was? Mir gefallen seine lockigen Haare, und er hat unglaublich schöne Augen.«

Teri sah ihre Halbschwester versonnen an. »Du magst ihn, nicht wahr?«

Melissa schüttelte den Kopf, doch die Schamröte strafte sie Lügen. »Na ja«, gab sie schließlich mit einem Stoßseufzer zu. »Vielleicht hat er's mir wirklich angetan. Aber wahrscheinlich weiß er nicht einmal, daß es mich gibt.«

Teri drückte Melissa verständnisvoll die Hand. »Mach dir deswegen keine Sorgen«, sagte sie. »Jede Wette, daß du ihm auffällst, wenn wir hingehen. Aber ihn habe ich gar nicht gemeint. Ich wollte wissen, wie der Große heißt.«

Melissa musterte heimlich die Gruppe. Endlich begriff sie, für wen Teri sich interessierte. »Brett Van Arsdale«, antwortete sie erleichtert. Teri wollte also nichts von Jeff.

»Was ist er für ein Typ?«

Melissa zuckte gleichgültig mit den Schultern. »Keine Ahnung. Wahrscheinlich ist er kein übler Typ.« Sie setzte sich wieder in Bewegung. »Komm schon. Kümmern wir uns einfach nicht um sie. Dann lassen sie uns sicher auch in Ruhe.«

Seite an Seite liefen sie durch das seichte Wasser und ließen sich von den schaumigen Wellen die Füße lecken. Teri spürte die Blicke der anderen auf sich ruhen, aber sie sah nicht mehr hin. Nach etwa hundert Metern sah sie Melissa an. »Schwimmen wir ein bißchen«, schlug sie vor. »Mir ist furchtbar heiß.« Ohne eine Antwort abzuwarten, rannte sie bis zu den Hüften ins Wasser. Trotz der plötzlichen Kälte tauchte sie sogleich unter, um ein paar Meter weiter wieder aufzutauchen und auf dem Rücken weiterzuschwimmen. »Komm doch auch rein!« schrie sie Melissa zu.

Nach einigem Zögern watete Melissa bis zu den Knien ins Wasser. »Das ist ja kalt!« rief sie.

Teri schwamm lachend auf ihre Schwester zu. »Es ist nicht kalt, es ist eisig!« rief sie. »Komm trotzdem rein. Wenn ich es schaffe, kannst du es auch! Wenn du erst einmal drin bist, spürst du die Kälte nicht mehr!«

Teris Lachen versetzte Melissa im ersten Augenblick einen entsetzlich schmerzenden Stich. Dann aber merkte sie, daß Teri nicht *über* sie lachte, sondern *mit* ihr. Sie holte tief Luft, hielt sich die Nase zu und ließ sich ins eiskalte Wasser plumpsen. Im nächsten Augenblick sprang sie kreischend wieder hoch. »Anders käme ich nie ins Wasser«, erklärte sie Teri und schwam wie ein Hund auf sie zu. Blackie, der überglücklich ins Wasser geplanscht war, als sie sich abgekühlt hatte, paddelte neben ihr her. Als sie Teri erreichte, tat sie es ihr gleich und ließ sich auf dem Rücken neben ihr treiben. Die Sonne schien warm auf ihre Gesichter, aber das Wasser blieb trotzdem beißend kalt.

Sie ließen sich minutenlang vom Meer tragen und genossen das sanfte Auf und Ab der Wellen. Schließlich wurde es Melissa zu kalt. Sie fing an, mit den Füßen zu strampeln. In der kurzen Zeit hatten sie sich schon gut dreißig Meter vom Ufer entfernt.

»Teri!« rief Melissa. »Schwimmen wir lieber zurück. Die Ebbe zieht uns hinaus.«

Teri blickte um sich. »Es ist doch super!« rief sie. »Du kannst von mir aus zurückschwimmen. Ich bleibe noch ein bißchen im Wasser.«

Melissa zögerte. Hielt Teri sie denn für eine Memme? Doch dann fügte Teri hinzu: »Mir ist noch nicht kalt. Ich fühle mich pudelwohl.«

Trotzdem zögerte Melissa noch immer. »Okay«, meinte sie. »Aber schwimm lieber näher ans Ufer. Wenn die Ebbe dich aus der Bucht zieht...«

»...ertrinke ich«, vollendete Teri den Satz für ihre Schwester. Mit zwei kräftigen Zügen hatte sie ihre Schwester erreicht. Sie schwamm an ihr vorbei und wartete, bis sie sie wieder einholte. Sobald sie stehen konnten, sah sie Melissa an. »Ist es recht so?«

Melissa nickte und lief an Land. Vor Kälte zitternd, ließ sie sich auf den heißen Sand fallen. Kurz nach ihr kam auch Blackie aus dem Wasser. Direkt vor ihr schüttelte er sich heftig, so daß Melissa noch einmal eine kalte Dusche abbekam.

Teri lag wieder auf dem Rücken und ließ sich sanft von den Wellen auf und ab schaukeln. Melissa sah ihr eine Weile zu. Dann ließ sie sich von zwei Pelikanen ablenken. Wie ein Blitz jagte Blackie bellend auf sie zu. Die Vögel ließen den Hund bis auf wenige Meter herankommen. Dann breiteten sie die Flügel aus und erhoben sich in die Luft. Sie kreisten kurz über dem Wasser und landeten wieder in verheißungsvoller Nähe des Hundes. So ging das Spiel eine gute Weile weiter, bis gellende Schreie Melissa hochfahren ließen.

»Hilfe! Kann mir denn niemand helfen?«

Melissa sprang auf und rannte ans Wasser. Weit draußen streckte Teri verzweifelt den Arm aus. Instinktiv rannte Melissa ins Wasser, doch etwas weiter nördlich sah sie Brett Van Arsdale über den Strand sprinten. Er warf sich ins Wasser und kraulte mit mächtigen Stößen auf Teri zu. Melissa lief unterdessen auf die anderen Jugendlichen zu. Alle Angstgefühle ihnen gegenüber waren vergessen. Jeff Barnstable war jetzt ebenfalls im Wasser, aber Brett hatte Teri längst erreicht.

Es hatte kaum angefangen, da war es auch schon vorüber. Mit einem Arm hielt Brett Teri fest, mit dem anderen kraulte er schwerfällig zurück. Nach ein paar Sekunden sagte Teri etwas, und er ließ sie los. Sie schwammen nebeneinander ans Ufer. Jeff begleitete sie auf den letzten Metern. Teri stolperte an Land und ließ sich entkräftet auf den Sand fallen. Sie zitterte am ganzen Leib. Sofort bildeten die Jugendlichen einen Kreis um sie.

»Ist auch alles okay?« fragte Ellen Stevens.

Teri nickte keuchend und spuckte Salzwasser aus. »Kein Gefühl mehr«, japste sie schließlich. »Ich spüre meine Arme nicht mehr.«

Kent Fielding kniete sich neben sie. »Was war los?«

»Ich bin zu weit rausgeschwommen. Melissa hat mich gewarnt, aber ich habe nicht darauf geachtet. Dann hat mich die Ebbe rausgezogen und ich war plötzlich in Panik. Ich hatte Angst, ich würde es nicht mehr bis zum Ufer schaffen.« Sie sah an Brett Van Arsdale hoch. »Danke«, sagte sie. »Ich hatte so schreckliche Angst. Ich weiß nicht, was geschehen wäre, wenn du nicht gekommen wärst.«

»Nicht der Rede wert«, meinte Brett lächelnd. »Ich heiße Brett Van Arsdale.«

Teri rappelte sich auf. »Und ich bin Teri MacIver – Melissas Halbschwester.«

Jetzt stellten sich auch die anderen vor. Teri stand sogleich in der Mitte und erzählte ausführlich, wie es geschehen war. »Ich hatte die Augen geschlossen und habe mich einfach hinaustragen lassen. Und als ich die Augen wieder aufgemacht habe, habe ich gesehen, wie weit weg das Ufer war. Und da bin ich plötzlich in fürchterliche Panik geraten. Eigentlich war es dumm von mir, so loszukreischen. Ich meine, ich war ja nicht am Ertrinken...«

»Das vielleicht nicht«, sagte Brett Van Arsdale. »Aber wenn dich die Ebbe aus der Bucht gezogen hätte, wärst du in ernste Schwierigkeiten gekommen. Die Strömung da draußen ist nicht zu unterschätzen, und weiter im Süden sind lauter gefährliche Felsen. Letzten Sommer war dort ein Surfer. Eine Welle hat ihn voll gegen einen Fels geschleudert. Der Bauch wurde ihm richtiggehend aufgeschlitzt. Er kann von Glück reden, daß er das überlebt hat.«

»So schlimm war's auch nicht«, protestierte Teri. »Ich war ja noch in der Bucht. Ich hatte nur Angst. Es... es tut mir schrecklich leid, daß du meinetwegen ins kalte Wasser mußtest.«

Brett errötete. »Das macht doch nichts – wirklich.«

»Er lügt ganz bestimmt nicht«, spottete Kent Fielding. »So wie er über dich geredet hat, dachten wir schon alle, einer müßte dir was antun, damit er dir das Leben retten kann.«

Bretts Gesicht war inzwischen dunkelrot angelaufen. »Ach, halt doch den Mund«, stöhnte er. »Sie hält mich ja noch für einen Poussierstengel.«

»Bist du vielleicht keiner?« neckte ihn Cyndi Miller und wich geschickt aus, als Brett sie mit Sand bewarf.

Melissa sah ein paar Minuten lang zu. Ihr fiel auf, daß Teri sofort einen Draht zu den anderen fand. Sie schwatzte munter drauflos und beteiligte sich schnell an den Neckereien. Als der Kreis um sie enger wurde, entfernte Melissa sich. Blackie trottete hinterher.

Zehn Minuten später saß Teri zwischen Brett Van Arsdale und Ellen Stevens auf dem großen Badetuch. »Wo ist Melissa geblieben?« fragte sie plötzlich. »Vorhin war sie doch noch da.«

»Wen kümmert es«, meinte eins von den Mädchen.

Teri runzelte die Stirn. »Was ist denn mit Melissa?« fragte sie Brett Van Arsdale. »Was habt ihr gegen sie?«

Brett lief rot an und wich ihrem Blick aus. Ellen Stevens sprang für ihn ein. Ihre Stimme bebte vor Verachtung.

»Schau sie dir doch nur an! Sie hat mindestens zehn Kilo Übergewicht. Und wie ungepflegt sie aussieht! Die Haare hängen ihr immer in Strähnen herunter. Wäscht sie sie denn nie? Und sie ist ein entsetzlicher Tolpatsch. Sie kann nicht richtig schwimmen, und vom Tennisspielen hat sie überhaupt keine Ahnung. Jeder hier hält sie für ein bißchen verrückt.«

»Und ihre Mutter erst!« stöhnte Cyndi Miller.

Teri wurde auf der Stelle hellhörig. »Ihre Mutter? Was soll denn mit Phyllis sein?«

Cyndi zog die Augenbrauen wie eine Erwachsene hoch. »Na ja, an und für sich ist sie normal«, erklärte sie ganz im Tonfall ihrer Mutter. »Auf ihre Weise wenigstens. Sie war nie eine von uns und wird nie zu uns gehören.«

»Du meinst, weil sie hier nicht aufgewachsen ist?« fragte Teri. Sie war sich fast sicher, daß sie genau verstand, was Cyndi meinte.

»Sie ist nirgendwo aufgewachsen«, entgegnete Ellen Stevens. »Meine Mutter hat gesagt, daß kein Mensch weiß, woher sie kommt oder wo ihre Familie lebt.« Dann senkte sie die Stimme, wie es ihre Mutter immer tat, wenn sie etwas besonders Boshaftes zu sagen hatte. »Und ständig versucht sie sich aufzudrängen, gerade so, als wäre sie eine von uns!«

Teri sprang auf die Füße. Ihr Verstand arbeitete fieberhaft. Sie mußte erst einmal alles richtig einordnen, was sie soeben gehört hatte. »Ich... ich muß jetzt gehen«, sagte sie. Sie hatte schon den Weg zum Haus der Holloways eingeschlagen, als sie sich umdrehte, weil Brett ihr etwas nachrief:

»Komm doch heute nachmittag in den Club. Wir wollen Tennis spielen.«

Teri zögerte eine Sekunde. »Mal sehen«, erwiderte sie achselzuckend. Dann wandte sie sich endgültig ab und eilte weiter den Strand entlang.

Wenig später sah sie Melissa im Sand sitzen und auf das Meer hinausschauen. Neben ihr saß Blackie. Der

Hund knurrte, als Teri näher kam. Melissa sah auf, sagte aber nichts. Dann wich ihr Blick hastig auf das Meer aus.

»Bist du mir böse?« fragte Teri.

Melissa schüttelte den Kopf.

Teri ließ nicht locker. »Klar bist du mir böse. Du bist sauer, weil ich mit den anderen gesprochen habe.«

Melissa zog die Schultern hoch, stritt es aber nicht mehr ab.

Teri ließ sich neben ihr nieder. »Sie sind gar nicht so schlimm«, meinte sie. »Sie sind nur ein bißchen eingebildet. Aber schau dir nur an, wie sie leben. Sie sind alle stinkreich.« In ihrem Tonfall lag eine Spur von Neid. Melissa sah auf.

»Dich werden sie wahrscheinlich mögen«, sagte sie. Ihre Stimme spiegelte ihre ganze Qual wider. »Ich meine, du bist so hübsch und siehst aus wie sie. Du wirst dich blendend mit ihnen verstehen.«

Jetzt zog Teri die Schultern hoch. »Ich weiß nicht«, seufzte sie, »aber irgendwie habe ich das Gefühl, daß es hier nur darauf ankommt, von wo man kommt und mit wem man immer zusammen war. Und ich komme nun mal aus Kalifornien.«

Melissa brachte ein Lächeln zuwege. »Das stimmt nicht. Du bist hier auf die Welt gekommen. Deine Eltern genauso. Darum bist du eine von ihnen.«

Teri sah sie erstaunt an. »Aber du doch auch, oder?«

Melissa schüttelte den Kopf. Dann holte sie tief Luft, als habe sie sich dazu durchgerungen, etwas zu sagen, das sie lieber für sich behalten hätte.

»Was ist?« drängte Teri.

»Es ist wegen Mom!« sagte Melissa. »Keiner mag sie. Sie versucht alles mögliche, aber sie gehen ihr aus dem Weg. Hinter ihrem Rücken lachen sie nur ständig über sie, so wie sie über mich lachen.«

»Das muß aber nicht so bleiben«, meinte Teri. »Wetten, daß sie damit aufhören, wenn du dir nichts mehr anmerken läßt. Tu einfach so, als würdest du nichts hören. Ich habe vorhin ja auch nur so getan, als wäre ich am Ertrinken gewesen.«

Melissa blieb die Luft weg. »Du hast nur so getan?«

Ein wissendes Lächeln spielte um Teris Mundwinkel. »Aber sicher. Ich schwimme wie ein Fisch. Aber wenn man einen Jungen kennenlernen will, braucht man einen Anlaß. Also habe ich dafür gesorgt, daß Brett Van Arsdale mir das Leben retten mußte.«

Melissa bekam den Mund nicht mehr zu. »Aber... das ist ja das gleiche wie Lügen!«

»Ja und? Ich wollte ihn kennenlernen – und das ist mir gelungen. Der Zweck heiligt die Mittel.«

Melissa gab keine Antwort, sondern legte sich auf den Rücken. Während sie sich das Gesicht von der Sonne streicheln ließ, gingen ihr unaufhörlich Teris letzte Worte im Kopf herum.

»Der Zweck heiligt die Mittel.«

Es klang so einfach. Und für Teri war es das offensichtlich auch. Schließlich hatte sie sich binnen weniger Minuten mit denselben Jugendlichen angefreundet, die Melissa zeitlebens ausgeschlossen hatten.

Wenn Teri es schaffen konnte, warum dann nicht auch sie?

Doch die Antwort stand bereits fest. Selbst wenn Melissa immer die richtigen Worte parat hätte, sie würde es doch nicht schaffen. Irgendwann machte sie etwas falsch, und alle würden wieder über sie lachen. Nicht *mit* ihr, wie Teri vorhin, sondern *über* sie, wie sie es ja sonst auch immer taten.

Am besten, sie versuchte es erst gar nicht.

Als der Abend sich über die Bucht senkte, saß Teri mit dem Rest der Familie in der Bibliothek. Der Fernsehapparat lief, aber außer Phyllis sah niemand hin. Teri blätterte eine alte Zeitschrift durch, Melissa war mit ihrem Vater in eine Partie Schach vertieft. Teri kiebitzte ein wenig, aber keiner schien sie wahrzunehmen.

Plötzlich meinte sie, von den Wänden erdrückt zu werden. Jetzt war sie schon seit zwei Tagen hier, aber sie kam sich wie eine Gefangene vor. Außer den wenigen Minuten am Strand an diesem Morgen, hatte sie das Haus kein einziges Mal verlassen.

Und dann fiel ihr Brett Van Arsdales Einladung in den Club wieder ein. Natürlich war sie nicht hingegangen. Melissa hatte gemeint, sie könne ruhig allein gehen, wenn sie Lust habe, doch Phyllis hatte ihr abgeraten. Sie trauere ja noch um ihre Eltern – was sollten da die Leute nur denken?

Mochten sie doch denken, was sie wollten! Wie lange sollte sie denn noch warten, bis das Leben weiterging? Mußte sie sich den ganzen Rest des Lebens mit der Vergangenheit herumplagen?

Wenn Melissa Lust auf diese Party gehabt hätte, hätte Phyllis sie garantiert sofort ziehen lassen.

Plötzlich meinte sie, verrückt zu werden, wenn sie noch eine Sekunde länger im Haus blieb. Sie legte die Zeitschrift beiseite und stand auf. »Ich mache einen kleinen Spaziergang an den Strand.«

Phyllis wandte sich ihr für einen Augenblick zu. »Geh aber nicht ins Wasser. Das kann in der Nacht sehr gefährlich sein.«

»Soll ich mitkommen?« fragte Melissa und sah vom Schachbrett auf.

Teri schüttelte den Kopf. »Ich will nur ein bißchen allein sein. Ich komme ja bald wieder.«

Wenige Minuten später lief sie den Strand entlang. Die Wellen brachen sich gedämpft auf dem Sand. In der Ferne glühten die Lichter des Cove Club. Ganz leise drang Musik an ihr Ohr. Es war Hard Rock. So etwas hatte sie hier im Osten noch kein einziges Mal gehört. Sie beschleunigte ihre Schritte und lief auf den Club zu. Die Musik und die Lichter zogen sie an.

Am Eingang zum Clubgelände zögerte sie. Vor einer Dusche am Strand stand ein Schild mit der Aufschrift: NUR FÜR MITGLIEDER UND GÄSTE. Dahinter schlängelte sich ein raffiniert gepflasterter Weg durch einen vorbildlich gepflegten Garten zu einer Terrasse und zu einem Swimmingpool. Von dort gelangte man über eine Reihe von Treppen auf eine Anhöhe. Ganz oben thronte das Clubhaus. Trotz der Entfernung konnte Teri Leute im Haus zu der verlockenden Musik tanzen sehen.

Ohne weiter auf die diskret angebrachten Verbotsschilder zu achten, wagte sie sich auf den Weg. Ihr Vater war doch schließlich ein Clubmitglied. Außerdem hatte Brett Van Arsdale sie eingeladen.

Als sie aber zur Terrasse mit dem Schwimmbecken gelangte, kam sie sich wie ein Störenfried vor. Drei Leute saßen dort auf den Liegestühlen und unterhielten sich mit gedämpfter Stimme. Teri duckte sich in den Schatten einer Eiche. Sie wollte schon wieder umkehren, da machte ein Gesprächsfetzen sie hellhörig.

»Trotzdem glaube ich nicht, daß sie kommt.«

»Warum nicht?« fragte Brett Van Arsdale.

»Wegen Mrs. Holloway«, ließ sich Ellen Stevens vernehmen. »Wenn Teri zum Lagerfeuer eingeladen wird, können wir davon ausgehen, daß Mrs. Holloway Melissa auch hinschickt.«

Teri gefror das Blut in den Adern. Ging es etwa um sie? Vorsichtig kroch sie näher heran.

»Was wäre daran so schlimm?« wollte Brett wissen. »Ich meine, sie tut ja nichts.«

»Eben deswegen«, rief Ellen. »Sie setzt sich einfach hin und starrt einen die ganze Zeit an. Außerdem ist sie ein richtiges Ferkel. So schnell können wir gar nicht schauen, wie sie uns alles wegfrißt.«

»Jetzt übertreib mal nicht«, protestierte Jeff. »Sie hat ihre Fehler – was macht das schon?«

»Mir doch egal, ob sie Fehler hat oder nicht!« höhnte Ellen. »Sie ist eben keine von uns – im Gegensatz zu Teri.«

Das Gespräch ging noch weiter, aber Teri hatte genug gehört. Sie kroch wieder in den Schatten der Eiche und schlich denselben Weg zurück, den sie gekommen war. An den Strand wagte sie sich erst wieder, als sie außer Sichtweite war.

Auf dem Heimweg ließ sie das soeben Gehörte nicht in Ruhe.

Sie sollte also nicht zum Lagerfeuer eingeladen werden, weil die anderen etwas gegen Melissa hatten.

Das war eine Gemeinheit! Sollte sie etwa auch ausgeschlossen werden, nur weil Melissa sich nicht anpassen konnte? Melissa hatte doch ohnehin alles, was sie wollte.

Und das meiste hatte einmal ihr gehört.

Melissa hatte ihr Haus und sogar ihr altes Zimmer.

Und sie hatte ihren Vater!

Ein Bild blitzte wieder vor Teri auf: Melissa und ihr Vater beugten sich über das Schachbrett und konzentrierten sich nur aufeinander und auf ihr Spiel.

Ein Spiel, bei dem Teri nicht mitmachen konnte!

Und jetzt durfte sie mit den anderen nicht Freundschaft schließen, obwohl sie eigentlich mit ihnen hätte aufwachsen müssen!

Nein, sagte sie sich, als das große Haus wieder vor ihr auftauchte, das war eine Gemeinheit.

Es war eine Gemeinheit, und so hatte sie es sich nicht vorgestellt.

Und so hatte sie es auch gewiß nicht geplant.

7

Mit einem dröhnenden Schlag setzte sich das Pendel der großen Wanduhr in Bewegung. Phyllis sah zum Schachspiel hinüber, das jetzt schon seit über zwei Stunden im Gang war. Mißbilligend preßte sie die Lippen zusammen. Wie konnten ihr Mann und ihre Tochter einfach Stunde um Stunde dasitzen und auf nichts anderes schauen als einen Haufen Figuren und ein schwarzweiß kariertes Brett – und das ohne auch nur ein Wort zu sagen? Sie ging zu den Spielern hinüber und baute sich zwischen ihnen und der Stehlampe auf. Statt des Lichts fiel ihr dunkler Schatten auf das Brett. »Zehn Uhr«, verkündete sie. »Du mußt ins Bett.«

Melissa sah nervös vom Spiel auf. Erst sprang ihr Blick zu Charles, dann wanderte er zu Phyllis. »Ein paar Minuten noch, bitte. Gleich ist er matt.«

Phyllis schüttelte den Kopf. »Du kennst die Regeln, meine Liebe. Und du brauchst deinen Schlaf.«

»Aber ich brauche nur noch drei Züge«, bettelte Melissa. »Schau, ich muß Daddys König nur noch in die Enge treiben...« Sie verstummte, als ihr Vater seinen König auf das Brett legte.

»Ich gebe auf. Warum soll ich mich unnötig quälen, wenn ich ohnehin keine Chance mehr habe?« Er streckte sich und sah seiner Tochter mit einem verzerrten Lächeln ins Gesicht. »Langsam frage ich mich, ob es eine gute Idee war, dir das Schachspielen beizubringen. Wie lange ist es eigentlich her, daß ich dich zum letztenmal geschlagen habe?«

Melissa stellte die Figuren wieder in die Anfangsposition. Jede kam genau in der Mitte ihres Quadrats zu stehen. »Dabei hättest du mich heute schlagen können«, sagte sie. »Vor einer Stunde hattest du meine Dame eigentlich schon in der Falle.«

»Wie das?«

Melissa machte sich daran, die Konstellation wiederherzustellen, in der die Figuren sechzehn Züge vor dem Ende gestanden hatten, doch ihre Mutter fuhr sie scharf an:

»Jetzt aber Schluß damit! Einmal reicht. Sonst spielt ihr mir noch die ganze Nacht.«

Melissa hielt inne. Die Dame ihres Vaters schwebte in ihrer Hand über dem Schachbrett. Hoffnungsvoll sah sie ihrem Vater in die Augen. Vielleicht durfte sie es ihm doch noch zeigen. Aber da Charles den Kopf schüttelte, fügte sie sich mit einem Seufzen.

Zehn Minuten später lag sie in ihrem Nachthemd auf dem Bett. Den Kopf stützte sie am Kopfende ab, auf den Knien hielt sie ein Buch. Durch die offenen Fenster kam eine frische Brise herein. Die Luft war erfüllt vom Zirpen der Grillen und dem friedlichen Plätschern der Wellen in der Bucht. Melissa kuschelte sich gemütlich in ihr Kissen. Sie kam in ihrem Buch aber nicht sehr weit, denn nach wenigen Minuten ging die Tür auf. Erschreckt wollte sie es schnell unter die Bettdecke stecken, doch zu ihrer Erleichterung kam nur ihr Vater herein. Er setzte sich zu ihr an den Bettrand.

»*Ann Gables?*« fragte er. »Zum wievielten Mal liest du es denn jetzt?«

Melissa zuckte die Achseln. »Ich weiß nicht genau... Zum zehntenmal vielleicht. Es gefällt mir einfach. Ich bin gerade bei der Stelle, an der Ann sich aus Versehen die Haare grün färbt.«

Charles mußte lächeln. Ihm fiel wieder ein, wie gebannt Melissa an seinen Lippen gehangen hatte, als er ihr das Buch vor vier Jahren vorgelesen hatte. »Und ist sie immer noch so entsetzt?«

Melissa nickte aufgeregt. »Sie glaubt, sie kann sich nie wieder aus dem Zimmer wagen.« Sie kicherte, wurde aber sogleich ernst. »Dasselbe kann mir ja auch geschehen«, murmelte sie und blickte auf den Boden. »Wenn sie Ärger kriegt, kann sie eigentlich nie etwas dafür. Ich habe immer das Gefühl, ich lese meine eigene Geschichte. Vielleicht gefällt mir das Buch deshalb so gut.«

Charles beugte sich über seine Tochter und küßte sie auf die Stirn. »Ich habe das Gefühl, daß es einen gewaltigen Unterschied zwischen dir und Ann gibt. Erstens bist du kein Waisenkind und zweitens mußtest du dich nie um Zwillinge kümmern.«

Melissa wagte wieder ein Lächeln. »Aber mir geht es genauso wie ihr. Verstehst du, sie will es ja immer richtig machen, und dann macht sie doch einen Fehler, genau wie ich.« Sie seufzte wehmütig. »Ich wäre gerne so wie Teri. Sie ist so hübsch und versteht sich mit allen prächtig. Das heute war zum Beispiel typisch. Sie kannte die anderen überhaupt nicht, aber sie hat mit ihnen geredet, als würde sie sie schon ewig kennen. Und ich kenne sie schon so lange, aber mir fällt nie etwas ein, was ich ihnen sagen könnte. Ich spüre einfach, daß sie mich auslachen.«

»Wie es Ann bei Gilbert Blythe gemeint hat?« neckte ihr Vater sie.

Melissa schüttelte den Kopf. »Ich habe ja keinen Gilbert Blythe. Außerdem hatte Ann eine Busenfreundin, und ich...«

Ihr Vater legte begütigend den Finger auf ihre Lippen.

»Du hast doch jetzt Teri. Wenn ich euch so sehe, meine ich, daß du dir eine bessere Freundin gar nicht hättest wünschen können.«

Auf einmal kam Melissa sich wie ein kleines Kind vor. »Es tut mir leid«, sagte sie. »Ich war wohl wieder voller Selbstmitleid.«

»Laß es einfach bleiben«, riet ihr Charles. »Du hast es doch wirklich gut. Denk lieber an deine ganzen Vorzüge. Und wenn du sie richtig zählst«, fügte er mit einem schelmischen Lachen hinzu, »schlägst du mich morgen auch beim Tennis.« Er gab ihr noch einen Kuß und stand auf. »Soll ich das Licht anlassen?« fragte er in der Tür.

Melissa schüttelte den Kopf und legte das Buch auf den Nachttisch. Ihr Vater schaltete das Licht aus und machte die Tür leise zu. Im Zimmer war es dunkel.

Allmählich gewöhnten sich Melissas Augen an die Finsternis. Durch das Fenster sah sie den Mond silbern hereinscheinen. Sie kuschelte sich fester in das Kissen und beobachtete fasziniert, wie die Schatten des gewaltigen Ahornbaums an der Decke tanzten. Als kleines Kind hatte der Anblick ihr oft Angst eingejagt. Jetzt freute sie sich darüber. Beim Einschlafen stellte sie sich gerne vor, es seien kleine Wesen, die die ganze Nacht fröhlich spielten. Bald fielen ihr die Augen zu. Sie sank allmählich in den Schlaf, doch plötzlich kamen Schritte näher.

Die Schritte ihrer Mutter.

Melissa stockte der Atem. Sie betete still, die Schritte würden sich wieder entfernen, ihre Mutter würde nicht hereinkommen. Ihr Gebet wurde nicht erhört.

Sie blieb still liegen und versuchte, flach und regelmäßig wie eine Schlafende zu atmen. Es nützte nichts. Ihre Mutter schüttelte sie an der Schulter.

»Melissa, ich weiß, daß du noch nicht schläfst.«

Melissa riß die Augen auf.

Zwischen ihr und dem Fenster türmte sich die Silhouette ihrer Mutter auf.

»Du warst heute wieder sehr ungezogen!« sagte ihre Mutter. Melissa überlegte fieberhaft, womit sie sie nur erzürnt haben könnte.

Insgeheim sprach sie wieder mit D'Arcy. »*Was habe ich nur getan, daß sie mir schon wieder so böse ist?*«

»Du warst zu deinen Freunden heute gar nicht nett«, tadelte sie Phyllis, als hätte sie die unausgesprochene Frage gehört. »Sie haben Teri das Leben gerettet – und was hast du getan? Du bist einfach weggegangen.«

Ein Knoten zog sich in Melissas Magen zusammen. Das stimmte doch überhaupt nicht! Es war ganz anders gewesen! Die anderen hatten sich ja nur für Teri interessiert und mit ihr kein einziges Wort geredet. Aber es war wieder wie an ihrem Geburtstag. Ihre Mutter hatte ihre eigene Vorstellung von dem, was geschehen war, und ließ sich davon durch nichts abbringen. Also sagte sie nichts, sondern starrte nur auf die Decke und wartete auf das Weitere. Und dann sah sie die Riemen in den Händen ihrer Mutter.

»Nein... nein«, stammelte sie. »Bitte, Mama, bitte tu mir das nicht an.«

Ihre Mutter stierte sie von oben an. »Aber ich muß sie dir anlegen.« Ihre Stimme stieg und fiel in einem seltsamen Sprechgesang, als hätte sie ein Kleinkind vor sich. »Du warst heute sehr ungezogen, und wenn du ungezogen warst, mußt du nur wieder schlafwandeln. Streck die Hand aus.«

In Melissa stieg ein Heulen auf. Sie unterdrückte es gewaltsam. Gehorsam wollte sie die Hand ausstrecken, doch die Muskeln versagten ihr den Dienst.

»Die Hand!« forderte Phyllis und packte Melissa so grob am Arm, daß das Kind vor Schmerz am ganzen Körper zusammenzuckte. »Wie kannst du nur so dämlich sein?«

Noch einmal schrie die kleine Melissa um Hilfe. Und diesmal vernahm sie D'Arcys Antwort. Von irgendwo flüsterte sie ihr aus den Schatten der Nacht zu:

Schlaf, Melissa. Ich bin jetzt da, und du brauchst keine Angst mehr zu haben.

Im selben Augenblick ließ Melissa sich in die Dunkelheit fallen. D'Arcy war ja jetzt an ihre Stelle getreten. Die Strafaktionen ihrer Mutter konnten ihr nichts mehr anhaben. D'Arcy würde sie abblocken.

Phyllis hatte schon die Hand zum Schlag ausgeholt. Sie ließ sie sinken, denn das widerspenstige Kind lag plötzlich entspannt da und streckte die Arme aus.

Nacheinander fesselte Phyllis Melissas Handgelenke mit den dicken Ledergurten an die Bettpfosten. Dann machte sie das gleiche mit den Füßen. Zum Schluß deckte sie Melissa mit dem dünnen Bettlaken zu.

»Heute nacht ist es ja sehr warm.« Ihre Stimme klang auf einmal ganz sanft. »Eine Decke brauchst du wirklich nicht. Schlaf gut.«

Sie beugte sich über Melissas Gesicht, streifte die Stirn kurz mit den Lippen und ging. Leise zog sie die Tür hinter sich zu.

Melissa lag auf ihrem Bett und schlief. D'Arcy freilich blieb wach. Sie beobachtete das stumme Spiel der Schatten an der Decke.

Dunkel zeichnete sich Maplecrest vor Teri ab. Sie blieb stehen. Im fahlen Mondlicht wirkten die Umrisse des Hauses noch gewaltiger. Hie und da leuchtete es hell aus den Fenstern. Im Weitergehen spähte Teri neugierig auf die vertäfelten Wände und die teuren Lüster hinter dem Glas.

Nichts, aber auch gar nichts, erinnerte sie an San Fernando und das winzige Holzhaus, in dem sie aufgewachsen war.

Trotzdem kam ihr die Szenerie seltsam vertraut vor, als wäre sie nach einem längeren Auslandsurlaub zurückgekehrt.

Hierher gehörte sie – soviel stand für sie fest.

Sie hatte den Tennisplatz erreicht und mußte gleich zum Swimmingpool kommen. Plötzlich kam aus der Dunkelheit ein leises Knurren.

Teri erstarrte. Nur ihre Augen bewegten sich unruhig. Schließlich machte sie einen Schatten aus. Er war noch dunkler als die Nacht um ihn herum.

Während sie ihn mit den Blicken fixierte, erhob sich das Knurren erneut. Der dunkle Fleck bewegte sich langsam auf sie zu.

»Blackie«, flüsterte sie in einem Anflug von Ärger vor sich hin. Wie hatte sie sich von dem Hund nur so erschrecken lassen können? Als er nahe genug war, trat sie mit dem linken Fuß zu. Voller Genugtuung registrierte sie, daß sie getroffen hatte. Der Labrador sprang jaulend davon. In sicherer Entfernung kauerte er sich nieder und beobachtete sie weiter mißtrauisch. Er knurrte nach wie vor. Sein Fell hatte sich gesträubt.

Eine Sekunde später hörte sie eine Stimme wenige Meter hinter sich. »Blackie! Blackie!«

Der Hund spitzte die Ohren und bellte einmal scharf. Gleich darauf trat Todd aus dem Schatten der Umkleidekabine. Er blieb überrascht stehen, als er Teri erkannte.

Blackie sprang auf und drückte sich an Todds Beine. Die weiterhin aufgestellten Rückenhaare verrieten, daß er sich noch nicht beruhigt hatte. Beruhigend streichelte Todd seinen Hund. Als sein Herrchen die verletzte Stelle berührte, winselte der Hund leise.

»Was zum Teufel ist da los?« wollte Todd wissen. Er

durchbohrte Teri förmlich mit den Blicken. »Hast du ihn getreten?«

»Was hätte ich denn davon?« erwiderte sie.

»Er hat eine Verletzung abbekommen. Ich spüre ja, wie die Beule schwillt.«

Teri schüttelte ungeduldig den Kopf. »Und wenn ich es gewesen wäre? Er hat mich angeknurrt.«

»Mein Gott, dazu ist er ja da! Er soll das Grundstück bewachen.«

»Er hätte mich genausogut beißen können! Außerdem müßtest du ihn in der Nacht ohnehin einsperren. Am Ende bekommen wir noch ein Gerichtsverfahren an den Hals, wenn er jemanden anfällt.«

Todd kniff die Augen wütend zusammen. »Er ist ja absolut gutmütig. Gebissen hat er noch nie. Er bellt höchstens mal.«

»So wie er auf mich los ist, mußte ich fürchten, daß er mich beißt«, versetzte Teri. »Und wenn du nichts dagegen tust, sage ich es Phyllis.«

Wortlos nahm Todd Blackie am Halsband und ging mit ihm ins Haus seiner Großmutter. Er ließ sich nichts anmerken, aber innerlich kochte er. Blackie hatte Teri von Anfang an nicht gemocht. Gleich am ersten Tag war er vor ihr davongelaufen. Und das hatte etwas zu bedeuten. Todd hatte sehr früh begriffen, daß Hunde bestimmte Menschen nicht grundlos mieden. Etwas war dann immer an ihnen faul.

Er drehte sich nach Teri um, doch sie war verschwunden. Er ließ den Hund wieder los. »Okay, mein Junge, lauf und verrichte dein Geschäft. Aber geh Teri lieber aus dem Weg. Wir wollen doch nicht, daß sie sich bei der Holloway über dich beschwert.« Der Hund sprang in großen Sätzen hinter die Bäume. Todd drehte sich noch einmal nach Teri um. Sie verschwand gerade durch die Vordertür.

Erleichtert stellte er fest, daß Blackie heute keine Schwierigkeiten mehr bekommen würde.

Teri stand vor der Hintertreppe, die von der Küche direkt in die oberen Stockwerke führte. Dann überlegte sie es sich anders und lief durch den Anrichteraum und das Eßzimmer in die große Vorhalle, um die große Treppe zu benutzen. Die Flure oben waren in tiefste Finsternis getaucht. Nur auf einem Sideboard am Treppenabsatz im ersten Stock sorgte eine schwache Lampe für spärliches Licht. Teri blieb stehen und lauschte. Kein Laut war zu hören. Alle waren bereits zu Bett gegangen. Sie knipste das Lämpchen aus, das anscheinend nur ihr zuliebe hingestellt worden war, und tastete sich zu ihrem Zimmer vor. Erst dort machte sie wieder Licht. Sie wollte sich gerade entkleiden, da hielt sie jäh inne.

Eine Art gedämpftes Schluchzen war zu hören. Sie hatte den Eindruck, es komme vom Speicher.

Nach einer Weile zog sie sich weiter aus.

Dann kam das Geräusch wieder. Es war leise, aber deutlich vernehmbar.

Nachdenklich warf Teri den Morgenrock über, den Phyllis ihr gegeben hatte, und trat auf den Flur. Dort blieb sie zögernd stehen, bis ihre Augen sich an das dämmerige Mondlicht gewöhnt hatten. Dann huschte sie weiter bis zur Speichertreppe.

Vor der Speichertür zögerte sie wieder. Schließlich machte sie leise auf und trat ein.

Der Speicher war zunächst nichts als eine gähnende schwarze Leere. Unwillkürlich hielt sie die Luft an. So tastete sie sich die Treppe hinauf und wagte erst ganz oben wieder zu atmen.

Ihre Finger tasteten in der Dunkelheit nach dem Lichtschalter. Endlich hatte sie ihn gefunden. Eine nackte

Birne, die wenige Meter vor ihr von einem Dachsparren herabhing, warf ein gespenstisches Licht auf den Speicher.

Plötzlich unterdrückte sie einen Schrei. Am anderen Ende des Raums sah sie eine gespenstische weiße Gestalt in der Luft schweben.

Nach der ersten Schrecksekunde atmete sie auf. Es war nur eine altmodische Gliederpuppe, wie Schneider sie benutzten. Von ihr hing ein genauso altmodisches weißes Kleid herab.

Zögernd wagte Teri sich weiter. Ganz hinten entdeckte sie einen zweiten Raum. Das blasse Mondlicht gab ihr etwas Orientierung. Sie konnte feststellen, daß niemand hier lebte, aber sie wurde den Eindruck nicht los, sie sei nicht allein in diesem Raum. Argwöhnisch trat sie an eine Vitrine und zog die Schubladen heraus. Außer einem Nähkästchen mit den Nadeln, Fingerhüten, der Schere und dem Zwirn fand sie nichts.

Und dann hörte Teri wieder das erstickte Schluchzen.

Nur diesmal schien es direkt unter ihren Füßen zu sein.

Sie rührte sich nicht von der Stelle. Das Schluchzen hörte nicht auf.

Sie schlich leise aus dem Speicher. Auf dem Weg zur Treppe zählte sie genau, wie viele Schritte sie brauchte. Nach einem letzten Blick auf die alte Gliederpuppe schaltete sie das Licht aus und huschte die Treppe hinunter.

Erneut zählte sie ihre Schritte auf dem Weg über den Flur. Genau unter dem kleinen Speicherzimmer stand ihr eine Tür im Weg. Melissas Tür.

Teri starrte die Tür an. Sie versuchte, am Griff zu drehen.

Die Tür war zugesperrt.

Teri ging in ihr eigenes Zimmer und trat sofort ins Bad, das in Melissas größeres und schöneres Zimmer führte.

Sie preßte das Ohr gegen die Tür. Wieder hörte sie den erstickten Laut.

Er hörte sich an wie das Weinen eines Kindes, das aber nicht gehört werden wollte.

Teri drehte am Türgriff. Das Schloß war nicht zugesperrt. Sie zog die Tür einen Spalt auf.

»Melissa?«

Keine Antwort.

Teri machte die Tür ganz auf und trat ein. Das Mondlicht warf einen silbernen Schimmer auf das Bett. Teri sah ihre Halbschwester mit weit aufgerissenen Augen auf dem Rücken liegen.

»Melissa? Fehlt dir was?«

Wieder erhielt sie keine Antwort. Sie kniff die Augen leicht zusammen und näherte sich langsam dem Bett. Schließlich konnte sie sich über das Gesicht ihrer Halbschwester beugen.

Im Mondlicht wirkte Melissas Gesicht totenbleich. Ihre Züge verrieten keine Regung. Aus ausdruckslosen Augen schaute sie unentwegt auf die Decke. Ein Schauer durchjagte Teri. Im ersten Augenblick hielt sie Melissa für tot.

Dann bemerkte sie, daß sich Melissas Brust regelmäßig hob und senkte. Sie atmete.

Teri legte die Hand auf ihre Schulter.

»Wach auf, Melissa«, flüsterte sie.

Ihre Halbschwester regte sich nicht.

Teri wich einen Schritt zurück. Sollte sie vielleicht ihren Vater holen? Doch dann stach ihr etwas ins Auge.

Etwas ragte unter dem Bettlaken hervor. Es sah aus wie ein am Bettpfosten zugeknoteter Riemen.

Teri starrte ihn fassungslos an. Dann griff sie mit zitternden Händen nach dem Laken und zog es zur Seite.

Ihr stockte der Atem, als sie die Riemen sah, mit denen Melissa ans Bett gebunden war.

Ihr erster Impuls war, ihre Halbschwester von den Fesseln zu befreien, doch dann überlegte sie es sich anders. In ihren Ohren hallten die Worte ihrer neuen Freunde wider: »Jeder hier hält sie für ein bißchen verrückt.«

War das der Grund? War Melissa deswegen ans Bett gefesselt worden?

War sie wirklich verrückt?

Sorgfältig deckte sie Melissa wieder zu. Dann wich Teri ins Badezimmer zurück und machte die Tür leise zu.

Als sie im eigenen Zimmer war, sperrte sie die Tür doppelt zu.

Lange blieb sie hellwach auf ihrem Bett liegen und versuchte sich einen Reim auf ihre Beobachtung zu machen.

Und während sie nachdachte, nahm ein Gedanke in ihr Gestalt an.

Teris Traum in dieser Nacht war so klar wie ein wolkenloser Herbstnachmittag. In diesem Traum wachte sie kurz vor dem Morgengrauen auf. Sie war wieder in ihrem winzigen Zimmer im alten Haus in San Fernando, in dem sie den größten Teil ihres Lebens verbracht hatte.

Geweckt hatte sie das Surren ihres Reiseweckers, den sie zum erstenmal benutzte. Das Geräusch durchbrach jäh die nächtliche Stille. Sie stellte es sofort ab. Dann blieb sie eine Weile liegen und lauschte.

Bis auf das Schnarchen ihres Stiefvaters kam kein Geräusch aus dem Haus. Sie stand auf und schlüpfte in ihren Bademantel. Dann blickte sie um sich. Schließlich fiel es ihr wieder ein. Sie steckte die Hand in die Bademanteltasche, und die Finger schlossen sich um die Perlenkette, die ihr Vater ihr letztes Jahr zu Weihnachten geschickt hatte. Sie hatte sie ja vor dem Zubettgehen noch eingesteckt. Lautlos schlüpfte sie aus dem Zimmer und huschte die Treppen hinunter. Die vierte von unten ließ sie aus, denn die knarzte immer, egal wie vorsichtig man auftrat.

Am Treppenabsatz blieb sie wieder stehen und lauschte. Vollkommene Stille. Nicht einmal Tom Mac-Ivers Schnarchen war hier zu hören.

Durch das Wohnzimmer, die Küche und den Waschraum lief sie zur Kellertreppe, die zur Werkstatt ihres Stiefvaters führte. Trotz der Dunkelheit bewegte Teri sich mit traumwandlerischer Sicherheit. In der Werkstatt stapelte sich überall Holz. Ein Teil war für ein Bücherregal bestimmt, das Tom gerade bastelte, der Rest war Abfall.

Teri tastete sich voran bis zum Tank. Sie suchte weiter mit den Händen, bis sie schließlich zu fassen bekam, was sie brauchte.

Einen Haufen Lumpen, den sie am Abend mit Spiritus getränkt hatte.

Sie legte die Lumpen unter einen Holzstapel. Dann nahm sie die Streichhölzer ihres Stiefvaters von der Hobelbank, wo er sie immer liegen hatte, und zündete eines an.

Sie hielt das Streichholz gegen die Lumpen. Im nächsten Augenblick fing die erste Baumwollfaser Feuer. Die Flammen schossen so schnell hoch, daß Teri erschreckt zurücksprang. Fasziniert starrte sie auf das Feuer. Dann besann sie sich wieder, warf das Streichholz fort und huschte zur Treppe. Mit einem Blick überzeugte sie sich davon, daß die Flammen auf das Holz übergegriffen hatten und eilte die Treppe hinauf. Statt sich aber durch die Hintertür in den Garten zu retten, lief sie ins Eßzimmer, wo sie am Treppenabsatz erneut stehenblieb und darauf wartete, daß das Feuer auf das Parterre übergriff.

Es schien eine Ewigkeit zu dauern. Endlich vernahm sie aus dem Keller ein schwaches Knistern. Und dann krochen die ersten Rauchschwaden durch die Dielen zu ihr herauf und kitzelten sie in der Nase.

Trotzdem zögerte sie.

Allmählich fing der Boden zu ihren Füßen zu glühen an. Und dann brach das Feuer durch. Das Knistern schwoll zu einem Prasseln an. Als immer mehr Flammen sich durch den Boden fraßen, raste Teri zur Haustür und in den Vorgarten. Sie umklammerte den Saum ihres Bademantels und sah zu. Die Flammen fegten durch das Erdgeschoß und krochen weiter hinauf.

In den Nachbarhäusern gingen die ersten Lichter an, doch Teri nahm sie kaum wahr. Sie hatte nur Augen für die Flammen, die immer mehr von ihrem Haus Besitz ergriffen.

Dann hörte sie ihre Mutter kreischen. Die Schreie gingen sofort im Donnern des Feuers unter. Sie lief zur Auffahrt, von wo aus sie das Fenster ihrer Eltern sehen konnte.

Dort erblickte sie ihre Mutter. Sie saß auf dem Fensterbrett und schwang die Beine über die Öffnung.

Dann sprang sie. Sie hatte sich in eine Decke gehüllt, doch die verfing sich plötzlich irgendwo.

Sie fiel und schlug mit dem Kopf auf dem Beton auf.

Teri rannte schreiend zu ihrer Mutter. Sie kniete sich neben ihr nieder und legte ihren blutüberströmten Kopf in ihren Schoß.

Nur war ihre Mutter diesmal nicht tot.

Diesmal starrte sie mit anklagenden Augen zu ihr auf. Und ihre Lippen bildeten die schrecklichen Worte:

»Warum? Warum hast du das getan?«

In Teri stieg gräßlicher Zorn empor. So hatte sie es sich nicht vorgestellt. Ihre Mutter hätte doch gar nicht überleben dürfen!

Warum war sie nicht tot?

Der Zorn fraß an ihr wie ein gieriges Raubtier. Sie hob die Faust und drosch sie ihrer Mutter ins Gesicht.

Und wachte auf. Die geballte Faust hatte das Kissen an der Stelle getroffen, wo gerade noch der Kopf ihrer Mutter gelegen hatte.

Einige Augenblicke blieb sie still liegen und versuchte sich aus den Klauen dieses Traums zu befreien. Nur allmählich beruhigte sich ihr Herzschlag vom rasenden Pochen zu seinem normalen Rhythmus. Ganz langsam kehrte sie in die Wirklichkeit zurück.

Sie war eben nicht auf der Betonauffahrt in San Fernando. Sie lag in ihrem Bett in Maplecrest. Draußen strahlte die Sonne. Sie konnte die Wellen in der Bucht plätschern hören.

Ihre Mutter war tot, und niemand hatte herausgefunden, was sie getan hatte.

Ihr Geheimnis war sicher.

Eine Stunde später wachte sie wieder auf. Diesmal wurde sie nicht von einem Traum geweckt, sondern von einem lauten Ruf draußen. Sie stand auf und trat ans Fenster. Ihr Vater spielte Tennis auf dem Platz neben dem Swimmingpool.

Er spielte mit Melissa.

Kurz flackerte Zorn in ihr auf, ähnlich wie vorhin, nach dem Traum: Ihr Vater müßte mit ihr Tennis spielen, und nicht mit Melissa. So gehörte es sich doch, und so hatte sie es sich auch vorgestellt.

Unzählige Male hatte sie von ihrer Rückkehr hierher geträumt, von dem gewaltigen Haus am Meer, dem Zimmer, in dem sie wohnen würde, und von all den anderen Dingen, die ihre Mutter einfach verlassen hatte.

Eine Halbschwester, mit der sie auch nur eines davon teilen würde, hatte sie in ihren Plänen allerdings nicht vorgesehen. Vor allem keine, die ihr den Vater – und was ihr sonst noch zustand – wegnahm.

Ihr fiel wieder die gespenstische Szene in Melissas Zimmer ein, und die erinnerte sie an die Idee, die ihr vor dem Einschlafen gekommen war.

Teri löste sich vom Fenster, sperrte die Badezimmertür auf und ging in Melissas Zimmer. Sie war nicht sicher, was sie dort suchte, aber tief in ihrem Innern wußte sie bereits, daß sie etwas finden würde, das sich für ihre Pläne verwenden ließe.

Sie ging zur kleinen Kommode zwischen den zwei Fenstern und zog sämtliche Schubladen heraus.

In der mittleren fand sie eine kleine schwarze Schachtel. Noch bevor sie sie öffnete, wußte sie, was sie enthielt. Im nächsten Augenblick starrte sie auch schon auf eine Perlenkette in einem samtgefütterten Etui.

Eine Perlenkette. Dieselbe wie ihre.

Erneut packte sie der Zorn. Melissa hatte sogar ihre Perlen, obwohl sie doch fast zwei Jahre jünger war. Sie legte die Schachtel so zurück, wie sie sie gefunden hatte und durchsuchte die anderen Schubladen.

Nichts.

Also versuchte sie ihr Glück bei der großen Kommode gegenüber.

In der mittleren Schublade fand sie das Gesuchte unter einem Stoß Socken.

Es war ein kleines, in schwarzes Leder gebundenes Tagebuch. Auf dem Umschlag prangten Melissas Initialen in Gold. Hastig durchblätterte sie das Buch.

Sämtliche Eintragungen waren in Briefform geschrieben und richteten sich an eine D'Arcy. Aber wenn es Briefe an eine Freundin waren, warum standen sie dann im Tagebuch?

Nannte sie ihr Tagebuch so?

Aber beim aufmerksameren Lesen dämmerte ihr die Wahrheit.

Sie war sich fast sicher, daß es D'Arcy nicht gab. Und es war wohl auch nicht der Name des Tagebuchs.

Melissa hatte diesen Namen wohl eher erfunden.

D'Arcy gab es wahrscheinlich gar nicht.

Das meiste war fast nicht lesbar. Die Handschrift hätte auch von einer Fünfjährigen stammen können, so unbeholfen und hingekritzelt sah sie aus. Das wenige, das Teri entziffern konnte, bestärkte sie in dem Eindruck, daß diese D'Arcy für Melissa Wirklichkeit geworden war.

... Ich bin Dir ja so dankbar, daß Du mir letzte Nacht zu Hilfe gekommen bis. Mom war unheimlich böse auf mich, und ich weiß nicht warum...

... Hoffentlich hat Mom dir letzte Nacht nicht allzu weh getan. Ich weiß nicht, warum sie so wütend auf mich war, aber du weißt ja, wie sie ist. Hat sie dich geschlagen? Wie sehr ich das verabscheue! Wenn sie mich jemals schlagen würde, ich glaube, ich...

Teri war noch in das rätselhafte Tagebuch vertieft, da ging die Tür auf. Sie legte das Buch hastig in die Schublade zurück. Bevor sie sie zumachen konnte, erkannte sie Coras Stimme.

»Ach, das tut mir leid. Ich dachte...« Und dann stockte sie, als sie merkte, daß sie gar nicht Melissa vor sich hatte. »Teri? Was machst du denn hier?«

Teris Verstand arbeitete fieberhaft. Blitzschnell nahm sie ein Paar von Melissas Socken in die Hand. »Ich habe keine frischen Socken mehr«, erklärte sie lächelnd. »Drum wollte ich mir welche von Melissa ausleihen.« Ihre Züge nahmen einen ängstlichen Ausdruck an. »Sie wird doch nichts dagegen haben, oder?«

Cora hatte Teri mißtrauisch gemustert. Jetzt hellte sich

ihre Miene auf. »Aber natürlich nicht. Ich werde gleich mit deinem Vater sprechen. Du brauchst unbedingt neue Kleider. Es geht doch nicht, daß du jeden Tag in denselben Sachen herumläufst.«

Teri unterdrückte einen Seufzer der Erleichterung. »Das würdest du für mich tun?« Sie lächelte die Haushälterin dankbar an. »Eigentlich habe ich ja kein Recht, den Leuten ständig in den Ohren zu liegen, wenn ich etwas brauche. Ihr seid alle so furchtbar lieb zu mir...«

»Das darfst du nicht sagen«, mahnte Cora sie liebevoll. »Du gehörst hierher wie die anderen auch. Und wenn du etwas brauchst, sollst du es auch haben...«

Die Haushälterin schwatzte fröhlich weiter, während sie das Bett frisch bezog. Teri hörte jedoch nicht mehr hin. Ihr gingen Coras erste Worte im Kopf herum:

»Und wenn du etwas brauchst, sollst du es auch haben...«

Und das werde ich auch, sagte sie sich, als sie wenig später in ihr Zimmer ging.

Alles, was ich brauche, und alles, was ich will.

8

»Schau dir das an! Hast du schon mal so einen aufregenden Rock gesehen?«

Melissa starrte durch das Schaufenster auf einen weißen, blaugeblümten Baumwollrock. Das Blau des Musters paßte haargenau zu Teris Augen. Bislang waren sechs Röcke für Teri in Frage gekommen, und in jedem hätte sie bezaubernd ausgesehen. Dabei waren sie noch gar nicht in die Geschäfte hineingegangen.

Seit fast einer Stunde bummelten sie im Schatten der

mächtigen Alleebäume von Schaufenster zu Schaufenster. In fast jedem hatte sie etwas begeistert – ein Rock, wie der, den sie gerade bewunderten, eine Bluse, ein Pullover oder ein Paar Schuhe. Und alles schien auf Teri geradezu zu warten. Aber bis jetzt hatte Teri jeder Versuchung widerstanden und war weitergegangen.

»Was das kosten muß!« hatte sie gemeint. »In Kalifornien bin ich ganze Tage durch die Fußgängerzone gelaufen und habe mir vorgestellt, wie das wäre, wenn ich mir das alles leisten könnte.«

»Jetzt hast du ja das Geld«, erwiderte Melissa und zog Teri zur Tür. »Hast du nicht gehört, was Mama gesagt hat? Du sollst dir Kleider kaufen und sie nicht nur anschauen. Komm schon.«

Sie drückte die Tür auf und trat ein. Sogleich erhob sich die Inhaberin, eine elegant gekleidete Mittdreißigerin, und kam ihnen entgegen.

»Melissa!« rief sie. »Ich dachte schon, ihr traut euch nicht herein. Deine Mutter hat vorhin angerufen und gesagt, daß dir heute jeder Wunsch erfüllt werden soll.« Sie zwinkerte ihr verschwörerisch zu. »Na, feierst du deinen Geburtstag ein bißchen länger?«

Melissa schüttelte errötend den Kopf. »Es ist nicht für mich«, erklärte sie. »Sie hat wegen meiner Schwester angerufen. Eigentlich sind wir keine Schwestern, sondern Halbschwestern. Das ist Teri MacIver.« Sie wandte sich an Teri. »Teri, das ist Polly Corcoran, aber alle nennen sie Corky.«

Teri gab ihr lächelnd die Hand. »Ich bin sehr erfreut.«

Corky Corcorans Augen funkelten freudig. »Keine Frage, wessen Tochter du bist!« Ihr Gesicht überschattete sich plötzlich. »Ich habe deine Mutter immer sehr gern gemocht und war stolz darauf, daß wir denselben Namen hatten. Es... es tut mir schrecklich leid für dich...«

Teris Lächeln erstarb jäh. Sie senkte den Blick und nickte mehrmals kurz. »Danke«, stammelte sie. »Ich kann es mir immer noch nicht vorstellen. Ohne Daddy...« Ihre Stimme verlor sich mitten im Satz. Verlegenes Schweigen machte sich breit, bis Corky unvermittelt in die Hände klatschte und sich zu einem herzlichen Lächeln zwang.

»Na ja, das Leben geht schließlich weiter, oder?« rief sie. Die aufgesetzte Fröhlichkeit erschien ihr unerträglich, aber sie wollte Teri unbedingt aufmuntern, nachdem sie die alte Wunde wieder aufgerissen hatte. »Hast du etwas im Schaufenster entdeckt?«

Teri nickte. »Den weißen Rock vielleicht? Den mit den blauen Blumen?«

Corky strahlte sie an. »Wunderbar! An genau den habe ich auch gedacht!« Mit kundigem Blick musterte sie Teris Figur. »Größe vierunddreißig?« Auf Teris Nicken hin verschwand sie im Hinterzimmer.

Während Corkys Abwesenheit sah Teri sich im Laden um. Er sah eigentlich gar nicht aus wie eine Boutique, sondern eher wie ein Wohnzimmer. Nur wenige Kleidungsstücke waren ausgestellt. Sie waren nachlässig über Stuhllehnen drapiert oder hingen unauffällig an Gliederpuppen in den Ecken.

Teri hatte schon Geschäfte dieser Art gesehen, mit dem Unterschied freilich, daß sie heute nicht nur die Nase gegen das Schaufenster preßte. Gespannt wartete sie auf Corky und den Rock.

Nach fünf Minuten kam Corky mit einem halben Dutzend Sachen beladen wieder. »Ich dachte mir, daß du die eine oder andere Bluse oder vielleicht auch einen Pullover zum Rock anprobieren willst.« Sie breitete alles auf einem Mahagonitisch vor Teri aus. Teris Blick fiel sofort auf eine Seidenbluse, die vorzüglich zum blauen Muster des Rocks paßte. Ehrfürchtig nahm sie sie in die Hand. Corky begrüßte ihre Wahl mit einem anerkennenden Nicken. »Ich dachte mir, daß sie dir gefallen würde. Probier sie doch an.« Sie deutete auf eine hinter einem chinesischen Wandschirm versteckte Umkleidekabine.

Als Teri mit dem Rock und der Bluse verschwunden war, wandte sie sich Melissa zu. »Und was ist mit dir? Ich hätte einige wunderschöne Sachen in deinen Lieblingsfarben für den Herbst.«

Melissa zögerte. Sie hatte noch in frischer Erinnerung, was ihre Mutter ihr am Morgen eingeschärft hatte: »Denk daran, daß du nicht für dich einkaufen gehst, Melissa. Du hast weiß Gott mehr, als du brauchst. Soviel kannst du im ganzen Leben nicht anziehen, wie dir dein Vater immer kauft. Und versuch ja nicht, Teri die entsetzlichen Lumpen aufzuschwatzen, die du ständig trägst. Bei ihrer Figur stehen Teri einfach all die Sachen, in denen du nur immer wie eine Vogelscheuche aussiehst.« Melissa war noch immer zutiefst gekränkt, auch wenn sie sich einzureden versuchte, daß ihre Mutter es nicht so gemeint hatte.

»Ich ... ich weiß nicht«, murmelte sie verlegen.

Ehe Corky sie weiter bedrängen konnte, kam Teri wieder zum Vorschein. »Was meinst du?« fragte sie Melissa. »Es paßt doch, oder?«

Melissa starrte ihre Halbschwester an. So gut es ging, verbarg sie die Neidgefühle, die aus den Abgründen ihres Bewußtseins emporstiegen. Als sie dann aber die Begeisterung in Teris Augen wahrnahm, verschwanden alle Hintergedanken. Was konnte den Teri dafür, daß ihr alles paßte wie angegossen? Das sanfte Blau der Bluse ließ ihre Haare fast flachsblond erscheinen. Die Ärmel schlossen genau um Teris Handgelenke ab, und das Oberteil schmiegte sich gerade so eng an ihren Busen, daß die Kurven zur Geltung kamen, aber nicht so eng, daß es zuviel offenbarte. Der Rock fiel in einem leichten Bogen von der

Hüfte bis knapp unters Knie. Teri sah bezaubernd darin aus.

»Das ist wunderschön«, murmelte Melissa.

»Wieviel kostet das zusammen?« wollte Teri wissen.

Corky lächelte. »Der Rock kostet hundertsechzig, aber die Bluse ist ein bißchen teurer.«

Teris Augen weiteten sich. Sie blickte nervös zu Melissa. »Wieviel teurer denn?« fragte sie mit zitternder Stimme.

»Zweihundertfünfzig«, antwortete Corky. »Sie ist immerhin aus reiner Seide.«

In Teris Augen spiegelte sich bereits Enttäuschung. Noch einmal richtete sie den Blick auf Melissa. »Das ist zu teuer, nicht wahr?« fragte sie.

Melissa war überzeugt davon, einen flehenden Unterton gehört zu haben. Sie wandte sich an Corky. »Kann ich meine Mutter anrufen und fragen, ob es ihr recht ist?«

»Das Telefon steht auf dem Tisch. Aber ich habe heute schon mit ihr gesprochen. Sie ist mit allem einverstanden.« Sie zog die Augenbrauen leicht in die Höhe und senkte plötzlich die Stimme, als zöge sie das Mädchen in ihr Vertrauen. »Wenn ein Mensch beurteilen kann, was gute Sachen heutzutage wert sind, dann ist es deine Mutter.«

Teris Miene hellte sich auf. »Gut, wir nehmen beides.« Sie ging an den Tisch zurück und begutachteten die anderen Stücke.

Eine halbe Stunde später verließen sie die Boutique mit drei Röcken, fünf Blusen und einem Pullover. Jedes Stück war säuberlich in einem Karton mit Corkys Firmenzeichen verpackt – einer Champagnerflasche auf goldenem Hintergrund.

»Gehen wir doch noch in das andere Geschäft«, schlug Teri vor. »Das mit der Sportkleidung, du weißt schon. Das

Zeug hier ist ja ganz toll, aber ich brauche unbedingt Tenniskleidung und ein paar Sachen für den Club.«

»Du meinst Bademoden?« fragte Melissa.

Teri nickte. »Im Schaufenster habe ich ein paar ganz aufregende Badeanzüge gesehen.«

Sie bogen in die nächste Querstraße ein, und bald verschwand Teri schwerbeladen mit Badeanzügen, Shorts, gestrickten T-Shirts und Sweatshirts in der Umkleidekabine. Als sie endlich fertig war, lag ein gewaltiger Stapel auf dem Ladentisch. Alles hatte ihr vorzüglich gestanden. Und die anderen Jugendlichen vom Club trugen genau die gleichen Sachen.

Die Verkäuferin schrieb die Beträge auf, dann sah sie zu Teri auf. »Wäre das alles?« fragte sie.

Teri wollte schon nicken, aber dann fiel ihr Melissas sehnsüchtiger Blick auf. Ein fuchsroter Jogginganzug mit diagonal verlaufenden schwarzen Streifen am Oberteil und je einem senkrechten Streifen an den Beinen hatte es ihr angetan. »Probier ihn doch an«, meinte sie aufmunternd.

Errötend schüttelte Melissa den Kopf. »Er würde mir nicht stehen.«

»Woher willst du das wissen? Das kannst du doch erst sagen, wenn du ihn angezogen hast.« Ohne eine Antwort abzuwarten, wandte sie sich an die Verkäuferin. »Haben Sie den in ihrer Größe?«

Die Verkäuferin musterte Melissa skeptisch. »Ich weiß nicht. Sie hat keine sehr gängige Größe, aber ich schau mal nach.« Wenig später kam sie aus dem Lager zurück und reichte Melissa einen Bügel mit dem Jogginganzug. »Probier mal den.«

Nach zwei Minuten trat Melissa aus der Umkleidekabine und starrte deprimiert auf ihr Spiegelbild. Die Hose kam ihr etwas zu eng und die Jacke etwas zu weit vor.

Und die Farbe erst. Vorhin hatte sie ihr so gut gefallen. Kaum aber trug sie den Anzug, ließ er ihr Gesicht gelblich erscheinen. »Mein Gott«, stöhnte sie gequält und sah weg. »Warum probier ich's überhaupt noch?«

»Aber er sieht toll aus!« rief Teri. »Wir müssen nur noch eine passende Jacke finden.«

»Es hätte doch keinen Sinn«, klagte Melissa. »Schau mich nur an. Ich sehe aus wie eine Vogelscheuche.«

»Ach was!« widersprach Teri. »Hast du schon vergessen, was deine Mutter gesagt hat? Du sollst dir keine Lumpen kaufen.«

»Ich soll mir überhaupt nichts kaufen, weil ich genug habe«, verbesserte Melissa.

»Das mag stimmen, aber du hast nichts Vernünftiges.«

Melissa sah sie bestürzt an, und Teri lenkte sofort ein. »Ich meine nicht, daß deine Sachen schlecht aussehen, aber sie sind nicht modisch genug. Schau dir nur mal die anderen an. Sie tragen immer Weiß. Weiße Shorts, Polo-Shirts und so weiter.« Sie fing an, in einem Tisch herumzuwühlen. Triumphierend zog sie zwei Blusen, eine hellgrüne und eine zitronengelbe, heraus und hielt sie Melissa an die Brust. »Die zum Beispiel würden dir gut stehen.«

Melissa sah die Blusen wehmütig an. Sie sahen wirklich ganz anders aus als die dunkelgrünen oder braunen Sachen, die sie sich immer kaufte. Aber so sehr sie es auch versuchte, ihr wollte nicht in den Kopf, daß so etwas zu ihr passen könnte. »Probier das mal an«, befahl ihr Teri und drückte ihr die grüne Bluse in die Hand. »Und nimm die Shorts da auch mit. Während du dich umziehst, suche ich dir noch eine passende Jacke für den Jogginganzug aus.«

Kurze Zeit später kam Melissa aus der Kabine und stellte sich vor den Spiegel. Die Bluse hing wie ein Sack an ihr herunter, während die Hose sich um ihre Hüften spannte. Sie sah noch dicklicher aus, als sie tatsächlich war.

»Haben Sie nicht etwas mit Falten?« fragte Teri die Verkäuferin, als hätte sie Melissas Gedanken gelesen.

Zwanzig Minuten später legte Teri gegen Melissas Proteste eine weiße Tennishose, zwei Poloshirts, einen leuchtend roten Badeanzug und den Jogginganzug auf den Stapel mit den Sportmoden.

»Können Sie es aufschreiben?« bat sie die Verkäuferin. »Ich bin Teri MacIver, die Tochter von Charles Holloway.«

Die Verkäuferin lächelte. »Aber gewiß. Mrs. Holloway hat heute morgen angerufen und mir gesagt, daß du alles, was dir gefällt, mitnehmen kannst.«

Teri betrachtete versonnen den riesigen Stapel. Ihr Blick wanderte noch einmal zu einer Tenniskombination, die sie vorher schon einmal bewundert hatte. Dann aber bemerkte sie, wie Melissas Augen hervorquollen, als die Gesamtsumme auf dem Kassenzettel erschien. »Das wäre dann alles«, meinte sie.

Die Verkäuferin stellte die Rechnung aus und reichte sie ihr mit einem Stift für die Unterschrift.

Teri gingen die Augen über. Zusammen mit dem Einkauf bei Corky hatte sie über dreitausend Dollar ausgegeben. Einen kurzen Moment lang mußte sie an die zweihundert Dollar denken, die letztes Jahr bei der Einkleidung für die Schule gereicht hatten.

Aber dazwischen lag ja eine Ewigkeit, und damit war der Gedanke schon wieder verscheucht.

Genüßlich setzte sie ihre Unterschrift unter die Rechnung.

Phyllis Holloways Augen funkelten vor Zorn. »Aber wozu haben wir überhaupt Rechtsanwälte?« herrschte sie ihren Mann an.

Charles nahm seine Lesebrille ab und drückte den Zeigefinger gegen die Nasenwurzel. Vielleicht half ihm das gegen die rasenden Kopfschmerzen, die er bei jedem Ehekrach bekam. Zumindest verschaffte es ihm für einen Moment Ruhe. Seufzend setzte er schließlich die Brille wieder auf und nahm seine Zeitung in die Hand. »Ich habe es dir doch schon erklärt. Der Fall ist so eindeutig, daß ich ihn an einem Tag regeln kann. Natürlich könnte ich auch eine Kanzlei in Los Angeles damit beauftragen, aber ich bin ja selbst Rechtsanwalt...«

»Jetzt tu nur nicht so!« höhnte Phyllis. »Du weißt selbst, daß du nie praktiziert hast.«

Charles verzog das Gesicht. Nicht zum erstenmal fragte er sich, warum er noch bei Phyllis blieb. Wann hatte sie eigentlich das letzte zärtliche Wort zu ihm gesagt? Soweit er zurückdenken konnte, hatte sie allenfalls in der Öffentlichkeit das Bild der liebenden Gattin abgegeben. Ja, wenn sie gemeinsam ausgingen, hielt sie sich immer an seiner Seite und versäumte es nie, den anderen von ihrem tollen Mann vorzuschwärmen.

Das war aber nur gespielt. Waren sie allein zu Hause, richtete sie kaum ein Wort an ihn, es sei denn, sie jammerte über irgendwelche Unzulänglichkeiten von Cora, von Melissa oder – wie meistens – von ihm selbst.

War sie eigentlich immer so gewesen?

Er konnte es schlecht beurteilen. Sie hatten sich näher kennengelernt, als seine Ehe mit Polly in die Brüche gegangen war. Und damals war sie ihm vollkommen erschienen.

Sie war aufmerksam und lebhaft gewesen und hatte sich so angenehm von seinen Jugendfreundinnen unterschieden. Vor allem mit Polly hatte sie keinerlei Gemeinsamkeiten gehabt. Wo Polly Zurückhaltung an den Tag gelegt hatte, hatte Phyllis vor Lebensfreude gesprüht. In seine Tochter war sie von Anfang an vernarrt gewesen, aber für einen Schwatz mit ihm hatte sie auch immer Zeit gehabt. Nach Pollys Auszug war es nur allzu natürlich gewesen, daß sie zusammenfanden, zumal sie beide um den Verlust von Teri trauerten.

Dann war Phyllis schwanger geworden und er hatte sie mit Freuden geheiratet. In den ersten sechs Monaten, bis zu Melissas Geburt, hatten sie sich auch prächtig verstanden. Danach war alles ganz anders geworden, genauer gesagt, von dem Augenblick an, in dem Phyllis ihre Tochter zum erstenmal gesehen hatte. Sie hatte nur auf Melissas winziges Gesichtchen und die dünnen braunen Haarbüschel hinabgesehen, und schon waren ihr Tränen in die Augen getreten.

»Warum ist sie nicht blond?« hatte sie gerufen und zu Charles aufgeschaut. »Ich wollte doch, daß sie genauso wird wie Teri!«

Charles hatte das Baby in den Arm genommen, es fest an seine Brust gedrückt und es auf die Stirn geküßt. »Aber sie kann doch nicht wie Teri sein«, hatte er protestiert. »Teri ist Pollys Tochter, und Missy ist die unsere.«

Darauf hatte Phyllis keine Antwort gegeben, zumindest keine direkte. Aber im Laufe der Jahre hatte sie es ihre Familie immer wieder spüren lassen: Melissa wurde den Ansprüchen, die sie seit Teri stellte, nie gerecht.

Genausowenig genügte er anscheinend als Mann ihren Ansprüchen.

Andererseits hatte Phyllis sich eigentlich schon fast von der Stunde ihrer Hochzeit an verändert.

Ihr überschäumendes Temperament war fast schlagartig verschwunden, so daß Charles sich bisweilen fragte, ob es überhaupt je existiert hatte, oder ob der Wunsch der Vater des Gedankens gewesen war und er es sich lediglich eingebildet hatte.

Binnen eines Jahres hatte Phyllis sich vom hübschen, wenn auch nicht wirklich schönen Kindermädchen aus Philadelphia, zu ihrer eigenen Version der Dame von Welt gewandelt.

Der Welt des Secret Cove Club.

Plötzlich kaufte sie in den richtigen Geschäften ein und trug die richtigen Kleider.

In New York ging sie in die richtigen Restaurants und saß im Vorstand der richtigen Vereine.

Den Grund für ihre Aufnahme in diese Gremien hatte er ihr allerdings wohlweislich verschwiegen: Er hatte sich vorher unter vier Augen mit den Ehemännern der jeweiligen Vorstandsdamen unterhalten.

Aber obwohl sie das Richtige trug und in den richtigen Kreisen verkehrte – irgendwie paßte sie nicht dazu.

Was die Clique von Secret Cove betraf, so kannte Charles den Grund. Man konnte nicht einfach dazu passen.

Man wurde hineingeboren.

Und Phyllis war nicht hineingeboren worden.

Dennoch wurde sie es nie müde, sich in die Clique hineinzuzwängen, den Platz zu beanspruchen, den Charles' erste Frau eingenommen hatte.

Und sie hatte nie verstanden, daß Charles sie unter anderem deswegen geheiratet hatte, weil sie eben nicht Polly war.

Dennoch hatte die Ehe gehalten, weil Charles sich vor langem schon dazu durchgerungen hatte, jedes Ungemach zu ertragen, solange Melissa ihm erhalten blieb.

Denn Melissa war sein ein und alles.

Wenn sie Unzulänglichkeiten hatte, so nahm er sie

nicht wahr oder sah großzügig darüber hinweg. Die fast krankhafte Schüchternheit seiner Tochter machte sie für ihn erst recht liebenswert. Und daß sie nicht zu den anderen Kindern aus der Clique paßte, störte ihn nicht im geringsten.

Seine Frau mochte denken, was sie wollte, er war überzeugt davon, daß Melissa nicht viel entging. Aus ihren Büchern lernte sie gewiß mehr als aus dem Gerede der anderen Jugendlichen. Außer dem Stolz auf ihre Herkunft hatten die ohnehin nichts im Kopf.

So nahm er lieber die Ehe mit Phyllis in Kauf, bevor er nach Teri auch noch Melissa verlor. Bisweilen freilich fiel es ihm sehr schwer.

»Wie kannst du nur so gedankenlos sein?« hörte er Phyllis jammern. »Morgen sind wir bei den Stevens eingeladen, und plötzlich willst du im letzten Augenblick wegen deiner Reise nach Kalifornien absagen!«

»Du brauchst doch nicht abzusagen«, warf Charles ein. »Es ist ohnehin keine förmliche Einladung, und du weißt so gut wie ich, daß zu Eleanor immer ein paar Männer ohne Begleitung kommen. Keine Ahnung, wo sie sie auftreibt.«

Phyllis blitzte ihn wütend an. »Dir ist es also egal, mit wem ich ausgehe?«

Etwas bewegte sich draußen und lenkte Charles ab. Teri und Melissa kamen vollbepackt die Auffahrt herauf. »Hör zu«, sagte er. »Können wir nicht ein andermal darüber reden? Die Mädchen kommen jetzt, und...«

»Nein, das geht nicht!« schrie Phyllis. »Du unverschämter Egoist! Weißt du überhaupt, wieviel Anstrengung diese Einladung mich gekostet hat? Weißt du überhaupt, wer alles kommt? Der Gouverneur! So! Und ich habe nicht vor, allein hinzugehen oder am Arm von irgendeinem Gigolo! Wenn ich gewußt hätte, was dir meine Mühe...«

Plötzlich hatte Charles genug. Seine Faust schlug krachend auf den Tisch. »Jetzt reicht's aber!« brüllte er. »Ich kann ja auch nichts dafür. Ich konnte genausowenig wie du absehen, daß Teri hierherkommen würde. Aber jetzt ist sie da, und wir müssen das Beste daraus machen. Ich bin im übrigen nicht bloß ihr Vater, falls du es nicht gewußt haben solltest. Ich bin auch der Treuhänder ihres Vermögens.«

»Vermögen?« spuckte Phyllis. »Jeder weiß doch, daß Polly jeden Cent hergegeben hat! Alles ist weg!«

»Es ist weitaus mehr da, als du denkst. Tom hatte eine Lebensversicherung, und das Haus war eine Viertelmillion wert.«

Phyllis kräuselte verächtlich die Lippen. »In Kalifornien reicht das allenfalls für eine Bruchbude, oder?«

Charles schüttelte erschöpft den Kopf. »Mach von mir aus, was du willst. Geh allein zur Party oder such dir einen Begleiter. Oder geh überhaupt nicht hin. Aber ich habe eine Pflicht Teri gegenüber, und die werde ich auch erfüllen. Kein Wort mehr darüber, ja? Was du denkst, ist mir egal – morgen fliege ich nach Los Angeles.«

Phyllis machte den Mund auf, als sei der Streit für sie noch nicht beendet. Als sie aber Charles' finsteren Blick bemerkte, überlegte sie es sich anders. Sie wußte, wann der Punkt erreicht war, an dem er nicht mehr mit sich reden ließ. Dennoch plagte sie weiter die Vorstellung, sie müßte allein zu Eleanors Party gehen. Alle würden sie nur ansehen und sich fragen, ob Charles auf Geschäftsreise war, ob er keine Lust hatte oder ob...

Am Ende glaubten sie noch, er hätte eine andere gefunden und wollte sie sitzen lassen.

Nein, am besten blieb sie dann zu Hause, ehe sie sich zum Gespött der Leute machte.

Wortlos wandte sie ihrem Mann den Rücken zu und

stolzierte aus dem Zimmer. So entging ihr der plötzliche Ausdruck der Erleichterung auf seinem Gesicht.

Vor der Tür bekam Teri die letzten Worte des Ehekrachs mit. Zorn loderte wieder in ihr auf.

Eine Pflicht?

Bedeutete sie ihrem Vater nicht mehr? War sie nur jemand, den man in Kauf nehmen mußte, weil sie seine Tochter war?

Dann spürte sie Melissas Augen auf sich ruhen. »Er hat es nicht so gemeint«, hörte sie sie voller Mitgefühl sagen. »Sie hatten nur wieder einen Streit. Das... das kommt fast jeden Tag vor.«

Teri gelang es, ihren Zorn unter Kontrolle zu bringen. Als sie sich zu Melissa umwandte, schimmerten ihre Augen feucht, und ihr Kinn bebte leicht. »Es ist nicht so schlimm«, flüsterte sie. »Ich... ich hoffe nur, daß er mich eines Tages genauso liebt wie dich. Mehr will ich ja nicht.«

Melissa ließ sämtliche Kartons fallen und schlang die Arme um ihre Halbschwester. »Das wird er auch«, versprach sie. »Er wird dich genauso lieben, wie ich dich mag.«

Teri ließ die Umarmung schweigend über sich ergehen.

»Ich sehe nicht ein, warum wir an einem Tag wie heute nicht zum Club gehen sollten«, rief Phyllis. Es war mitten am Nachmittag, und sie saß unter dem Sonnenschirm am Beckenrand. Wenige Meter weiter lag Charles auf seinem Liegestuhl und las das *Wall Street Journal* vom gestrigen Tag. Teri sonnte sich im Gras, und Melissa schwamm eine Runde nach der anderen – in dem vergeblichen Versuch, sich ein paar überflüssige Pfunde abzutrainieren, damit ihr der neue Badeanzug paßte.

Erst hatte sie ihn nicht anziehen wollen, aber Teri hatte

ihr keine Ruhe gelassen. Schließlich hatte sie tatsächlich allen Mut zusammengenommen und war im neuen Badeanzug aus der Umkleidekabine getreten. Ihre Mutter hatte sofort Teri recht gegeben. »Endlich trägst du mal eine andere Farbe! Wenn du jetzt nur noch zwei Kilo abnehmen könntest...«

Charles war ihr sofort ins Wort gefallen. »So wie sie aussieht, ist sie auch hübsch.« Aber die Bemerkung hatte ihre Wirkung schon getan. Seitdem kämpfte Melissa tapfer mit sich und versuchte, fünfzig Runden zu schaffen.

»Hast du mich gehört, Charles?« rief Phyllis.

Charles nickte zerstreut. »Wozu wäre das gut? Unser Pool ist groß genug, und hier haben wir kein Gedränge.«

»Aber unsere Freunde sind alle dort«, fuhr Phyllis fort. »Wir sehen ja bald überhaupt niemand mehr.«

Charles legte die Zeitung beiseite. »Ich habe nichts dagegen, wenn du dort hingehen willst. Nur habe ich keine Lust, mich mit der Meute dort abzugeben.«

Im Gartenhäuschen schrillte das Telefon. Charles wollte aufstehen, aber Phyllis hielt ihn fest. »Soll doch Cora rangehen«, rief sie. »Viel tut sie ja ohnehin nicht mehr. Wir sollten uns allmählich über eine neue Haushälterin Gedanken machen, Charles. Ich weiß ja, wie...«

Charles kam nicht mehr dazu, ihr über den Mund zu fahren. Cora rief ihr über den Rasen zu: »Für Sie, Ma'am! Es ist Mrs. Van Arsdale!«

Phyllis sprang auf und rannte zum Telefon. »Ja, Lenore?«

»Hallo, Phyllis.« Lenore Van Arsdale schlug wieder ihren vertraulich kühlen Tonfall an, mit dem Phyllis noch nie zurechtgekommen war. »Uns ist eine schreckliche Panne unterlaufen. Hoffentlich kannst du sie mir verzeihen.«

Phyllis stockte der Atem. Sie war fast sicher, daß man

sie aus dem Vorstand des Wohltätigkeitsclubs geworfen hatte.

»Du weißt doch, daß Brett für morgen ein paar Freunde zu einem Lagerfeuer am Strand eingeladen hat?«

Phyllis spannte alle Züge an. Nein, sie hatte davon absolut nichts gehört. »Ja, warum?« erwiderte sie so beiläufig sie konnte. »Ich glaube, eins von den Mädchen hat etwas davon gesagt.«

»Na ja, ich habe soeben gemerkt, daß Melissa versehentlich keine Einladung zugeschickt wurde. Es ist zwar sehr kurzfristig, aber können wir sie noch einladen? Und natürlich würde Brett sich freuen, wenn Teri auch kommen könnte.«

Mit einem Schlag begriff Phyllis. Sie hatte gar nicht wegen Melissa angerufen.

Es ging ausschließlich um Teri.

Sie kannte die anderen kaum, aber sie hatten sie schon in ihren Kreis aufgenommen.

Unwillkürlich wanderten ihre Augen zum Fenster. Teri saß aufrecht da und hörte Melissa aufmerksam zu. Die kauerte wie ein überdimensionaler Welpe zu Füßen ihrer Halbschwester. Ihr vom Baden klatschnasses Haar klebte am Rücken. Mein Gott, schoß es ihr durch den Kopf. Lernt sie denn nie, sich wie ein richtiger Mensch hinzusetzen? Schlimmer als ein Bauer! Kein Wunder, daß die anderen nichts von ihr wissen wollen.

»Die zwei werden sich bestimmt auf morgen freuen«, flötete sie in die Muschel. »Und es war sehr lieb von dir, daß du auch an Teri gedacht hast.«

»Ich bin ja selbst gespannt auf sie«, erwiderte Lenore. »Sie soll das Ebenbild von Polly sein, habe ich gehört.«

So plauderten sie noch eine Weile weiter. Schließlich entschuldigte sich Lenore, sie müsse noch ein paar andere Gespräche führen und legte auf. Bevor Phyllis zum Swimmingpool zurückging, sah sie noch einmal zum Fenster.

Die zwei saßen noch immer nebeneinander.

Die Tochter ihrer Träume und die, die sie bekommen hatte.

Aber jetzt war Teri wie durch ein Wunder zu ihr gekommen. Vielleicht war sie der Schlüssel zu all den Türen, die ihr bislang immer verschlossen geblieben waren.

Es sei denn, Melissa machte Teri einen Strich durch die Rechnung, so wie sie auch an ihren Problemen schuld war.

Sie trat ins strahlende Sonnenlicht hinaus. »Ihr zwei habt soeben eine Einladung für morgen abend bekommen«, rief sie den Mädchen lächelnd zu.

Charles legte seine Zeitung beiseite. »Wohin denn?«

»Brett veranstaltet ein Lagerfeuer, und Lenore möchte die zwei Mädchen auch dabeihaben.«

Teris Gesicht leuchtete kurz auf. Charles' Reaktion versetzte ihr aber sofort wieder einen Dämpfer.

»Ist es nicht ein bißchen zu früh für Partys?«

Teri suchte nach dem richtigen Gegenargument, aber schon kam ihre Stiefmutter ihr zur Hilfe. »Lenore Van Arsdale ist anscheinend ganz und gar nicht dieser Ansicht. Und ich kann mich ihr nur anschließen. Was hat Teri denn davon, wenn sie ständig bei uns herumsitzt? Sie muß allmählich Anschluß finden.«

Charles nickte zögernd, wandte sich dann Melissa zu: »Was glaubst du, Missy? Wird es ein Spaß werden?«

Melissa biß sich auf die Lippe. Zu dieser Party kamen doch genau dieselben Leute, die sie bei ihrer Geburtstagsfeier geschnitten hatten.

Und genau dieselben, die sie gestern am Strand keines Blicks gewürdigt hatten.

»Ich... ich weiß nicht«, stammelte sie. »Ich... na ja...«

Charles spürte, daß Melissa vor etwas Angst hatte, und lächelte sie aufmunternd an. »Wenn du nicht hingehen willst, ist das überhaupt kein Problem. Eine Einladung ist keine Verpflichtung.«

»Ich... ich würde lieber daheim bleiben«, brachte Melissa hervor.

»Dann bleibst du einfach zu Hause«, erklärte Charles und wandte sich wieder seiner Lektüre zu. Ihm entging so Phyllis' wütender Blick.

»Vielleicht überlegt sie es sich noch anders«, meinte Phyllis, die Augen starr auf Melissa gerichtet.

Charles merkte nicht, wie Melissa zusammenzuckte. Teri dagegen fiel es sehr wohl auf.

9

Melissa stierte stumm auf ihren Teller mit dem Abendessen. Sie sah nicht auf, aber sie spürte den Blick ihrer Mutter. Die hatte zwar nichts gesagt, doch ihr Zorn türmte sich wie eine Gewitterwolke über ihr auf. Wie sollte sie da noch essen können? Andererseits wußte sie, daß sie nichts stehenlassen durfte. Ansonsten mußte sie wieder eine Stunde sitzen bleiben und einen Vortrag ihrer Mutter über sich ergehen lassen. Den Inhalt kannte sie zur Genüge. Sie habe schlechte Manieren und würde Cora verletzen, denn die habe sich solche Mühe mit dem Kochen gegeben.

Groß hockte das Steak vor ihr auf dem Teller. Es schien unter ihren Augen noch zu wachsen. Sie stach die Gabel hinein, schnitt ein Stückchen ab und führte es zum Mund.

Beim Kauen hatte sie das Gefühl, ihre Kehle sei zugeschnürt, und sie bekam Angst, sie müßte am Fleisch ersticken. Schließlich brachte sie es doch hinunter und nahm das nächste Stück in Angriff. Sie wagte einen verstohlenen Blick über den Tisch. Alle anderen waren fertig. Ihr Vater legte soeben Messer und Gabel auf den Teller und wischte sich genüßlich den Mund ab. »Habt ihr Lust, ins Kino zu gehen?« fragte er und lächelte Melissa an.

Instinktiv schossen Melissas Augen zu Phyllis hinüber. Einen kurzen Augenblick durfte sie trotz allem auf einen schönen Abend hoffen. Aber als ihre Blicke sich trafen, wußte sie, daß ihre Mutter ihr noch nicht vergeben hatte. Aber was hatte sie bei Bretts Lagerfeuer schon zu suchen? Teri wollten sie dabei haben, nicht sie. Warum sollte Teri dann nicht allein hingehen?

Die Stimme ihrer Mutter riß sie aus den Gedanken. Sofort spürte sie einen eisigen Angstknoten im Magen.

»Warum gehst du nicht mit Teri?« wandte sich Phyllis an Charles. »Ihr zwei habt bis jetzt kaum etwas allein unternehmen können. Und was Melissa und mich betrifft, stelle ich es mir sehr schön vor, wenn wir den Abend für uns hätten. Wir zwei ganz allein.«

Melissa sah ihrem Vater flehentlich in die Augen. »Kann ich nicht mitgehen? Bitte.«

Charles kam zu keiner Antwort. Phyllis sprach schon wieder, diesmal an Melissa gerichtet:

»Melissa, du bist wirklich sehr, sehr egoistisch! Du nimmst deinen Vater nur immer für dich in Beschlag. Vergiß bitte nicht, daß er auch Teris Vater ist. Außerdem werden wir einen wunderschönen Abend miteinander verbringen.« Bei den letzten Worten lächelte sie, doch der stechende Blick sprach eine andere Sprache.

Melissa wußte, daß Diskutieren und Betteln keinen Zweck hatten. Damit machte sie alles nur schlimmer, als es ohnehin schon war. Wenn Teri und ihr Vater erst einmal außer Haus waren...

Sie verscheuchte den Gedanken. Statt dessen konzentrierte sie sich auf den Teller vor sich.

Ihre Mutter fuhr auch schon wieder unbarmherzig fort. Zahllose Male hatte Melissa diese Mahnung bereits gehört: »Außerdem hast du deinen Teller noch nicht leergegessen. Du kennst doch die Regel. In unserem Haus wird gegessen, was auf den Tisch kommt, egal ob es schmeckt oder nicht. Wer die Manieren nicht beherrscht, ist selbst schuld, wenn er nicht in gute Häuser eingeladen wird.«

Melissa versuchte, nicht hinzuhören und stocherte wieder auf ihrem Teller herum. Sie schnitt das Steak in möglichst kleine Stücke und zwang sie eins nach dem anderen hinunter. Als ihr Vater sich zu einem Abschiedsküßchen über sie beugte, hätte sie am liebsten geweint, kämpfte aber die Tränen nieder.

»Deine Mutter hat recht«, murmelte er ihr ins Ohr. »Ich würde auch lieber nicht essen, wenn ich keinen Hunger habe, aber es ist unhöflich, den Teller stehen zu lassen.«

Er gab ihr einen aufmunternden Klaps. Sie wollte sich an ihn klammern, damit er nicht ohne sie ging. Doch es hätte ihr nicht geholfen.

Ihre Mutter wollte es anders, und da halfen auch nicht die besten Argumente.

Damit machte sie alles nur noch schlimmer.

Zwanzig Minuten später hatte sie unter den wachsamen Blicken ihrer Mutter den Teller endlich leergegessen. Die anderen Teller standen noch immer auf dem Tisch. Sie mußte abräumen und dann Cora beim Geschirrspülen helfen. Aus Furcht, sie würde ihre Mutter mit den falschen Worten noch mehr reizen, erhob sie sich schweigend.

»Was sagt man?« herrschte Phyllis sie auf der Stelle an.

Melissa erstarrte. Dann fiel es ihr wieder ein. »Wenn ich mich bitte entschuldigen darf...«

Phyllis entließ sie mit einem knappen Nicken. Erleichtert stapelte Melissa die Teller aufeinander. Cora, die den Rest bereits abgewaschen hatte, nahm sie ihr ab. »Na, das Essen war heute wohl etwas mißlungen?« meinte sie versöhnlich.

»Es war vorzüglich, Cora. Ich war nur nicht sehr hungrig.«

»Ich weiß, wie das ist«, seufzte Cora, während sie die Teller in die Spüle legte. »Es gibt Tage, da dreht sich mir der Magen schon beim bloßen Gedanken ans Essen um. Wenn der Körper etwas nicht will, soll man ihn auch nicht dazu zwingen.«

Cora machte sich ans Spülen, und Melissa trocknete ab, nicht ohne einen sehnsüchtigen Blick auf die Geschirrspülmaschine zu werfen. Freilich hätte sie nicht gewagt zu fragen, warum sie heute nicht benutzt wurde. An Abenden wie diesem, wenn ihr wieder eine Strafe bevorstand, war der Gebrauch der Geschirrspülmaschine streng verboten – selbst für Cora.

»Sie muß arbeiten lernen!« hatte ihre Mutter mehr als einmal gesagt. »Ein verwöhntes Kind kann ich hier nicht dulden.«

Melissa nahm gerade den letzten Teller von der Geschirrablage, da sprang die Tür auf und schlug mit einem Knall gegen die Wand. Melissa fuhr zusammen. Der Teller fiel ihr aus der Hand und zerbarst auf dem Boden. Ihr gefror das Blut in den Adern.

Cora starrte entsetzt zur Tür. Im Rahmen stand Phyllis. Sie maß ihre Tochter mit einem kalten Blick. »Denk dir nichts, mein Liebes«, flüsterte die Haushälterin und bückte sich nach den Scherben. »Das kann jedem mal passieren.«

»Laß das, Cora.« Phyllis Tonfall war ruhig, aber so schneidend, daß die Haushälterin sich aufrichtete, bevor sie die Scherben berührt hatte. »Melissa muß lernen, Verantwortung zu übernehmen, sonst bleibt sie in alle Ewigkeit ein Trampel.«

Während Cora noch unschlüssig zögerte, fuhr Phyllis kühl fort. »Für heute genügt es, Cora. Melissa besorgt den Rest. Du kannst gehen.«

Ein Streit mit ihrer Arbeitgeberin hatte keinen Zweck. Wortlos hängte Cora die Schürze an den Haken neben der Hintertür. Im nächsten Augenblick war Melissa allein mit ihrer Mutter. Ihr Herz pochte zum Zerbersten.

Phyllis starrte ihre Tochter weiter kalt an. Endlos lange, so kam es Melissa vor, fiel kein Wort. »Ich fürchte, wir müssen wieder eins unserer kleinen Gespräche führen, Melissa«, erklärte Phyllis schließlich. »Räum den Schweinestall auf und warte dann in deinem Zimmer auf mich.«

Melissas Augen schwammen in Tränen. Langsam, so langsam es irgend ging, machte sie sich daran, die Scherben zusammenzukehren. Trotz aller Verzögerungen waren der Boden und die Spüle allzubald blitzblank.

Sie konnte es nicht länger hinauszögern.

Sie schlich in ihr Zimmer hinauf und wartete auf ihre Mutter.

Das erste, worauf Melissa beim Eintreten ihrer Mutter starrte, waren deren Hände.

Sie waren leer. Sogleich fiel es ihr aber wieder ein. Wenn ihre Mutter sie wieder ans Bett fesseln wollte, würde sie warten, bis ihr Vater fest schlief.

Phyllis schloß die Tür hinter sich. Ihre Tochter duckte sich auf ihrem Bett zusammen. Phyllis haßte diesen Ausdruck, aber genau das tat Melissa in ihren Augen.

Sie duckte sich zusammen.

Wenn das Kind doch etwas Mumm hätte!

Sofort verwarf sie den Wunsch. Melissa war von jeher eine Memme gewesen und würde es bis ans Ende aller Tage bleiben. Aber zumindest sollte sie die Anstandsregeln lernen und ihre Mutter nicht weiter blamieren!

»Aufstehen, Melissa.«

Melissa krabbelte gehorsam aus dem Bett und stellte sich hin.

Angewidert musterte Phyllis ihre Kleider. Teri war in einem ihrer neuen Röcke zum Abendessen erschienen, aber Melissa trug nach wie vor die abgewetzte Jeans, die sie nach dem Schwimmen angezogen hatte. Und das T-Shirt war längst so ausgebleicht, daß seine ursprüngliche Farbe sich beim besten Willen nicht mehr erkennen ließ.

»Wo sind die neuen Sachen, die Teri für dich ausgesucht hat?« Phyllis' ruhiger Tonfall täuschte. Mühsam kämpfte sie den Zorn nieder, der in ihr immer anschwoll, sobald sie ihre Tochter zu Gesicht bekam.

»In... in der Kammer«, flüsterte Melissa.

»Was? Rede gefälligst so, daß man dich auch verstehen kann, Melissa!«

»In der Kammer, habe ich gesagt.« Bei jedem Wort schnürte sich ihre Kehle weiter zu.

»Warum hast du sie vorhin nicht angehabt?«

Melissa leckte sich nervös die Lippen. Ihre Blicke schossen durch das Zimmer, als suchten sie nach einem Schlupfwinkel.

»Sie... sie passen mir nicht«, stammelte sie schließlich.

Phyllis' Nasenflügel bebten, ihre Lippen wurden plötzlich schmal. »Nichts paßt dir, Melissa. Woran, meinst du, liegt das?«

Melissas Augen schwammen wieder in Tränen. Sie wollte am liebsten im Boden versinken, doch sie mußte antworten. »Ich... ich bin zu dick.«

»Und? Weiter?«

Melissa überwand sich und schluckte den Klumpen in ihrer Kehle hinunter. »Und ich stehe nicht so aufrecht wie ich sollte.« Seit sie zurückdenken konnte, hatte ihre Mutter ihr diesen Katechismus eingetrichtert.

Phyllis' Blick durchbohrte schier das zitternde Kind. »Und wer ist schuld daran?«

Melissa schaute schweigend zu Boden. Phyllis trat näher heran, und Melissa drückte sich fester gegen das Bett.

»Wer?« bohrte Phyllis nach.

»Ich.« Es klang wie das letzte Piepsen eines sterbenden Vogels. Schließlich sah Melissa zu ihrer Mutter auf. »Ich bin schuld, Mama.« Die Worte sprudelten auf einmal aus ihr heraus. »Ich esse zuviel, ich esse immer das Falsche und ich lese auch zuviel. Ich sollte mehr mit den anderen im Club spielen.«

»Und warum tust du das nicht?« setzte Phyllis nach. »Warum tust du nie das, was die anderen tun? Warum muß ich mich immer deinetwegen schämen?«

»Ich... ich weiß nicht!« heulte Melissa. Die Tränen ließen sich nun nicht mehr zurückdrängen. Sie wollte sich nur noch aufs Bett werfen, sich einigeln und die Welt nicht mehr an sich heranlassen. Aber das ging nicht.

Nicht jetzt.

Noch nicht.

Sie mußte bleiben, wo sie war, ihrer Mutter weiter standhalten und sich nach Möglichkeit nicht allzusehr verletzen lassen.

Hilf mir! schrie sie in sich hinein. *Hilf mir, D'Arcy! Laß mich nicht im Stich! Bitte!*

»Hol die neuen Sachen aus der Kammer, Melissa!« befahl Phyllis.

Mit einem weiteren stillen Hilfeschrei an D'Arcy

schlich Melissa zur Kammer. Auf Geheiß ihrer Mutter nahm sie die neuen Sachen heraus und legte sie aufs Bett.

»Die weißen Shorts«, befahl Phyllis. »Zieh die weißen Shorts und die grüne Bluse an.«

Mit heftig klopfendem Herzen zog Melissa ihre alten Sachen aus und zwängte sich in die weißen Shorts. Die Bluse war zu eng. Es dauerte, bis sie sie endlich über den Kopf gestreift hatte.

»Schau dich jetzt im Spiegel an.«

Melissa zögerte. Sie wußte ja, wie sie in diesen Sachen aussah. Beides hatte sie schon zweimal anprobiert, erst im Geschäft und dann noch einmal zu Hause.

Was immer andere davon halten mochten – für sie stand fest, daß diese Kleider scheußlich waren.

In den hellen Farben sah sie aus wie eine Witzfigur. Und der Schnitt machte sie nur dicker, als sie war.

»Schau hin«, befahl Phyllis.

Sie stellte sich hinter ihre Tochter. Ihre Finger schlossen sich um Melissas Schultern, und sie schüttelte sie vor dem Spiegel hin und her.

»Schau dich an!« wiederholte sie.

Melissa stöhnte vor Schmerz auf. Die Fingernägel ihrer Mutter vergruben sich immer tiefer in ihrem Fleisch. Plötzlich hörte sie D'Arcys Stimme dicht an ihrem Ohr.

Es ist gut, Melissa. Du kannst jetzt einschlafen.

Ihre Mutter schüttelte sie weiter, bis sie den Kopf hob und in den Spiegel sah.

Statt des eigenen Gesichts blickten sie die sanften Augen von D'Arcy an. Sie lächelte ihr zu. Das Spiegelbild beugte sich vor, streckte die Hand nach ihr aus. Zärtlich strichen ihr D'Arcys Finger über die Wangen. Sie schloß die Augen, und ihre Freundin wischte ihr die Tränen aus dem Gesicht. Ihre Hand fühlte sich so angenehm kühl an.

Um Melissa schloß sich die vertraute Dunkelheit. Die

letzten Worte, die sie vor dem Einschlafen hörte, kamen von D'Arcy. *Du kannst jetzt schlafen. Ich bin da und passe auf dich auf. Du brauchst dich um nichts mehr zu kümmern. Schlaf schön.*

Phyllis spürte nicht mehr soviel Widerstand unter den Händen. Sie lockerte den Griff um Melissas Schultern. »Und? Sag mir, was du siehst!«

Melissa gab keine Antwort. Phyllis' Zorn schwoll wieder an. »Schau dich doch an!« kreischte sie. Ihre Finger krallten sich wieder tief in Melissas Schultern, und sie schüttelte sie noch wütender.

Melissas Kopf flog hin und her, aber so weh es ihr auch tun mußte, Melissa gab keinen Laut von sich.

»Du siehst furchtbar aus!« zischte Phyllis. »Du bist fett, du bist häßlich, und das ist dir auch noch egal! Mein Gott, wie kann so etwas meine Tochter sein?«

Phyllis schleifte ihre Tochter fort vom Spiegel und schleuderte sie auf den Stuhl vor dem kleinen Schminktisch. »Du könntest genauso gut aussehen wie Teri, wenn du es nur versuchen würdest. Aber schau dich nur an! Dein Haar ist eine einzige Schande!«

Sie riß die oberste Schublade auf. Dort lag nur eine Schneiderschere. Im nächsten Moment hatte sie sie in der Hand. Wahllos packte sie Haarbüschel ihrer Tochter und zerrte und riß eher, als daß sie schnitt. Melissa sah eigentümlich unbeteiligt zu. Langsam fiel ihr Haar um sie herum zu Boden, bis nur noch ein verunstalteter Bubikopf übrigblieb.

»Da!« keuchte Phyllis. »Schau dich an! Ist das nicht besser? Sag!«

Melissa gab kein Wort von sich. Phyllis zitterte am ganzen Leib vor Wut und Enttäuschung. Sie beugte sich abrupt vor. »Gib eine Antwort!« schrie sie. »Warum gibst du mir keine Antwort?«

Melissa blieb still. Regungslos saß sie vor dem Schminktisch und starrte aus ausdruckslosen Augen in das Bild im Spiegel.

»Na gut«, rief Phyllis. Ihre Fingernägel vergruben sich wieder tief in Melissas Schultern. »Du mußt nicht, wenn du nicht willst. Aber du hörst mir jetzt gut zu, junge Dame. Wenn du den Rest deines Lebens allein für dich verbringen willst, soll es mir auch recht sein. Aber ich werde nicht dulden, daß du zu meinen Freundinnen oder ihren Kindern unverschämt bist. Hast du mich verstanden?«

Melissa sagte kein Wort. Mit keiner Regung gab sie zu erkennen, ob ihre Mutter zu ihr durchgedrungen war.

Phyllis' Fingernägel verkrallten sich noch tiefer in Melissas Fleisch. »Ich weiß, daß du mich hörst, Melissa. Stell dich ja nicht taub. Ich werde nicht dulden, daß du Teris Leben genauso ruinierst wie dein eigenes und wie du es bei mir versuchst. Ob du es willst oder nicht, du gehst morgen zum Lagerfeuer. Es war sehr nett von Mrs. Van Arsdale, daß sie dich eingeladen hat. Und du wirst sie nicht beleidigen, indem du zu Hause bleibst. Du wirst die ganze Zeit freundlich und höflich sein und mich mit keinem Wort blamieren. Sag jetzt, daß du mich verstanden hast.«

Melissa starrte still und regungslos weiter in den Spiegel.

»Also gut, Melissa!« zischte Phyllis. »Wenn du störrisch bleiben willst, soll es mir auch recht sein.« Sie riß Melissa hoch und schleifte sie durch den ganzen Raum zur Kammer. Mit einer Hand machte sie die Tür auf, dann stieß sie Melissa hinein, schlug die Tür zu und sperrte ab. »Du hast jetzt Zeit zum Nachdenken«, rief sie durch die Tür. »In einer Stunde komme ich wieder. Vielleicht bist du bis dahin zur Vernunft gekommen.«

Sie wollte aus dem Zimmer stürmen, doch da fiel ihr Blick auf Melissas abgetragene Sachen. Sie waren auf dem Boden liegengeblieben, wo Melissa sie ausgezogen hatte. Sie packte die Schere und schnitt die verhaßten Stücke in kleine Fetzen, dann schleuderte sie sie auf das Bett.

Endlich hatte sie ihre Wut abreagiert und verließ das Zimmer.

Teri und Charles kamen kurz vor zehn Uhr vom Kino zurück. Unten brannte nur das Licht in der Vorhalle. Phyllis lag bereits im Bett und las. Lächelnd legte sie das Buch beiseite, als die zwei ins Schlafzimmer kamen.

»Na, Teri, wie war der Film?«

»Super! Es war ein Horrorfilm. Ich hab' im ganzen Leben noch nicht soviel Angst gehabt. Aber ich hab's ausgehalten. Daddy dagegen ist irgendwann rausgegangen.«

Charles schnitt eine Grimasse. »Irgendwie liegt es mir nicht, wenn Leute mit Macheten aufgeschlitzt werden. Aber Teri war ganz begeistert.«

»Gott sei Dank habe ich Melissa nicht mitgehen lassen«, bemerkte Phyllis. »Sie hätte in vier Wochen noch Alpträume.«

Charles blickte auf die Uhr. »Ist sie schon im Bett?«

Phyllis nickte. »Wir haben uns ein bißchen unterhalten. Wir haben ein sehr schönes kleines Gespräch geführt und sind dann früh ins Bett gegangen. Melissa ist, glaube ich, schon um neun Uhr eingeschlafen.«

Sie plauderten noch ein bißchen miteinander, dann verabschiedete Teri sich mit einem Gutenachtkuß und ging auf ihr Zimmer. Vor dem Spiegel bewunderte sie noch einmal die neuen Sachen. Schließlich zog sie sich aus, hängte Rock und Bluse säuberlich auf den Bügel und verschwand im Badezimmer. Sie wollte gerade den Wasserhahn aufdrehen, da hörte sie Melissas Stimme.

»Was soll ich nur tun, D'Arcy? Was wird Mama nur wieder sagen? Bestimmt wird sie wieder furchtbar böse.«

Teri preßte das Ohr gegen die Tür und lauschte. Die Worte waren noch vernehmbar, aber nicht mehr zu verstehen. Es hörte sich wie Weinen an.

Teri blieb unschlüssig stehen. Vielleicht tat sie am besten so, als wäre nichts und legte sich einfach schlafen.

Und doch hatte sie eindeutig den Namen D'Arcy gehört, derselbe, der in Melissas Tagebuch gestanden hatte. Redete Melissa am Ende mit jemandem, den es gar nicht gab? Entschlossen drückte Teri die Tür auf und trat ein.

Es war dunkel. Melissa saß vor dem Schminktisch und starrte in den Spiegel. Als der Lichtstrahl aus dem Badezimmer auf sie fiel, wandte sie den Kopf. Ihre Augen weiteten sich.

»Warum seid ihr schon zu Hause?« wollte sie wissen. »Wart ihr gar nicht im Kino?«

»Es ist doch schon nach zehn. Der Film ist aus.«

Melissa warf verwirrt die Stirn in Falten. »Aber ihr seid doch eben erst gegangen. Ich meine, es kommt mir wie höchstens eine Stunde vor.«

Teri trat auf sie zu. Beim Anblick der entstellten Frisur ihrer Halbschwester riß sie entsetzt die Augen auf. Hastig knipste sie die Nachttischlampe an.

»Wie ist denn das passiert?« flüsterte sie. »Was hast du mit deinem Haar getan?«

Melissa sah ängstlich zu Teri auf. Ihre Augen schwammen in Tränen. »Ich ... ich weiß auch nicht. Es muß wohl D'Arcy gewesen sein.«

»D'Arcy? Wer ist D'Arcy?«

Melissa erstarrte. Ihr Blick flackerte zur Tür hinüber. Sie war geschlossen. Melissa schien sich etwas zu beruhigen. »Versprichst du mir, daß du nichts weitersagst?«

Teri nickte hastig. Sie konnte es vor Spannung kaum aushalten.

»Sie ... sie ist eine Freundin. Manchmal kommt sie und hilft mir.«

Teri zog verwirrt die Augenbrauen hoch. Wovon auf aller Welt redete Melissa da? »Ich versteh' nicht. Woher kommt sie? Lebt sie hier in der Gegend?«

Melissa schüttelte den Kopf. »Ei-eigentlich nicht. Sie ... na ja, sie ist so was wie eine eingebildete Freundin. Weißt du, wie die in dem Buch über Anne Gables, die im Spiegel gelebt hat?«

Plötzlich lächelte Teri. »Ich weiß, was du meinst. Als kleines Mädchen hatte ich auch so eine Freundin. Sie hieß Caroline. Ich habe immer so getan, als wäre sie meine Zofe. Sie hat alles getan, was ich ihr befohlen habe. Sie hat mein Zimmer aufgeräumt und geputzt, alles eben, wozu ich keine Lust hatte. Ich habe einfach so getan, als wäre ich sie, und dann war die Arbeit viel leichter.«

Melissa nickte aufgeregt. »Genau so eine Freundin ist D'Arcy. Wenn ich Angst kriege, kommt sie mir immer zur Hilfe.« Ihr Blick wanderte wieder auf den Spiegel. »Aber schau dir nur an, was sie heute angestellt hat.« Ihre Stimme zitterte plötzlich vor Angst. »Sie hat mir die Haare abgeschnitten. Mama wird toben, wenn sie das sieht.«

Eine ganze Serie von Bildern raste an Teris innerem Auge vorbei.

Am Nachmittag hatte Phyllis angedeutet, daß sie sich mit Melissa noch über Bretts Lagerfeuer unterhalten wollte.

Einen kurzen Augenblick hatte Melissa vor Entsetzen die Augen aufgerissen.

Und das gleiche war wieder passiert, als Phyllis beim Abendbrot gesagt hatte, sie würde gern den Abend allein mit Melissa verbringen.

Melissa hatte panische Angst bekommen.

Ihre Mutter hatte ihr heute abend diese Angst eingejagt.

Mein Gott, tut sie einfach so, als wäre sie eine andere, wenn ihre Mutter sie anschreit?

Und dann schoß ihr noch etwas in den Sinn.

Neulich war Melissa doch an ihr Bett gefesselt gewesen. Ihre Augen waren weit aufgerissen, und Teri war überzeugt, daß sie nicht geschlafen hatte. Aber als sie sie angesprochen hatte, hatte Melissa nicht reagiert.

Und heute glaubte sie, Teri sei gar nicht ins Kino gegangen.

Sie kann sich nicht mehr erinnern, sagte sich Teri. Sie kann sich an nichts mehr erinnern.

Während sie auf Melissas Spiegelbild starrte, machte sich ein liebevolles Lächeln auf ihrem Gesicht breit. »Weißt du was?« schlug sie vor. »Wir nehmen uns eine Schere, und ich schau mal, ob ich dir die Haare nicht ein bißchen schöner schneiden kann. Und wenn Phyllis morgen sauer wird, sagen wir ihr einfach, es wäre meine Idee gewesen. Dann kann sie nichts dagegen machen, oder?«

Ihre Blicke begegneten sich im Spiegel. »Und das würdest du wirklich für mich tun?« hauchte Melissa.

Teri legte den Arm um Melissa. »Aber sicher. Ich bin doch deine Schwester. Sind Schwestern nicht für so was da?«

In der Schublade fand sie einen Kamm und die Schere und machte sich daran, Melissa die Haare geradezuschneiden, so gut sie es vermochte. Die ganze Zeit verfolgten Melissas bewundernde Blicke im Spiegel jede ihrer Bewegungen. Ihr Lächeln erstarb aber, sobald Teri Schere und Kamm beiseite legte.

»Was werden nur die anderen morgen abend sagen?« klagte sie. »Mit dem Haarschnitt werden sie mich doch alle auslachen!«

Teris Gesicht war ein einziges Fragezeichen. »Ich dachte, du wolltest nicht zum Lagerfeuer gehen?«

Langsam schüttelte Melissa den Kopf. »Ich hab's mir anders überlegt. Mir blieb keine andere Wahl. D'Arcy hat Angst im Dunkeln, und Mama läßt sie nur aus der Kammer, wenn ich hingehe.«

Als sie sich zwanzig Minuten später ins Bett legte, wußte Teri genug über D'Arcy.

Nur war sie sich noch nicht richtig im klaren darüber, wie sie D'Arcy für ihre Zwecke benutzen sollte. Aber da würde ihr schon noch etwas einfallen.

Was hatte ihr Vater nach dem Film gesagt? »Schade, daß wir Melissa nicht mitgenommen haben. Sie liebt solche Filme. Sie machen ihr zwar eine Heidenangst, aber sie findet sie toll.«

Melissa.

Selbst wenn er mit ihr zusammen war, dachte ihr Vater nur immer an Melissa.

Beim Einschlafen stand für Teri fest, daß Melissa ihr allmählich genauso verhaßt wurde wie ihre Mutter und ihr Stiefvater.

Es war ein Kinderspiel gewesen, sie loszuwerden.

Bei Melissa würde es noch einfacher werden.

D'Arcy würde ihr dabei helfen. Teri wußte ja jetzt, wer sie war und woher sie kam.

Sie war niemand und lebte nirgendwo.

Nirgendwo, außer in Melissas Einbildung.

Aber das genügte. Solange Melissa sie für wirklich hielt, genügte das vollauf.

10

»Daddy?«

Es war am nächsten Nachmittag. Charles Holloway wollte gerade das Haus verlassen, weil er zum Flughafen mußte. Melissas Stimme ließ ihn noch einmal in den ersten Stock hinaufschauen. Sie stand unschlüssig auf dem Treppenabsatz.

»Mu-mußt du wirklich weg?« fragte sie mit bebender Stimme.

Charles breitete lächelnd die Arme aus. Wie ein Blitz kam sie die Treppe heruntergeschossen und warf sich ihm um den Hals. »Bleib doch da«, flüsterte sie ihm ins Ohr. »Kann nicht jemand anderes diese Sache da für dich erledigen? Bitte.«

Charles machte sich sanft los. »Das wäre mir auch am liebsten«, gestand er. »Aber das kann wirklich nur ich erledigen. Ich muß da tausend Sachen für Teri unterschreiben. Wenn ich jetzt nicht hinfahre, haben wir einen ewigen Papierkrieg am Hals, und am Ende muß ich dann doch alles persönlich regeln. Das wäre dir doch sicher auch nicht recht, oder?«

Melissa schüttelte seufzend den Kopf. Als ihr Vater mit den Fingern durch ihr kurzes Haar fuhr, wich sie einen Schritt zurück.

»Hey!« protestierte er. »Wohin gehst du?«

»Du lachst mich doch nur aus«, sagte Melissa vorwurfsvoll.

»Überhaupt nicht!« verteidigte sich Charles und zog sie wieder an sich. »Du gefällst mir mit dem kurzen Haar. Du siehst überwältigend aus.«

Melissa musterte ihn zweifelnd von unten. In seinen Augen entdeckte sie nur das vertraute warme Funkeln, mit dem er sie immer ansah. »Gefällt es dir wirklich?«

fragte sie wehmütig. »Oder sagst du es nur, um mich zu trösten?«

»Du weißt doch, daß ich dich nie anlügen würde. Wenn es wie Stroh aussehen würde, würde ich es dir nicht verschweigen.« Er legte den Kopf schief, und in seinen Augen blitzte der Schalk auf. »Wenn ich es mir recht überlege«, fuhr er neckisch fort, »könnte es durchaus wie Stroh aussehen. Du bräuchtest es nur zu bleichen.« Er wich geschickt Melissas Hieb aus, dann schloß er sie noch einmal in die Arme. »Weißt du was? Ich bring' dir eine Überraschung mit, einverstanden?«

»Was denn?«

»Wenn ich es dir sagen würde, wäre es ja keine Überraschung mehr.«

Plötzlich meldete sich von oben eine Stimme. »Und was ist mit mir?« rief Teri. »Bringst du mir auch was mit?«

Ohne Melissa loszulassen, lächelte Charles zu Teri hinauf. »Aber sicher!« rief er. »Willst du nicht auch runterkommen und deinem Vater einen Kuß geben?«

Zögernd, fast ängstlich, kam Teri die Treppe herunter. »Ich... ich wollte euch nicht stören«, murmelte sie.

Charles legte den freien Arm um seine älteste Tochter. »Keine Angst!« rief er. »Zwei Töchter, zwei Arme. Für jede einen.« Dann nahm seine Stimme einen etwas ernsteren Tonfall an. »Es wird schon gutgehen. Und in ein paar Tagen bin ich ja wieder da. Alles klar?«

Melissa nickte, sagte aber nichts. *Vielleicht hat er ja recht*, sinnierte sie zwei Minuten später, als sein Wagen in der Kurve verschwand. *Vielleicht geht jetzt mit Teri wirklich alles gut.*

Der Sand unter Melissa kühlte schnell ab. Über die Bucht senkte sich die Nacht. Melissa saß vor dem Feuer, den Kopf gegen einen Baumstamm gelehnt. Erleichtert stellte sie fest, daß Bretts Party gar nicht so schlimm war wie befürchtet, ja daß sie sich sogar wohl fühlte. Die ersten Minuten waren natürlich entsetzlich gewesen. Als sie von weitem die vielen Leute am Strand gesehen hatte, wäre sie am liebsten auf der Stelle umgekehrt. Aber als ob sie ihre plötzliche Panik gespürt hätte, hatte Teri sie bei der Hand genommen und sie aufgemuntert. »Komm schon. Es wird ein toller Abend. Mach dir einfach keine Gedanken.«

Teri hatte recht behalten. Wenn überhaupt jemandem aufgefallen war, daß ihre Kleider nicht richtig paßten, so hatte keiner darüber gelästert. Und zum neuen Haarschnitt hatte ihr Jeff Barnstable sogar ein Kompliment gemacht.

»Das hättest du schon viel früher machen müssen«, hatte er gesagt. »Jetzt siehst du nicht mehr aus, als hättest du was zu verbergen.«

Im Laufe des Abends hatte sie allmählich ihre Befangenheit abgelegt und sogar an einem Volleyballspiel teilgenommen. Als die Mannschaften zusammengestellt werden sollten, hatte sie sich schon wieder darauf gefaßt gemacht, als letzte aufgerufen zu werden, aber plötzlich hatte Teri vorgeschlagen, daß jeder sich schnell in ein Feld stellen solle. Diesmal solle es darum gehen, keine Punkte zu machen. Der Spieler, der trotzdem einen mache, scheide aus.

Bei der Erinnerung an das Spiel brach Melissa wieder in Kichern aus. All die guten Spieler hatten ihr Bestes gegeben, den Ball nicht zu treffen. Am Ende waren nur sie und Jerry Chalmers übriggeblieben. Die anderen hatten sich um das Spielfeld gelagert und ihren letzten Mannschaftskameraden angefeuert. Geschlagene zehn Minuten hatten sie und Jerry keinen einzigen Aufschlag übers Netz gebracht. Schließlich hatte sie es doch noch geschafft, und Jerry, der noch ungeschickter war als sie, hatte ein Riesenloch in die Luft gedroschen. Alle – auch sie und Jerry – hatten Tränen gelacht.

Später hatte sie Teri gefragt, woher sie die Regeln kenne. »Ich hab' sie einfach erfunden«, hatte Teri augenzwinkernd erklärt. »Es hat doch Spaß gemacht, sich zur Abwechslung mal zu verrenken, damit man den Ball nicht trifft, oder?«

Es war jetzt vollkommen dunkel. Während Jeff Barnstable ein Holzscheit ins Feuer warf, ließ sich Teri neben Melissa auf den Sand sinken. »Ist das nicht toll?« rief sie. »Wir haben den ganzen Strand für uns allein. In Kalifornien würde es von Menschen nur so wimmeln.«

Brett Von Arsdale grinste Teri über das Feuer hinweg an. »Wie kommst du darauf, daß wir den Strand für uns allein haben?«

Teri sah ihn verdutzt an. »Außer uns ist doch niemand da!«

Im flackernden Licht des Lagerfeuers weiteten sich Bretts Augen sonderbar. »Ach wirklich?« Er senkte die Stimme und fuhr gedehnt fort: »Vielleicht doch. Vielleicht ist gerade jemand da und beobachtet uns.«

Teri fuhr unwillkürlich zusammen und schaute nervös in die Dunkelheit. »Ach was!« rief sie. »Du willst mir nur einen Schrecken einjagen. Aber wenn du mir die Geschichte vom alten Mann mit dem Netz erzählen willst, kannst du dir die Mühe sparen. Ich habe sie schon zehntausendmal gehört.«

»Klar«, meinte Brett. »Aber jede Wette, daß du noch nicht die Geschichte vom Gespenst von Secret Cove kennst.«

Mißtrauisch verdrehte Teri den Kopf. »Ach was...«

»Erzähl sie ihr doch!« rief Ellen Stevens. Sie wandte sich an Teri. »Sie ist wirklich gruselig. Und keiner erzählt sie so gut wie Brett. Los, Brett, erzähl sie doch noch mal!«

Alle verstummten. Mit fast unhörbar leiser Stimme fing Brett an. »Es war die Nacht des Vollmondballs. Alle hatten sich im Clubhaus versammelt. Alle außer den Bediensteten. Und eine von ihnen wollte sich hineinschleichen...«

Die Jugendlichen rückten näher heran. Brett erzählte mit salbungsvoll gedämpfter Stimme weiter...

Es war kurz vor acht. Im flackernden Schein der Öllampe auf dem kleinen Tisch neben seiner Pritsche betrachtete das Mädchen sein Spiegelbild. Sie sah heute nacht bezaubernd schön aus. Zwei Monate hatte sie an dem weißen Kleid gearbeitet. Jetzt wurden die Seide und sie zu einer Einheit. Die langen Ärmel endeten in Seidenmanschetten, und mit seinen fünfzehn Reihen winziger Rüschen am Mieder sah es wie ein Hochzeitskleid aus.

Es hätte vielleicht sogar ihr Hochzeitskleid sein können, doch es hieß, es bringe Unglück, dasselbe Kleid bei der Eheschließung wieder zu tragen, nachdem man es schon zum ersten großen Ball angezogen hatte.

Aber ein zweites Kleid dieser Art würde sie sich nie leisten können...

Sie verscheuchte den Gedanken. Natürlich konnte sie es sich leisten. Nach ihrer Hochzeit mit Joshua konnte sie all das kaufen, was ihr Herz begehrte. Gewiß schenkte er ihr sogar den Stoff für ein noch schöneres Hochzeitskleid.

Ihr Blick fiel auf den dritten Finger der linken Hand. Ein goldener Ring mit einem winzigen Diamanten prangte daran. Er hatte ihn ihr vor drei Monaten heimlich geschenkt.

»Keiner soll davon erfahren«, hatte er ihr eingeschärft. »Bis zum Ball muß es unser Geheimnis bleiben. Aber dann will ich es meinen Eltern erklären, und wir werden Mann und Frau.«

Und jetzt war die Ballnacht gekommen. Heute wollten sie es verkünden. Sie würde dabei an seiner Seite stehen, und all seine Freunde würden erfahren, daß er sie liebte und zu seiner Frau machen wollte.

Sie konnte sich ihre Überraschung gut vorstellen. Aber wenn sie erst einmal sahen, wie glücklich Joshua und sie waren, würden sie sie in ihrer Mitte aufnehmen, und dann würde sie zu ihnen gehören.

Zum letzten Mal zupfte sie ihr Kleid zurecht, blies die Laterne aus und eilte aus ihrem Mansardenzimmer. Sie hatte die Hintertür unten erreicht, als die Köchin ihrer ansichtig wurde.

»Wohin des Weges um diese Zeit, Mädchen?«

Sie blieb wie angewurzelt stehen. Langsam wandte sie sich der Frau zu, unter deren Fuchtel sie seit dem vierzehnten Lebensjahr gearbeitet hatte. »Zum Ball«, verkündete sie.

Die Köchin musterte sie verächtlich. »Und wie kommst du darauf, daß man an einem solchen Ort deinesgleichen Zutritt gewährt?«

Das Mädchen lächelte glückselig. »Ich werde hineingelassen, weil ich geladen bin.«

»Ach ja?« rief die Köchin skeptisch. »Nun, an deiner Stelle würde ich ja den jungen Männern nicht allzuviel Glauben schenken. Sie versprechen das Blaue vom Himmel herunter, wenn sie ein Mädchen nur...«

»Joshua nicht!« versetzte das Mädchen. Ihr Gesicht war vor Empörung rot angelaufen. »Joshua ist nicht so!«

Bevor die Köchin eine Anwort geben konnte, war das Mädchen durch die Hintertür gehuscht und hastete über die Wiese zum Strand. Die Tanzschuhe – sie hatte einen ganzen Wochenlohn dafür hergegeben – trug sie in den Händen. Damit auch nichts den Saum beschmutzte, raffte sie ihr Kleid in die Höhe und lief so auf die grellen Lichter des neuen Clubhauses zu. Am südlichen Ende der Bucht thronte es über dem Meer.

Am Fuße des Hügels, von dem ein verschlungener Pfad zum Clubhaus führte, blieb sie stehen und zog sich die Schuhe an. Hier wollte sie auf Joshua warten, denn er hatte ihr versprochen, sie hier abzuholen. Gemeinsam wollten sie dann hochgehen und das Clubhaus betreten. Dann würden es alle wissen, noch ehe Joshua es ihnen gesagt hatte. Immer wieder hatte sie sich das Bild in Gedanken ausgemalt. Der große, stattliche Joshua würde seinen Frack tragen. Den Arm würde er schützend um ihre Schultern legen, und dann würde sein markantes Gesicht einen entschlossenen Ausdruck annehmen, und er würde ihre baldige Hochzeit ankündigen. Zunächst würden alle mißbilligend dreinschauen – auch das sah sie voraus –, aber wenn sie erst die Liebe zwischen ihr und Joshua erkannten, würden sie alle Vorbehalte fallenlassen und sie mit offenen Armen willkommen heißen.

Das Mädchen fröstelte, denn eine leichte Brise hatte sich erhoben. Einmal mehr sah sie sich vergeblich nach ihrem Verlobten um. Sie mußte zu spät gekommen sein. Ein Blick auf die Uhr in ihrer winzigen Handtasche bestätigte es: halb neun.

Gewiß war er schon hier gewesen und wartete jetzt oben vor dem Clubhaus.

Vorsichtig raffte sie wieder das Kleid, damit es nicht mit dem Staub in Berührung kam, und eilte den Hügel hinauf. Ganz außer Atem blieb sie oben stehen. Durch die Fenster sah sie die Gesellschaft tanzen. Die Frauen trugen alle prächtige Kleider, an ihren Hälsen prangten herrliche Ketten und an ihren Ohren hingen wunderschöne Ohrringe. In einer fast übernatürlichen Pracht funkelten sie im Licht der Gaslampen.

Und dann erblickte sie ihn. In seinen Armen hing ein bezaubernd blasses Mädchen in einem smaragdgrünen Kleid. Gemeinsam wirbelten sie aus der Menge.

Er sah lächelnd auf das Mädchen hinunter. Sie schien über einen Scherz von ihm zu lachen. Und dann sah er auf und erblickte sie.

Sofort hörte er auf zu tanzen. Sie eilte unverzüglich zur Eingangstür, denn sie wußte, daß er sie dort in Empfang nehmen würde.

Sie stieß die Tür auf und eilte über die Vorhalle zur großen zweiflügeligen Tür, hinter der die Gäste tanzten.

Joshua stand noch immer neben dem blassen Mädchen im smaragdgrünen Kleid. Beide starrten sie an.

Allmählich hielten auch die anderen Paare inne, um zu sehen, wer da gekommen war.

Verwirrt blieb sie stehen. Warum begrüßte Joshua sie nicht? Warum stand er einfach da und starrte sie an? Was war das nur für ein Ausdruck in seinen Augen?

Und dann begriff sie.

In seinen Augen stand das reine Entsetzen.

Als hätte er sie hier gar nicht erwartet.

ALS HÄTTE ER SEINEN ELTERN NICHTS GESAGT.

Um sie herum fingen die Leute an zu murmeln. Hie und da erscholl Gelächter. Sie konnte die Blicke nicht von Joshua wenden. Mechanisch bewegte sie sich auf ihren Verlobten zu.

Wie durch ein Wunder kam endlich Leben in ihn, und er trat auf sie zu. Im nächsten Augenblick stand er vor ihr und legte die Hand auf ihren Arm.

Und er fing an zu sprechen.

»Ich muß dir etwas erklären«, sagte er mit leiser Stimme. »Gehen wir in die Küche.«

Wie ein Schraubstock schlossen sich seine Finger um ihren Arm. So führte er sie durch den ganzen Raum. Die Menge wich zurück und schloß sich hinter ihnen wieder. Schließlich hatten sie die Küche erreicht. Die Köche und Serviererinnen gafften sie mit offenem Mund an.

»Wa-was ist denn?« stammelte das Mädchen.

Joshua leckte sich nervös die Lippen. Seine Augen wichen ihrem Blick beharrlich aus. »Ich kann dich nicht heiraten«, sagte er. »Ich habe mit meinem Vater gesprochen. Er will mich verstoßen, wenn wir heiraten.«

Das Mädchen schnappte nach Luft. Das durfte nicht sein. Das war doch nicht möglich.

»Ich brauche den Ring wieder«, erklärte Joshua. Er hielt jetzt ihre Hand. Seine Finger zerrten am Ring.

Er ließ sich nicht abstreifen.

Mit einem Ruck befreite das Mädchen seine Hand. Sie drehte und riß jetzt selbst am Ring. »Geht es dir nur ums Geld?« *fragte sie mit erstickter Stimme.* »Du hast mir doch gesagt, daß du mich liebst! Du hast mir doch...« *Sie kam nicht weiter. Tränen quollen aus ihren Augen. Sie riß noch fester am Ring, doch der schien mit ihrem Finger verwachsen zu sein.*

Plötzlich nahmen Joshuas Augen einen kalten Ausdruck an. »Es ist nicht so schlimm«, *meinte er und wandte sich zum Gehen.* »Mach dir jetzt nicht die Mühe. Ich hole ihn morgen.«

Und dann war er weg. Hinter ihm fiel die Tür ins Schloß. Er hatte sich kein einziges Mal nach ihr umgedreht.

Benommen starrte sie auf die Tür. Für ihn war es so leicht gewesen. Ihm hatte nie etwas an ihr gelegen. Nie.

Noch einmal zerrte sie mit aller Macht am Ring. Er ließ sich keinen Millimeter drehen. Aber sie mußte den Finger davon befreien – er fühlte sich an, als verbrenne er sie!

Sie mußte ihn abstreifen.

Ihre Augen schossen über die Küche. Und dann erblickte sie es. Gleich neben ihr lag ein Hackbeil auf dem Tisch.

Aus ihrer Kehle kam ein unterdrückter Schrei. Sie packte das Beil mit der rechten Hand. Gleichzeitig legte sie den linken Arm auf den Hackblock.

Das Beil hob sich über ihren Kopf, schwebte einen Augenblick in der Luft, dann sauste es nieder.

Die scharfe Klinge durchtrennte das Handgelenk. Einen kurzen Augenblick war sie wie erstarrt. Die Hand lag auf dem Hackblock. An der Stelle, wo vor Sekunden noch die Hand gewesen war, spritzte eine Fontäne von Blut.

Eins von den Küchenmädchen schrie auf. Da kam wieder Leben in sie. Sie ließ das Beil zu Boden poltern und ergriff die abgehackte Hand.

Im nächsten Augenblick rannte sie durch die Tür in den Saal zurück. Längst hatte die Gesellschaft den unterbrochenen Tanz wiederaufgenommen, aber sie bahnte sich den Weg durch herumwirbelnde Paare und ließ den Blick über die Menge schweifen, bis sie ihn entdeckte.

Sie blieb stehen und wartete, bis er sich drehte.

Endlich sah er sie.

Seine Augen weiteten sich beim Anblick ihres blutgetränkten Kleides. Und als sie ihm ihre linke Hand mit dem verhaßten Ring am dritten Finger entgegenschleuderte, sprang er zurück.

Die Hand traf ihn an der Brust, von wo sie zu Boden fiel. Auf seinem Hemd hinterließ sie einen dunkelroten Fleck.

Als die ersten entsetzten Schreie durch den Saal gellten, floh das Mädchen in die schwarze Nacht.

Der Ball war für sie vorüber...

Bretts Stimme verlor sich. Schweigen machte sich in der Runde breit. Als erste fand Teri wieder zu ihrer Stimme. »Aber was ist aus ihr geworden?«

Brett zuckte die Achseln. »Das weiß niemand. Seitdem ist sie nie wieder gesehen worden. Die Hand ist auch verschwunden. Nachdem sich die Panik im Saal gelegt hatte, war die Hand unauffindbar. Aber es heißt, daß die Frau noch immer hier herumspukt. Manchmal soll sie am Strand oder im Wald umgehen, weil sie ihre Hand sucht. Und man rechnet damit, daß sie dieses Jahr zurückkommt.«

Teri mußte grinsen. »Warum sollte sie denn zurückkommen, wenn sie nie aus der Gegend verschwunden ist?«

»Dieses Jahr ist das ganz anders«, erwiderte Brett listig. »Der Cove Club ist vor genau hundert Jahren eröffnet worden. Diesen August feiern wir beim Vollmondball das hundertjährige Jubiläum.«

»Ach ja?« feixte Teri. »Was soll da passieren?«

Brett beugte sich vor. Noch einmal senkte er die

Stimme. »Sie kommt zurück, heißt es, um Rache zu üben.«

Teri sah verstohlen auf die anderen. Sie wußte nicht so recht, ob sie die Geschichte für bare Münze nahmen. »Und was hat sie vor?« fragte sie spitz. »Wie hieß sie überhaupt?«

»D'Arcy«, antwortete Brett. »D'Arcy Malloy. Sie war Küchenmädchen in eurem Haus.«

»D'Arcy?« wiederholte Teri. Sie wandte sich an Melissa, die wie festgefroren dasaß und ins Feuer starrte. »Aber das ist doch der Name deiner Freundin?«

Melissa riß den Kopf hoch. Aus weit aufgerissenen Augen traf ihr verletzter Blick Teri. »Das wolltest du doch niemandem sagen!« warf sie ihr mit zitternder Stimme vor. Bevor Teri etwas erwidern konnte, war Melissa aufgesprungen und rannte über den Strand davon. Im nächsten Augenblick hatte die Nacht sie verschluckt.

Ellen Stevens sah Teri fragend an. »Was meinst du mit ihrer Freundin?« wollte sie wissen.

Teri blieb zunächst stumm. Auf ihren Lippen spielte ein leises Lächeln. »Melissa hat eine eingebildete Freundin«, erklärte sie dann. »Gestern nacht hat sie es mir erzählt. Sie heißt D'Arcy.«

11

Melissa stolperte den Strand entlang weiter. Ein Schluchzen würgte sie in der Kehle, doch sie ließ es nicht zum Ausbruch kommen. Als vom Lagerfeuer nur noch ein glühender Fleck in der Ferne zu erkennen war, setzte sie sich in den Sand und sah aufs Meer hinaus.

Im Grunde war es nichts Besonderes, hielt sie sich vor.

Was lag schon daran, wenn Teri den anderen von ihrer Freundin erzählte? Wie dumm sie reagiert hatte! Hätte sie nur eine Sekunde nachgedacht, sie hätte alles mit einem Lachen abtun können. Bretts Geschichte hätte sogar noch mehr Wirkung erzielt, weil keiner gewußt hätte, ob sie nun wirklich mit einem Gespenst befreundet war. Zum Teil stimmte es ja auch. D'Arcy war ihr seit dem sechsten Lebensjahr im Kopf herumgegangen, als sie zum erstenmal die Geschichte von D'Arcy Malloy gehört hatte. Damals hatte sie sogleich im kleinen Zimmer unter dem Dach nachgesehen, in dem D'Arcy gelebt haben mußte.

Je älter sie dann geworden war, desto mehr Schwierigkeiten hatte ihr die Suche nach Freunden bereitet. Weil die anderen Kinder sich nie um sie kümmerten, hatte sie Gespräche mit D'Arcy angefangen und sich eingebildet, daß D'Arcy auf sie einging.

Freilich war ihre Freundin nicht die echte D'Arcy gewesen. Ihre Freundin war eine erfundene Person, die genauso alt war wie sie.

Mit dieser Person konnte sie über alles reden, was sie sonst niemandem sagte.

Aber weil sie so blöd gewesen war und weggerannt war, würden sie jetzt alle für verrückt halten. Warum hatte sie das nur getan? Warum hatte sie nicht einfach einen Witz daraus gemacht? Vorhin, bei ihrem Endspiel mit Jerry Chalmers, hatten ja auch sie und alle anderen Tränen gelacht. Es war ja kein Witz über sie gewesen. Zum erstenmal hatte sie einfach mit dazu gehört.

Aber jetzt hatte sie sich wieder einmal alles durch ihre Dummheit verdorben.

Sie hätte die Geschichte nur weiterzuspinnen brauchen.

Sie hätte nur zu sagen brauchen, daß sie genau wüßte, wen D'Arcy sich beim Vollmondball holen würde.

Dann kam ihr eine noch bessere Idee. Sie hätte ihnen erzählen können, daß D'Arcy ihre Hand endlich gefunden hatte und sie in der Nacht vor dem Ball auf das Bett ihres Opfers legen würde.

Nachdem sie vorher noch mühsam ein Schluchzen unterdrückt hatte, fing sie plötzlich zu kichern an. Mit einem jähen Seufzen hielt sie inne.

Wenn die Kinder sie nun wieder auslachten, war es allein ihre Schuld, nicht die von Teri. Und ändern ließ sich das heute auch nicht mehr.

Als sie aufstand und den Heimweg antrat, wünschte sie sich fast, D'Arcy gäbe es wirklich. Dann würde sie nämlich...

Sie versuchte den Gedanken zu verscheuchen, aber in Sichtweite des Hauses kicherte sie wieder vor sich hin. Wie würden die anderen eigentlich reagieren, wenn sie D'Arcy sähen?

Aber sie würden sie ja nicht zu Gesicht bekommen, weil es keine D'Arcy gab, außer ihrer Freundin, und die lebte ja nur in ihrer Fantasie.

Vor dem Haus blieb sie stehen. Im Wohnzimmer brannte noch Licht. Ihre Mutter saß vor dem Fernseher. Wenn sie durch die Vordertür eintrat, würde Phyllis sie hören, und dann gäbe es wieder ein Verhör.

»Warum kommst du so früh heim?«

»Warum ist Teri nicht mitgekommen?«

»Ist die Party schon vorbei?«

Sie blickte zum Strand. Die Flammen schlugen wieder höher. Jemand mußte Holz hineingeworfen haben. Sogar von hier aus konnte man die Silhouetten der anderen sehen. Sie grillten jetzt Maiskolben.

Ihre Mutter würde sie natürlich auch sehen und noch unangenehmere Fragen stellen.

»Was hast du angestellt?«

»Warst du wieder patzig zu deinen Freunden?«
»Was für eine Dummheit war es diesmal?«
»Raus mit der Sprache!«

Sie wich in den schützenden Schatten zurück und lief um das Haus herum zum Hintereingang. Dort war es dunkel, und die Anspannung ließ nach. Vielleicht konnte sie sich durch die Küchentür ins Haus schleichen, ohne daß ihre Mutter etwas hörte.

In diesem Augenblick sprang aus dem Dunkel ein riesiger Schatten auf sie zu. Mit heftig wedelndem Schwanz stellte sich Blackie vor ihr auf die Hinterpfoten und leckte ihr freudig das Gesicht ab.

»Blackie!« rief Melissa so gedämpft sie konnte. »Platz!«

Gehorsam setzte sich der Hund. Melissa kniete sich neben ihn und kraulte ihn hinter den Ohren. Voller Hingabe leckte er an ihrem Arm.

»Jetzt ist es aber gut«, flüsterte sie und erhob sich. Mit einem ängstlichen Blick vergewisserte sie sich, daß drinnen keine weiteren Lichter angegangen waren. »Jetzt lauf heim. Hörst du? Lauf heim!«

Sie stieg die Treppen zur Hintertür hinauf. Der Hund zögerte einen Moment, dann tapste er hinterher.

»Nein!« zischelte sie. »Du kannst nicht mit rein!«

Hinter einem Tontopf tastete sie nach dem Schlüssel. Cora versteckte ihn immer dort, wenn sie heimging. Endlich hatte sie ihn gefunden und steckte ihn ins Schlüsselloch.

Drinnen klickte es laut. Der Riegel war also zurückgesprungen. Melissa erstarrte. Da sich aber keine Schritte näherten, legte sie den Schlüssel in sein Versteck zurück und schlüpfte hinein.

Kaum hatte sie die Tür hinter sich zugemacht, kratzte Blackie auch schon daran. Aus seiner Kehle stieg ein enttäuschtes Winseln – und schwoll an. Melissa schickte ein

Stoßgebet zum Himmel, daß er nicht auch noch losbellte. Sie lauschte mit angehaltenem Atem. Blackie gab ein kurzes scharfes Jaulen von sich.

Melissa riß die Tür auf. Unverzüglich kam der Hund freudig hereingeschossen. »Okay«, flüsterte Melissa. »Du darfst rein, aber du mußt ganz still sein. Und später mußt du wieder raus.«

Mit schief gelegtem Kopf sah der große Rüde zu ihr auf, als hätte er jedes Wort verstanden.

Sie packte ihn fest an seinem dicken Lederhalsband und schleifte ihn durch die Küche zum selten benutzten Dienstbotenaufgang. Leise öffnete sie die Tür zum Treppenhaus. Hoffentlich knarrte auch keine Stufe.

Am Treppenabsatz hielt sie noch einmal inne und spähte nach unten. Sie hatte schon wieder Angst, ihre Mutter würde bedrohlich vor ihr auftauchen und sie wütend anstarren, aber die Vorhalle war leer, und aus der Bibliothek drangen nur gedämpfte Musikfetzen vom Fernseher herauf. Gleich darauf waren sie in ihrem Zimmer und in Sicherheit. Endlich konnte sie den Hund loslassen, der sofort auf ihr Bett sprang und es sich auf dem Kissen bequem machte. Vorwurfsvoll sah sie Blackie an. »Reicht es denn nicht, daß du dir Eintritt verschafft hast? Wenn du mir auch noch das Bett schmutzig machst, kriegt Mama einen Tobsuchtsanfall.«

Blackies Schwanz pochte erwartungsfroh gegen die Wand, und er machte keinerlei Anstalten, das Bett zu verlassen. Er legte sich vielmehr auf den Rücken, streckte alle vier in die Höhe und sah sie treu an. Sie sollte ihn am Bauch streicheln.

Melissa spielte die Entrüstete. Mit einem übertriebenen Seufzer ließ sie sich auf das Bett plumpsen und fing dann doch an, Blackie den Bauch zu streicheln. Im nächsten Augenblick drang Todds Stimme durch die offenen Fenster.

»Blackie! Blackie! Komm her!«

Blitzschnell sprang der Hund aus dem Bett und rannte zum Fenster. Als Todd wieder nach ihm rief, stellte er sich auf die Hinterpfoten und bellte laut.

Melissa versuchte, ihm von hinten die Schnauze zuzuhalten. »Nein!« rief sie scharf, doch der Hund befreite sich und bellte weiter, während Todd unaufhörlich nach ihm rief.

»Todd!« rief Melissa so laut sie wagte. »Er ist hier oben. Ruf nicht mehr nach ihm!«

In diesem Augenblick hörte sie die Stimme ihrer Mutter hinter sich, und das Licht ging an.

»Melissa? Was ist hier los?« Phyllis verstummte, denn Blackie, der sich neben Melissa niedergeduckt hatte, knurrte sie aus tiefster Kehle an. Unwillkürlich wich sie einen Schritt zurück, aber ihre Augen blitzten zornig auf. »Was hat der Hund hier zu suchen?« herrschte sie ihre Tochter an.

»Es... es tut mir leid«, stammelte Melissa. »Ich... Er... Als ich gekommen bin, ist er einfach mit reingeschlüpft.

Phyllis kniff die Augen zusammen. »Hunde schlüpfen nicht einfach mit rein. Man läßt sie herein.«

Melissa nickte. »Ich werfe ihn raus«, erwiderte sie hastig. »Gleich jetzt.«

Sie nahm Blackie am Halsband und wollte sich an ihrer Mutter vorbeidrücken, doch Phyllis hatte sie schon am Arm gepackt.

»Warum bist du überhaupt schon zu Hause? Warum bist du nicht bei deinen Freunden geblieben?«

»Ich... ich habe mich nicht so gut gefühlt«, log Melissa.

»Aber du hast dich gut genug gefühlt, um mit dem Hund zu spielen?«

Melissa nickte betreten. Wieder einmal fühlte sie sich in die Enge getrieben.

In kalter Wut schleifte Phyllis Melissa die Dienstbotentreppe hinunter und sah schweigend zu, wie sie den Hund durch die Hintertür in die Nacht hinausließ. Als Melissa wieder die Treppe hinaufgehen wollte, hielt Phyllis sie fest.

»Schau dir das an!«

Melissa schaute auf den Boden. Ihr Herz setzte einen Schlag lang aus.

Phyllis deutete auf Pfotenabdrücke, die über das Linoleum bis hin zur Treppe führten. Blackie mußte sich im Schlamm gewälzt haben. Entsetzt starrte Melissa auf ihre Bluse.

Sie starrte vor Schmutz. Ängstlich sah sie zu ihrer Mutter auf.

»Wisch den Boden«, befahl ihr Phyllis in einem Tonfall, der keinerlei Widerrede duldete. »Dabei wird dir vielleicht einfallen, warum du die Party so früh verlassen hast. Und sag mir ja nicht, dir sei schlecht gewesen – das hätte ich dir angesehen. Ich will die Wahrheit hören, und werde mir dann die nötigen Schritte überlegen.«

Phyllis drehte sich auf dem Absatz um und stolzierte aus der Küche. Melissa ließ den Eimer mit Lauge vollaufen, tauchte den Mop hinein und schrubbte den Küchenboden, den Gang und die Treppe. Jetzt ließ sich das Schluchzen in ihrer Kehle nicht mehr unterdrücken. Ihr war klar, daß diese Fron noch angenehm war im Vergleich zu dem, was danach kommen würde.

Das Schlimmste erwartete sie in ihrem Zimmer oben in Gestalt ihrer Mutter.

Eine frische Brise vom Meer blies in die Bucht. Noch einmal flackerte das Feuer auf. Wie ein roter Finger griff es hoch hinaus in die Dunkelheit, als suche es mehr Nahrung. Teri starrte gedankenverloren hinein. Sie saß jetzt neben Brett Van Arsdale, der den Arm lose über ihre Schulter gelegt hatte. Die Erinnerung an ein anderes Feuer stieg kurz in ihr auf. Wieder hörte sie das donnernde Prasseln und die Schreie ihrer Mutter.

Sie erschauerte und schob sogleich die Erinnerung von sich. Zum Glück war Brett da. Sie schmiegte sich enger an ihn. Als der Mond am Horizont versank, sah sie auf die Uhr. Es war fast Mitternacht.

»Ich gehe wohl besser heim«, sagte sie und rappelte sich widerwillig auf.

»Soll ich dich begleiten?« Brett hatte sich auch erhoben.

»Du mußt aber nicht.«

»Willst du etwa D'Arcy allein über den Weg laufen?«

Teri lief wortlos neben ihm her. Erst als sie weiter weg waren, ließ sie ihre Hand in die seine schlüpfen und brach das Schweigen. »Die Geschichte glaubt doch keiner, oder?«

»Welchen Teil?« konterte Brett.

Teri sah ihn von der Seite her an. »Die ganze, natürlich.«

»Ich weiß nicht, ob heute noch ein Mensch an solche Spukmärchen glaubt«, erwiderte er. »Außer Melissa vielleicht«, fügte er mit einem leisen Kichern hinzu. Dann wurde er wieder ernst. »Aber das meiste stimmt. Meine Urgroßeltern waren damals auf dem Ball. Und fünfzig Leute haben es in ihrem Tagebuch festgehalten. Und überall steht dasselbe.«

»Vielleicht haben sie sich abgesprochen«, spekulierte Teri.

»Was meinst du damit?«

»Ich weiß nicht so recht. Aber mir kommt es so vor, als hätten sich mal alle zusammengesetzt und sich ausgemalt, wie aufregend das wäre, wenn es hier auch mal spuken würde.«

»Komm lieber mal zu uns rüber und schau dir meine Ahnengalerie an«, schmunzelte Brett. »Wer meinen Urgroßvater einmal gesehen hat, weiß, daß der Mann kein einziges Mal in seinem Leben gelogen hat. Er war Rechtsanwalt und in unserer Kirche in New York ein hohes Tier. Und meine Großmutter erzählt, daß sie ihre Eltern nie lachen gehört hat. Außerdem brauchst du nur deinen Dad fragen. Er wird dir garantiert das gleiche sagen.«

»Von mir aus mag das ja stimmen«, meinte Teri achselzuckend. »Aber heutzutage glaubt doch keiner mehr, daß sie noch herumspukt. Es ist ja nur eine alte Geschichte, oder? Hast du denn jemals D'Arcy gesehen? Oder jemand, den du kennst?«

»Nein, aber was heißt das schon? Genug Leute haben sie gesehen.«

»Nenn mir einen.«

Brett starrte sie eine Sekunde lang an, dann brach er in Lachen aus. »Das ist ja unglaublich!« stöhnte er. »Wollen wir uns tatsächlich über ein Gespenst streiten? Es war doch nur eine Geschichte!«

Vor ihnen tauchte Maplecrest auf. Im Haus war es fast überall dunkel. Nur in Phyllis' Schlafzimmer brannte noch Licht.

»Willst du noch auf ein Cola mit reinkommen?«

Brett grinste. »Klar. Und dann kannst du mich heimbringen, damit D'Arcy mich nicht schnappt, und dann bringe ich dich wieder heim und so weiter bis zum Morgen.«

»Vergiß es«, rief Teri. »Du kriegst dein Cola, und dann mußt du allein heimlaufen. Und wenn ein Gespenst dich packt, hast du eben Pech gehabt.«

Sie wollten über den Rasen laufen, doch ein plötzliches Knurren irgendwo im Dunkeln ließ sie jäh erstarren.

»Was zum Teufel ist denn das?« flüsterte Brett.

»Das ist nur Blackie. Ein entsetzlich dummer Köter...
Hau ab, Blackie!«

Sie bückte sich nach einem Stock und schleuderte ihn in die Richtung, aus der das Knurren kam.

Sie hörten ein Jaulen, und dann durchbrach ein Kläffen endgültig die Stille. Im nächsten Augenblick gellte Phyllis' Stimme durch die Nacht.

»Todd! Sperr sofort den Hund ein. Ich dulde nicht, daß er die Nachbarn um den Schlaf bringt!«

Brett blinzelte Teri unsicher an. »Was ist denn der für eine Laus über die Leber gelaufen? Ich glaube, ich laß das Cola lieber.«

»Halb so schlimm«, widersprach Teri. »Sie hat wirklich nichts gegen dich.«

Aber Brett schüttelte den Kopf. »Es ist ja auch schon spät.«

Phyllis schrie Blackie von oben noch einmal an, und dann rief Todd seinen Hund zu sich. Der Hund bellte ein letztes Mal und trottete zu seinem Herrchen. Brett gab Teri einen flüchtigen Kuß. Dann machte er sich auf den Heimweg.

Teri trat durch die Vordertür ins Haus und lief durch das Eßzimmer in die Küche, um sich noch eine Coladose zu besorgen. Dort stieg ihr der scharfe Geruch eines Reinigungsmittels in die Nase. Sie schaltete das Licht an. Der Boden war noch feucht. Jemand mußte ihn gerade erst geputzt haben.

Cora?

Das war aber kaum möglich. Cora ging immer nach dem Abendessen.

Außerdem hätte sie den Boden trockengewischt.

Sie holte sich eine Coladose aus dem Kühlschrank und ging damit über die Haupttreppe in den ersten Stock. Oben hörte sie Phyllis nach ihr rufen.

»Teri, bist du das, meine Liebe?«

Sie klopfte leise an der Schlafzimmertür.

»Komm rein«, rief Phyllis. Teri trat ein. Ihre Stiefmutter lag halb aufgerichtet im Bett. Mit den Knien stützte sie eine Zeitschrift ab. Sie klopfte auf die breite Matratze. »Setz dich doch zu mir und erzähl mir, wie es war.«

Eine Viertelstunde später tätschelte sie glückstrahlend Teris Hand. »Ich bin ja so froh, daß es dir gefallen hat. Es ist wahrscheinlich nicht sehr pietätvoll von mir, aber du sollst wissen, wie glücklich ich bin, daß du wieder bei uns bist. Hier ist dein Zuhause, und hierher hast du immer gehört. Manchmal meine ich, du hättest meine eigene Tochter sein müssen. Findest du das schlimm?«

Teri lächelte ihre Stiefmutter liebevoll an. »Überhaupt nicht. Aber du hast doch Melissa.«

Phyllis' Lächeln erstarb. »Ach ja. Richtig. Aber Melissa ist ganz und gar nicht wie du. Damit will ich nicht sagen, daß ich sie weniger lieben würde, im Gegenteil. Aber sie hat einfach nicht deine... na ja, deine Fähigkeit, mit den anderen auszukommen. Ich tue natürlich mein Bestes, aber manchmal habe ich das Gefühl, sie legt keinerlei Wert auf die Sachen, die wirklich etwas zählen.« Mit einem Schlag klang ihre Stimme schrill. »Was müssen die anderen heute abend wieder von ihr gedacht haben? Verläßt sie einfach die Party, nur weil ihr ›nicht gut‹ war! Jeder hat mal einen Durchhänger, aber das ist doch kein Grund...« Sie verstummte mitten im Satz, denn ihr fiel Teris merkwürdig zweifelnder Blick auf. »Das war doch der Grund, warum sie gegangen ist, oder?«

Teri spürte die Erregung am ganzen Körper. Da bot sich ihr eine fantastische Gelegenheit! Nervös leckte sie sich die Unterlippe, als widerstrebe es ihr, etwas zu verraten. Schließlich schüttelte sie aber nur den Kopf. »Es... es war eine Gespenstergeschichte. Brett hat uns von D'Arcy erzählt, und Melissa hat sie wohl für bare Münze genommen.«

Phyllis stöhnte laut auf. »Willst du mir etwa sagen, Melissa ist wegen so einer dummen Geistergeschichte weggelaufen?«

Teri zuckte hilflos mit der Schulter. »Na ja, man konnte auch ganz schön Angst dabei bekommen. Und keiner hat es ihr übelgenommen.« Sie senkte gekonnt den Blick. »Aber ich hätte wahrscheinlich mit ihr mitgehen müssen, damit ihr nichts zustößt.«

»Sei doch nicht kindisch!« versetzte Phyllis. Sie kochte innerlich noch immer vor Wut über Melissa. »Wenn Melissa überhaupt je etwas begreift, dann nur, wenn sie ein Vorbild hat!« Sie schenkte Teri ein entzücktes Lächeln. »Und ein besseres als dich kann ich mir gar nicht vorstellen. Außerdem sehe ich nicht ein, warum du dir einen schönen Abend von ihr verderben lassen solltest.«

Teri sah Phyllis bange an. »Dann bist du mir nicht böse?«

»Warum sollte ich dir böse sein? So ein Unsinn. Dir könnte ich nie böse sein.« Sie drückte Teri die Hand und hielt ihr die Wange entgegen. »Jetzt gib mir noch einen Kuß, und dann ins Bett.«

Zwei Minuten später stand Teri im Bad und preßte das Ohr gegen die Tür zu Melissas Zimmer. Kein Laut war zu hören. Sie machte die Tür auf und huschte zu Melissas Bett.

Melissa lag wieder auf dem Rücken. Aus weit aufgerissenen ausdruckslosen Augen starrte sie zur Decke. Minutenlang blieb Teri still stehen. Dann flüsterte sie mit fast unhörbarer Stimme:

»Melissa?«

Keine Reaktion.

Sie versuchte es noch einmal. Wieder keine Antwort.

Teri zog das Laken beiseite. An den Handgelenken, Schenkeln und Knöcheln war Melissa fest an das Bett geschnallt.

Teri zögerte. Dann kam ihr eine Idee.

»D'Arcy?«

Melissas Augen wanderten langsam von der Decke zu Teri.

»D'Arcy? Hörst du mich?«

Einen Moment herrschte Schweigen. Dann bewegten sich Melissas Lippen. »Ja, ich höre dich.«

Teri lief es kalt über den Rücken. Sie erkannte zwar Melissas Stimme, aber irgendwie klang sie ganz anders. Etwas Tonloses, Flaches lag darin.

Unwillkürlich dachte Teri an eine Tote, die plötzlich zu sprechen anfing.

»Weißt du, wer ich bin?«

Melissas Kopf bewegte sich. Wieder meldete sich D'Arcys Grabesstimme. »Du bist Teri. Melissa hat mir von dir erzählt.«

»Wirklich?« Teri konnte die Erregung kaum verbergen. »Was hat sie denn gesagt?«

Melissa lächelte schwach. »Daß sie dich sehr gern mag.«

Teris Anspannung ließ nach. »Willst du mir nicht sagen, wer du bist?«

Schweigen. Dann kam die Antwort: »Melissas Freundin.«

»Wo wohnst du?«

»Oben.«

Teri blickte zur Decke. Ihr Herz klopfte schneller. »Warum bist du dann hier?«

»Weil Melissa mich gebraucht hat.«

»Warum denn?«

»Um sie vor ihrer Mutter zu schützen. Wenn ihre Mutter böse wird, komme ich und schütze sie.«

Teri überlegte sich die nächste Frage genau, ehe sie sie stellte. »Aber was geschieht dann mit Melissa? Was macht sie?«

»Sie legt sich schlafen.«

»Und du? Möchtest du nicht auch schlafen?«

D'Arcy schüttelte stumm den Kopf. Dann antwortete sie: »Ich kann nicht schlafen. Wenn Melissa gefesselt ist, muß ich über sie wachen.«

Erneut dachte Teri scharf nach, ehe sie sich daran machte, behutsam die Fesseln um Melissas Knöchel zu lösen. Wenig später hatte sie auch die Arme und Schenkel befreit. »Das wär's«, flüsterte sie. »Jetzt kannst du nach oben gehen.«

Aber Melissa hatte die Augen schon geschlossen. Ihr Atem ging ruhig und regelmäßig. Sie schlief. Um ihre Lippen spielte ein Lächeln.

Teri zog das Bettlaken sachte über Melissa und schlüpfte aus dem Zimmer. Melissa blieb allein im Dunkel zurück.

Allein und von den Fesseln erlöst...

12

Vom Lagerfeuer glühte nur noch die letzte Asche. Kalt und feucht fuhr die Seebrise den letzten Feiernden in die Knochen. Immer schneller trieben dichte Nebelschwaden vom Meer heran. Ellen Steven fröstelte leicht. »Gehen wir lieber heim«, meinte sie zu Cyndi Miller gewandt.

Ihr gegenüber saß Kent Fielding. In der schwachen Glut war sein boshaftes Grinsen kaum wahrzunehmen. »Angst?«

Cyndi schüttelte den Kopf. Als der Wind sich aber

schlagartig legte und der Nebel sich verdichtete, wurde ihr doch mulmig zumute.

Wie dumm sie doch war! Sie war hier aufgewachsen und hatte sich am Strand noch nie gefürchtet. Ihr Leben lang war sie zwischen dem Haus ihrer Freundin und dem eigenen trotz Dunkelheit und Wald hin und her gelaufen und hatte sich nie Gedanken gemacht.

Aber irgendwie war es heute nacht anders.

Es war wegen der Geistergeschichte.

Dabei hatte sie keinen Grund zur Unruhe. Sie hatte sie ja nicht zum erstenmal gehört. Hatte sie sich nicht erst neulich mit Ellen darüber unterhalten?

Nur hatte damals die Sonne geschienen, und sie waren mit ihren Freunden am Beckenrand im Club gelegen.

Jetzt aber war Nacht, und der Nebel schloß sich dicht um sie. Auf einmal sah alles ganz anders aus.

Sie nahm sich vor, sich davon nicht beeindrucken zu lassen. Entschlossen zog sie den Reißverschluß ihrer Jacke zu. »Wovor sollte ich schon Angst haben?« fragte sie sich laut, vor allem, um den beruhigenden Klang der eigenen Stimme zu hören.

»Vor D'Arcy«, erwiderte Kent. Sein Grinsen wurde breiter. »Schau dich nur um. Nächte wie diese hat sie am liebsten. Da kann sie im Nebel herumschleichen, und keiner sieht, wie sie nach ihrer blutverschmierten Hand sucht.« Er senkte die Stimme zu einem drohenden Flüstern. »Wer weiß? Vielleicht schleicht sie sich gerade hinter dir an und streckt die Hand nach dir aus und...«

Cyndi sträubten sich die Nackenhaare, als greife in ihrem Rücken tatsächlich jemand nach ihr. Aber den Gefallen, sich jetzt umzudrehen, wollte sie ihm nicht tun.

»...und packt dich am Hals...« fuhr Kent fort.

In diesem Augenblick schloß sich eine Hand um Cyndis Kehle. Mit einem Aufschrei riß sie sich los und wirbelte herum.

»Hab' ich dich«, triumphierte Jeff Barnstable.

Cyndi lief rot an. Wütend starrte sie Ellen an. »Hast du etwa gesehen, wie er sich angeschlichen hat?« fauchte sie.

Ellen konnte ein Kichern nicht mehr unterdrücken. »Es tut mir leid«, gestand sie. »Es war einfach zu köstlich, wie du Kent die ganze Zeit angestarrt hast. Und während er weiter geredet hat, hat Jeff sich von hinten herangeschlichen, und du hast nichts gemerkt.«

Plötzlich kicherte auch Cyndi. »Na ja, wenn D'Arcy tatsächlich hier draußen herumspukt, hat sie es sicher nicht auf uns abgesehen.« Sie wandte sich an die Jungen. In ihren Augen funkelte es rachlustig auf. »Sie will sich ja an den Männern rächen, oder? Was ist, Ellen? Bist du fertig?«

Ellen, die noch ihre letzten Sachen in ihre Badetasche stopfte, nickte.

»Sollen wir euch wirklich nicht nach Hause begleiten?« meinte Kent.

Cyndi warf ihm einen schelmischen Blick zu. »Lieber habe ich D'Arcy im Rücken, als daß ich mich ständig gegen dich und deine ewige Zudringlichkeit wehren muß.«

Während Jeff und Kent Sand auf die Glut schaufelten, gingen die Mädchen über den Strand davon. Wenige Sekunden später waren die Jungen und sogar die Feuerstelle vom Nebel verschluckt.

Fröstelnd drückte Cyndi sich an Ellen. »Irgendwie gefällt mir das nicht«, sagte sie mit leiser Stimme, damit die Jungen sie nicht hören konnten.

»Ach was«, erwiderte Ellen. »Es war doch nur eine Geschichte. Seit wann glaubst du denn an Gespenster?«

Und doch nagte auch an ihr ein kleiner Rest von Zweifel, als sie in den undurchdringlichen, grauen Nebel schaute. So ein Blödsinn, sagte sie sich. Gespenster gibt es doch nicht!

Aber was sollte sich sonst im Nebel verbergen und nur auf sie warten?

»Gehen wir lieber vom Strand weg«, schlug sie vor. Ihre Stimme war keinen Deut lauter als die von Cyndi vorhin. »Im Wald ist die Sicht bestimmt besser.«

Sie wandten sich nach links. Nach ein paar Schritten spürte Cyndi plötzlich Wasser um ihre Knöchel. »Was?« entfuhr es ihr. Im nächsten Augenblick schüttelte sie über die eigene Dummheit den Kopf. »Wir haben die Orientierung verloren«, erklärte sie und griff nach Ellens Hand. »Komm mit in die andere Richtung.«

Noch einmal liefen sie über den Strand. In den dichten, fast schwarzen Nebelschwaden hörte sich die Brandung eigentümlich gedämpft an. Cyndi spähte angestrengt in den Nebel. So sehr sie sich auch bemühte, sie sah nicht einmal die Hand vor Augen. Dann stieß ihr Fuß gegen etwas. Sie stolperte und wäre fast gefallen.

»Hast du dir wehgetan?« flüsterte Ellen.

»Nein, nein. Das muß die Treppe zwischen den Häusern der Chalmers und der Fieldings sein. Warum hast du eigentlich keine Taschenlampe mitgenommen?«

»Wer rechnet schon mit so einer Waschküche?« entgegnete Ellen. »Letzte Nacht hatten wir ja auch keinen Nebel.«

Behutsam stiegen sie die Holztreppe zwischen den zwei Grundstücken hoch. Wie Cyndi gehofft hatte, lichtete sich der Nebel oben ein bißchen. Um sich herum erkannten sie wenigstens Baumstämme. Die Kronen schienen sich allerdings im Nichts aufzulösen.

»Komisch, was?« flüsterte Ellen. »Als wären wir hier am Ende der Welt.«

Sie liefen hastig weiter. Nach ein paar Metern ragte vor

ihnen das Haus der Chalmers im Nebel auf. Dann wurde der Nebel wieder dichter, und das Haus versank allmählich, als hätten die Schwaden es verschlungen. Cyndi konnte ein leises Keuchen nicht mehr unterdrücken. Panik kroch in ihr hoch. »Komm«, drängte sie. »Gehen wir zu dir.«

Sie machten wieder ein paar eilige Schritte. Obwohl sie sich weiter vom Meer entfernten, schien sich der Nebel noch zu verdichten. Wie der kalte Atem eines Scheintoten frischte auf einmal wieder die Brise auf.

Es war jetzt fast stockdunkel. Ellen spürte einen Schlag an der Wange. Sie schrie auf, mehr aus Schreck als vor Schmerz. Weil sie abrupt stehengeblieben war, lief Cyndi auf sie auf.

»Was ist? Warum bleibst du stehen?«

»Mi-mich hat was ins Gesicht geschlagen«, erklärte Ellen. Zaghaft tastete sie ins Dunkel vor sich. Im nächsten Augenblick bekam sie die stechenden Nadeln eines Fichtenzweigs zu fassen. »Nur ein Zweig«, flüsterte sie und ging erleichtert weiter. Sie hatte keine zwei Schritte getan, als sie wieder wie angewurzelt stehenblieb.

Vor ihr, im Nebel, hatte sich etwas bewegt.

Undeutlich, schemenhaft, kaum mit dem Auge wahrzunehmen.

Aber es war da.

»Sch-schau!« flüsterte sie und packte Cyndi bei der Hand.

Im nächsten Augenblick stand sie neben ihr. »Was ist denn?« zischelte Cyndi.

Ellen spähte angestrengt in den schwarzen Nebel.

Wo gerade noch etwas gewesen war, schien jetzt nichts mehr zu sein. Das heftige Pochen in ihrer Brust ließ etwas nach. »Ich weiß auch nicht. Ich dachte...«

Cyndis Hand schloß sich fester um die ihre. Der Nebel

hatte sich etwas gelichtet, und sie erblickten eine sonderbare Gestalt. Sie schien wenige Zentimeter über dem Weg zu schweben.

Eine weiße, fast formlose Gestalt.

»O Gott«, flüsterte Cyndi. »Was ist das, Ellen?«

»Ich... ich weiß auch nicht.« Ellen versagte fast die Stimme vor Angst. Sogleich schloß sich der Nebel wieder, und die unheimliche Erscheinung war verschwunden.

Cyndi zitterte wie Espenlaub. Sie klammerte sich so fest an Ellen, daß ihr die Hand wehtat. »Was sollen wir tun? Sollen wir zum Strand zurück?«

Ellen wollte schon nicken, doch ihr fiel wieder ein, daß sie dort unten keinerlei Orientierung hätten.

»Nein«, flüsterte sie. »Gehen wir lieber weiter. Vielleicht war es nichts.«

Aber in der undurchdringlichen, feuchtkalten Nacht vermochte sie kaum den eigenen Worten zu trauen.

Sie schlichen weiter, doch plötzlich ging von den Bäumen eine unsichtbare Bedrohung aus. Von überall hörten sie das Knacken winziger Zweige und das Keuchen verborgener Wesen. Sie wußten nicht, wohin, aber sie gingen weiter. Das Entsetzen trieb sie.

Und plötzlich hörten sie in ihrem Rücken ein neues Geräusch, lauter als die anderen.

Es war ein Stöhnen. Ein leises, angstvolles Stöhnen. Sie blieben wie angewurzelt stehen.

»W-was ist das?« hauchte Ellen.

»Ich weiß auch nicht!« wimmerte Cyndi. Ihre Stimme erstickte in einem Schluchzen.

Ellen drehte sich langsam um. Sie zwang sich, noch einmal in die dunklen Bäume zu starren.

Abermals zerriß der Wind die dichten Nebelschleier.

Die Gestalt stand jetzt hinter ihnen. Eindeutig war ein

Mädchen zu erkennen. Das Gesicht war hinter einem Schleier verborgen. Sie trug ein weißes Ballkleid.

Die Gestalt stand regungslos da. Sie starrte sie nur unentwegt an.

Und dann hob sich ganz langsam ihr rechter Arm, und der Zeigefinger richtete sich auf sie.

Ellen konnte den Blick nicht davon wenden. Panik schwappte in ihr hoch. Ein Schrei bildete sich in ihrer Kehle. Sie wirbelte herum und rannte davon. Sie merkte nicht, wie ihr die Fichtenzweige ins Gesicht peitschten, wie der Wein seine Ranken um ihre Füße schlingen wollte.

Dicht hinter ihr versuchte Cyndi Miller verzweifelt Schritt zu halten. Sie wollte nur noch fort von dieser grausigen Erscheinung im Nebel.

Jeff Barnstable und Kent Fielding liefen über den Rasen auf das weitläufige Schindeldachhaus der Fieldings zu, als sie Ellen schreien hörten.

Im ersten Schreck wußten sie nicht, aus welcher Richtung der Schrei gekommen war, doch dann spurtete Kent los. »Das war hinter dem Haus!« rief er Jeff zu, der ihm zögernd folgte. Kent brauchte gar nicht auf das Gelände unter seinen Füßen zu achten, denn er kannte es wie seine Westentasche. Hinter dem Haus brachte die Außenlampe etwas Licht in das undurchdringliche Grau des Nebels. Kents Vater trat im Bademantel auf die Veranda.

»Kent?« rief Owen Fielding. »Bist du das?«

»Ich bin hier, Vater!« rief Kent. »Wir haben einen Schrei gehört!«

In diesem Augenblick kamen Ellen Stevens und Cyndi Miller weinend auf die Veranda gewankt und stürzten Mr. Fielding in die Arme.

»Ellen? Cyndi?« rief Owen. »Was habt ihr denn? Habt ihr so geschrien?«

Cyndi war noch ganz außer Atem. »W-wir haben etwas gesehen!« keuchte sie. »Im Wald!«

Jeff und Kent traten ungläubig näher. »Wie bitte?« rief Kent und warf Jeff einen vielsagenden Blick zu. Um seine Mundwinkel spielte bereits ein höhnisches Grinsen.

Cyndi starrte die Jungen entgeistert an. Jeff trug einen weißen Jogginganzug. Hatte sie sich vorhin vielleicht getäuscht. Ohne auf seine Frage einzugehen, stellte sie eine Gegenfrage: »Sag mal, wart ihr das vorhin im Wald?«

Kent hörte auf zu grinsen. »Wir sind eben vom Strand gekommen. Wir mußten doch das Feuer austreten. Weißt du das nicht mehr?«

Ellen sah zu Owen Fielding auf. Sie hatte sich soweit erholt, daß sie wieder sprechen konnte. »Wir haben was im Wald gesehen«, erklärte sie. Ihr Blick wanderte zu Cyndi, als flehte sie um Beistand. »Es... es sah aus wie ein Gespenst.« Die eigenen Worte kamen ihr jetzt nicht mehr wirklich vor. Jetzt waren sie ja in Sicherheit, und die Dunkelheit verlor im Schein der Außenlampe ihren Schrecken. »Zumindest sah es so aus wie...«

»Es sah aus wie D'Arcy!« unterbrach sie Cyndi Miller. Ihre Stimme klang jetzt wesentlich fester. Herausfordernd sah sie dem Spötter Kent in die Augen.

»Aber klar doch!« sagte Kent gedehnt. »Wir haben am Strand gesessen und uns bis zum Monduntergang Geistergeschichten erzählt. Da habt ihr eben soviel Angst bekommen, daß ihr jeden Busch für ein Gespenst gehalten habt.«

»Das stimmt nicht!« wehrte sich Cyndi. »Sag du ihnen, was wir gesehen haben, Ellen!«

»Es... es sah aus wie ein Mädchen«, stotterte Ellen. »Erst war sie vor uns, und wir waren uns nicht so sicher.

Sie ist im Nebel verschwunden. Drum sind wir weitergegangen. Und plötzlich haben wir etwas in unserem Rücken gehört...«

»Es war wie ein Stöhnen oder so was«, fiel ihr Cyndi ins Wort. »Richtig unheimlich.«

Ellens Blick richtete sich auf Owen Fielding. »Wir haben uns umgedreht, und da haben wir sie gesehen. Es war ein Mädchen in einem weißen Kleid und mit einem Schleier vor dem Gesicht.«

»Sie hat uns angestarrt!« rief Cyndi. Bei der Erinnerung fing sie wieder zu zittern an. »Und dann – hat sie auf uns gezeigt!«

Da Kent überheblich von einem Ohr zum anderen grinste, wandte sie sich an seinen Vater. »Es ist wahr, Mr. Fielding! Das haben wir wirklich gesehen! Sie glauben uns doch, oder?«

Owen Fielding zwickte sie aufmunternd in den Arm. »Tja«, meinte er. »Auf alle Fälle glaube ich, daß ihr glaubt, daß ihr das gesehen habt. Aber bevor wir uns hier draußen zu Tode ängstigen, gehen wir lieber rein und trinken erst mal einen Kakao. Und dann fahre ich euch heim.« Er machte eine kleine Pause. Wie er erwartet hatte, regte sich keinerlei Protest, obwohl die Mädchen nur wenige hundert Meter von seinem Grundstück entfernt wohnten. »Kommt ihr auch mit rein, Jungs?« fragte er Kent und Jeff, die unschlüssig stehengeblieben waren.

Kent warf einen zögernden Blick auf Jeff, dann schüttelte er den Kopf. »Ich... ich schaue wohl lieber mal genau nach.«

»Na denn, viel Spaß«, schmunzelte Owen Fielding. »Seid aber vorsichtig«, fügte er mit einem schalkhaften Grinsen hinzu. »Am Ende haben die Mädchen vielleicht doch recht. Wenn D'Arcy wirklich da draußen ist, schnappt sie euch womöglich noch.«

Nach einer halben Stunde kamen die Jungen unverrichteter Dinge zurück. Der Nebel hatte sich wieder geschlossen, so daß sie die Hand kaum vor Augen gesehen hatten.

Sie hatten nichts gesehen.

Sie hatten nichts gehört.

Und doch wurden sie das unheimliche Gefühl nicht los, daß jemand – den sie weder gesehen noch gehört hatten – sie die ganze Zeit beobachtet hatte.

Phyllis Holloway wachte am nächsten Morgen um halb sieben auf. Sie wälzte sich auf die andere Seite, fort vom hereinflutenden Sonnenlicht, und schlug die Augen auf. Sie hatte einen Traum gehabt. Einen wunderschönen Traum vom Vollmondball. Ihre Tochter war das schönste Mädchen von allen gewesen. Ganz stolz hatte sie ihr beim Tanz mit Brett Van Arsdale zugesehen. Und all die Frauen, die ihr von Anfang an mit ihren feinen und damit noch viel verletzenderen Stichen das Leben systematisch zur Hölle gemacht hatten, scharten sich plötzlich um sie und überschütteten sie mit Komplimenten. Sie hingen geradezu an ihren Lippen, damit ihnen auch kein Wort entging.

In diesem Traum war Teri MacIver ihre Tochter gewesen.

Sie blieb noch ein bißchen liegen. Jede Einzelheit war ein Labsal. Dann fiel ihr wieder das Gespräch mit Teri von gestern nacht ein.

Von Gesprächen dieser Art konnte jede Mutter nur träumen.

Bei Melissa dagegen war ihr dergleichen immer verwehrt geblieben.

Mit einem Stoßseufzer warf sie die Bettdecke von sich und stand auf. Sie zog ihren Morgenrock an und trat in den Flur. Vor Teris Tür blieb sie stehen. Ganz sachte klopfte sie an. Vielleicht antwortete ihre Stieftochter, und dann blieb ihr Melissa noch für ein paar Minuten erspart. Da sie aber keine Antwort erhielt, ging sie zur nächsten Tür. Sie klopfte nur kurz an und trat sofort ein.

Stirnrunzelnd blieb sie noch im Türrahmen stehen.

Melissa lag auf der Seite und schlief fest. Den linken Arm hatte sie unter das Kissen geschoben.

Erbost stürmte Phyllis zum Bett und riß das Laken beiseite.

Die Fesseln – die Lederriemen und die Nylonschnüre, die sie garantiert fest zugeknotet hatte – lagen durcheinander auf der Matratze.

»Melissa?« rief Phyllis. »Melissa!«

Ihre Tochter regte sich, dann wälzte sie sich auf die andere Seite. Das Kissen zog sie sich über den Kopf.

Phyllis entriß ihr das Kissen und schüttelte sie heftig an der Schulter. Melissa schreckte mit weit aufgerissenen Augen hoch. Als sie ihre Mutter erkannte, wich sie bis zur Wand zurück.

»Schau dir das an!« befahl Phyllis und deutete auf die Gurte.

Melissa starrte erst die Fesseln an, dann richtete ihr Blick sich langsam auf Phyllis.

»Ich hab' sie nicht abgemacht, Mama«, fing sie an. »Wie hätte ich das...«

»Wer denn dann?« fuhr Phyllis sie gefährlich laut an.

Melissa zog den Kopf ein. So weit es ging, drückte sie die Knie bis an die Brust.

»Ich habe dir eine Frage gestellt, Melissa. Ich erwarte eine Antwort.«

Melissas Augen flackerten über das Zimmer, als suche sie ein Schlupfloch. Aber es gab keines. »D-D'Arcy«, stammelte sie. Auf der Stelle bereute sie, den verbotenen Namen ausgesprochen zu haben, doch es war zu spät.

»D'Arcy?« spuckte ihre Mutter. »Ich dachte, den Unsinn hätten wir endgültig hinter uns.«

Melissa schluckte. In ihrer Kehle hatte sich wieder ein dicker Klumpen gebildet, den sie nicht los wurde. »Ja, Mom«, flüsterte sie.

»Wer war es dann? Wer hat dir die Riemen abgemacht?«

Melissa zitterte am ganzen Leib. Sie brachte nur ein hilfloses Kopfschütteln zuwege.

Phyllis beugte sich drohend über ihre Tochter. Sie holte mit der Hand zum Schlag aus. Coras Stimme hielt sie jedoch davon ab.

»Oh, das tut mir leid, Ma'am«, murmelte die Haushälterin in der Tür. »Ich wußte nicht, daß Sie schon wach sind.«

Phyllis wirbelte herum. »Ach ja? Hast du das vielleicht getan, Cora? Hast du die Riemen losgemacht? Wolltest du dich jetzt hereinschleichen und sie schnell wieder anlegen?«

Cora wich einen halben Schritt zurück. Der Vorwurf traf sie wie ein Schlag ins Gesicht. »Aber nein, Ma'am«, murmelte sie. »Ich käme nie auf so eine Idee! Ich...«

»Ach nein?« schnitt ihr Phyllis mit hohntriefender Stimme das Wort ab. »Wenn nicht, wäre es wahrscheinlich das erstemal, daß du eine Anweisung von mir befolgt hättest. Ich kann beim besten Willen nicht verstehen, warum Charles dich unbedingt behalten will.« Mit diesen Worten schritt sie zur Tür. Die alte Haushälterin trat hastig beiseite. »Darüber werden wir uns noch unterhalten, Cora«, drohte Phyllis im Vorbeigehen.

Eine Minute später schenkte sie sich im Eßzimmer eine Tasse Kaffee ein. Teris Stimme ließ sie auf einmal erschreckt herumfahren.

»Stimmt was nicht, Phyllis?«

»Ach, es ist nur wegen Cora. Sie ist letzte Nacht in Melissas Zimmer gegangen und hat...« Sie biß sich mitten im Satz auf die Zunge.

Blitzartig fuhr Teris Hand vor den Mund und ihre Augen weiteten sich. »O Gott«, hauchte sie. »Meinst du etwa diese Riemen?«

Phyllis starrte das Mädchen verwirrt an. »Warum? Ich verstehe nicht... ja«, stotterte sie schließlich.

»Aber das war gar nicht Cora, sondern ich.«

Phyllis ließ sich langsam in einen von den sechs Korbstühlen sinken. »Du warst das? Ich fürchte, ich verstehe nicht ganz.«

Teri blickte zu Boden. »Na ja, ich bin zu Melissa reingegangen, weil ich ihr gute Nacht sagen wollte, und da hat sie mir mit den Fesseln eben leid getan. Drum habe ich sie losgebunden.«

Phyllis zog zunächst die Augenbrauen erbost hoch. Sogleich entspannten sich ihre Züge aber wieder, und sie schluckte die barschen Worte, die ihr schon auf der Zunge gelegen hatten, herunter. »Ich verstehe«, hauchte sie.

»Ich habe doch nichts Falsches gemacht?« fragte Teri leise. Ihr Blick war nach wie vor zu Boden gesenkt. »Ich wollte auch nicht... Ich meine, sie hat nur so erbarmenswert ausgesehen.«

Angesichts Teris so offensichtlicher Zerknirschung verflog der letzte Rest von Ärger. Phyllis tätschelte dem Mädchen die Hand. »Natürlich hast du nichts Falsches gemacht!« rief sie. »Du konntest ja nichts von den Riemen wissen und wolltest nur helfen.«

Teris Miene hellte sich auf. »Du bist mir nicht böse?«

»Aber natürlich nicht«, versicherte Phyllis ihr. Mit einem Seufzer nahm sie die Tasse und trank einen Schluck. »Es ist ja nur wegen einiger... Probleme«, fuhr sie fort. »Melissa schlafwandelt manchmal, wenn sie sich aufgeregt hat. Und gestern nacht habe ich befürchtet, daß das wieder der Fall sein könnte. Aus Besorgnis um ihre Sicherheit lege ich diese Fesseln bisweilen an.«

Teri schnappte nach Luft. »Da hätte ich ja etwas Entsetzliches anrichten können! Wenn ich das gewußt hätte, hätte ich sie bestimmt nicht losgebunden.«

Phyllis lächelte Teri liebevoll an. »Mach dir deswegen keine Sorgen. Es ist ja nichts passiert. Allem Anschein ist sie heute nacht im Bett geblieben.« Das Lächeln wich, und sie stand auf. »Jetzt muß ich mich aber mit Cora unterhalten. Vorhin habe ich ihr vorgeworfen, sie hätte Melissa losgemacht. Wenn ich jetzt nicht irgendwas Versöhnliches sage, verdirbt sie uns sicher das Essen.«

Mit der Kaffeetasse in der Hand verschwand sie in der Küche.

Teri blieb allein zurück. Während sie sich eine Tasse Kaffee einschenkte, schaute sie voller Zufriedenheit durch das Fenster in den strahlend blauen Himmel. Vom Nebel der vergangenen Nacht war nichts mehr zu erkennen.

Teri lächelte vor sich hin. War es für einen Anruf bei Cyndi Miller oder Ellen Stevens noch zu früh? Dabei war sie so gespannt darauf, was sie über ihre Erlebnisse nach dem Lagerfeuer zu erzählen hatten.

13

Tschupp!

Zum ersten Mal an diesem Morgen hörte Melissa dieses trockene Geräusch. Endlich hatte sie richtig getroffen. Mit angehaltenem Atem sah sie zu, wie der Ball hoch über das Netz stieg und ihr Vater rückwärts rannte, ausholte und... verfehlte!

Der Ball flog über seinen Schläger hinweg. Melissa fürchtete schon, er ginge ins Aus, doch dann senkte er sich allmählich und fiel Zentimeter vor der Auslinie ins Feld.

»Klasse gemacht!« rief Charles ihr zu.

Melissa errötete vor Stolz und trabte zum nächsten Aufschlag zur Grundlinie zurück. Sie warf den Ball in die Luft, traf ihn diesmal aber um den Bruchteil einer Sekunde zu spät, so daß er im Netz landete. Noch hatte sie einen Versuch gut. Sie sah, wie ihr Vater näher ans Netz heranrückte und sich auf einen leichten Lob einstellte, denn beim zweiten Aufschlag spielte sie immer Sicherheitstennis. Doch diesmal wußte sie, wie sie es anstellen würde.

Es stand vierzig zu fünfzehn für sie. Zwar war ihr klar, daß er einige Bälle absichtlich verschlug, aber er machte das so geschickt, daß sie ihn noch kein einziges Mal auf frischer Tat ertappt hatte. Aber wenn sie es jetzt richtig anstellte, würde sie sich den Punkt ganz ohne sein Zutun verdienen.

Wieder warf sie den Ball hoch in die Luft. Anstatt ihn nun aber von unten anzutippen und so ohne jedes Risiko übers Netz in die andere Hälfte zu schlagen, legte sie ihre gesamte Kraft in den Aufschlag.

Tschupp!

Wieder hatte sie genau mit der Mitte getroffen. Der Ball schoß knapp und in gerader Linie über das Netz und beschleunigte noch nach dem Aufsetzen, so daß ihr Vater ihn vorbeisausen lassen mußte. Erst starrte er sie verblüfft an, dann machte sich ein breites Grinsen auf seinem Gesicht breit. »Ich dachte mir schon, daß du das früher oder später riskieren würdest«, rief er. »Aber jetzt habe ich wirklich nicht damit gerechnet.«

Mit stolz geschwellter Brust kehrte Melissa zur Grundlinie zurück und wartete ihrerseits auf den ersten Aufschlag ihres Vaters. Im nächsten Moment kam der Ball auch schon übers Netz. Zu spät bemerkte sie, daß ihr Vater sie mit einem Trick hereingelegt hatte. Statt wie seine sonstigen ersten Aufschläge flach übers Netz zu schießen, schlug er den Ball hoch und langsam in die Luft. Melissa spurtete sofort zum Netz, verschätzte sich aber in der Entfernung. Statt den Ball zu treffen, schlug sie ein Loch in die Luft.

»Um Himmels willen, Melissa!« vernahm sie die Stimme ihrer Mutter vom Nachbarplatz. »Wie kann man so einen leichten Ball verschlagen?«

Melissa erstarrte. Schlagartig lief sie dunkelrot an. Warum hatten sie nur nicht wie sonst immer auf dem Tennisplatz daheim gespielt? Dann würde wenigstens nicht jedermann mitbekommen, wie ihre Mutter an ihr herumnörgelte.

Aber ihre Mutter hatte beschlossen, heute mitzuspielen und darauf bestanden, daß die ganze Familie zum Club ging. »Aber am Sonntag ist der Platz doch immer voll!« hatte Melissa protestiert.

Phyllis hatte den Kopf geschüttelt. »Ich habe Anfang der Woche angerufen und zwei Plätze für uns reserviert. Du kannst mit deinem Vater spielen und ich mit Teri. Danach können wir tauschen. Das wird Spaß machen.«

Bislang war es zu Melissas Überraschung nicht annähernd so schlimm gekommen wie befürchtet. Am Anfang hatte sie sich gehemmt gefühlt, weil sie meinte, jeder würde ihr zuschauen. Aber da von nirgendwo Gelächter kam, hatte sie einen Blick auf die Clubterrasse gewagt.

Niemand beobachtete sie.

Die wenigen Leute, die auf der Terrasse saßen, schenkten ihre Aufmerksamkeit allein Teri. Nach einem verstohlenen Blick auf den Nachbarplatz wußte Melissa den Grund.

Teri sah in ihrem weißen Dress überwältigend aus. Und ganz offensichtlich hatte sie schon oft Tennis gespielt.

Melissa beschlich der Verdacht, daß Teri ihrer Mutter mindestens genausoviel Punkte schenkte wie ihr Vater ihr.

Aber da Teri und sie fertig waren, sah ihre Mutter jetzt ihr zu.

Und damit befiel sie wieder die alte Verkrampfung.

Melissa wartete auf den zweiten Aufschlag ihres Vaters.

Und traf wieder nicht.

Wenig später waren das Spiel und der Satz verloren. Melissa hatte zwar noch zweimal den Ball getroffen, doch unter den kritischen Blicken ihrer Mutter wurde sie so nervös, daß ihr überhaupt nichts mehr gelang. Ein Ball war ins Netz gegangen und der andere weit über das Feld und den Zaun hinweg auf die Frühstücksterrasse geflogen, wo er zwischen den Tischen noch ein paarmal aufschlug.

»Was war plötzlich los mit dir?« wollte ihr Vater wissen. »Zuerst warst du doch so gut.«

»Ich hatte wohl einen Einbruch«, tat Melissa es mit einem Achselzucken ab. Sie wollte nicht zugeben, daß von ihrem ohnehin geringen Können nichts übrigblieb, wenn ihre Mutter dabei war.

»Es ist schwerer, wenn Leute zusehen«, meinte ihr Vater mit einem liebevollen Lächeln. Dann senkte er die Stimme. »Aber mach dir nichts draus. Keiner kann die ganze Zeit gut spielen.«

Melissa grinste ihn herausfordernd an. »Teri schon. Wetten, daß sie dich glatt nach Sätzen schlägt!«

Charles funkelte seine Tochter in gespielter Empörung an. »Du wettest gegen deinen Vater? Das ist Hochverrat!«

Melissa kicherte. »Dann probier's doch. Beweis mir, daß du sie schlagen kannst.«

»Und du«, meldete sich Phyllis, »kannst es mal mit mir aufnehmen.«

Melissa blieb die Luft im Hals stecken. Im ersten Schreck wollte sie Müdigkeit geltend machen, doch sofort überlegte sie es sich anders. Die ganze letzte Woche – eigentlich genau seit dem Lagerfeuer – war es ihr gut gegangen. Ihre Mutter war ihr nicht so gereizt wie gewohnt vorgekommen, und Melissa glaubte den Grund zu kennen.

Teri hatte sie beschützt.

Am Tag nach dem Lagerfeuer war es schlimm gewesen. Cyndi Miller hatte Teri angerufen und ihr vom Gespenst erzählt. Und als Teri das ihrer Mutter berichtet hatte, hatte Melissa schreckliche Angst bekommen, sie sei wieder schlafgewandelt.

Doch Teri hatte ihr begreiflich gemacht, daß sie überhaupt nichts zu befürchten hatte. »Selbst wenn du es gewesen sein solltest, kauft doch keiner Ellen und Cyndi diese Geschichte ab. Und wir brauchen Phyllis nur zu sagen, daß das geschehen ist, bevor ich heimgekommen bin. Dann glaubt sie, du seist noch ans Bett gefesselt gewesen.«

Melissa schlang impulsiv die Arme um Teri. »Das würdest du wirklich für mich tun?«

»Aber klar doch. Ich bin doch deine Schwester, oder? Du würdest sicher das gleiche für mich tun.«

Melissa nickte, war aber noch nicht recht überzeugt. Teri behielt jedoch recht.

»Melissa kann es gar nicht gewesen sein«, erklärte sie Phyllis nachdrücklich. »Cyndi und Ellen sind ja zur gleichen Zeit wie ich aufgebrochen. Das ganze muß also geschehen sein, während du dich mit mir unterhalten hast. Außerdem habe ich nach dem Zubettgehen noch mindestens eine Stunde gelesen. Ich hätte Melissa also unbedingt gehört. Sie hätte an meinem Zimmer vorbeigehen müssen, und eine von den Dielen knarzt.«

Zu Melissas Erleichterung hatte ihre Mutter diese Version akzeptiert. Und da Phyllis seitdem nicht mehr damit rechnete, daß sie im Schlaf aufstand, durfte sie jetzt ohne Fesseln schlafen. Aber wenn ihre Mutter sich heute wieder über sie ärgerte und weil ihr Vater zudem am Abend abreisen mußte...

Mit einem Lächeln wachte sie aus ihrer Träumerei auf. »Okay, willst du aufschlagen?«

»Was soll der Unsinn? Wir spielen um den Aufschlag.«

Ihre Mutter schaufelte ihr den Ball vor die Füße. Melissa gelang der Return. Sofort kam der Ball zu ihr zurück, und sie brachte ihn ein zweites Mal übers Netz. Nach dem dritten Return machte ihre Mutter einen schnellen Schritt zur Seite und drosch den Ball mit der Vorhand blitzschnell an ihr vorbei, bevor sie überhaupt reagieren konnte.

»Ich schlage auf«, triumphierte Phyllis.

Zwanzig Minuten später stand es im zweiten Satz drei zu null für Phyllis. Tränen der Enttäuschung traten Melissa in die Augen. Bislang hatte sie keinen einzigen Punkt gegen ihre Mutter gemacht. Je länger die Prozedur dauerte, desto quälender wurde sie.

Auf dem anderen Platz tobte ein verbissener Kampf zwischen Teri und ihrem Vater. Ihr Vater wehrte sich verzweifelt gegen die Niederlage. Für einen Blick zu Melissa hinüber blieb ihm keine Zeit.

Während ihre Mutter sich zum nächsten Aufschlag anschickte, wanderte Melissas Blick wieder zum Nachbarplatz. Teri stand dicht am Netz und schmetterte den Ball gerade ins Feld ihres Vaters zurück. Der hetzte mit schweißgetränktem Hemd hin und her, um die Bälle mit Ach und Krach noch übers Netz zu bringen. Plötzlich hörte Melissa ein trockenes Geräusch. Ihre Mutter hatte aufgeschlagen. Sie versuchte sich auf das Spiel zu konzentrieren, doch es war zu spät. Bevor sie sich darauf einstellen konnte, sprang der Ball vor ihr auf und ihr mit voller Wucht mitten gegen die Brust. Sie schrie vor Schmerz auf. Zum Protestieren kam sie nicht mehr. Schon folgten die Vorwürfe dem Ball.

»Also wirklich, Melissa! Wenn du dich nicht konzentrierst, können wir gleich aufhören. Meinst du vielleicht, es macht Spaß, mit so jemand zu spielen?«

Auf einmal ließen sich Melissas Gefühle nicht mehr unterdrücken. »Du hast doch genau gesehen, daß ich nicht bereit war!« schrie sie. Der Schmerz war vergessen. Tränen der Empörung strömten ihr über die Wangen. »Und mir macht es auch keinen Spaß. Ich bin ja nur deine Ballholerin!«

Am Nachbarplatz ließ Charles Teris letzten Ball an sich vorbeisausen. Statt dessen bekam er gerade noch mit, wie seine jüngste Tochter den Schläger von sich warf und mit eingezogenem Kopf davonrannte.

»Melissa!« rief er und wollte ihr nachlaufen.

»Herrgott noch mal, Charles!« gellte Phyllis' Stimme durch die Morgenluft. »Laß sie doch gehen! Sie muß lernen, sich wie ein fairer Verlierer zu benehmen. Aber wenn du dir ins Hemd machst, sobald sie in Tränen ausbricht, begreift sie es nie!«

Charles ließ sich von seiner Frau nicht beirren, doch dann meldete sich Teri zu Wort.

»Daddy? Wollen wir denn nicht zu Ende spielen?«

Unschlüssig sah er Melissa nach. Dann wandte er sich zu Teri um. Enttäuschung stand in ihren Augen geschrieben. Er unterdrückte einen Seufzer und kehrte zum Spiel zurück. Wenn er Melissa zuliebe Teri jetzt stehenließ, hätte das wieder einen Streit mit Phyllis zur Folge.

Diesmal sollte Melissa allein damit fertig werden.

Seine Hand spannte sich um den Schläger; er wartete auf Teris Aufschlag. Phyllis ließ sich auf der Zuschauerbank nieder.

Todd packte die Machete mit beiden Händen, hob sie wie einen Golfschläger über die rechte Schulter und holte aus. In den Sonnenstrahlen blitzte und funkelte die Klinge. Dann sauste sie auf den dicken Efeustamm nieder, der sich an der Ostwand des Hauses hochrankte. Der Schwung reichte nicht aus, den Stamm vollständig zu durchschneiden. Die Machete blieb stecken. Ächzend drehte und zerrte Todd an der Machete, bis er sie endlich befreit hatte und zu Boden fallen ließ. Nach zwei Stunden ununterbrochener Arbeit hatte er sich eine Atempause verdient. Es kam ihm so vor, als hätte er nichts weggeschnitten. Die Wand war noch immer überwuchert. Der Rasen zu seinen Füßen war jedoch übersät mit Ästen und Blättern. Also mußte er etwas vollbracht haben. Oder war etwa der Efeu an der Wand sofort wieder nachgewachsen? Mit dem Hemdärmel wischte er sich den Schweiß und den Schmutz von der Stirn und nahm noch einmal die Machete auf. Noch einmal hieb er die Klinge in den angeschnittenen Stamm. Diesmal durchtrennte er ihn ganz. Jetzt konnte der Spaß losgehen.

Todd fing an, mit aller Kraft am Efeu zu reißen. Nur widerstrebend ließen sich die Haftwurzeln vom Mauerwerk lösen. Das war der schönste Teil von Todds Spiel. Es bestand darin, die jeweiligen Hauptstämme umzuhauen und soviel von der Mauer zu reißen, daß der Rest von selbst auf ihn herabstürzte.

Vor einer halben Stunde war ihm das gelungen. Da hatten die Haftwurzeln in den Ritzen unter dem Speicherfenster ihren hartnäckigen Widerstand endlich aufgegeben, und die Zweige hatten ihn vollständig unter sich begraben. Das plötzliche Verschwinden seines Herrchens hatte Blackie so sehr überrascht, daß er sich selbst unter wildem Kläffen ins Gestrüpp gewühlt hatte, um Todd zu retten. Am Ende hatte Todd alle Hände voll damit zu tun gehabt, seinen Hund wieder zu befreien.

Todd zerrte jetzt probeweise am Efeustamm. In der Höhe des ersten Stocks barst der Stamm. Die größere Hälfte beugte sich nach rechts. Wenn er den Teil loslöste, würde sein Gewicht den Rest des Stocks mit nach unten ziehen. Er wollte sich gerade an die Arbeit machen, da kläffte Blackie los und sprang schwanzwedelnd davon.

Im nächsten Augenblick erschien Melissa oben am Weg. Den Kopf zwischen die Schultern gezogen und die Hände in den Hosentaschen vergraben, stapfte sie auf den Wald zu. Weil Blackie übermütig an ihr hochsprang, mußte sie die Hände aus den Taschen ziehen, um ihn abzuwehren. »Hör doch auf damit, Blackie«, sagte sie mit zitternder Stimme.

»Melissa?« rief Todd. »Hey, Melissa!« Sie sah kurz zu ihm herüber und wandte sich ab. Beunruhigt ließ Todd die Arbeit stehen und rannte ihr nach. Bevor sie im Wald verschwinden konnte, holte er sie ein.

»Hey, Melissa, was hast du denn?«

Nach einigem Zögern drehte sie sich zu ihm um. Todd sah, daß sie geweint hatte. Ihre Wangen waren ganz tränenverschmiert, und die Augen hatten rote Ränder.

»War was?«

»Ach nichts«, schniefte sie und bückte sich, um Blackie zu streicheln.

Todd stemmte die Hände in die Hüften. Seit ihrer Geburt waren er und Melissa wie Geschwister aufgewachsen. Er kannte sie so gut, daß sie ihm ihre Gefühle nicht verbergen konnte. »Nichts? Wie kommt es dann, daß du weinst?«

»Ich weine ja nicht.«

»Vor einer Minute hast du aber noch geweint. Was war los?« Da Melissa sich nicht rührte, trat er näher heran. »Du kannst es mir ruhig sagen. Sonst frag ich dir Löcher in den Bauch, bis du damit herausrückst.«

Fast gegen ihren Willen kroch die Andeutung eines Lächelns über ihre Mundwinkel. »Du hast ja keine Zeit. Wenn du den Efeu nicht abhackst, könnte ich dich ja bei meiner Mutter verpetzen.«

»Klar. Und dann springe ich über den Mond.«

Melissa kicherte los. Gemeinsam mit Todd lief sie zum Haus zurück. Als sie die Efeuhaufen zu Füßen der Ostwand erreichten, hatte sie Todd die Demütigung vom Club schon anvertraut. »Ich weiß ja, daß ich sie nicht schlagen kann«, schloß sie mit einem tiefen Seufzer. »Aber warum muß sie mich nur immer vor allen Leuten bloßstellen?«

Weil sie ein mieses Aas ist, dachte Todd. Das behielt er aber lieber für sich. Dann, als sein Blick auf die Machete fiel, kam ihm eine Idee. »Willst du's ihr heimzahlen?« wollte er wissen. Verwirrt zog Melissa die Augenbrauen hoch.

»Wie meinst du das?«

»Mach's doch mal wie ich immer«, schlug er vor. »Wenn mich mal jemand richtig ankotzt, hacke ich mit der Machete drauf los und stelle mir vor, es wäre die Person, die mich so nervt.« Mit einem Nicken auf den Efeuhaufen reichte er ihr die Machete. »Das muß ich sowieso zusammenhauen. Probier's einfach.«

Melissa starrte Todd unsicher an. Wollte er sich über sie lustig machen? Schließlich schloß sie eine Hand zögernd um den Griff. Fast hätte sie sie fallen lassen, als Todd losließ.

»Vorsicht«, mahnte Todd. »Wenn dir das auf den Fuß fällt, kannst du deinen Zehen einen Abschiedskuß geben.«

Melissa packte den Griff mit beiden Händen. »Was soll ich jetzt tun?« fragte sie mit einem mißtrauischen Blick auf den Haufen. »Ich komme mir so furchtbar dumm vor.«

»Auf wen bist du sauer?«

»Meine... meine Mom.«

»Dann stell dir vor, der Efeu wäre deine Mom.«

Melissa versuchte sich ihre Mutter im Haufen vorzustellen. Dann kam ihr ein Gedanke. Die Zweige waren Haare.

Menschenhaare.

Die Haare ihrer Mutter.

Und plötzlich schwoll die Wut wieder in ihr an. Dabei hatte sie sie vorhin auf dem Heimweg noch so gut unter Kontrolle gebracht.

»Ich hasse dich!« brach es aus ihr hervor. Und im Schreien hob sie die Machete über den Kopf. Sie stellte sich vor, es sei ihre Mutter, die da unter ihr liege. Im nächsten Augenblick stieß sie die Klinge mit der Spitze zuerst in den Haufen, bis es nicht weiter ging.

Wieder und wieder jagte sie die Klinge in den Efeu. Tief in sich spürte sie, wie der um ihre Wut herum gebaute Damm nach und nach barst. Der aufgestaute Haß brach hervor wie eine Sturmflut. Erst schoß er in die Arme, dann in die Waffe, und sie hackte und drosch mit der Machete um sich. Sie tobte weiter und trat noch näher an den Haufen heran. Langsam löste er sich unter ihrer Attacke auf.

Ihre Arme hoben und senkten sich von selbst. Immerfort sah und hörte sie ihre Mutter unter sich.

Jetzt machte sie sich über ihre Kleider lustig, mäkelte an ihrer Figur herum und hatte an ihren Manieren etwas auszusetzen.

Jetzt beugte sie sich schon wieder über sie und hatte die verhaßten Riemen in der Hand.

Die Machete hob und senkte sich unablässig weiter. Eins nach dem anderen zerschlug Melissa die gräßlichen Bilder.

Plötzlich war der Zornausbruch genausoschnell vorüber, wie er gekommen war.

Melissa ließ die Machete fallen. Keuchend starrte sie das Durcheinander an, das sie da angerichtet hatte. Schließlich drang Todds Stimme an ihr Ohr.

»Fühlst du dich besser?«

Sie blickte ihn verwundert an. Die Arme taten ihr von der Anstrengung weh, und sie schwitzte am ganzen Leib.

Aber sie fühlte sich besser.

Der Zorn, der schwelende Zorn, dem sie vorhin noch hilflos ausgeliefert gewesen war, hatte sich gelegt. Ein verlegenes Lächeln machte sich auf ihrem Gesicht breit. »Komisch«, hauchte sie und verstummte. Nach einer Pause sagte sie: »Aber es war toll. Ganz toll.«

Nach einer Stunde hatte Charles sein Match gegen Teri verloren. Während sie sofort gegen Brett Van Arsdale antrat, sank Charles auf seinen Stuhl auf der Terrasse und nippte dankbar am Cocktail, den Phyllis für ihn bestellt hatte. »Ich merke, daß ich nicht mehr der Jüngste bin«, ächzte er nach einer Weile, als er wieder zu Luft gekommen war. »Ich muß schon ein Riesenkompliment an Teris Tennislehrer machen, wer immer es auch war.«

Phyllis verfolgte glücksstrahlend einen Volley von Teri gegen Brett. »Sie ist wunderbar, nicht wahr? Ist es nicht schön, daß wir uns endlich im Club blicken lassen können, während unsere Tochter mit ihren Freunden Tennis spielt?«

Charles kniff die Augen zusammen. »Falls du es vergessen haben solltest, *unsere* Tochter ist deinetwegen in Tränen aufgelöst weggerannt«, sagte er gereizt, doch leise genug, daß es am Nachbartisch nicht gehört werden konnte. »Einmal in allen heiligen Zeiten könntest du ihr ruhig mal einen Punkt gönnen.«

Phyllis gefror das Lächeln auf den Lippen. »Ich habe nur ihr Bestes im Auge«, entgegnete sie. »Indem du sie ständig gewinnen läßt, schadest du ihr nur.« Sie hielt inne, um Kay Fielding zuzuwinken, die ihren Gruß mit einem Nicken entgegennahm. »Aber sie ist nicht dumm, weißt du«, wandte sie sich wieder an ihren Mann. »Sie merkt genau, was du tust, und das untergräbt ihr Selbstvertrauen noch mehr.«

Nachdenklich nippte Charles an seinem Drink. Hatte sie recht? Verwöhnte er Melissa? Es stimmte wohl. Im Sommer bekam er sie ja nur am Wochenende zu sehen, und auch in der Stadt hatte er soviel zu tun, daß er oft nur eine Stunde täglich für sie Zeit fand.

Er hatte noch im Ohr, was Burt Andrews ihm vor zwei Jahren gesagt hatte, als Melissa mit dem Schlafwandeln angefangen hatte. Cora hatte das Mädchen damals im Speicher oben entdeckt. Sie hatte sich an nichts erinnern können, wie sie dorthin gelangt war. Weder er noch Phyllis hatten sich zu helfen gewußt. So waren sie zum Hausarzt geeilt, der sie unverzüglich an einen Psychiater in Portland verwiesen hatte. Und dieser Andrews hatte zwar auch keine Lösung gefunden, aber wenigstens hatte er ihnen die schlimmsten Sorgen genommen.

Schlafwandeln sei eigentlich nichts Gefährliches, hatte er erklärt und ihnen zur Abhilfe einen Gurt um einen Fuß empfohlen. Wenn Melissa sich im Schlaf erhob, würde der Ruck sie sofort wecken.

Der Rest hatte Charles Holloway selbst betroffen. »Sie müssen an sich arbeiten, Mr. Holloway«, hatte ihm der

Psychiater geraten. »Jeder Vater neigt dazu, seine Tochter zu verwöhnen. Da Sie Teri Ihrer Ex-Frau überlassen haben, ist diese Tendenz bei Ihnen besonders stark ausgeprägt. Aus Schuldgefühlen Teri gegenüber sehen Sie Melissa zuviel nach.«

»Aber ich habe überhaupt keine Schuldgefühle«, hatte Charles erwidert. »Ich habe Teri ihrer Mutter überlassen, weil es das Beste für sie war. Sonst hätte ich sie weiß Gott wie lange durch die Gerichte geschleift.«

»Das will ich auch gar nicht bestreiten«, hatte der Doktor entgegnet. »Sie haben gewiß richtig gehandelt. Aber Schuldgefühle sind nun mal nichts Rationales. Unbewußt werfen Sie sich vor, nicht genügend für Teri getan zu haben. Sie werden darauf achten müssen, daß Sie diese Gefühle nicht bei Melissa kompensieren. Sonst bringen Sie sowohl Melissa als auch Ihre Frau in eine schwierige Position. Phyllis wird in die Rolle der nur Strafenden gedrängt, und Melissa erhält von ihren Eltern verschiedenartige Signale. Das verwirrt sie natürlich. Und in dieser Verwirrung...« Der Psychiater hatte den Satz nicht zu Ende gesprochen, doch Charles hatte verstanden.

Welche Probleme Melissa auch hatte, die Wurzel war in ihm zu suchen.

Andrews hatte wohl recht, sagte er sich jetzt. Trotzdem...

»Ich verstehe nur nicht, wie Bloßstellungen vor aller Öffentlichkeit Melissa helfen sollen«, setzte Charles zu seiner Verteidigung an. Zu mehr kam er nicht, denn Phyllis schnitt ihm das Wort ab.

»Und ich verstehe nicht, was es bringen soll, hier vor aller Öffentlichkeit unsere Schmutzwäsche zu waschen«, konterte sie gereizt.

Charles musterte seine Frau mit einem kalten Blick. Als er antwortete, hatte seine Stimme einen kategorischen

Tonfall, der ihr sagte, daß sie den Bogen überspannt hatte. »Dann laß es gefälligst bleiben. Wenn du es nicht übers Herz bringst, Melissa ein kleines bißchen Spaß zu gönnen – egal wie ungeschickt sie sich anstellt –, solltest du in Zukunft nicht mehr mit ihr Tennis spielen.«

Phyllis Gesichtsmuskeln spannten sich an, doch sie sagte nichts mehr. In der nächsten halben Stunde blieben sie, abgesehen von einem kurzen Gespräch mit Marty und Paula Barnstable, stumm an ihrem Tisch sitzen und nickten nur den Vorbeikommenden zu.

Miteinander sprachen sie kein Wort.

»Na, willst du heimgehen?« fragte Charles Teri, nachdem sie gegen Brett verloren hatte und sich zu ihnen setzte.

Teri zog die Augenbrauen fragend hoch. »Ich dachte, wir würden zum Brunch bleiben?«

»Ich weiß, aber findest du nicht auch, daß wir uns lieber um Melissa kümmern sollten?« entgegnete Charles mit einem verständnisvollen Lächeln.

Fast unmerklich drehte Phyllis den Kopf ihrem Mann zu. »Warum gehst du nicht allein?« schlug sie vor. »Teri und ich können ja dableiben. Vielleicht bekommt Melissa auch wieder Lust und kommt mit dir zurück.«

»Nein«, sagte Charles. Sein Stimmfall ließ keinen Widerspruch mehr zu. »Ich kann mir nicht vorstellen, daß sie heute noch einmal hierhergehen würde. Und das kann ich ihr auch nicht verdenken. Wenn du ausgetrunken hast...« Statt weiterzureden, stellte er einen Scheck aus und erhob sich.

Phyllis hatte schon einen wütenden Protest auf den Lippen, überlegte es sich aber plötzlich anders. Mit einem mühsamen Lächeln wandte sie sich an Teri. »Wenn dein Vater sich etwas in den Kopf setzt, sollte man lieber nicht mit ihm streiten.« Es gelang ihr nicht ganz, den Ehekrach herunterzuspielen.

Ohne weiter auf seine Frau zu achten, schritt Charles davon. Teri eilte ihm nach, und Phyllis, die innerlich vor Wut kochte, ließ sich provozierend lange Zeit.

Als sie zehn Minuten später den sanften Anstieg von der Bucht zum Rasen vor dem Haus erklommen hatten, blieb Phyllis abrupt stehen. Melissa und Todd lieferten sich einen Ringkampf. Blackie sprang aufgeregt um sie herum und versuchte mitzuspielen.

»Melissa!« schrie Phyllis. Die schrille Stimme ließ Melissa sofort schuldbewußt aufspringen. »Wie oft habe ich dir nicht gesagt, daß du für solche Kindereien zu alt bist? Benimm dich gefälligst wie ein Teenager.« Wutentbrannt stürmte sie auf sie zu, doch Blackie stellte sich ihr böse knurrend entgegen.

Phyllis blieb jäh stehen. Erst blitzte sie den Hund an, dann entlud sich ihr Zorn auf Todd. »Ich sage es dir zum letztenmal, Todd. Wenn du den Hund nicht bändigen kannst, kommt er weg!« Ihr Blick fiel auf die Grasflecken auf Melissas Tennisdress. »Und was dich anbetrifft, mein Fräulein, gehst du sofort auf dein Zimmer und wäschst dich. Deine Sachen sind brandneu, aber es würde mich sehr überraschen, wenn du sie nicht schon wieder ruiniert hättest.«

Von einem Augenblick zum anderen war Melissas Ausgelassenheit verschwunden wie Tau in der Morgensonne. Sie floh ins Haus.

»Ganz toll, Phyllis«, meinte Charles mit belegter Stimme, ehe er seiner jüngeren Tochter nacheilte. »Mach nur so weiter – dann haben wir sie bald wieder bei Doktor Andrews in Behandlung.«

14

Teri lag unruhig in ihrem Bett. Auf dem Schoß hatte sie ein Buch liegen, aber den Versuch, sich darauf zu konzentrieren, hatte sie längst aufgegeben. Statt dessen ging ihr die Abreise ihres Vaters nach New York durch den Kopf.

Schon wieder war sie nur still danebengestanden, während er Melissa in die Arme geschlossen, ihr Koseworte ins Ohr geflüstert und mit ihr Pläne für das nächste Wochenende ausgeheckt hatte. Ganz zum Schluß hatte er sie nach einem Blick auf die Uhr kurz umarmt.

»Paß für mich auf Melissa auf, ja?« hatte er sie gebeten.

Auf Melissa sollte sie aufpassen! Wer war sie denn? Ein Babysitter vielleicht? Reichte es denn nicht, daß Melissa ihnen allen mit ihrem Koller beim Tennis den Brunch verdorben hatte. Aber natürlich hatte sie ihren Vater honigsüß angelächelt. »Klar kümmere ich mich um sie«, hatte sie ihm versprochen. »Sie wird dich gar nicht vermissen. Vielleicht gebe ich ihr sogar Tennisstunden.«

Wie aufregend das wäre! Sie konnte sich schon auf dem Tennisplatz hinter dem Swimmingpool sehen, wie sie einen leichten Ball nach dem anderen hoch zu Melissa hinüberspielte und sie in einem fort aufmunterte.

»Gut, Melissa! Das war schon viel besser!«

»Klasse getroffen, Melissa! Unerreichbar für mich!«

Allein bei der Vorstellung wurde ihr schlecht. Aber zur Not wäre sie dazu bereit. Und dann würde sie es auch schaffen.

Hauptsache, Melissa hielt sie weiter für ihre beste Freundin.

Und wenn sie die Wahrheit herausfand, war es zu spät für sie.

Viel zu spät.

Sie drehte sich um. Vom Liegen auf der harten Matratze

taten ihr die Hüften weh. Ein Bild von Melissa schoß ihr in den Kopf. Sie lag im Nebenzimmer in ihrem großen, weichen Bett.

Mein Zimmer, überlegte Teri. Sie hat mein Zimmer in meinem Haus – und meinen Vater.

Aber nicht mehr lange!

Sie stand auf, zog den Bademantel an und hastete zum Fenster. Vom Meer trieben dünne Nebelschwaden gemächlich heran und legten sich um die Baumkronen, die noch verschwommen zu erkennen waren. Es herrschte eine unwirkliche, gespenstische Atmosphäre.

D'Arcy-Wetter, fiel es Teri ein. In einer Nacht wie dieser trieben die Geister auf dem Strand am ehesten ihr Unwesen.

Ein fast unhörbares Winseln schreckte sie aus ihren Gedanken. Ihm folgte ein Kratzgeräusch.

Blackie.

Vielleicht sollte sie ihn hereinlassen. Sie könnte ihn in Melissas Zimmer schmuggeln.

Und am Morgen...

Plötzlich arbeitete ihr Hirn fieberhaft. Ein anderer Gedanke war ihr gekommen. Sie malte ihn sich plastisch aus.

Es müßte klappen.

Sie ging zur Kommode, zog die oberste Schublade heraus und tastete darin herum, bis ihre Hand sich um die Perlenkette schloß, die ihr Vater ihr letztes Weihnachten geschickt hatte. Das Gegenstück zu der, die sie in Melissas Zimmer entdeckt hatte. Sie ließ sie in die Manteltasche gleiten und huschte ins Badezimmer. Hinter Melissas Tür war nichts zu hören.

Sie machte die Tür einen Spaltbreit auf und spähte hinein.

Ja.

Das war hervorragend.

Phyllis hatte auf die Fesseln verzichtet. Melissa lag zusammengerollt auf der Seite und schlummerte friedlich. Ihr stetes Atmen war gut zu hören. Zufrieden schloß Teri wieder die Tür, huschte in ihr eigenes Zimmer zurück und sperrte die Badezimmertür ab. Dann löschte sie erst das Licht, ehe sie die Tür zum Gang aufmachte und wieder lauschte.

Im Haus war es totenstill.

Teri schlüpfte hinaus und zog die Tür geräuschlos hinter sich zu. Behutsam steckte sie den riesigen altmodischen Schlüssel ins Schlüsselloch und drehte. Ein lautes Klicken ließ sie zusammenzucken, als der Riegel zurückschnappte. Aber es hatte niemanden geweckt. Am Treppenabsatz sorgte eine kleine Lampe für spärliche Beleuchtung. Das Licht genügte Teri. Mühelos fand sie den Weg zur Treppe und schlich wenig später durch das Eßzimmer in die Küche.

Blackies Winseln war jetzt lauter. Und wenn er an der Tür kratzte, kamen ihr die Geräusche seltsam verstärkt vor.

Teri lief zur Hintertür. Einen Augenblick lang klang Blackies Winseln freudig erregt, denn er hatte die Schritte gehört. Als sie die Tür öffnete, ging das Winseln in Knurren über.

»Ich bin's, Blackie«, flüsterte Teri und hielt die Tür weit auf. »Willst du nicht reinkommen?«

Mit eingezogenem Schwanz wich Blackie langsam zurück. Wieder kam ein Knurren tief aus seiner Kehle.

Teri trat auf die Veranda, ging in die Hocke und hielt dem Hund eine Hand entgegen. Diese Geste verwirrte ihn. Zögernd streckte er die Schnauze vor und beschnüffelte mißtrauisch Teris Finger.

»Braver Hund«, flüsterte Teri. »Ich bin's ja nur. Du brauchst keine Angst zu haben.« Sie richtete sich auf und trat näher an den Hund heran, aber Blackie wich argwöhnisch zurück.

Teri überlegte kurz, ob sie ihn nicht am Halsband packen sollte, besann sich jedoch sofort eines besseren. Wenn der Hund Angst bekam und in den Wald oder zum Strand rannte, würde sie ihn nie finden.

Ihr kam eine Idee. »Sitz!« flüsterte sie. »Schön Sitz.«

Blackie zögerte. Er ließ sie keine Sekunde aus den Augen. Dann setzte er sich auf die Hinterbeine. Teri schlich sich in die Küche zurück und durchsuchte eilig die Schränke. Schließlich fand sie die Hundekuchen. Mit einem Stück Hundekuchen in Form eines Knochens ging sie wieder hinaus.

Blackie saß in der Stellung, in der sie ihn verlassen hatte.

»Da«, flüsterte sie. »Willst du das nicht?«

Blackie streckte die Schnauze vor und winselte sie flehend an. Sobald Teri aber die Hand ausstreckte, wich er ihr wieder aus. Rückwärts kroch er die Treppe hinunter und blieb erst auf dem Rasen stehen, als Teri ihn noch einmal lockte.

»Komm schon, liebes Hundi. Willst du kein Keksi? Schau doch, was Teri für's Hundi hat.«

Erneut stieg ein leises Knurren in ihm empor, doch diesmal wich er nicht zurück, als Teri langsam auf ihn zukam. Er reckte den Hals nach dem Leckerbissen.

Teri hielt ihm den Hundekuchen mit der linken Hand hin. Die Finger der rechten schlossen sich um das Halsband. »Brav«, sagte sie. »Braver Hund.«

Blackie riß ihr den Kuchen gierig aus der Hand. Sein Schwanz wedelte aufgeregt hin und her.

Während er kaute, zog Teri den Bademantelgürtel mit der linken Hand aus den Schlaufen.

Dann hatte Blackie sein Stück verschlungen und leckte

die letzten Krumen vom Gras. In diesem Augenblick legte sie den Gürtel um seinen Hals.

»Das ist brav«, gurrte sie leise. »So ein braves Hundi.«

Jetzt konnte Teri das Halsband loslassen und mit der Rechten die zwei Gürtelenden packen.

Blackie sah erwartungsfroh zu ihr auf. Vielleicht bekam er ja noch ein Stück Kuchen.

Mit einem plötzlichen Ruck zog Teri den Frotteegürtel um seinen Hals zusammen.

Dem großen Hund quollen mit einemmal die Augen hervor. Er bekam keine Luft mehr. Er versuchte sich aus der Schlinge zu befreien, doch Teri richtete sich zur vollen Größe auf und zog den Labrador unerbittlich in die Höhe. Hilflos zappelten seine Vorderpfoten in der Luft. Seine Hinterpfoten berührten noch den Boden. Verzweifelt streckte er sich, um besseren Halt zu gewinnen. Er entblößte wütend die Fänge, versuchte sich noch einmal gegen seine Peinigerin zu wehren, aber als Teri ihn am Gürtel hin und her schüttelte, verlor er vollends den Kontakt zur Erde.

Mit gespenstischer Lautlosigkeit tobte der Kampf in der nebelverhangenen Nacht. Dann bereitete ihm ein jähes Knacken ein Ende.

Blackies Körper, fünfzig Pfund Muskeln und Knochen, hing plötzlich schlaff herab. Sein Genick war gebrochen.

Teri ließ erst los, als sie vollkommen vom Tod des Hundes überzeugt war. Dann machte sie sich mit dem Kadaver auf den Weg ins Haus zurück. Halb trug sie ihn, halb schleifte sie ihn durch die Küche zur Vorhalle und den Dienstbotenaufgang hinauf.

Zunächst wußte Melissa nicht, um was für Geräusche es sich da handelte. Ja, sie glaubte sich vielleicht getäuscht zu haben. Sie saß allein in einem konturlosen weißen Zimmer, das ihr bisweilen so endlos groß vorkam, daß sie die Wände gar nicht mehr wahrnahm. Und dann wiederum rückten die Wände bedrohlich auf sie zu, daß sie zu ersticken vermeinte.

Sie hatte keine Ahnung, warum oder seit wann sie sich in diesem Zimmer aufhielt.

Aber ihr war klar, daß das mit einer Strafe zusammenhing. Sie mußte für irgendein Verbrechen büßen, konnte sich jedoch nicht erinnern, je eins begangen zu haben.

Es war leise im Zimmer, so leise, daß sie nur ihren Atem und das rhythmische Pochen ihres Herzens vernehmen konnte.

Es war, als hätte sie ewig in dieser Stille gesessen, doch irgendwann hatten die anderen Geräusche eingesetzt.

Und jetzt konnte sie sie einordnen.

Es waren Schritte.

Sie hatten etwas Bedrohliches an sich. Melissa wußte, daß die Person, die sich da ihrem Zimmer näherte, sie holen kam.

Die Schritte würden nicht vorübergehen und in der Ferne verhallen. Nein, sie würden vor ihrem Zimmer stehenbleiben, und sie mußte dann warten.

Warten, bis die Tür aufging.

Das hohle Pochen wurde lauter. Mit einem Schlag bewegten sich die Wände wieder auf sie zu, drohten sie zu zerquetschen. Sie blickte gehetzt um sich. Ein Ausweg war nicht zu erkennen.

Und selbst, wenn sie davonrennen könnte, draußen lauerte doch nur dieses grauenhafte Wesen, dessen Schritte bedrohlich näher kamen. Die Wände rückten noch enger um sie zusammen, und plötzlich schlug Melissa nach ihnen aus, schlug und trat mit aller Kraft.

Mit einem Ruck fuhr sie hoch und war wach. Im ersten Moment wußte sie nicht, wo sie war. Allmählich wich der

Traum aus ihrem Bewußtsein, und das Zimmer um sie nahm wieder Konturen an.

Ihr Zimmer.

Sie war zu Hause im Bett und...

Festgebunden?

Ihr Herz setzte einen Schlag lang aus. War die Mutter doch noch gekommen, um sie zu fesseln, als sie schon geschlafen hatte?

Die alte Panik stieg wieder in ihr hoch. So erging es ihr immer, wenn sie die Gurte um die Gelenke spürte. Sie machte sich schon für den stillen Hilfeschrei an D'Arcy bereit, doch zuvor zogen sich alle Muskeln in einem Reflex zusammen.

Ihre Füße ließen sich bewegen.

Sie war also doch nicht gefesselt.

Sie hatte sich nur ins Laken gewickelt, so daß der Arm am Körper klebte. Sie wälzte sich auf die andere Seite und wand sich mühsam frei. Endlich war es soweit. Sie strampelte das Laken von sich und setzte sich auf.

Da hörte sie die Schritte wieder.

Klar und deutlich hallten sie durch die stille Nacht.

Melissa lauschte gebannt.

Die Schritte kamen wieder. Sie glaubte im ersten Schreck, es sei ihre Mutter. Hatte sie im Traum geschrien und damit ihre Mutter geweckt?

Ein Poltern war zu hören, dann kamen die Schritte wieder.

Das war aber nicht vor ihrem Zimmer.

Die Geräusche kamen von oben.

Vom Speicher.

Melissa lauschte mit unwillkürlich angehaltenem Atem und wartete, bis sie wieder zu hören waren.

Da kamen sie. Einmal, zweimal, dreimal. Dann war wieder Stille.

D'Arcy.

Bei diesem Gedanken atmete Melissa wieder aus. Aber D'Arcy konnte das nicht sein. D'Arcy kam immer zu ihr. Außerdem gab es sie gar nicht. Sie hatte sie erfunden.

Oder?

Als die Schritte erneut über der Decke widerhallten, stand Melissa auf. Sie zog den Morgenrock an, nahm die Taschenlampe aus der Schublade, öffnete die Tür und spähte in den Gang hinaus.

Er war leer. Die Türen schienen einander ausdruckslos anzustarren. Melissa schlich in den Gang hinaus. Ihr Zimmer ließ sie offen.

Langsam tastete sie sich zur Speichertreppe vor. Zögernd blieb sie vor der Tür stehen.

Was war, wenn die Schritte auch ihre Mutter geweckt hatten?

Was war, wenn ihre Mutter sie mitten in der Nacht auf dem Speicher fand?

Aber diesmal war es anders. Sie war wach und wußte, was sie tat.

Lautlos machte sie die Tür auf. Die vertraute Treppe dahinter, die sie schon Hunderte von Malen auf und ab gerannt war, kam ihr jetzt steiler vor.

Steiler, dunkler, und sie schien in eine gähnende schwarze Leere zu führen.

Sie schaltete die Taschenlampe ein, doch der Lichtkegel durchdrang kaum die Dunkelheit.

Und dennoch. Trotz der Finsternis schienen bedrohliche Schatten sie herbeizuwinken, schienen nach ihr zu greifen. Melissa holte tief Luft und ging hinauf.

Oben war wieder eine Tür. Sie machte sie auf und trat in den Speicher. Sie blieb stehen und lauschte. Die Sekunden schlichen vorüber, doch sie hörte keinen Laut.

Sie griff nach dem Lichtschalter. Die einzige Birne im Speicher oben ging an.

Melissa stand plötzlich mitten im gleißenden Licht. Was im Schatten blieb, wurde so noch dunkler. Und dann hörte sie wie von sehr weit weg ein gedämpftes Geräusch. Es klang wie ein Glucksen.

Panik fuhr ihr in die Glieder. War tatsächlich jemand hier oben?

Dann begriff sie.

Teri.

Es konnte gar nicht anders sein. Teri wollte sie zum Narren halten.

Die Furcht wich einem lauten Kichern. Das Echo ließ sie jedoch sofort wieder verstummen. »Teri?« flüsterte sie, so laut sie es wagte. »Komm schon, ich weiß, daß du das bist.«

Einen Moment herrschte Schweigen, dann vernahm sie wieder das seltsame Glucksen. Melissa lauschte gebannt. Sie mußte herausfinden, aus welcher Richtung es kam.

»Teri? Wo steckst du?«

Sie leuchtete mit der Taschenlampe. Irgendwann würde sie ihre Halbschwester gewiß in den Lichtkegel bekommen.

Im nächsten Augenblick tauchte weiter hinten an der Stelle unmittelbar über ihrem Zimmer eine Gestalt im Dunkel auf.

Eine weiß gekleidete Gestalt mit verhülltem Gesicht.

Daneben baumelte an einem weißen Seil vom Dachsparren Blackies Kadaver.

Sogar aus der Ferne fielen ihr der grotesk verdrehte Kopf und die hervorgequollenen Augen auf, sah sie die geschwollene Zunge schlaff aus den Fängen hängen.

Und um seinen Hals entdeckte sie noch etwas. Ihr gefror das Blut in den Adern.

Es war eine Perlenkette.

Ihr Vater hatte sie ihr letztes Jahr zu Weihnachten geschenkt.

Sie blieb wie angewurzelt stehen. Den Blick konnte sie nicht von den matt glänzenden Perlen wenden. Noch hatte ihr Verstand ihre Bedeutung nicht verarbeitet.

Mechanisch trat sie darauf zu. Ihre Blicke richteten sich ausschließlich auf die Perlen. Sonst nahm sie nichts wahr. Sie streckte die Hand aus, betastete sie und zog sie dem Hund über den Kopf.

Im nächsten Augenblick brach der Schrei aus ihr hervor und zerriß die Stille. Panik schlug in ihr hoch, überwältigte sie, und sie rannte zur Tür. Ohne das Licht auszuschalten, polterte sie die Treppe hinunter. Im ersten Stock raste sie den Flur hinunter und stürzte in das Schlafzimmer ihrer Eltern. Das Licht ging an. Ihre Mutter saß aufrecht im Bett und starrte sie erschrocken an.

»Melissa? Was ist in dich gefahren?«

»Blackie!« heulte Melissa. »Ich habe ihn gesehen, Mama! Ich habe ihn gesehen!«

Phyllis griff nach dem Morgenrock. Sie war jetzt endgültig wach. »Wovon sprichst du nur, Melissa? Wenn du mir diesen Hund wieder ins Haus gebracht hast...«

»Aber ich habe ihn nicht ins Haus gebracht«, schrie Melissa. Die Tränen flossen in Strömen ihre Wangen hinunter. Instinktiv warf sie sich ihrer Mutter an die Brust.

Aber anstatt sie zu trösten, packte Phyllis ihre Tochter am Arm und zog sie auf die Bettkante herunter. »Melissa. Ich habe nicht die geringste Ahnung, wovon du sprichst. Hör gefälligst mit dem Heulen auf und erzähl mir, was los ist.«

Mit größter Willensanstrengung schluckte Melissa den nächsten Weinkrampf hinunter. »O-oben«, stammelte sie. »Er ist oben. Er... er ist tot, Mama!«

Phyllis blitzte ihre Tochter aufgebracht an. »Melissa. Drück dich bitte deutlicher aus.

»Blackie!« schluchzte Melissa. »Ich hab's dir doch gesagt, Mama. Er ist im Speicher oben. Er ist... tot!«

Langsam und in Bruchstücken brachte sie die Geschichte heraus. Aber schon während sie berichtete, was sie gesehen hatte, war ihr klar, daß ihre Mutter ihr kein Wort glaubte. Als Melissa schließlich fertig war, schüttelte Phyllis den Kopf. »Melissa. Du weißt, was ich von deinen Hirngespinsten halte.«

»Aber das ist kein Hirngespinst, Mama!« Melissa zeigte ihr die Perlenkette. »Ich hab' sie oben gefunden.«

Phyllis musterte die Perlen mißtrauisch. »Deine Perlen, Melissa? Aus welchem Grund solltest du sie oben liegen lassen?«

»Sie... war um Blackies Hals«, stammelte Melissa mit bebender Stimme. Das Schluchzen ließ sich kaum noch unterdrücken. »Wenn du mir nicht glaubst, dann schau doch oben nach!«

Phyllis stand abrupt auf. »Das werde ich auch«, rief sie entschlossen und riß Melissa hoch. »Wir gehen beide. Und wehe dir, wenn du das erfunden hast.«

Phyllis zerrte Melissa über den Flur zur großen Treppe. Dort blieben sie jäh stehen, als sie Teri in ihrem Schlafanzug vor der Tür erblickten.

»Melissa?« rief Teri. Ihre Stirn war in besorgte Falten gelegt. »Ich bilde mir ein, ich habe vorhin einen Schrei gehört.«

Melissa wischte sich schniefend die Tränen aus den Augen.

»Es... es ist Blackie...« setzte sie zu einer Erklärung an, doch ihre Mutter schnitt ihr das Wort ab.

»Anscheinend bildet sie sich ein, den dämlichen Köter und dazu noch ein Gespenst da oben gesehen zu haben.

Natürlich ist das Unsinn. Aber sie will unbedingt, daß ich nachsehe.«

Teris Augen weiteten sich. »Kann ich mitkommen?«

Nach einem anfänglichen Zögern lächelte Phyllis grimmig. »Warum nicht?«

Energisch bestieg Phyllis mit Teri im Gefolge die Speichertreppe. Melissa, die sich nach dem Schock nicht mehr in das Dunkel oben wagte, blieb im Flur zurück. Wenig später hörte sie ihre Mutter. »Da haben wir ja das Gespenst!« Sogleich schwoll ihre Stimme an. »Melissa! Komm rauf!« Da Melissa nicht sofort reagierte, rief Phyllis noch einmal, schärfer diesmal. »Hast du nicht gehört? Raufkommen, habe ich gesagt!«

Gehorsam schlich Melissa die Treppe hoch. Ihr war bereits klar, daß ihre Mutter und Teri etwas ganz anderes sahen, als sie entdeckt hatte.

»Schau dir das an!« herrschte ihre Mutter sie an, als sie oben war. »Hast du das da gesehen?«

Melissas Blick ging in die Richtung, die ihr der Zeigefinger ihrer Mutter wies. Im Nacken spürte sie eiskalte Furcht, als sie die alte Gliederpuppe erkannte.

Dieselbe, die Teri und sie erst vor wenigen Tagen gefunden hatten.

Die Gliederpuppe mit dem weißen Ballkleid.

Die Gliederpuppe, die vor wenigen Minuten wie ein Gespenst aus dem Schatten emporgestiegen sein mußte. Melissa krampfte sich das Herz in der Brust zusammen. Vergeblich suchte ihr Blick Spuren von Blackie.

»Sieh dich genau um«, drang die Stimme ihrer Mutter an ihr Ohr. »Wo genau hast du den Hund gesehen?«

Melissa versuchte den Klumpen, der ihr in der Kehle hochstieg, hinunterzuschlucken. »D-dort drüben«, hauchte sie. »Neben der Puppe.«

Phyllis packte ihre Tochter an der Hand und schleifte sie

über den vollgestellten Raum bis wenige Zentimeter vor die Gliederpuppe. »Und? Siehst du ihn jetzt?«

Melissa schüttelte den Kopf.

»Aber du sagst, daß er an dieser Stelle war.«

Melissa nickte.

»Aber jetzt ist er nicht da?« Da Melissa keine Antwort gab, riß Phyllis sie am Arm. »Ist er jetzt da oder nicht?«

»N-nein, Mutter.«

»Und ein Gespenst mit Schleier ist auch nicht da, oder?«

»N-nein.«

»Was ist also geschehen?« war die nächste Frage. Phyllis stellte sie in einem gönnerhaften Tonfall, als redete sie mit einer Fünfjährigen.

»I-ich weiß nicht«, flüsterte Melissa. Ihr Blick hetzte über den Speicher, auf der Suche nach etwas, irgend etwas, das ihr Erlebnis beweisen konnte.

Phyllis wandte sich zum Gehen. »Na schön, da du anscheinend nicht sagen kannst was geschehen ist, werde ich es dir sagen. Du hattest einen Alptraum, sonst nichts.«

»Aber es war kein Traum!« beteuerte Melissa. Ihr Blick richtete sich hilfesuchend auf Teri. »Ich habe Schritte oben gehört und bin raufgegangen um nachzusehen. I-ich dachte, du wolltest mir einen Streich spielen.«

Teri schüttelte achselzuckend den Kopf. »Ich war's nicht. Ich habe geschlafen und bin erst von deinem Schrei geweckt worden.«

»Aber...«

»Kein aber!« befahl Phyllis. »Du warst jetzt oben und hast gesehen, daß hier nichts ist. Wenn du vorhin tatsächlich etwas gesehen hast, bist du nur wieder schlafgewandelt.«

Die Worte hämmerten in Melissas Verstand. Hatte ihre

Mutter am Ende recht? War sie tatsächlich wieder schlafgewandelt und hatte die Geräusche und die schreckliche Szene nur geträumt?

Das war doch nicht möglich.

Sie starrte auf die Perlen, die sie immer noch in der Hand hielt. »Aber ich habe doch die...«

Ihre Mutter ließ sie nicht weiterreden. »Du hast sie mir nur gezeigt, damit ich dir den Blödsinn vielleicht doch glaube. Aber da hast du dich getäuscht. Du gehst jetzt ins Bett. Und diesmal bleibst du auch drin.«

Bei diesen Worten lief es Melissa eiskalt den Rücken hinunter. Sie verstand nur zu gut, was ihre Mutter meinte.

Kaum waren sie im ersten Stock angelangt, bestätigten sich Melissas schlimmste Befürchtungen.

»Geh doch schon mal in die Küche, Teri, und koch Milch für den Kakao«, schlug ihre Mutter vor. »Ich komme gleich nach.« Sie fixierte Melissa. »Erst muß ich aber Melissa ins Bett bringen.« Sie begleitete ihre Tochter jedoch nicht in ihr Zimmer, sondern schickte sie voraus.

Als das Mädchen sie eine Minute später mit den Riemen hereinkommen sah, zuckte es zusammen.

»Ich mag sie genausowenig wie du«, erklärte Phyllis und machte sich daran, die Riemen um Melissas Hand- und Fußgelenke zu schnallen. »Aber ich weiß einfach nicht, was ich noch mit dir anfangen soll. Du kannst doch nicht ständig in der Nacht im Haus herumschleichen, oder?«

Melissa gab keine Antwort. Kaum hatte sie die Fesseln erblickt, hatte sie auch schon nach D'Arcy gerufen.

Und D'Arcy war sogleich gekommen. Auf der Stelle hatte sie Melissa in den Schlaf geschickt, um für sie zu wachen und die Folter mit den Fesseln auf sich zu nehmen.

Eine halbe Stunde später kam Teri mit Phyllis die Treppe hoch, gab ihrer Stiefmutter einen Gutenachtkuß und verschwand in ihrem Zimmer. Sie wartete, bis Phyllis' Tür ins Schloß fiel, dann huschte sie zu Melissas Tür und lauschte. Kein Geräusch war zu hören.

Sie öffnete die Tür leise und schlüpfte ins Dunkel. Lautlos schlich sie auf den Zehenspitzen zum Bett ihrer Halbschwester.

Melissa lag auf dem Rücken. Aus weit aufgerissenen Augen starrte sie zur Decke.

»Melissa?« flüsterte Teri. »Bist du wach?«

Keine Antwort.

Teris Lippen verzogen sich im Dunkel zu einem grausamen Lächeln. »Sie werden dich alle für verrückt halten«, raunte sie. »Sie werden dich für verrückt halten und dich einsperren.«

Mit einem unhörbaren Lachen kehrte sie in ihr Zimmer zurück. Bald war sie in tiefen, traumlosen Schlaf gesunken.

15

Sekunden, bevor ihr Wecker losschrillte, wachte Teri von selbst auf. Geistesgegenwärtig drückte sie den Wecker fest mit beiden Händen, um das Geräusch zu dämpfen. Die in der Dunkelheit leuchtenden Zeiger standen auf halb fünf. Draußen war der Himmel noch schwarz. Teri legte sich zurück und lauschte in die Nacht hinaus. Nichts Außergewöhnliches war zu hören. Nur das Zirpen der Grillen und das Quaken der Frösche hoben sich vom Plätschern der Wellen in der Bucht ab.

Im Haus selbst war es still.

Sie stieg aus dem Bett, zog sich den Morgenrock an und stellte sich ans Fenster. Cora Petersons Haus am Swimmingpool war kaum mehr als ein Schatten vor dem noch unsichtbaren Wald unmittelbar dahinter.

Als nächstes schlich Teri ins Badezimmer, um kurz an Melissas Tür zu lauschen. Aber Melissa war kein Problem, denn Phyllis würde sie frühestens in zwei Stunden wecken.

Und sie brauchte ja nur ein paar Minuten.

Sie eilte in ihr Zimmer zurück und zog sich in der Dunkelheit so schnell wie möglich an. Zum Schluß schlüpfte sie barfuß in die Turnschuhe.

Dann schlich sie zur Tür. Bevor sie sie öffnete, lauschte sie wieder, doch aus dem Haus kam kein Laut. Um ihre Mundwinkel spielte ein boshaftes Lächeln. Sie machte die Tür auf, trat hinaus und zog sie lautlos hinter sich zu.

Hastig lief sie an der Treppe und am Schlafzimmer ihrer Stiefmutter vorbei zum Gästeflügel. Dort befand sich am Ende des Flurs die Tür zur Dienstbotentreppe. Sie öffnete sie, trat ins Treppenhaus und schloß die Tür hinter sich. Jetzt war es stockdunkel. Als Orientierung diente ihr lediglich die Erinnerung an vorhin, als sie Blackies Kadaver hinaufgeschleppt hatte. Da hatte der Mond noch durchs Dachfenster geschienen. Jetzt mußte sie sich vorantasten und die Stufen zählen.

Und wenn sie beim Abstieg stolperte...

Schnell verjagte sie den Gedanken. Bislang hatte alles ja bestens geklappt.

Nur einmal war es kritisch geworden, als Melissa beim Anblick von Blackie nicht sofort kreischend davongestürzt war, sondern ihm erst die Perlen vom Hals genommen hatte. Damit hatte sie wirklich nicht gerechnet. Melissa war tatsächlich auf den toten Hund zugegangen, als hätte sie ihren Augen nicht getraut.

Und hatte die Perlen an sich genommen!

In ihrem Versteck hinter einer Truhe wäre Teri fast in Panik ausgebrochen. Doch sie hatte kühlen Kopf bewahrt. Kaum war Melissa schreiend davongerannt, hatte sie den Kadaver losgebunden und schnell in die Truhe gestopft. Dann war sie über die Dienstbotentreppe in den ersten Stock hinuntergelaufen. Melissa war längst bei ihrer Mutter im Zimmer und heulte sich die Augen aus. So hatte sie unbemerkt über den Flur schleichen können.

Nachdem sie die eigene Tür aufgesperrt hatte, war sie sofort durch das Bad in Melissas Zimmer gegangen. Zum Glück waren Melissas Perlen immer noch dort, wo sie sie vor ein paar Tagen entdeckt hatte. Teri hatte sie längst an sich genommen und in der eigenen Kommode verstaut, als Phyllis mit Melissa den Weg zum Speicher antrat.

Es hatte wie am Schnürchen geklappt.

Sie erreichte jetzt den Treppenabsatz oben und stieß die Tür auf. Die schon lange nicht mehr geölten Angeln stimmten ein Protestgeheul an. Teri fuhr erschreckt zusammen, beruhigte sich aber schnell wieder. Sie war ja am anderen Ende des Hauses. Das Knarzen war drüben unmöglich zu hören.

Langsam tastete sie sich durch den dunklen Speicherraum weiter und erreichte schließlich die Truhe mit dem Hundekadaver. Bis sie den toten Blackie herausgewuchtet, den Deckel wieder ordentlich zugemacht hatte und mit dem schweren Gewicht auf den Armen vor der Hintertür in der Küche auftauchte, vergingen fünf Minuten.

Am Horizont deutete ein schwaches Schimmern den nahenden Morgen an. Rasch hellte sich jetzt die tiefschwarze Nacht um sie herum auf.

Vom vielen Schleppen taten ihr allmählich die Arme weh. Sie holte noch einmal tief Luft und nahm das letzte

Stück Weg in Angriff. Sie mußte ihn nur noch über den Rasen tragen.

Da packte sie lähmendes Entsetzen.

Von irgendwo in der Dunkelheit folgte ihr ein Paar Augen.

Aber das konnte nicht sein. Im Haus war es doch dunkel, und alle schliefen.

Sie drehte sich um und ließ die Blicke noch einmal über das Haus schweifen. Hinter den Fenstern war alles dunkel und friedlich. Doch dann registrierte sie ein kaum wahrnehmbares Flackern.

Im Speicher oben!

Beobachtete sie da jemand hinter der Dachluke?

Regungslos stand sie da und starrte hinauf. Aber je heller es wurde, desto entschiedener glaubte sie an einen Irrtum. Dort oben war nichts, keine Augen, die ihr folgten.

Ihr konnte nichts passieren.

Sie lief am Swimmingpool vorbei und blieb noch einmal mißtrauisch vor Coras Häuschen stehen. Da sich nichts rührte, lief sie weiter auf den halb verfallenen Schuppen hinter der Garage zu.

»Wozu ist denn der gut?« hatte sie Melissa letzthin gefragt.

»Ach, da haben die Gärtner ihre Pflanzen gezogen, bevor sie sie in die Beete draußen eingesetzt haben. So hatten wir immer blühende Blumen. Aber der Schuppen wird seit Jahren nicht mehr benutzt.«

»Warum reißt ihr ihn nicht ab? Er stürzt ja ohnehin bald ein.«

»Das stimmt«, hatte Melissa gekichert. »Aber jedesmal, wenn Daddy es sich vornimmt, protestiert Mom, weil sie dann plötzlich immer Pläne dafür hat. Einmal wollte sie eine Galerie daraus machen und später irgendwann eine Keramikwerkstatt. Aber daraus wird nie etwas. Sie kommt nicht einmal in seine Nähe.«

Das hatte Teri auf den Schuppen gebracht.

Sie ließ Blackie fallen und machte die Tür auf. Bei ihrer Inspektion des Schuppens hatte sie lose Bohlen entdeckt. Es bereitete ihr keinerlei Mühe, drei davon abzunehmen.

Jetzt konnte sie Blackie zum letztenmal hochheben. Nach einer Minute war alles vorüber. Die Bohlen lagen wieder ordentlich an Ort und Stelle, und sie verließ den Schuppen so, wie sie ihn angetroffen hatte.

Nur daß jetzt Blackies Kadaver im Hohlraum unter dem Holzboden lag.

Es ist alles gut, flüsterte D'Arcys Stimme. *Ich gehe jetzt weg, und du kannst unbekümmert aufwachen.*

Langsam kam Melissa zu sich. Im ersten Moment flatterten ihre Augen, dann erkannten sie Phyllis, die gerade den letzten Riemen aufschnallte. Beim Anblick der Fesseln erstarrte sie sofort wieder, doch nach der ersten Schrecksekunde war sie wach genug, um zu erkennen, daß diese Nacht überstanden war. Durch die Fenster flutete das Sonnenlicht herein.

»Wie spät ist es?« wollte sie wissen.

Phyllis zog die Augenbrauen hoch. »Ach, du hast dich doch noch dazu durchgerungen, mit mir zu sprechen?«

Melissa blickte sie verständnislos an.

»Bitte, Melissa. Warum tust du mir das immer an?«

»W-was denn nur?« In Melissa schrillten sämtliche Alarmglocken. War es denn möglich, daß sie heute schon wieder etwas falsch gemacht hatte? Sie war doch eben erst aufgewacht!

Und dann brach wieder die Erinnerung an die Erscheinung auf dem Speicher über sie herein. War ihre Mutter ihr deswegen noch böse? Das war wirklich ungerecht!

Sie hatte doch Blackie dort oben gesehen und...

Phyllis riß sie mit ihrer durchdringenden Stimme aus ihren Gedanken. »Meinst du etwa, ich hätte es nicht gemerkt? Mich kannst du nicht täuschen, mein Fräulein. Ich weiß doch, daß du schon wach warst, als ich reinkam.«

Wach? Wovon redete ihre Mutter da? »Aber ich...« Ein wütender Blick ließ sie verstummen.

»Lüg mich nicht an, Melissa. Ich weiß, daß du die Riemen haßt, aber sie sind nur zu deinem Besten. Was meinst du, was in mir vorgeht, wenn du einfach zur Decke starrst und so tust als würdest du noch schlafen, wenn ich reinkomme? Wenn du mir keinen guten Morgen wünschen willst, soll es mir auch recht sein, aber verkauf mich nicht für dumm!«

Mit einem Schlag begriff Melissa.

Nicht sie war es gewesen, die vorhin wach dagelegen hatte.

D'Arcy hatte über sie gewacht, damit sie schlafen konnte. Sie fröstelte beim Gedanken, wie D'Arcy so etwas ertragen konnte. Sie selbst bekam ja schon beim Anblick dieser schrecklichen Fesseln panische Angst. Aber D'Arcy schienen sie nicht das geringste auszumachen.

»Es... es tut mir leid, Mama«, murmelte sie. »Ich... ich war wohl noch nicht richtig wach.«

Phyllis ließ die Entschuldigung gelten. »Na schön«, meinte sie etwas besänftigt. »Es ist gleich acht. Teri und ich haben schon gefrühstückt. Wir gehen jetzt zum Club.«

Melissa antwortete mit einem mechanischen Nicken, und im nächsten Augenblick war ihre Mutter verschwunden. Erleichtert stellte Melissa sich unter die Dusche. Als sie wenig später ihre ausgewaschene Lieblingsjeans anzog, drang Todds Stimme von draußen an ihre Ohren.

»Blackie! Komm schon, mein Kleiner. Hierher, Blackie!«

Melissas Herz machte einen Satz. Also hatte sie sich doch geirrt, wenn Todd jetzt nach seinem Hund rief.

Doch da fielen ihr wieder die Perlen ein. Sie rannte zur Schublade, in der sie sie immer aufbewahrte.

Sie lagen so da, wie sie sie zuletzt hingelegt hatte.

Sie streifte sich schnell ein T-Shirt über und lief zum Fenster. Todd schlich am Waldrand herum und rief alle paar Meter nach seinem Hund. Eine schreckliche Ahnung schnürte ihr die Kehle zusammen.

Sie schlüpfte in ihre Sandalen und eilte die Treppe hinunter. Cora arbeitete allein in der Küche. Lächelnd deutete sie mit dem Kinn auf ein Glas Orangensaft. »Deine Mama und Teri sind schon weg«, sagte sie. »Ich habe dir den Saft aufgehoben. Der Schinken ist gleich fertig. Möchtest du Rührei?«

Melissa schüttelte den Kopf. Cora sah sie beunruhigt an. »Stimmt was nicht, mein Liebes? Du siehst so...«

»Blackie ist weg, nicht wahr?«

Cora stockte der Atem. »Na ja, ich weiß nicht, ob man das so sagen kann, aber...«

»Aber er ist weg«, beharrte Melissa. Die Wahrheit war in Coras Gesicht deutlich abzulesen.

»Na ja«, gab die alte Haushälterin zu. »Er ist in der Nacht nicht heimgekommen. Aber ich habe Todd auch schon gesagt, daß das bei einem Rüden ganz normal ist. Er braucht ja nur eine läufige Hündin zu wittern, und dann ist es ganz natürlich, wenn...«

Melissa hörte nicht mehr hin. Sie schoß durch die Tür hinaus auf die Veranda und den Rasen. Im Laufen schrie sie schon nach Todd, der gerade im Wald verschwinden wollte.

Todd drehte sich überrascht um. Wenige Sekunden später stand sie keuchend neben ihm.

»Er ist verschwunden, nicht wahr?« japste sie.

»Woher weißt du das denn?« fragte er stirnrunzelnd.

Melissa zögerte. Ihre Mutter hatte sie ja entsetzlich böse angeschaut, als sie ihr erzählt hatte, sie hätte Blackie tot vom Dachsparren hängen sehen. Würde Todd sie genauso ansehen? »I-ich habe ihn in der Nacht gesehen«, sagte sie. »Oder zumindest glaube ich, daß er es war.«

Todd sah sie fragend an. »Hast du ihn gesehen oder nicht?«

»Na ja, ich weiß es nicht. Mama meint, daß ich einen Alptraum hatte oder das alles erfunden habe. Aber das stimmt nicht!« Stockend erzählte sie ihm, beginnend mit den unheimlichen Schritten auf dem Speicher, die ganze Geschichte. Als sie fertig war, legte sich Todds Stirn in tiefe Falten.

»Und als deine Mom mit dir raufgegangen ist, war absolut nichts mehr oben?«

»Nichts außer einer läppischen alten Gliederpuppe mit einem weißen Kleid.«

»Gliederpuppen hinterlassen keine Fußspuren. Gehen wir doch mal rauf. Vielleicht finden wir was.«

Melissas Augen weiteten sich etwas. »Meinst du wirklich?«

»Warum nicht? Es ist ja kein Einbruch. Oder hat dir deine Mom verboten, da raufzugehen?«

Auf Melissas Kopfschütteln hin liefen die zwei zum Haus zurück.

Zwanzig Minuten später war die Durchsuchung vorüber. Die Gliederpuppe stand noch an Ort und Stelle. Von Blackie war keine Spur zu sehen.

»Es könnte natürlich ein Traum gewesen sein«, meinte Todd beim Abstieg.

»Nein!« beharrte Melissa. »Es war kein Traum, und ich bin auch nicht schlafgewandelt. Ich weiß doch, was ich gesehen habe! Und was ist mit der Perlenkette? Sie war wirklich um Blackies Hals!«

»Hey, hey!« protestierte Todd. »Reg dich wieder ab. Ich behaupte ja nicht, daß du lügst. Ich meine ja nur... na ja, manchmal schlafwandelst du nun mal... ich meine, vielleicht hast du ihm selbst die Kette um den Hals gelegt.«

Melissas Stirn umwölkte sich. »Nein, das habe ich nicht! Ich bin nicht schlafgewandelt! Was ich gesehen habe, habe ich gesehen!«

Todd wich zurück. »Ist ja gut!« rief er. Angesichts Melissas Erregtheit wurde auch er lauter. »Aber dann sag mir doch bitte schön, was geschehen ist. Hast du ihn vielleicht umgebracht?«

Melissa fiel das Kinn herunter. »Ich... ich...«

Mehr brachte sie nicht heraus. Sie begriff plötzlich, daß Todd genau das angedeutet hatte, was sie sich selbst noch nicht einzugestehen gewagt hatte.

Ihre Kette war doch um Blackies Hals gewesen.

Wer, wenn nicht sie, hatte sie ihm umgehängt? Außer ihr kannte ja niemand ihren Aufbewahrungsort.

War sie am Ende tatsächlich schlafgewandelt?

Hatte sie ihn vielleicht umgebracht und dann alles vergessen?

Die Schritte.

Was war mit den Schritten?

Hatte sie sie vielleicht gar nicht gehört? Waren sie am Ende Teil des Traums gewesen?

Plötzlich meinte sie, ihr Kopf sei in Watte verpackt. Nichts ergab mehr Sinn. Was war Wirklichkeit? Und was spielte sich nur in ihrem Kopf ab? Gab es überhaupt noch einen Unterschied?

Sie sah sich am Rande des Wahnsinns. Ihre Augen

schwammen in Tränen. Ein Schluchzen stieg ihr in der Kehle hoch und drohte sie zu ersticken. »Glaubst du wirklich, daß ich Blackie umgebracht habe?« brachte sie endlich hervor. Trotz aller Bemühungen um Selbstbeherrschung bebte ihre Stimme.

»Ach, Menschenskind«, stöhnte Todd. »Wie käme ich auf so etwas? Ich habe es doch nur so gesagt, weil du mir Vorwürfe gemacht hast. Natürlich hast du ihn nicht umgebracht. Was hättest du auch davon?«

»Aber wo ist er dann, wenn ich ihn nicht umgebracht habe?« entgegnete Melissa tonlos. Die Tränen strömten ihr jetzt ungehindert über die Wangen. »Wo ist er dann? Was ist, wenn ich ihn wirklich umgebracht habe und mich an nichts erinnern kann?«

Ohne seine Antwort abzuwarten, floh sie in ihr Zimmer und knallte die Tür laut hinter sich zu.

Teri lag träge im Liegestuhl. Die Augen hielt sie wegen der grellen Sonnenstrahlen geschlossen. Sie fühlte sich prächtig. Erst hatte sie mit Phyllis Tennis gespielt und sie gewinnen lassen, ohne daß sie etwas gemerkt hatte. Danach hatte sie Ellen Stevens in zwei Sätzen glatt besiegt. Zur Abkühlung waren sie dann gemeinsam schwimmen gegangen, und jetzt genoß sie am Beckenrand die herrliche Sonne und das gedämpfte Stimmengewirr um sie herum.

Als ein Schatten über ihr Gesicht fiel, schlug sie überrascht die Augen auf. Sie blinzelte und versuchte zu erkennen, wer das war. Bevor sie sich aufgerichtet hatte, hörte sie es spritzen. Im nächsten Augenblick lief ihr eiskaltes Wasser die Beine hinunter. Nach Luft schnappend, sprang sie auf. Am Beckenrand stand grinsend Brett Van Arsdale. »Ich dachte, du würdest anbrennen, drum habe ich dich ein bißchen begossen.«

»Ach wirklich?« erwiderte Teri. »Willst du's auch mal

probieren?« Blitzschnell hatte sie ihn ins Becken gestoßen und hechtete hinterher. Als er hochkam, tauchte sie ihn sofort wieder unter und suchte sogleich das Weite. Er holte sie aber so schnell ein, daß sie kaum Luft holen konnte, ehe er sie nach unten drückte. Sie kämpfte sich frei und rettete sich an den Beckenrand. Als er herausstieg, trocknete sie sich bereits mit einem der Handtücher, die ein Bediensteter jedem Clubmitglied gleich bei seinem Eintreffen brachte. Dann warf sie es Brett zu und ließ sich wieder in den Liegestuhl sinken. Brett legte sich in den danebén.

»Gehst du nächstes Wochenende mit zur Tanzparty?« wollte er wissen.

Teri drehte den Kopf. »Welche Tanzparty?«

»Die Kostümparty. Nächsten Samstag. Und wenn du noch keinen Begleiter hast...« Seine Stimme verlor sich, und Teri grinste ihn schelmisch an.

»Du meinst, ich soll mit dir gehen?« fragte sie.

Brett lief rot an. »Nur wenn du Lust hast.«

Teri wollte seine Einladung schon annehmen, da zögerte sie. Was war dann mit Melissa? Durfte sie überhaupt gehen, wenn ihre Halbschwester zu Hause bleiben mußte? Sie blickte verstohlen zum Tisch, an dem ihre Stiefmutter sich mit Bretts Mutter unterhielt. Nach der heutigen Nacht kümmerte es Phyllis wohl kaum noch, ob Melissa zum Tanzen ging oder nicht.

Aber was würde ihr Vater sagen. Im Geiste hörte sie wieder seine Abschiedsworte: »Paß für mich auf Melissa auf, okay?«

Und wieder nahm eine Idee in ihr Gestalt an.

»Das klingt ja ganz toll«, sagte sie und lächelte Brett an. Sogleich warf sie aber die Stirn in Falten. »Schön... aber was ist mit Melissa?«

Bretts Grinsen verlor sich. »Melissa?« wiederholte er. »Was soll mit der sein?«

Teri senkte den Blick sittsam. »Na ja, es wäre ja nicht sehr nett von mir, wenn ich einfach ohne sie ausginge. Ich meine, ich kenne ja kaum jemanden. Was würde in ihr vorgehen, wenn ich tanzen dürfte und sie nicht, weil sie keinen Partner hat?«

Brett leckte sich nervös die Unterlippe. »Was soll ich denn tun?« rief er. »Soll *ich* etwa einen Partner für sie auftreiben?«

Teri sah zu ihm auf. Ihr Gesicht war eine einzige Maske der freudigen Überraschung. »Das würdest du tun? Das würdest du wirklich tun?«

Brett schluckte. Wo hatte er sich da hineinmanövriert? Wer von seinen Freunden würde denn schon mit Melissa Holloway etwas unternehmen wollen? »I-ich weiß nicht«, stotterte er ausweichend.

Teris Lächeln erstarb. »Schön, dann kann ich eben auch nicht gehen. Ich finde es einfach nicht richtig, daß ich meinen Spaß habe und sie alleine Trübsal bläst.« Als wäre ihr plötzlich etwas eingefallen, hellte sich ihre Miene auf. »Wie wäre es mit Jeff Barnstable?«

Brett starrte sie an. »Jeff? Wie kommst du denn auf ihn?«

Teri zögerte. Dann senkte sie die Stimme. »Kannst du ein Geheimnis für dich behalten?« Brett nickte. »Melissa ist in ihn verknallt. Wenn du ihn so weit bringst, daß er sie einlädt, gehe ich mit dir.«

»Und was ist, wenn ich es nicht schaffe?«

»Du schaffst es«, meinte Teri achselzuckend. »Dir fällt schon was ein.«

Eine Stunde später traf Brett Jeff Barnstable am Strand vor dem Haus der Fieldings an. Er lag träge auf seinem Badetuch und hörte Musik aus dem Walkman. Im Schoß hatte er eine Zeitschrift liegen. Daneben lag Kent auf dem

Bauch und schien zu schlafen. Brett hockte sich neben Jeff. Blitzartig drehte er die Lautstärke voll auf und riß sogleich die Kopfhörer weit auseinander. Jeff sprang erschrocken auf. Wütend blitzte er Brett an.

»Menschenskind! Was soll der Blödsinn?«

»Ich muß was mit dir bereden. Es geht um ein Problem.«

»Was? Melissa?« wieherte Jeff, nachdem Brett ihm sein Anliegen erklärt hatte. »Jetzt mach aber mal halblang, ja? Meinst du wirklich, ich bitte Melissa Holloway, mit mir auszugehen? Hältst du mich für beknackt oder was?«

»Ach, sei doch nicht so«, maulte Brett. »Was ist schon dabei? Bin ich nicht auch letztes Jahr mit deiner Kusine ausgegangen?«

Jeff verdrehte die Augen. »Das ist nicht dasselbe. Meine Kusine ist zumindest was Menschenähnliches.«

»Da muß man aber schon sehr nachsichtig sein. Was ist an Melissa überhaupt so schlimm? Beim Lagerfeuer neulich war sie ja ganz locker...«

»Richtig«, sagte Jeff gedehnt. »Bis sie sich plötzlich aufgeregt hat und heulend zu ihrer Mammi gelaufen ist.« Er machte eine Kunstpause. »Allerdings«, fügte er schlau hinzu, »könnte ich mir eine kleine Abmachung vorstellen...« und ließ die Worte bedeutungsvoll im Raum stehen.

»Was für eine Abmachung?« fragte Brett mißtrauisch.

»Dein Porsche. Laß mich am Samstagabend und den ganzen Sonntag damit fahren. Dann will ich es mir durch den Kopf gehen lassen.«

Brett schwankte. Er hatte den Wagen ja erst seit einem halben Jahr. Bislang hatte er niemand damit fahren lassen. Dann aber trat ihm Teris Bild vor Augen.

Sie lächelte ihn an, und in ihren Augen...

»Von mir aus.« Er willigte ein, bevor Jeff es sich wieder

anders überlegen konnte. »Wir rufen gleich heute nachmittag an, einverstanden?«

Jeff, der mit dieser Wendung überhaupt nicht gerechnet hatte, zögerte. Doch dann stellte er sich hinter dem Lenkrad vor. Das Verdeck war aufgeklappt, und er flog im Höllentempo durch die Haarnadelkurven auf der Küstenstraße. Dafür könnte er Melissa schon für ein paar Stunden in Kauf nehmen. Und vielleicht nahm ein Kumpel sie ihm sogar hin und wieder ab, wenn er ihm etwas dafür bot. »Einverstanden«, willigte er schließlich ein. »Ich ruf sie an.«

Kent Fielding setzte sich abrupt auf. »Vielleicht hast du sogar Glück«, munterte er ihn grinsend auf. »Du könntest ja am Samstag überraschend krank werden.«

Kent und Jeff starrten einander an. Jeder stellte sich Melissas Gesicht vor, wenn Jeff sie sitzenließ. Gleichzeitig brachen sie beide in schallendes Gelächter aus.

16

»Das ist ja toll!«

Teris Augen glänzten vor Aufregung über ein soeben entdecktes altes Kleid. Sie und Melissa wollten sich im Trödelladen des Vereins zur Pflege der Geschichte ein passendes Kostüm für das Fest besorgen.

»Findest du's nicht auch super?«

Melissa kniff die Augen zusammen. Bei aller Liebe zu Teri vermochte sie aber nicht mehr in dem Kleid zu erkennen, als es wirklich war: ein altes Internatsschülerinnenkostüm aus den fünfziger Jahren vielleicht. Nach unten und an den Ärmeln bauschte es sich gewaltig auf. Am Unterteil, das aus Satin war, prangte ein Fleck, und der Saum war teilweise abgerissen. Über dem Satin lag eine Tüllschicht. Früher mochte sie einmal wie eine Wolke geschwebt haben, jetzt hing sie kläglich herab. Wahrscheinlich war sie rosa gewesen. Davon war aber außer einem Pfirsichton kaum noch etwas übriggeblieben.

Melissas Blick wanderte vom Kleid auf Teri. »Das ist ja entsetzlich«, sagte sie.

»Ach was«, widersprach Teri. »Laß es mich erst mal anprobieren.« Ohne eine Antwort abzuwarten, verschwand sie hinter einem Vorhang. Melissa wühlte weiter in den ausrangierten Sachen herum.

Sie war sich nicht sicher, ob sie wirklich auf die Tanzparty am Samstag abend Lust hatte. Als Jeff Barnstable sie am Montag angerufen hatte, hatte sie zunächst geargwöhnt, er wolle ihr einen Streich spielen, und hatte sich Bedenkzeit ausgebeten. Dann hatte sie Teri davon erzählt. Die zweifelte nicht an Jeffs Aufrichtigkeit. »Weißt du was?« rief sie. »Wir machen ein Doppelpaar, du, Jeff, Brett und ich.« Melissa sah Teri mißtrauisch an. »Wer ist darauf gekommen?«

»Das weiß ich nicht mehr so genau«, wich Teri aus. »Wir haben uns nur so im Club heute morgen darüber unterhalten und es dann so ausgemacht.«

Melissa war noch unschlüssig, doch da kam Phyllis zu ihnen auf die Terrasse hinaus. »Was habt ihr ausgemacht?« wollte sie wissen. Bevor Melissa sie daran hindern konnte, hatte Teri ihr von der Einladung erzählt. »Aber natürlich gehst du hin«, bestimmte sie. »Es ist höchste Zeit, daß du mit einem Jungen ausgehst.«

»Aber ich...«

»Kein Wort mehr!« befahl Phyllis. Trotz ihres Lächelns klang ihre Stimme schneidend. Melissa wußte, daß Widerspruch keinen Zweck hatte. »Schließlich habe ich dieses Jahr den Vorsitz im Wohltätigkeitsverein. Wie sieht es denn aus, wenn meine Tochter dann nicht zum Ball geht. Mit Teris Hilfe wirst du schon ein passendes Kostüm finden. Außerdem lenkt es dich von diesem Köter ab.«

Melissa hatte danach nichts mehr gesagt. Jedes Wort über Blackie hätte ihre Mutter nur wieder gegen sie aufgebracht. Was hätte sie auch sagen können? Todd und sie hatten den ganzen Wald durchkämmt und unablässig nach Blackie gerufen, doch sie hatten keine Spur gefunden. Die ganze Suche hatte Melissa nur noch mehr verwirrt. Wenn sie den Hund wirklich im Speicher gesehen hatte, hätten sie doch längst den Kadaver finden müssen.

War die schreckliche Szene auf dem Speicher wirklich ein Alptraum gewesen? War sie doch wieder schlafgewandelt und vom eigenen Schrei aufgewacht?

Sie hatte es nicht gewagt, sich außer Teri einem anderen Menschen anzuvertrauen. Und selbst Teri hatte keine Antwort gewußt. »Wahrscheinlich ist er weggelaufen«, hatte sie gemeint. Plötzlich hatte sie boshaft gegrinst. »Oder D'Arcy hat ihn sich geholt.«

D'Arcy.

Melissa war der Gedanke seitdem nicht mehr aus dem Kopf gegangen. Hatte etwa D'Arcy Blackie etwas angetan? Aber wie hätte das zugehen sollen? D'Arcy existierte ja nur in ihrer Einbildung.

Oder?

Und wenn es sie wirklich gab?

Ein Schauder jagte über ihren Körper. Auf ihre Schulter legte sich eine Hand. Sie wirbelte herum und erkannte Teri in dem alten rosafarbenen Kostüm. Teri sah sie erstaunt an. »Hey, was ist in dich gefahren?«

»N-nichts«, stammelte Melissa.

»Ja, hast du mich denn vorhin nicht gehört? Ich bringe den elenden Reißverschluß nicht zu.«

Teri drehte sich um, und Melissa zog mit zitternden Fingern den Reißverschluß hoch. Zufrieden wandte Teri sich wieder um. »Den Saum kann ich ausbessern und auf den Satin klebe ich lauter Pailletten. Dann basteln wir noch einen Stab, und ich gehe als alte Zauberfee. Es wird ganz große Klasse.«

Melissa runzelte verstört die Stirn. »Und was ist mit den Flecken?«

»Wen sollen sie schon stören? Das ist ein Kostümfest.« Sie brach in ein Kichern aus. »Wetten, daß die halbe Gesellschaft in uralten Klamotten kommt. Jetzt wollen wir doch mal sehen, ob wir nicht etwas Passendes für dich finden.«

Nachdem Teri sich wieder umgezogen hatte, durchwühlten sie gemeinsam die alten Kleider nach einem Kostüm für Melissa. Aber jedesmal, wenn Melissa etwas fand, hatte Teri etwas dagegen einzuwenden.

»Das paßt dir nicht. Wir müßten überall den Saum auftrennen.«

»Das fällt ja auseinander. Wir wollen doch nicht, daß es dir mitten unterm Tanzen vom Leib fällt, oder?«

»Da paßt du ja zweimal rein. In der kurzen Zeit können wir es unmöglich enger nähen.«

Schließlich fand Melissa einen altmodischen Smoking samt Zylinder. Es schien einem Jungen gehört zu haben. »Was hältst du von dem?« fragte sie hoffnungsvoll. »Ich könnte als Magier oder Charlie Chaplin gehen.« Doch erneut schüttelte Teri den Kopf.

»Der ist nicht gut genug. Wir brauchen etwas Spektakuläres.« Ihr Blick schweifte suchend über den Laden. Vielleicht hatten sie einen Winkel übersehen, aber sie hatten alles abgegrast. »Trinken wir erst mal ein Cola«, schlug sie vor. »Wenn wir nicht verkrampft suchen, kommt uns vielleicht die Erleuchtung.«

Melissa warf einen sehnsüchtigen letzten Blick auf den

Smoking. Sie war sicher, daß er ihr passen würde. Und wenn sie dazu noch einen Umhang machten...

»Nein«, entschied Teri, als hätte sie Melissas Gedanken gelesen. »Er ist einfach nicht das Richtige für dich. Und wenn uns nichts Besseres einfällt, können wir ihn später immer noch kaufen.«

Melissa legte den Smoking zurück und folgte Teri zur Kasse. Sie ging gerade an einer Truhe voller Schmuck vorbei, als ihr ein Funkeln in die Augen stach. Zuoberst lag ein altes Diadem. Es war mit lauter Pailleten besetzt, und Lilien waren herumgeflochten. »Schau!« rief sie. »Das ist deine Krone.«

Teri starrte das Diadem an. Schließlich schüttelte sie den Kopf. »Es ist herrlich«, pflichtete sie bei. »Aber was es nur kosten wird?«

»Mrs. Bennett?« rief Melissa. »Wieviel kostet das?« Die Inhaberin eilte herbei und warf einen Blick auf das Preisetikett. »Fünfundsiebzig Dollar. Es ist echt antik.« Sie setzte das Diadem Teri auf den Kopf und führte sie zu einem Spiegel mit Goldrahmen. Teri bewunderte sich ausgiebig. Seufzend nahm sie das Diadem dann wieder ab und reichte es Mrs. Bennett. »Es ist wunderschön, aber ich kann es mir nicht leisten.«

»Wir nehmen es trotzdem«, bestimmte Melissa.

Teri sah ihre Halbschwester unsicher an. »Aber das geht nicht«, protestierte sie. »Ich habe das Geld nicht.«

»Aber ich habe es«, erwiderte Melissa und zog ein Bündel Geldscheine aus ihrer Handtasche.

Teri starrte das Geld entgeistert an. »Wo hast du denn das her?« hauchte sie.

Melissa antwortete mit einem Achselzucken. »Es ist mein Taschengeld. Daddy gibt mir jedes Wochenende Geld, aber ich kaufe mir höchstens mal ein Taschentuch. Kauf dir ruhig das Kleid. Ich zahle dir das Diadem.«

»Aber...«

Melissa schüttelte den Kopf. »Ich will es dir schenken. Dann kommt dein Kostüm erst richtig zur Geltung. Bitte.«

Lächelnd sah Teri Mrs. Bennett beim Einpacken des Diadems zu.

Eine halbe Stunde später hatten sie ihr Cola getrunken und wollten gerade das Café verlassen, als ihnen Brett Van Arsdale und Kent Fielding entgegenkamen. Brett grinste über das ganze Gesicht. »Hey Teri, da bist du ja. Dich habe ich gerade gesucht.«

Teri legte den Kopf schief. »Mich?«

Brett nickte. »Kents Dad überläßt uns heute nachmittag seine Jacht. Hast du Lust auf einen kleinen Törn?«

»Wer fährt denn alles mit?« fragte Teri mit einem schnellen Seitenblick auf Melissa, die sich urplötzlich brennend für eine Zeitschrift zu interessieren schien.

»Alle«, erwiderte Brett. »Wir, Jeff, Ellen und vielleicht auch Cyndi und noch ein paar andere. Kommst du auch?«

Teri wandte sich an Melissa. »Was meinst du? Sollen wir mitfahren?«

Melissa drehte sich zu ihr um. Ihre Wangen glühten rot. Sie war sich sicher, daß Bretts Einladung nicht für sie galt. »Ich... weiß nicht«, meinte sie gequält. »Wenn du Lust hast...«

Teri nickte aufgeregt. »Natürlich habe ich Lust! Was für ein Boot ist es denn? Eine Segeljacht?« fragte sie Brett.

»Richtig, eine Lord Nelson, knapp zehn Meter lang«, antwortete Brett. Sein Blick fiel mißmutig auf Melissa. »Wenn Melissa nicht mit will...« setzte er an, doch Teri schnitt ihm das Wort ab: »Warum sollte sie nicht wollen? Wann treffen wir uns?«

Brett sah auf Kent. »Ich weiß nicht. Ist zwei Uhr recht?« fragte er mit einem Achselzucken.

Da keiner Einwände hatte, machten sich Teri und Melissa auf den Heimweg. Kaum waren sie weg, blitzte Kent seinen Freund wütend an: »Glückwunsch, Van Arsdale! Jetzt haben wir Melissa den ganzen Nachmittag am Hals.«

»Was hätte ich denn tun sollen? Sie stand ja direkt daneben. Und so schlimm ist es auch wieder nicht. Du mußt sie ja nicht allein ertragen.« Plötzlich prustete er los. »Mein Gott, stell dir nur vor, was Jeff für ein Gesicht machen wird, wenn er sie sieht. Er wird meinen, wir hätten das absichtlich gemacht.«

Kent rollte mit den Augen. »Dich hat es wirklich schlimm erwischt. Jetzt hast du Teri schon zweimal eingeladen, und immer schleppt sie Melissa mit. Sind sie siamesische Zwillinge oder was?«

»Was bleibt ihr schon anderes übrig? Sie ist kaum da und hat schon mehr Freunde als ihre Schwester. Sie meint es eben gut mit ihr.«

»Und deswegen müssen wir sie jetzt in Kauf nehmen?« knurrte Kent. »Scheiße noch mal, als nächstes verlangst du, daß ich mit ihr ausgehe.«

Brett knuffte seinen Freund in den Arm. »Wer weiß? Vielleicht verliebst du dich noch in sie.« Geschickt wich er einem Magenschwinger aus und rettete sich auf die Straße.

Als sie dann gemeinsam weiterliefen, fragte er sich insgeheim, was da eigentlich gespielt wurde. Wollte Teri Melissa denn immer zu ihren Rendezvous mit ihm mitnehmen? Vorerst mußte er das Kostümfest abwarten. In alle Ewigkeit konnte Teri aber nicht von ihm verlangen, daß er Melissa einen Partner besorgte, wenn sie zusammen ausgehen wollten.

Andererseits gefiel ihm dieser Zug an Teri. Sie schien auf die Gefühle anderer Rücksicht zu nehmen.

Selbst auf die Gefühle von Leuten, um die sich sonst niemand kümmerte, wie die von Melissa Holloway.

Grinsend wandte er sich an Kent. »Sie ist wirklich nett, was?«

»Wer?«

»Teri. Weißt du, was ich glaube? Sie ist so ziemlich das netteste Mädchen, das ich kenne.«

Je näher sie dem kleinen Jachthafen am Südende der Bucht kamen, desto langsamer wurden Melissas Schritte. »Vielleicht sollte ich lieber zurückbleiben«, stotterte sie mit einem nervösen Blick auf den hohen Seegang außerhalb der Bucht. »Was machen wir, wenn ich seekrank werde?«

»Aus welchem Grund solltest du seekrank werden?« erwiderte Teri. Freilich hatte sie ihr letztes Gespräch noch sehr gut in Erinnerung. Sie hatten am Strand gelegen und einer Regatta zugesehen.

»Warum haben wir eigentlich kein Boot?« hatte sie gefragt. Daraufhin hatte Melissa losgekichert. »Weil Daddy und ich immer seekrank werden. Zu meinem zehnten Geburtstag ist er mit mir auf einem Fischerboot rausgefahren. Wir haben beide über alle sieben Beete gekotzt. Noch mal muß ich nicht unbedingt Boot fahren.«

Als wäre ihr dieses Gespräch eben erst wieder eingefallen, weiteten sich Teris Augen. Sie sah Melissa betroffen an. »Ach Gott, das hatte ich vergessen.« Dann hellte sich ihre Miene wieder auf. »Aber das ist ja schon so lange her. Diesmal wird dir bestimmt nicht schlecht. Schau dir nur das Wasser an! Kaum Wellen! Da wird keinem schlecht.«

Melissa verdrehte die Augen. »Allein beim Gedanken daran wird mir schon schlecht.«

Sie hatten den Pier erreicht. Melissa blieb abrupt stehen. »Wärest du mir böse, wenn ich dableiben würde?« fragte sie ängstlich.

»Natürlich nicht«, versicherte Teri. »Wenn ich nur dran gedacht hätte, hätte ich ihnen gesagt, daß wir nicht mitfahren. Aber was sollen wir jetzt deiner Mom sagen?«

»Vielleicht brauchen wir ihr gar nichts zu sagen. Ich warte einfach, bis ihr zurückkommt, und dann erfährt sie von nichts.«

Teri schüttelte den Kopf. »Sie kommt heute nachmittag in den Club. Du kennst sie ja. Sie wird allen erzählen, daß wir auf der Jacht der Fieldings rausfahren und viel Aufhebens davon machen. Und wenn jemand ihr verklickert, daß du gar nicht dabei warst...«

Melissa stöhnte auf. Teri hatte ja vollkommen recht. Sie hörte schon wieder die zornbebende Stimme ihrer Mutter, die sie einmal mehr zurechtwies, sie könne ihre Freunde doch nicht einfach brüskieren, indem sie eine Einladung erst annahm und dann doch nicht hinging. Und wenn sie in der Nacht im Bett lag...

Nein, Teri hatte recht. Wenn sie sich richtig konzentrierte und an der frischen Luft blieb, konnte ihr nichts passieren. Sie mußte unbedingt mit hinausfahren, oder man würde sie wieder für eine Drückebergerin halten. »Du hast schon recht«, antwortete sie, tapfer um einen zuversichtlichen Tonfall bemüht, auch wenn ihr gar nicht danach zumute war. »Wie sollen die anderen mich akzeptieren, wenn ich nie mitmache.«

Teri drückte ihr ermutigend den Arm. »Das ist schön«, rief sie. »Es wird ein Heidenspaß, du wirst schon sehen.«

Die Jacht, die *Zargon*, deren lackiertes Teakholz in der Sonne glänzte, lag am Ende des Piers. Die anderen Jugendlichen waren schon da. Kaum waren auch Teri und Melissa an Bord, lösten Brett und Jeff die Taue, und Kent warf den Motor an.

Teri sah ihn unsicher an. »Ich dachte, wir segeln?«

»Tun wir auch«, entgegnete Kent. »Aber bei dem Wind heute kämen wir anders nicht aus der Bucht raus. Die Segel können wir erst später setzen.«

Jeff und Brett warfen die Taue an Deck und sprangen auf die davontuckernde Jacht.

»Ich mach' die Colas auf!« rief Ellen Stevens aus der Kajüte. »Will noch jemand eins?«

»Ich helf' dir«, rief Teri und kletterte mit eingezogenem Kopf die enge Treppe hinunter. Alsbald kam sie mit drei offenen Coladosen zurück und fing an sie zu verteilen. Die letzte reichte sie Melissa, doch die schüttelte den Kopf.

»Trink das lieber«, drängte Teri. »Dann bleibt dein Magen ruhig.«

Kents Blick wanderte zu Melissa. »O nein!« stöhnte er. »Du wirst doch nicht etwa seekrank?«

Melissa lief rot an. »Ein einziges Mal«, antwortete Teri für sie. »Aber da war sie noch klein. Heute wird ihr bestimmt nicht schlecht.«

»Wollen wir's hoffen«, versetzte Kent. »Mein Dad bringt mich um, wenn sie mir alles vollkotzt.«

Melissa biß sich auf die Lippen. Tränen standen ihr in den Augen, aber sie zwang sich zur Ruhe. Sie brauchte nur still dazusitzen und konzentriert auf die Küste zu schauen, dann geschah auch nichts. Dennoch nahm sie das Cola entgegen. Teri schenkte ihr ein aufmunterndes Lächeln.

In der Mitte der Bucht würgte Kent den Motor ab und winkte Brett und Jeff zu, das Großsegel zu setzen. Langsam kletterte das Leinwandsegel den Mast hoch und knatterte bald laut im Wind. Eine Minute später zog Jeff den Klüver hoch, während Ellen und Cyndi sich in die Leinen hängten. Dann blähten sich die Segel, und auf einmal legte sich das Schiff auf die Seite, so daß Melissa um ein Haar ihr Cola verschüttet hätte.

»Das ist ja toll!« schwärmte Teri, als die Jacht immer schneller über das Wasser glitt. »Findest du's nicht auch super, Melissa?«

Melissa saß starr auf ihrem Sitz und klammerte sich mit aller Kraft an die Reling. Die Finger taten ihr schon weh. Sie zwang sich, den Blick von der Küste zu wenden und Teri anzusehen. Teri lag ausgestreckt am anderen Ende des Boots. Ihr Haar wehte im Wind. Den Kopf hielt sie etwas in die Höhe, um mehr Sonne abzubekommen.

»Bleib ganz ruhig«, riet Teri ihr. »Streck dich einfach aus und genieß es.«

Das Boot glitt gemächlich nach Norden. Zu hören war nur das Zischen der Gischt, die vom Bug durchpflügt wurde. Ellen und Cyndi kamen nun ebenfalls an Deck und legten sich in die Sonne. Brett ließ sich neben Teri nieder »Na? Gefällt's dir?«

»Und wie!« rief Teri und machte ihm bereitwillig Platz. »Wohin fahren wir?«

»Keine Ahnung. Wohin willst du fahren?«

Teri sah auf das offene Meer hinaus. »Können wir da raus fahren?«

»Aber klar«, erwiderte Brett. »Hey, Kent, kann ich ans Steuer?«

Kent räumte seinen Platz im Heck, und Brett übernahm das Steuer. »Kurswechsel!« rief er, und Jeff ließ eilig das Seil am Klüver los, um Melissa zum Halten aufzufordern.

»Weißt du, was du zu tun hast?« fragte er. Auf Melissas Kopfschütteln hin verdrehte er ungeduldig die Augen. »Häng dich einfach dagegen. Und wenn Brett ›Klar voraus!‹ schreit, läßt du los. Alles klar?« Ohne ihre Antwort abzuwarten, ging er zum Großsegel steuerbord.

»Klar voraus!« schrie Brett und wirbelte das Steuerrad

herum. Melissa ließ los, und das Vorsegel flatterte im Wind. Eine Sekunde später ging Jeff mit dem Großsegel in den Wind. Sofort blähte sich das Vorsegel wieder, und das Boot krängte in die andere Richtung. Der Bug zeigte in die offene See.

Fünf Minuten später rauschten sie aus der Bucht heraus. Schlagartig nahm der Seegang zu, und der Bug fing an, sich zu heben und zu senken. Indem sie sich an den Tauen festhielten, kamen Ellen und Cyndi vom Bug zurück und ließen sich im Cockpit nieder.

Melissa spürte das erste Übelkeitsgefühl in der Magengrube. Sie nahm mehrere tiefe Schlucke aus ihrer Coladose, doch die süße Flüssigkeit schien keinerlei Abhilfe zu schaffen.

Nein, nahm sie sich vor. Mir wird nicht schlecht. Es wird alles ganz super.

Brett klemmte das Steuerrad fest, stellte das Großsegel richtig, und das Boot glitt noch schneller dahin. Die Gischtkronen schlugen immer höher. Melissa sah nervös zu Teri hinüber, doch die saß aufrecht da und schien das Auf und Ab gar nicht wahrzunehmen.

Das Unwohlsein in Melissas Magengrube nahm zu. Schließlich wandte sie sich an Brett. »V-vielleicht sollten wir zurückfahren«, stotterte sie. »Mir ist nicht sehr gut.«

»Geh nach unten«, riet Brett. »Leg dich ein paar Minuten hin, dann wird dir wieder besser.«

Melissa zögerte. Als ihr damals auf dem Fischerboot so schlecht geworden war, hatte der Kapitän ihr gesagt, sie solle an Deck bleiben. Wenn man sah, wohin man fuhr, lasse das Schwindelgefühl nach. Da sie zögerte, wurde Brett eindringlicher. »Bitte geh nach unten. Da ist wenigstens eine Schüssel, falls du brechen mußt.«

Melissa stand auf. Da das Boot in diesem Augenblick noch stärker krängte, verlor sie das Gleichgewicht und mußte sich an der Stange neben der Luke festhalten. Mühsam schaffte sie es nach unten und ließ sich aufs Sofa sinken. Das Unwohlsein wuchs zu einem Brechreiz an.

Zwei Minuten später wußte sie, daß sie sich übergeben mußte. Sie erhob sich und schlurfte auf die Waschschüssel zu. Plötzlich warf sie ein erneutes Absacken aus dem Gleichgewicht. Sie stürzte auf die Knie. Jetzt drehte sich ihr der Magen endgültig um.

Der Mageninhalt stieg ihr in die Kehle. Sie versuchte ihn hinunterzuschlucken, aber es war zu spät. Würgend und keuchend riß sie den Mund auf. Ein gallengelber Strom ergoß sich über den Boden.

»O du mein Gott!« stöhnte jemand hinter ihr. Sie sah auf. Erbrochenes tropfte von ihrem Kinn herunter. Vollkommen angewidert starrte Jeff Barnstable ihr ins Gesicht. Warum mußte es von all den Leuten ausgerechnet Jeff sein? Jetzt würde er nie und nimmer mit ihr zum Kostümfest gehen! Wahrscheinlich würde er sie nie wieder sehen wollen. Hinter ihm fing Kent Fielding zu toben an.

»Wozu mußtest du das hier unten machen?« schrie er sie an und wandte sich zu Brett um. »Fahren wir zurück!« hörte sie ihn schimpfen. »Die dämliche Heulsuse kotzt, was das Zeug hält. Und zur Schüssel ist sie auch nicht gegangen.«

Die Übelkeit ließ etwas nach. Melissa rappelte sich mühsam auf und sah sich nach etwas um, womit sie den Schmutz aufwischen konnte. Sie fand eine Rolle Papiertücher und riß sich eine Handvoll ab. Als sie aber auf Händen und Füßen herumkroch, stieg ihr der Geruch des Erbrochenen in die Nase. Bevor sie sich aufrichten konnte, würgte sie schon wieder.

Diesmal erbrach sie sich über das eigene Hemd und die weiße Hose, die sie extra für den Ausflug angezogen hatte. Sie schluchzte angesichts der Erniedrigung, zwang sich jedoch, alles aufzuwischen, so gut es ging.

Eine halbe Stunde später legten sie am Pier an.

So lange wie möglich blieb Melissa in der Kajüte. Schließlich ließ sich der Gang an Land nicht mehr verhindern. Auf wackeligen Füßen krabbelte sie die Treppe zum Deck hinauf.

Sie standen alle auf dem Steg und starrten sie an.

Lange herrschte eisiges Schweigen.

Kent Fielding brach es schließlich. »Wieso zum Teufel bist du überhaupt mitgefahren?« zischte er. »Warum bist du nicht zu Hause geblieben, wenn dir schlecht wird? Von uns wollte dich sowieso keiner dabei haben.«

Melissas Augen schwammen in Tränen. Plötzlich gewann die Wut aber Oberhand in ihr. Sie hatte ja gar nicht mitfahren wollen. Sie war sogar mehr oder weniger gezwungen worden. Glaubten die denn wirklich, sie hätte absichtlich gebrochen? Sie kletterte mühsam aus der Jacht und wollte still den Steg hinuntergehen. Auf einmal wirbelte sie herum.

»Ich hasse euch!« kreischte sie die sechs Jugendlichen an. »Ich hasse euch alle! Hoffentlich sterbt ihr bald!«

Dann gab es für die Tränen kein Halten mehr. Sie rannte den Steg hinunter und stolperte über den Strand heimwärts. Einen Augenblick lang, einen kurzen Augenblick lang, wollte sie sich umdrehen und wenigstens Jeff sagen, daß sie es nicht so böse gemeint hatte. Doch die Demütigung brannte noch zu sehr in ihr.

Hätte sie sich umgedreht, wäre ihr das Lächeln auf Teris Gesicht nicht entgangen.

Dieses Lächeln hätte ihr gesagt, daß sie Teris Erwartungen mehr als erfüllt hatte.

17

Ein Blick zur Uhr auf dem Schreibtisch ihres Mannes sagte Phyllis Holloway, daß sie gerade noch Zeit hatte, sich frischzumachen, bevor die Vorstandssitzung des Wohltätigkeitsvereins um halb vier losging. Trotzdem kontrollierte sie noch schnell Coras Eintragungen ins Haushaltsbuch. Angesichts des fast unleserlichen Gekritzels kniff sie die Lippen zusammen. Die Alte sollte ihre Ausgaben doch wenigstens so deutlich aufschreiben, daß ein normaler Mensch das auch lesen konnte. Schlimm genug, daß sie jede Woche einen halben Tag damit verlor, das alles durchzugehen! Und dann auch noch diese unerträglichen Hieroglyphen!

Und natürlich half ihr absolut niemand dabei. Unzählige Male hatte sie mit Charles über Coras schlampige Buchführung gesprochen, aber seine Reaktion war stets dieselbe gewesen: »Warum machst du dir überhaupt die Arbeit? Seit meiner Geburt kauft Cora für die Familie ein. Vater hatte mehr Vertrauen zu ihr als zu seinem Rechtsanwalt.«

»Ach ja?« hatte Phyllis beim allerersten Gespräch gereizt erwidert. »Das wundert mich allerdings. Man hat ja keine Vorstellung, wie viele Leute sich von ihrem Personal bis auf das letzte Hemd ausrauben lassen. Als ich damals Gouvernante b...« Sie hatte sich jäh auf die Zunge gebissen. Selbst allein mit Charles mied sie nach Möglichkeit jede Erinnerung an ihr Vorleben. »Es geht ums Prinzip«, hatte sie ihn belehrt. »Sobald das Personal merkt, daß es nicht kontrolliert wird, nutzt es das schamlos aus. Es ist auch so schlimm genug. Ich möchte nicht wissen, wieviel von unserem Essen in Coras eigener Küche verschwindet.«

»Wen stört das schon?« hatte Charles achselzuckend

gemeint. »Selbst wenn sie ihre Lebensmittel stehlen würde – und ich lege meine Hand dafür ins Feuer, daß sie das nicht tut –, würde ich mich darüber nicht aufregen. Aber wenn du dich besser fühlst, dann führe halt ein Haushaltsbuch ein. Verlang nur bitte nicht von mir, daß ich es durchgehe. Ich käme mir vor, als würde ich die Ausgaben meiner eigenen Mutter kontrollieren.«

Phyllis hatte der Haushälterin die Wut an den Augen abgelesen, als sie ihr vor zehn Jahren das erste Buchführungsheft überreicht und den Grund kurz erklärt hatte. Trotzdem hatte Cora sich vor einem lauten Protest gehütet. Statt dessen hatte sie pflichtgetreu Tag für Tag ihre Ausgaben vermerkt und das Heft Phyllis jeden Mittwochmorgen zur Prüfung überreicht.

Seitdem verbrachte Phyllis fast den ganzen Mittwoch damit, die Eintragungen durchzugehen, die Quittungen mit den ins Heft gekritzelten Zahlen zu vergleichen und sogar Stichproben in der Küche zu machen, ob die angegebenen Sachen auch wirklich da waren. Abweichungen waren kaum vorgekommen. Entdeckte sie einmal welche, so handelte es sich um minimale Beträge. Phyllis war jedoch felsenfest davon überzeugt, daß Coras Ehrlichkeit nur von ihren wöchentlichen Kontrollen herrührte.

Mit einem Seufzer klappte sie das Heft zu und sah zum Fenster hinaus. Am anderen Ende des Rasens, am Waldrand, tauchte Todd auf. Stirnrunzelnd ließ sie den Blick über die Hecke am Nordrand des Grundstücks schweifen. Sie hatte Cora aufgetragen, sie solle dafür sorgen, daß Todd sie heute beschnitt. Selbst von hier ließ sich der unregelmäßige Wuchs erkennen. Was würden nur wieder die Nachbarn denken?

Erzürnt nahm sie den Telefonhörer in die Hand und drückte einen Knopf, der jeden Nebenanschluß schrillen ließ. »Cora, komm unverzüglich in Mr. Holloways Büro.«

Sie warf den Hörer auf die Gabel und wartete. Ihre Finger trommelten ungeduldig auf den Schreibtisch. Nach einer halben Minute trippelte Cora geschäftig herein.

»Ja, Ma'am?« fragte die Haushälterin und sah ihre Arbeitgeberin beunruhigt an. Sie war sich keines Fehlers bei ihrer Buchführung bewußt. Gestern war sie bis Mitternacht aufgeblieben, um jede Eintragung noch einmal zu überprüfen.

»Was macht Todd?« verlangte Phyllis zu wissen. Ihr Blick war auf das Fenster gerichtet, von wo der Junge nach wie vor zu sehen war, wie er langsam den Tennisplatz absuchte.

Coras Finger spielten nervös mit dem Schürzensaum. »Er sucht Blackie, Ma'am.«

Phyllis wirbelte herum. Ihr kalter Blick durchbohrte schier die alte Haushälterin. »Und was ist mit der Hecke? Sollen wir vielleicht das Grundstück verwildern lassen, nur weil Todd einem streunenden Hund nachläuft?«

Coras Gesichtsmuskeln spannten sich an. Sie sah auf und stellte sich Phyllis' Blick. »Er glaubt nicht, daß der Hund weggelaufen ist, Ma'am. Er glaubt, daß ihm etwas zugestoßen ist.«

»Was soll dem Vieh denn zugestoßen sein. Wie kommt er auf diesen Blödsinn?«

Die Antwort kam stockend. »Ich sage es ungern, Ma'am.«

»Du sagst es ungern?« wiederholte Phyllis mit schriller Stimme. »Du tätest gut daran, dich schnellstens zu einer Antwort durchzuringen.« Ihre Lippen kräuselten sich zu einem ironischen Lächeln. »Was ist denn seiner Meinung nach geschehen? Glaubt er am Ende vielleicht Melissas Geschichte vom Gespenst auf dem Speicher?«

»Nein, Ma'am«, murmelte Cora. »Er glaubt... na ja, er glaubt, daß vielleicht Teri dem Hund was angetan hat.«

Phyllis sperrte den Mund auf. »Teri? Wie um alles auf der Welt...?«

»Er hat einmal gesehen, wie Teri ihn getreten hat. Sie kam gerade heim und...«

Phyllis' Gesicht nahm einen harten Zug an. »Das genügt, Cora. Ich weiß nicht, wie Todd auf so etwas gekommen sein mag. Teri MacIver ist ein grundanständiges Mädchen. Ich dulde nicht, daß Todd eine solch abscheuliche Unterstellung...«

Ein Türknallen und Getrampel in der Vorhalle unterbrachen sie abrupt. Gefolgt von Cora, trat Phyllis vor die Tür. Melissa wollte gerade die Treppe hochlaufen. »Melissa!« wetterte Phyllis. Ihre Tochter blieb wie angewurzelt stehen, drehte sich aber nicht zu ihr um. »Wie oft habe ich dir verboten, soviel Krach...« Ihre Worte verloren sich, denn sie erblickte den Fleck auf Melissas weißer Hose. »Melissa, dreh dich um!« Erst reagierte Melissa nicht, dann tastete sich ihr Fuß zur nächsten Stufe hinauf. »Hast du nicht gehört?« schrie Phyllis. »Wenn ich dir sagen, du sollst dich umdrehen, hast du gefälligst zu gehorchen!«

Melissa kämpfte mit den Tränen, doch wandte sie sich ihrer Mutter zu. Phyllis starrte auf die von Erbrochenem verschmierten Sachen. »Ja, was ist denn...«

Melissa schluchzte los. »Ich bin seekrank geworden!« heulte sie. »Ich wollte ja gar nicht mitfahren, aber ich mußte. Und dann hab' ich auf der Jacht der Fieldings gebrochen...« Erneut spürte sie die Erniedrigung vom Nachmittag am ganzen Leib. Schluchzend floh sie die Treppe hinauf.

»Das arme Kind«, murmelte Cora. »Ich gehe am besten gleich mit rauf.«

»Du wirst nichts dergleichen tun!« fuhr Phyllis sie an. »Ich kann mich durchaus selbst um meine Tochter kümmern. Sie verhätscheln – das würde dir so passen! Das ist das letzte, was sie jetzt braucht.« Sie wollte ihrer Tochter nachsetzen, doch in diesem Augenblick ging die Vordertür auf, und Teri kam herein.

»Ist Melissa da? Ich bin ihr nachgelaufen, aber ich konnte nicht Schritt halten...«

»Sie ist oben«, erklärte Phyllis. Teri wollte sofort die Treppe hinaufstürmen, Phyllis hielt sie jedoch zurück. »Teri, Liebes, Cora hat dir etwas zu sagen.«

Teri wandte sich langsam der Haushälterin zu. Deren ohnehin schon dunkles Gesicht war knallrot angelaufen. »Bitte, Ma'am«, flehte sie. Einmal mehr spielten ihre Finger mit dem Schürzensaum. »Ich wolle keinerlei...«

Phyllis brachte sie mit einem kalten Blick zum Schweigen. »Cora sagt, daß Todd glaubt, du hättest dem Hund etwas angetan.«

Teri blitzte Cora den Bruchteil einer Sekunde an, aber sofort hatte sie sich wieder in der Gewalt. »Wie bitte?« schrie sie, als würde sie ihren Ohren nicht trauen.

Phyllis' Gesicht war eine einzige Maske des Zorns. »Los, sag ihr, was du mir gesagt hast«, forderte sie Cora auf.

Cora holte tief Luft und sah Teri in die Augen. Plötzlich schoß ihr etwas in den Sinn. Kurz nach ihrer Ankunft in Maplecrest hatte Teri einen sonderbaren Gesichtsausdruck gehabt, als sie sie mit einem Paar von Melissas Socken im Zimmer ihrer Halbschwester angetroffen hatte. Cora hatte ihn nie so recht deuten können. Etwas Verstohlenes hatte darin gelegen, und jetzt sah Teri sie wieder genauso an.

»Er hält es für möglich, daß du Blackie etwas angetan hast«, erklärte sie. Ihre Stimme gewann an Sicherheit.

»Er sagt, daß er einmal gesehen hat, wie du den Hund getreten hast.«

»Und du glaubst ihm?« Ihre Stimme bebte vor ungläubiger Empörung, daß selbst Cora ihr fast glaubte. Teri wandte sich zu Phyllis um. Tränen glänzten auf einmal in ihren Augen. »Phyllis, glaubst du das etwa auch? Ich hätte nie... ich habe Blackie doch gemocht! Ich...«

Phyllis schloß das plötzlich schluchzende Mädchen in die Arme. Und die vergrub den Kopf an der Brust ihrer Stiefmutter. »Es ist ja gut, mein Liebling«, gurrte Phyllis. »Natürlich glaube ich kein Wort davon. Und niemand darf dir so etwas noch einmal unterstellen.« In schneidendem Tonfall fuhr sie Cora an: »Ich will kein Wort mehr davon hören, Cora. Du solltest Todd wohl lieber sagen, daß er sich wieder um seine Arbeit zu kümmern hat. Er muß akzeptieren, daß Hunde eben manchmal herumstreunen. Und wenn du dazu nicht in der Lage bist, solltest du dich nach einer neuen Bleibe für Todd und dich umschauen. Ich sehe überhaupt nicht ein, warum wir euch durchfüttern sollen, wenn Todd üble Gerüchte über meine Stieftochter in die Welt setzt.«

Die Farbe wich aus Coras Gesicht. Einen Moment lang glaubte sie, die Füße würden ihr den Dienst versagen. Doch dann holte sie erneut tief Luft und nickte hastig. »Ich spreche mit Todd«, antwortete sie fast unhörbar leise. Eilig tippelte sie hinaus. Teri und Phyllis blieben allein zurück.

Teri wischte sich die Tränen aus den Augen und sah flehend zu ihrer Stiefmutter auf. »Du glaubst ihm doch nicht, oder?« beschwor sie sie.

Phyllis drückte sie noch einmal fest an sich. »So ein Unsinn. Seit wann hätte das Wort eines Dienstboten bei mir mehr Gewicht als das deine? Außerdem glaube ich dich trotz der kurzen Zeit ungleich besser zu kennen als

Todd. Du könntest keiner Fliege etwas zuleide tun.« Ihr Blick wanderte die Treppe hinauf, über die Melissa vorhin geflohen war. Ihr Tonfall wurde etwas härter. »Jetzt sag mir mal, was auf dem Boot passiert ist.«

Traurig schüttelte Teri den Kopf. »Es war schrecklich. Und schuld daran war nur ich. Sie wollte gar nicht mitfahren, und...«

Phyllis hielt die Hand beschwichtigend hoch. »Das ist ja sehr rücksichtsvoll von dir, Teri, aber für Ausreden besteht keinerlei Anlaß. Sag mir einfach, was geschehen ist.«

Langsam, fast stockend, erzählte Teri die Geschichte. »Ich weiß auch nicht, warum sie in die Kajüte hinuntergegangen ist«, schloß sie. »Wenn sie an Deck geblieben wäre, wäre es bestimmt nicht so weit gekommen.«

Aber Phyllis hatte sich bereits zornbebend abgewandt. Nur weil ihre Tochter einen empfindlichen Magen hatte, verpaßte sie jetzt die Vorstandssitzung. Schon sah sie Kay Fieldings gönnerhaften Blick, während sie nach Worten der Entschuldigung für Melissa suchte. Dabei gab es doch keine Entschuldigung für diese Schweinerei auf dem Boot! Aber diesmal sollte Melissa sie das letzte Mal vor aller Öffentlichkeit blamiert haben. Wutschnaubend stürmte sie die Treppe hinauf.

Teri spürte ein Kribbeln am ganzen Körper. Aufgeregt, doch still folgte sie ihrer Stiefmutter.

Melissa saß mit fast bis zu den Knien eingezogenem Kopf auf der Toilette zwischen ihrem und Teris Zimmer. Der säuerliche Geruch des Erbrochenen stieg ihr immer noch in die Nase. Ein Schluchzen schüttelte sie am ganzen Leib.

Warum war sie an Bord gegangen? Sie hatte doch von

Anfang an gewußt, was geschehen würde. Und genauso war es dann auch gekommen.

Allein bei der Erinnerung stieg die Übelkeit erneut in ihr hoch. Sie ließ sich zu Boden gleiten, beugte sich über die Klobrille und würgte schon wieder. Das Wasser in der Schüssel färbte sich braun von ihrem letzten Cola. Sie griff nach oben und zog an der Kette. Sie spürte kühle Zugluft über das Gesicht streichen, als der Behälter sich mit frischem Wasser füllte.

Schon wieder kam es ihr hoch, doch diesmal rann ihr nur noch bitterer Schleim über das Kinn. Und dann hörte sie ihre Mutter nach ihr rufen und an der Tür rütteln.

»Melissa? Melissa! Mach sofort die Tür auf und laß mich rein!«

Melissa hustete, spuckte noch einmal in die Kloschüssel und hob den Kopf leicht an. »Laß mich allein!« heulte sie.

Phyllis kniff die Lippen zusammen und klopfte wütend weiter. »Hast du nicht gehört? Du machst jetzt sofort die Tür auf!« Sie rüttelte so heftig am Griff, daß die Tür in den Angeln bebte.

»Ich brauche niemand!« Durch die schwere Tür klang Melissas Stimme seltsam hohl. »Geh doch weg und laß mich allein!«

Diese Aufforderung reizte Phyllis zur Weißglut. Sie fuhr zu Teri herum. »Du hast doch die Schlüssel?« rief sie.

Teri zögerte. Warum ging Phyllis nicht zur anderen Tür herum? Aber während sie sich noch die Frage stellte, wußte sie bereits die Antwort. Die Wut raubte Phyllis den klaren Verstand. Teri wich in ihr Zimmer zurück. Sogleich kam sie mit dem Schlüssel und reichte ihn ihr wortlos.

Phyllis' Hände zitterten vor Erregung. Sie mußte eine

Weile am Schloß herumfummeln, bis der Schlüssel steckte. Endlich leistete der Griff keinen Widerstand mehr. Sie riß die Tür auf. Ihre Tochter lag zusammengekrümmt auf dem Boden und starrte zu ihr hinauf. Beide Hände drückte sie gegen den Bauch.

»Aufstehen!« befahl Phyllis. Sie packte Melissa am Arm und riß sie hoch. »Mein Gott, sieh dich nur an!« Melissa wollte zurückweichen, doch Phyllis riß sie herum und zwang sie, in den Spiegel zu schauen.

Melissa starrte auf ihr Spiegelbild. Ihre Augen waren rot und geschwollen, ihre Bluse war vom Erbrochenen verschmiert, und das schweißnasse Haar klebte ihr auf der Stirn.

»Wie konntest du so etwas nur tun?« zischte Phyllis. »Warum bist du überhaupt mitgefahren? Du wußtest doch, daß dir nur wieder schlecht würde!«

Melissas Augen weiteten sich vor Angst. »Ich wollte ja nicht...« fing sie an. Ihre Mutter drückte ihr den Daumen derart fest in den Arm, daß sie vor Schmerz aufheulte. »Ich wollte ja nicht«, äffte sie sie mit gellender Stimme nach. »Ich wollte ja nicht. Warum hast du's dann getan, wenn du nicht wolltest?«

»Ich... Teri hat gesagt...!«

»Halt den Mund!« brüllte Phyllis. »Wälz ja nichts auf Teri ab. Das dulde ich nicht, hast du gehört? Ich lasse nicht zu, daß du die Verantwortung für deine Dummheit auf andere schiebst!«

Melissa zuckte zusammen, denn ihre Mutter verdrehte ihr den Arm. Im nächsten Augenblick schoß ihr ein stechender Schmerz in den Rücken. Phyllis hatte sie herumgerissen. Und dann ließ Phyllis den Arm plötzlich los und griff nach der Bluse.

»Ja, was ist denn das?« zischte sie. Du hast ja deine Kleider vollkommen ruiniert. Ausziehen!«

Mit beiden Händen riß Phyllis an der Bluse. Die Knöpfe waren dem Ruck nicht gewachsen, purzelten zu Boden und rollten davon. Mit einem zweiten Ruck wirbelte Phyllis Melissa noch einmal herum, riß ihr die Bluse vom Leib und schleuderte sie in die entfernteste Ecke. »Jetzt zieh die Hose aus!« bellte sie. Plötzlich ließ sie Melissa los, um die Dusche aufzudrehen. »Ja, hörst du mich nicht?« schrie sie, da Melissa wie festgewurzelt stehengeblieben war.

Teri, die vom Türrahmen aus stumm zugesehen hatte, machte einen Schritt auf Melissa zu, doch Phyllis schüttelte den Kopf. »Du hilfst ihr nicht«, schrie sie. »Sie muß lernen, selbst die Verantwortung für sich zu übernehmen.« Teri ließ die Hände fallen und wich wieder zurück.

Dampf stieg allmählich im Badezimmer auf. Aus dem Duschkopf spritzte immer heißeres Wasser. Phyllis funkelte ihre störrische Tochter erbost an. »Hose ausziehen!« befahl sie noch einmal mit vor Wut bebender Stimme.

Benommen fummelte Melissa am Knopf. Dann fiel die Hose auf den Boden. Melissa trat heraus, und als nächstes zog sie die Unterwäsche aus.

»Los, stell dich unter die Dusche.«

Melissa starrte auf die Dampfwolke. »Das... das ist zu heiß!« wimmerte sie.

Ohne darauf zu achten, packte Phyllis sie wieder mit einem schmerzhaften Griff am Arm. »Unter die Dusche, habe ich gesagt!« Sie riß Melissas Arm brutal hoch und stieß das Mädchen nach vorne. Melissa versuchte sich gegen die Wand zu stemmen, doch plötzlich packte ihre Mutter sie am Haar. Sie riß ihr den Kopf zurück.

»Nein!« schrie Melissa. »Bitte Mama! Tu's nicht!«

Aber ihre Mutter schien sie gar nicht zu hören. Wortlos

und mit vor Entsetzen weit aufgerissenen Augen duldete sie, daß sie unter die Dusche gestoßen wurde. Die ersten brühend heißen Tropfen verbrannten ihr die Haut. Melissa schnappte nach Luft.

Dann schrie sie wieder lautlos um Hilfe.

D'Arcy! D'Arcy! Bitte hilf mir!

Aus dem Wasserdampf sah sie ein Gesicht auf sich zuschweben. Es lächelte sie an. Sie spürte die Nähe ihrer Freundin, hörte ihre Stimme. *Alles ist gut, Melissa. Ich bin jetzt da. Leg dich ruhig schlafen.*

Sie ließ sich von der tröstlichen Dunkelheit einwickeln. Nur noch D'Arcys sanfte Stimme war zu hören. *So ist es gut... Schlaf jetzt ein... schlaf ganz einfach ein...*

Phyllis spürte, wie der Körper ihrer Tochter sich trotz des brühend heißen Wassers unter ihren Händen entspannte. »Stillhalten«, befahl sie. Mit einer Hand griff sie nach Seife und einem groben Waschlappen und fing an, Melissas Haut grimmig abzuschrubben.

Melissa blieb regungslos stehen. In diesem seltsamen rettenden Schlaf war alles um sie herum versunken.

Teri, die das makabre Schauspiel von der Tür aus verfolgte, bemerkte die Veränderung in Melissas Gesicht, sah, wie ihre Züge sich plötzlich entspannten, sah, wie ihre Augen jeden Ausdruck verloren.

Schließlich wandte sie sich ab, während Phyllis noch wütend weiterscheuerte.

Lächelnd ging sie die Treppe hinunter. Den Rest des Nachmittags wollte sie in der Sonne am Beckenrand verbringen. Es hatte Spaß gemacht, bei Melissas Folterung zuzuschauen.

Fast soviel Spaß, wie wenn sie Melissa selber folterte.

18

Teri betrachtete sich kritisch im Spiegel. »Was hältst du davon?« wollte sie von Melissa wissen. Es war Samstag nachmittag. Seit dem Morgen klebten sie in Melissas Zimmer Bergkristalle auf das Tüllgewebe über dem rosa Kleid. Es waren Hunderte. Ihr Vater hatte sie Freitag abend aus New York mitgebracht. Endlich funkelte das Kleid in der Spätnachmittagssonne in unzähligen Farben, und das Licht brach sich in tausend winzigen Prismen.

»Das ist ja fantastisch«, rief Melissa. »Setz doch auch das Diadem auf.«

Teri nahm das Diadem von der Kommode und rückte es sich behutsam auf dem Kopf zurecht. Zum Abschluß nahm sie den ›Zauberstab‹ in die Hand. Es war ein Holzstock, den Cora von einem alten Besen abgesägt hatte. Verziert hatte sie ihn mit einer rosa Schleife und einem Rauschgoldstern aus der Weihnachtstruhe. Phyllis hatte ihn gestiftet.

»Und?« fragte Teri nach einer koketten Pirouette vor dem Spiegel und berührte Melissa mit dem ›Zauberstab‹.

»Ganz toll«, hauchte Melissa lächelnd. »Damit wirst du allen Mädchen die Schau stehlen.«

»Wer?« fragte ihr Vater durch die offene Tür.

»Schau sie dir an, Papa«, rief Melissa stolz. »Sieht sie nicht hinreißend aus?«

Charles pfiff anerkennend. »So was nenne ich Diadem. Wo hast du es denn her?«

»Aus dem Trödelladen«, erwiderte Teri. »Melissa hat es mir gekauft. Ich wollte es ihr nicht erlauben, aber...«

»Aber es ist toll«, fiel Melissa ihr ins Wort. »Ohne Diadem wäre es nicht mehr als ein altes Kleid, und keiner wüßte, was es darstellen soll.«

»Schön«, sagte Charles und nickte seiner jüngeren Tochter zu. »Jetzt wissen wir, daß Teri heute abend als Zauberfee geht. Und du?«

Melissas Lächeln erstarb. »I-ich geh' wahrscheinlich nicht hin.«

Charles runzelte die Stirn. »Warum denn plötzlich nicht?«

Was sollte sie ihm nur sagen? Daß Jeff Barnstable sie abgeschrieben hatte? Warum sollte er sie auch abholen kommen, nach allem, was auf der Jacht der Fieldings geschehen war?

Selbst jetzt noch war es ihr außerordentlich peinlich. Die letzten Tage hatte sie lieber zu Hause verbracht, um sich nicht unnötig den Blicken der anderen auszusetzen. Sie sah sie schon ihr Volleyballspiel am Strand unterbrechen und die Köpfe zusammenstecken. Unter viel Gekicher würden sie einen Finger in den Mund stecken und so tun, als übergäben sie sich.

Teri hatte für solche Ängste kein Verständnis aufgebracht. »Das stimmt doch nicht!« hatte sie nach Melissas Geständnis gerufen. »Es war ja nicht deine Schuld, daß dir schlecht geworden ist. Warum sollte man dich deswegen auslachen?«

Melissa hatte darauf keine Antwort geben können. Wie sollte Teri das auch verstehen? Teri sah toll aus, und alle mochten sie. Niemand würde sie je auslachen. Wie konnte man ihr begreiflich machen, was in einem vorging, wenn die anderen einen heimlich verspotteten? Wer es nicht am eigenen Leib erlebt hatte, konnte nicht ahnen, wie schlimm es war.

»I-ich habe einfach keine Lust auf das Fest«, erklärte sie ihrem Vater. »Kann ich nicht zu Hause bleiben? Bitte.«

Charles zog die Schultern hoch. »Na ja, ich weiß nicht,

ob deine Mutter davon begeistert wäre. Immerhin hast du Jeff Barnstable ja zugesagt.«

»Und bei der Zusage wird es auf alle Fälle bleiben«, ließ sich Phyllis vom Flur her vernehmen. Stirnrunzelnd trat sie in die Tür. »Oder gibt es da ein Problem, Melissa?«

Unter dem eisigen Blick ihrer Mutter fühlte Melissa sich plötzlich ganz schwach. »Ich habe ja nichts zum Anziehen«, verteidigte sie sich.

Phyllis wischte den Einwand beiseite. »Teri wird bestimmt etwas Passendes für dich finden.«

Teri nickte. Sie nahm das Diadem ab und griff über ihre Schulter nach dem Reißverschluß. »Hilf mir mal, das auszuziehen«, bat sie Melissa. »Und dann gehen wir auf den Speicher. Da oben werden wir garantiert etwas Passendes für dich finden.«

Insgeheim hatte sie schon längst Melissas Kostüm für heute abend ausgesucht.

Nur widerstrebend folgte Melissa ihrer Halbschwester wenig später die Speichertreppe hinauf. Noch hatte sie allzu lebhaft das Bild vor Augen, wie sie in der Nacht in den Speicherraum getreten war und Blackie an einem Seil tot vom Dach hing.

Aber es war ja nur ein Traum gewesen.

Die ganze Woche hatte sie sich einzureden versucht, daß sie sich getäuscht haben mußte. Aber das Bild war so echt gewesen...

Und von Blackie fehlte weiter jede Spur. Selbst Todd hatte gestern die Suche aufgegeben. »Ich weiß nicht, was ihm geschehen ist«, hatte er gesagt. »Wahrscheinlich hat deine Mom recht. Er ist wohl weggelaufen.«

Teri riß sie aus ihren Gedanken. »Komm schon«, drängte ihre Halbschwester. Dann ergriff sie lächelnd ihre Hand, als verstehe sie, was in Melissa vorging. »Ist schon gut«, redete sie ihr zu. »Wir waren doch schon mal gemeinsam hier oben. Nichts als Gerümpel.«

Melissa holte tief Luft. Entschlossen schob sie alle Furcht beiseite. Teri hatte recht. Es war nichts als ein Speicher. Dort gab es nichts, was sie zu fürchten hatte.

Teri stieß die Tür auf und trat ein. Melissa folgte. Nach einem Blick durch den Raum fühlte sie sich ein wenig erleichtert. Jetzt, da das Sonnenlicht durch die Luken hereinschien, sah der Speicher nicht annähernd so grauenhaft aus wie in jener Nacht, als die nackte Birne den größten Teil in scheinbar grenzenlose Dunkelheit getaucht hatte. Jetzt lagen nur ein paar Ecken im Dunkeln, doch selbst sie wirkten alles andere als bedrohlich. Sie kicherte befangen. Abrupt verstummte sie, als sie die Gliederpuppe mit dem weißen Kleid erblickte. Aber bei dem gedämpften Tageslicht sah sie darin nichts anderes als sie war – ein längst ausrangiertes Kleid, das man über die Puppe gehängt hatte, um es auszubessern, und dann vergessen hatte.

»Wo sollen wir anfangen?« fragte sie.

Teri schien verblüfft zu sein. »Weißt du, was in den Schrankkoffern ist?«

»Alles mögliche«, sagte Melissa. »Vor allem Warmes für die Weihnachtsferien. Federbetten, Decken und so.« Sie setzte sich wieder in Bewegung. Um die größeren Möbel mußte sie herumgehen. Hie und da blieb sie stehen, um Teri auf etwas hinzuweisen. »Daddy droht uns ständig damit, daß er den ganzen Krempel wegschaffen läßt.« Sie deutete auf ein verstaubtes Sofa, von dessen Bezug so wenig übriggeblieben war, daß vereinzelt die Sprungfedern herausschauten. »Wenn wir hier noch mehr Gerümpel abstellen, sagt er, stürzt das Haus bald ein. Der da hat übrigens meiner Großmutter gehört.« Sie zeigte auf einen zerfetzten Ohrensessel. »Daddy sagt, daß sie ihn hier heraufgeschafft hat, als er so alt war wie wir jetzt. Und immer wenn Großvater ihn wegbringen wollte, fiel ihr ein anderer Grund ein, warum sie ihn unbedingt behalten mußte.« Kichernd strich sie über das Gewebe. Es zerbröselte unter ihrem Finger. »Daddy sagt, daß sie bis zu ihrer Todesstunde Pläne damit hatte. Und danach wollte Großvater ihn auch nicht mehr wegschaffen, weil er Angst hatte, sie würde ihm nach seinem Tod wieder damit in den Ohren liegen.«

Teri schüttelte staunend den Kopf. »Aber hier steht ja unheimlich viel. Das ist garantiert ein Vermögen wert.«

Melissa reagierte mit einem Achselzucken. Ihr Blick war schon in die Ecke hinter der Gliederpuppe geschweift. »Schauen wir mal da rüber«, schlug sie vor. »In den Schrankkoffern müßten Anziehsachen sein.«

Schon machte sie sich am Verschluß des ersten zu schaffen. Die Tür ging knarzend auf. Ein Rascheln war zu hören, und im nächsten Augenblick schoß eine Maus heraus und verschwand in einer Ritze unter den Bodenplanken. Melissa sprang im ersten Schreck zurück. Sie erholte sich aber schnell davon, trat wieder auf den Schrankkoffer zu und schüttelte ihn mehrmals. Da sich drinnen nichts mehr rührte, zog sie die Schubladen nacheinander heraus.

Abgesehen von alten Schuhen, deren Leder brüchig war oder in Fetzen herunterhing, enthielt der Koffer nichts.

Der zweite Schrankkoffer beherbergte wieder eine Maus und eine Sammlung vergilbter und löchriger Tischdecken.

Beim dritten Koffer hatten sie endlich mehr Glück. Fassungslos starrten die Mädchen auf den Inhalt.

»Komisch«, flüsterte Teri. »Sieht so aus, als wäre jemand von einer Reise zurückgekommen und hätte sich nie die Mühe gemacht, ihn auszupacken.«

Melissa schnappte nach Luft. Mit großen Augen starrte sie auf den Koffer. »Das war bestimmt meine Großtante Dahlia.«

Teri sah sie aus den Augenwinkeln an. »Wer war denn das?«

»Die Schwester meiner Großmutter, glaube ich. Daddy sagt, daß sie ziemlich komisch war. Das waren garantiert ihre Sachen.« Ihr Blick löste sich vom Koffer und begegnete dem von Teri. »Sie ist verschollen. Von einer Schiffsreise ist sie nie zurückgekommen.«

Teri verzog das Gesicht zu einem schiefen Lächeln. »Ach komm schon. Niemand verschwindet so einfach.«

»Großtante Dahlia aber schon«, beharrte Melissa. »Alle glauben, daß sie irgendwo ins Wasser gesprungen ist. Ist auch egal. Das hier waren jedenfalls garantiert ihre Sachen. Wahrscheinlich hat man sie zurückgeschickt, und keiner wollte sie auspacken.«

Die Mädchen machten sich daran, die Sachen zu sortieren. Die Kleider waren alle nach der Mode der dreißiger Jahre geschnitten. Daneben fanden sie Seidenblusen, mehrere Blousons, zwei Hosenanzüge und einen Mantel. In den Schubladen lagen mehrere Garnituren Unterwäsche, Strumpfhosen, Spitzenwäsche und ein halbes Dutzend Paar Schuhe.

Melissa hielt sich ein Kleid an die Brust. Ein großer Teil blieb zu Melissas Füßen auf dem Boden liegen. »Kein Wunder, daß sie sich umgebracht hat«, kicherte Teri. »Sie war ja mindestens eins achtzig groß.«

Weit und breit war kein Kleid in Melissas Größe zu finden. Sie seufzte enttäuscht auf. Da bemerkte sie, wie Teri versonnen etwas hinter ihr betrachtete. Sie wandte sich um. Da waren nur die Gliederpuppe und das weiße, mit

Rüschen und Spitzen besetzte Kleid zu sehen. Plötzlich begriff sie, woran Teri dachte.

»Das da?« hauchte sie.

Teri nickte. »Warum nicht?« meinte sie grinsend. »Du könntest als D'Arcy gehen.«

Melissa starrte sie entgeistert an. Sie wußte nicht so recht, ob Teri sie zum Narren halten wollte. »Aber das geht doch nicht«, widersprach sie.

»Ja, warum denn nicht?« wollte Teri wissen. Sie ging an Melissa vorbei zur Puppe und nahm das Kleid sorgfältig ab. »Das wird ein Mordsspaß. Und nach der Gruselgeschichte beim Lagerfeuer kannst du allen beweisen, daß du keine Angst vor D'Arcy hast. Wir brauchen ja niemandem zu sagen, daß...«

Sie verstummte plötzlich, als sie die Veränderung in Melissa bemerkte. Aus weit aufgerissenen Augen starrte ihre Halbschwester auf die Stelle, die vorhin noch das Kleid bedeckt hatte. Beunruhigt sah Teri ebenfalls dorthin.

Unter der Gliederpuppe lag ein Lederriemen auf dem Boden. An einem Metallring war nahe der Schnalle ein dunkelblaues Plastikschild befestigt. Darauf war in weißen Großbuchstaben ein Wort eingraviert.

BLACKIE.

Mit zitternden Händen hob Melissa das Halsband auf, dann richtete ihr Blick sich auf Teri. »Ich hatte also doch recht«, flüsterte sie. »Ich habe Blackie wirklich hier oben gesehen.«

Teri starrte wortlos auf das Halsband. Schließlich wanderte ihr Blick auf die vollkommen verstörte Melissa. »Aber was hast du mit ihm getan?« fragte sie.

Melissa packte ein Schwindelgefühl. »M-mit ihm getan?« wiederholte sie.

Teri nickte. »Verstehst du denn nicht? Wenn er wirklich hier oben war und du ihn wirklich gesehen hast, dann mußt du ihm ja etwas getan haben.«

Melissas Kopf wackelte langsam hin und her. »N-nein«, stammelte sie. »Ich habe doch nicht...«

Teri nahm ihr das Halsband behutsam aus der Hand. »Ich meine ja nicht, daß du es absichtlich getan hast«, sagte sie. Als wäre ihr etwas Neues eingefallen, sprach sie stockend weiter. Im Sprechen schien sie den Gedanken zu formulieren. »Vielleicht... vielleicht warst es gar nicht du. Vielleicht war es D'Arcy.«

Melissa schnappte nach Luft. »D'Arcy?«

»Aber natürlich. Du weißt doch, daß sie dir in der Nacht zu Hilfe kommt, wenn deine Mutter dich ans Bett fesselt?«

Melissa versuchte den harten Knoten, der ihr in der Kehle hochstieg, herunterzuschlucken. Ihr gelang ein schwaches Nicken.

»Na ja, vielleicht ist sie auch in der Nacht damals gekommen. Und als du schliefst, hat sie Blackie etwas angetan. Du bist aufgewacht, konntest dich an bestimmte Teile erinnern und hast oben nachgesehen.«

»Aber ich habe doch gesehen, wie...«

»Vielleicht hast du gar nichts gesehen. Vielleicht hast du dich nur an das erinnert, was D'Arcy getan hat.«

Melissa zitterte jetzt wie Espenlaub. Teris Worte wirbelten in ihrem Kopf herum. War das denn möglich? Wäre D'Arcy zu so etwas imstande? Sie wußte es einfach nicht.

»W-was soll ich denn jetzt tun?« flüsterte sie. Hilfesuchend starrte sie auf Teri. »Wenn Mama das rausfindet...«

Teri ergriff Melissas Hand. »Das wird sie nicht«, sagte sie. »Wenn D'Arcy es wirklich war, kannst du doch nichts dafür, oder? Wir tun einfach so, als wäre nichts.

Wir schaffen das Halsband aus der Welt und sagen keiner Menschenseele was davon.«

Tränen traten Melissa in die Augen. Sie unterdrückte sie mit einem Blinzeln. »Das würdest du wirklich für mich tun?« flüsterte sie. »Du wirst Mama nichts davon sagen?«

Teri lächelte. »Bestimmt nicht«, versprach sie. »Wozu denn auch?«

Sie nahm das Kleid in die andere Hand und führte Melissa aus dem Speicher.

Charles blickte auf die Uhr. Es war fast sieben. Sie würden mindestens eine halbe Stunde zu spät zum kalten Buffet bei den Barnstables kommen. Aber im Sommer war das nicht so schlimm, da nahm es keiner so genau mit der Pünktlichkeit. Er begutachtete sich noch einmal im Spiegel und zupfte seinen Smoking zurecht. Phyllis hatte ihn als George Washington verkleiden wollen, doch dagegen hatte er sich entschieden gewehrt: »Verkleidet gehe ich nicht! Von mir aus ziehe ich den Frack an und gehe als Kellner, mehr nicht.«

Phyllis wußte, daß sie ihn nur reizte, wenn sie ihn weiter bedrängte. Also hatte sie sich blitzschnell für ein Kostüm aus den zwanziger Jahren entschieden. Es war nicht so aufregend wie die ursprünglich geplante Verkleidung, würde aber nicht deplaziert neben Charles' Smoking wirken. Sie machte sich vor dem Schminktisch schön, als sie ihn nervös aufseufzen hörte. »Bin schon fertig!« rief sie nach draußen und überprüfte zum letzten Mal ihr Make-up. »Das bißchen Verspätung ist vollkommen normal.« Ein glückliches Lächeln huschte über ihr Gesicht. »Sollen wir noch kurz bei den Mädchen reinschauen?«

Gemeinsam liefen sie zu Melissas Zimmer. Gerade als

sie anklopfen wollten, kam Teri heraus und zog sogleich die Tür hinter sich zu. »Ihr dürft Melissa jetzt nicht sehen«, sagte sie. »Es soll doch eine Überraschung werden.«

Charles zog die Augenbrauen hoch. »Da bin ich ja gespannt«, meinte er. »Was wollt ihr denn machen, wenn Brett und Jeff kommen? Eine Decke über sie werfen?«

»Na ja, die zwei werden es natürlich schon vorher sehen.« Sie wirbelte herum, damit ihr Vater und ihre Stiefmutter das Kleid bewundern konnten. »Und?«

»Du siehst bezaubernd aus, mein Liebling«, rief Phyllis und küßte sie auf die Wange. »Du wirst die Schönste des Balls sein.«

Charles strahlte seine Älteste stolz an. »Den Einfall mit der Zauberfee finde ich genial. Für Melissa bist du ja schon eine. Ohne dich...« Er brachte den Satz nicht zu Ende. »Na ja«, fuhr er nach einer Pause verlegen fort, »sagen wir mal, ohne dich wäre sie wahrscheinlich nie zum Ball gegangen.« Sein Blick wanderte nervös zur Tür. »Wie geht es ihr überhaupt?«

»Gut«, erwiderte Teri. »Jetzt fahrt schon zu den Barnstables, damit wir endlich weitermachen können.«

Charles und Phyllis verabschiedeten sich mit einem Küßchen und wandten sich zum Gehen. Auf dem Treppenabsatz blieb Charles abrupt stehen. »Der Fotoapparat liegt auf dem Tisch in der Vorhalle«, rief er. »Vergiß ihn bitte nicht. Es ist das erste Mal, daß Melissa sich verabredet hat und...«

»Ich weiß«, entgegnete Teri. »Du hast es mir schon dreimal gesagt.« Sie winkte ihnen nach und kehrte in Melissas Zimmer zurück.

Melissa stand in ihrer Unterwäsche da und schaute skeptisch auf das Kleid. »Und wenn es nicht paßt?«

»Dann sorgen wir eben dafür, daß es paßt. Schau, was

ich im Trödelladen gefunden habe.« Teri hielt eine Tüte auf, in die sie Melissa den ganzen Tag nicht hatte hineinsehen lassen, und zog eine Perücke mit langen blonden Haaren hervor. »Und das dazu passende Make-up habe ich auch gekauft. Aber jetzt passen wir dir das Kleid an. In einer Stunde kommen die Jungen.«

Melissa hielt die Arme hoch, damit Teri ihr das Kleid überstreifen konnte. Dann knöpfte Teri es am Rücken zu. Es war ein bißchen zu groß, aber bei weitem nicht so schlimm wie das Kleid von Großtante Dahlia.

Erst wollte Teri es im Knien abstecken; sie überlegte es sich aber schnell anders, als die ersten Kristalle von ihrem Kostüm fielen.

»Stell dich auf den Hocker«, befahl sie Melissa. »Ich muß den Saum abstecken.«

Melissa zog das Kleid hoch und kletterte gehorsam auf den Hocker vor dem Schminktisch. »Und wenn es sich auflöst?«

»Keine Sorge. Ich nehme Sicherheitsnadeln. Und bei den vielen Rüschen wird man sie nicht sehen. Du mußt nur stillhalten.«

Sie schlug den Saum ein bißchen um und steckte ihn säuberlich fest. Nach fünfzehn Minuten richtete sie sich auf und trat zum Begutachten einen Schritt zurück. Dann nahm sie noch ein paar Verbesserungen vor und befahl Melissa, sich auf den Boden zu stellen.

Der Saum schwebte fast vollkommen gleichmäßig wenige Zentimeter über dem Boden.

»Und jetzt der Rücken.« Teri schlug das Kleid hinten um und steckte die Nadeln so flach in die Falten, daß sie kaum zu erkennen waren. »Das dürfte reichen«, meinte sie zum Schluß. »Schauen wir's uns mal an.«

Zögernd wagte Melissa sich vor den Spiegel.

Das Kleid hatte jetzt die richtige Länge, aber das Oberteil hing schlaff herunter, und die Ärmel waren ebenfalls zu weit. »O Gott«, stöhnte sie. »Ich sehe gräßlich aus, nicht wahr?«

»Laß mich nur machen«, kicherte Teri. »Jetzt stopfen wir erst mal Strümpfe in deinen BH.«

Melissa starrte sie entsetzt an. »Aber...«

»Ja und? Was ist schon dabei? Ich meine, D'Arcy war damals mindestens achtzehn, und du bist erst dreizehn.«

Teri zog zwei Paar Strümpfe aus der Schublade und drückte sie Melissa in die Hand. »Mach schon. Probier's doch mal.«

Melissa kam sich etwas dumm vor. Trotzdem stopfte sie die Strümpfe unter den BH. Dann wagte sie wieder einen Blick in den Spiegel. Zu ihrer großen Überraschung wirkte ihre Brust voller. Und selbst bei genauerer Inspektion verdeckten die Rüschen die Socken vollständig.

Etwas war anders, nur konnte sie es sich noch nicht genau erklären.

Sie kam sich verändert vor.

Sie grinste Teri verlegen an. »Hast du so etwas schon mal gemacht? Ich meine...«

»Aber klar doch. Mit zwölf Jahren habe ich es zum erstenmal probiert. Die Jungen waren alle von den Socken. Jungen sind ja so dumm. Die merken nie was. Jetzt aber weiter. Wir müssen dich noch schminken.«

Melissa setzte sich verwirrt vor den Spiegel. »W-was hast du jetzt noch vor mit mir?« stotterte sie.

Teri lächelte sie an. »Ich mache dich schön. Du wirst mindestens so schön sein wie D'Arcy.«

Zuallererst trug sie eine helle Grundierung auf, danach die Farbe. Mit Melissas Wangenknochen gab sie sich besondere Mühe. Sie schminkte sie etwas dunkler, so daß sie etwas hervorstehend wirkten. Danach bearbeitete sie die Augen. Mit einem Stift bemalte sie die Lider und die

Augenwinkel. Jetzt sahen die Augen viel größer aus, als sie eigentlich waren.

Allmählich tauchte ein neues Gesicht im Spiegel auf. Es war noch immer Melissas Gesicht, doch irgendwie hatte es sich verwandelt. Die Züge waren nicht mehr dieselben.

Und auch innerlich nahm Melissa eine Verwandlung wahr. In dem Maße, in dem ihr Gesicht sich veränderte, spürte sie ein ganz neues Selbstbewußtsein in sich wachsen. Und plötzlich begriff sie.

Ich bin nicht mehr ich, dachte sie. Ich verwandle mich in eine andere... in eine Schönheit.

Während Teri arbeitete, wagte sie sich kaum zu rühren. Die Zeit kam ihr wie eine Ewigkeit vor. Schließlich trat ihre Halbschwester einen Schritt zurück. »Geschafft. Na, was sagst du?«

Melissa starrte atemlos ihr Bild im Spiegel an. »Das... das ist ja komisch«, flüsterte sie andächtig. »Ich meine, ich komme mir plötzlich wie eine andere vor, gar nicht mehr wie ich selbst.«

»Das war ja auch meine Absicht«, erklärte Teri. »Das ist ja der Sinn von Verkleidungen und von Schminke. Man ist dann immer das, was man sein will. Ich meine...« Die Türglocke unterbrach sie. Teri warf einen Blick auf die Uhr. »O Gott, es ist ja schon nach acht! Sie sind da! Setz schon mal die Perücke auf. Ich lass' sie rein und kämm dich dann noch.« Sie eilte hinaus.

Melissa tastete nach der Perücke, ohne den Blick vom Bild im Spiegel zu wenden.

Dem Bild, das nicht sie war – und ihr doch vertraut war.

Langsam hielt sie die Perücke über den Kopf. Ein seltsamer Gedanke ließ sie innehalten. Wenn sie die

Perücke aufgesetzt hatte, wenn sie erst ihr Haar bedeckte, war die Verwandlung perfekt.

Die letzte Spur ihres alten Selbst war dann vollkommen verschwunden. Dann war sie eine andere.

Aber wer?

D'Arcy?

Aber D'Arcy gab es doch nicht! D'Arcy existierte nur in ihrer Fantasie. Sie hatte sie erfunden.

Sie holte tief Luft und setzte die Perücke auf. Das blonde Haar fiel in langen Wellen über ihre Schultern, umrahmte ihr Gesicht.

Eine Fremde blickte ihr aus dem Spiegel entgegen.

Aber es war eine Fremde mit vertrauten Zügen, eine Fremde, die sie schon einmal gesehen hatte.

Sie fing an, die blonde Haarpracht zu bürsten.

Und mit jedem Bürstenstrich nahm die Person aus dem Spiegel, die Person, die gar nicht sie war, in ihr Kraft und Gestalt an...

Teri öffnete Brett Van Arsdale lächelnd die Tür. Er trug ein rosafarbenes Matadorsgewand. Sie mußte grinsen. »Wie hast du das gewußt? Hat dir jemand verraten, was ich anziehen wollte?«

»Vielleicht war's Gedankenübertragung.«

Zur Antwort rollte Teri mit den Augen. Dann bemerkte sie, daß niemand mehr im Porsche saß. Ihr Grinsen erstarb. »Wo ist Jeff?«

Einen kurzen Augenblick lang meinte sie so etwas wie Schuldbewußtsein in Bretts Augen aufflackern zu sehen, doch dann sagte er nur achselzuckend: »Ihm war plötzlich so schlecht. Vorhin hat er mich angerufen. So gespuckt hat er noch nie, hat er gesagt.«

Teris Augen verengten sich. »Das habt ihr sicher so ausgemacht!«

Brett hielt in Unschuldsmanier beide Hände hoch. »Hey! Was kann ich denn dafür, wenn Jeff plötzlich krank wird? Ich meine, ich habe ihn gebeten, Melissa anzurufen. So hatten wir's doch ausgemacht. Ich überrede ihn, mit Melissa zu tanzen, und dafür gehst du mit mir zum Ball. Alles andere geht mich nichts mehr an. Oder soll ich ihn vielleicht an den Haaren hinschleifen?«

Teri überlegte fieberhaft. Wie konnte sie Melissa jetzt noch zum Ball bringen, wenn Jeff sie sitzenließ? Sie konnte schon die Tränen über ihr dummes Gesicht kullern sehen. Wahrscheinlich würde sie sich aufs Bett werfen und einen Weinkrampf kriegen. Doch dann glaubte sie, die Antwort gefunden zu haben.

Es würde genau wie in der Geschichte sein.

»Warte bitte eine Sekunde«, meinte sie grinsend. »ich sag' ihr nur, daß Jeff sie erst dort treffen kann. Sonst kommt sie garantiert nicht mit.«

Brett fing an zu feixen. »Was wäre schon dabei, wenn sie nicht käme? Es würde sowieso keinen stören.«

»Ach ja?« Teris Grinsen ging in ein wissendes Lächeln über. »So wie sie heute aussieht, würde allen was entgehen. Wart's nur ab.«

Während sie die Treppe hinaufjagte, legte sie sich die Ausrede schon in allen Details zurecht.

Doch Melissas Zimmer war leer.

Eilig schaute sie in alle Zimmer im ersten Stock. Da sie sie nicht fand, suchte sie auf dem Speicher. Aber Melissa schien vom Erdboden verschluckt zu sein. Schließlich ging sie wieder nach unten, wo Brett vor der Tür wartete.

»Sie ist weg«, sagte sie. »Wahrscheinlich hat sie uns gehört und ist davongerannt.«

»Davongerannt? Wohin sollte sie denn gehen?«

Erneut rollte Teri geheimnisvoll mit den Augen. »Wer

weiß? Aber du kennst Melissa ja. Wenn sie der Rappel packt, rennt sie weg.«

»Das stimmt!« rief Brett. Mit einem breiten Grinsen führte er Teri die Stufen hinunter zum Porsche. »Vielleicht haben wir diesmal auch Glück, und sie kommt nicht wieder.«

Teri gab keine Antwort. Als der Porsche über die Auffahrt brauste, drehte sie sich noch einmal zum Haus um.

Und wie damals, als sie Blackies Kadaver zum alten Schuppen getragen hatte, war ihr, als hätte sie einen Schatten an einer der Dachluken vorbeihuschen sehen.

Aber sie hatte oben doch nachgesehen und keine Spur von Melissa entdeckt?

Oder?

19

Jeff Barnstable lag auf dem Rücken. Den Blick richtete er zur Decke. Der Fernsehapparat auf seinem Tisch lief, aber er achtete nicht darauf. Statt dessen konzentrierte er sich auf die Rockmusik, die ihm aus seinem Walkman direkt in die Ohren dröhnte. Sein rechter Fuß wippte im Takt mit. Mit den Armen drosch er hin und wieder auf ein imaginäres Schlagzeug ein.

Der Schlußakkord verhallte, das Band stoppte, und Jeff griff nach einer anderen Kassette. Ein Blick auf die Aufschrift, und er warf sie auf das Nachtkästchen. Er stand auf und stellte sich ans Fenster. Draußen wurde es allmählich dunkel. In der Ferne, an der Südspitze der Bucht, glühten die Lichter des Cove Club. Einen kleinen Stich versetzte es ihm doch, daß seine Freunde jetzt zu Live-Musik tanzten.

Andererseits war ihm heute sofort nach dem Aufwachen beim bloßen Gedanken an einen Abend mit Melissa Holloway speiübel geworden. Als er sich dann entschlossen hatte, Kent Fieldings Anregung zu folgen und eine Krankheit vorzutäuschen, hielt er es gar nicht mehr für eine Lüge. Jetzt freilich, eine Stunde, nachdem er Melissa hätte abholen sollen, fühlte er sich pudelwohl.

Eigentlich, überlegte er, könnte er sich rasch umziehen und zum Ball gehen. Melissa bräuchte er auch nicht mehr abzuholen. So wie er sie kannte, lag sie sicher im Bett und heulte sich die Augen aus. Selbst wenn er dort noch klingelte, sie würde gewiß nicht mehr mitkommen wollen.

Er mußte grinsen bei der Vorstellung, wie er verkleidet und vielleicht sogar mit einem Strauß Blumen aus dem Garten seiner Mutter vor ihrer Tür stand. Und sie würde ihn aus roten, verquollenen Augen nur anstarren. Wahrscheinlich würde sie ihm die Tür vor der Nase zuknallen. Keiner könnte dann sagen, es hätte ihm an gutem Willen gefehlt. Aber was wäre, wenn sie einfach dasaß und auf ihn wartete? Dann müßte er doch noch in den sauren Apfel beißen.

Das gedämpfte Stimmengewirr von der Party seiner Eltern wurde plötzlich lauter. Er drehte sich um. Seine Mutter war eingetreten und stand gegen den Türpfosten gelehnt da. Ihr Gesicht verhieß nichts Gutes. So sah sie ihn immer an, wenn er etwas ausgefressen hatte.

»Geht's dir wieder besser?« fragte Paula Barnstable in ganz normalem Tonfall, doch ihre Augen funkelten zornig.

Jeff schlurfte zum Bett zurück. »Ich brauchte ein bißchen frische Luft«, stammelte er und versuchte so leidend wie möglich dreinzuschauen.

»Ich habe den Eindruck«, antwortete Paula langsam, »daß du eher frische Manieren brauchst.«

Jeff ließ sich aufs Bett fallen. »Mir geht es wirklich nicht so gut...«

Seine Mutter ließ ihn nicht ausreden. »Als du mir mit deinem Unwohlsein kamst, hätte ich eigentlich sofort Verdacht schöpfen müssen. Normalerweise läßt du ja keine Party aus.« Jeff sah seine Mutter schweigend an. Sie fuhr unbarmherzig fort: »Was glaubst du, was ich gedacht habe, als Phyllis Holloway erzählt hat, wie nett sie es von dir findet, daß du mit Melissa zur Club-Party gehen willst? Da ist mir ein Licht aufgegangen.« Die letzten Worte kamen wie ein Peitschenhieb. Jeff duckte sich ängstlich. Jetzt herrschte dicke Luft.

»Aber mir war wirklich schlecht«, verteidigte er sich.

»Ich will nichts davon hören, Jeff. Ich will auch gar nicht wissen, wie es zu dieser Einladung kam. Vor allem will ich keine Entschuldigung hören. Ich will nur eins wissen: Stimmt es, daß du Melissa gebeten hast, mit dir heute abend auszugehen?«

»J-ja schon, aber...«

»Dann gehst du auch hin«, beschied Paula ihren Sohn. »Ich habe keine Ahnung, aus welchem Grund du Melissa eingeladen hast, aber eins kannst du dir hinter die Ohren schreiben: Du hast sie eingeladen und gehst auch mit ihr aus. Abgesehen davon, daß Melissa nichts fehlt, was sich nicht beheben ließe, wenn sie nicht mehr unter der Knute ihrer Mutter stünde, gibt es so etwas wie gute Manieren.« Sie senkte die Stimme – ein untrügliches Zeichen für ihren Ärger. »Es gibt kein Rendezvous mit dem Vorsatz, es nicht einzuhalten, Jeff. Das ist nicht nur unhöflich, das ist grausam. Egal, was du von Melissa oder ihrer Mutter hältst, du hast kein Recht, grausam zu ihr zu sein.«

»Aber...«

»Kein Aber. Wenn ich früher Bescheid gewußt hätte,

hätte ich den Arzt geholt. Und wenn er eine Magenverstimmung festgestellt hätte, hätte ich Phyllis und Melissa persönlich angerufen und die Sache erklärt. Aber jetzt« – ihre Stimme wurde noch leiser – »tut es mir leid für dich, falls dir wirklich schlecht sein sollte. Weil du auf der Stelle aufstehst, dich anziehst und Melissa abholst. Du gehst mit ihr tanzen und weichst keine Sekunde von ihrer Seite. Glaub mir, daß du ansonsten einen sehr einsamen Sommer verleben wirst. Denn dann gibt es keine Partys mehr, keine Tage im Club und kein Faulenzen am Strand. Dann sitzt du hier in deinem Zimmer und hast Zeit, darüber nachzudenken, was es bedeutet, wenn man sein Wort bricht.« Ohne eine Antwort abzuwarten, drehte Paula Barnstable sich um und machte die Tür leise hinter sich zu.

Jeff blieb wie gelähmt auf seinem Bett sitzen. Die Worte seiner Mutter klangen ihm noch in den Ohren. Er hätte sich doch denken können, daß sie ihm auf die Schliche kommen würde. Mit einem Seufzer stand er mühselig auf und ging zum Schrank. Jetzt war es zu spät, sich noch Gedanken über eine Verkleidung zu machen. Ihm blieb nichts anderes übrig, als das Sportjackett anzuziehen und das Beste daraus zu machen. Aber er hörte schon Kents Spott, wenn dieser ihn Arm in Arm mit Melissa aufkreuzen sah.

Wenig später war er fertig. Da schoß ihm ein anderer Gedanke in den Kopf. Hatte er nicht mit Brett Van Arsdale eine Abmachung getroffen? Und wenn er seinen Teil erfüllte, dann mußte Brett auch zu seinem Wort stehen.

Vor der Haustür blieb er kurz stehen und kippte einen Drink hinunter, den jemand vergessen hatte. Dann trottete er über den Fußpfad zum Club, um sich von Brett Van Arsdale den Porsche zu leihen.

Das mit Partyhäppchen beladene Tablett war mit einer Cellophanfolie abgedeckt. Cora trat rückwärts damit aus der Küche in den Anrichteraum. Der war so eng, daß sie fast alles fallengelassen hätte, als sie sich mühsam umwandte. Sie konnte das Tablett gerade noch ausbalancieren und stellte es zu drei anderen auf den großen Eichentisch im Eßzimmer. Todd hatte ihn für die Party bereits zu seiner vollen Länge von sieben Metern ausgezogen. Sie ruhte sich kurz aus und atmete tief durch. Dann machte sie sich daran, das Besteck in der komplizierten Sichelmondform zu arrangieren, auf die ihre Chefin so großen Wert legte – und die sie auch ständig pedantisch inspizierte. Kurz wünschte sie sich, sie hätte Todd gebeten, ihr heute abend zu helfen, sagte sich aber sofort, daß er auch einmal einen freien Abend am Wochenende verdiente. Warum sollte er auch die Vorbereitungen für eine Party treffen, von der er ausgeschlossen war?

Ein Blick auf die Terrassentür erinnerte sie daran, daß sie unbedingt die Außenlampen anschalten mußte, sobald sie die Servietten ausgelegt hatte. In diesem Augenblick glaubte sie ein Geräusch über sich zu hören. Sie hielt in ihrer Arbeit inne. Ihre Augen richteten sich unwillkürlich auf die Decke, als könne sie hindurchsehen.

Das Geräusch kam wieder, fast unhörbar. Die alte Frau runzelte die Stirn. Sie war doch allein. Ihre Herrschaften waren längst gegangen, und Brett Van Arsdales Porsche war laut genug davongedonnert. Die Mädchen waren also auch nicht mehr im Haus gewesen, als sie zu den Vorbereitungen für die After-Dance-Party ins Haus gekommen war.

Das Haus mußte leer sein.

Das Geräusch kam wieder. Beunruhigt ließ sie ihre Arbeit liegen und stieg kurzentschlossen in den ersten Stock. Dort blieb sie stehen und lauschte wieder.

Das Geräusch kam von ganz oben, vom Speicher.

Dann wußte sie die Antwort. Es mußte Todd sein, der Mrs. Holloways Abwesenheit ausnützte und auf dem Speicher nach seinem Hund suchte. Was hatte er ihr diesen Nachmittag gesagt? »Ich bin überzeugt, daß er da oben ist. Melissa hat mich bestimmt nicht angelogen.«

Cora hatte mit Engelszungen auf ihn eingeredet. Sie hatte erklärt, daß Melissa zum Schlafwandeln neigte. »Ich will ja nicht behaupten, daß sie was erfindet«, hatte sie am Ende gemeint, »aber manchmal sind ihre Träume so intensiv, daß sie sie für die Wirklichkeit hält.«

Aber anscheinend hatte sie den Jungen nicht davon überzeugen können. Das Geräusch kam wieder. Eindeutig erkannte sie jetzt Schritte. Sie eilte die Speichertreppe hinauf.

Die Tür oben war angelehnt, doch kein Licht brannte. Was machte Todd da nur? Jagte er etwa im Finstern über den Speicher? Draußen war es inzwischen fast vollständig dunkel.

»Todd!« rief sie. Sie griff nach dem Lichtschalter, aber inzwischen hatten sich ihre Augen an die Dunkelheit gewöhnt. Vom anderen Ende des Speichers kam ein mattgelbes Leuchten. Wütend kniff sie die Lippen zusammen. Jetzt schaltete sie doch das Licht an und lief los. Weit reichte das Licht der Birne nicht, doch das matte Leuchten wies ihr die Richtung. Anscheinend kam es von dem kleinen Zimmer, in dem sie Melissa immer gefunden hatte, wenn sie schlafgewandelt war. Endlich kam sie vor der Tür an. Wie die Speichertür war auch sie nur angelehnt. Sie stieß sie auf in der Erwartung, Todd würde sie gleich schuldbewußt ansehen.

Statt dessen erblickte sie eine weiß gekleidete Gestalt vor der Dachluke. Sie schnappte nach Luft. Unwillkürlich drückte sie die Hand gegen das Herz, das wild zu pochen begann.

Die sonderbare Gestalt drehte sich um. Cora meinte, der Boden unter ihr würde nachgeben.

Im flackernden Licht einer Öllampe zeichnete sich ein Gesicht ab – blaß wie der leibhaftige Tod und von hüftlangem blondem Haar umrahmt.

Cora klammerte sich an den Türpfosten. Und dann, als die gespenstische Erscheinung die Öllampe in die Hand nahm und sich auf sie zu bewegte, erkannte sie das Gesicht.

»Melissa?«

Die Gestalt blieb stehen. Ihr Kopf zeigte den Ansatz eines Nickens.

»Was um alles auf der Welt tust du hier oben?«

»Ich gehe zum Ball«, erwiderte Melissa.

Coras Augen verengten sich. Etwas an Melissas Stimme war nicht normal. Nicht daß sie sie nicht erkannt hätte, aber sie klang anders.

»Zum Tanz?« wiederholte Cora. »Haben die Jungen dich denn nicht abgeholt? Ich habe den Wagen gehört...«

»Ich war noch nicht fertig«, erklärte Melissa. »Aber jetzt bin ich soweit.«

Melissa setzte sich wieder in Bewegung. Instinktiv wich Cora zurück. Etwas an Melissa stimmte nicht.

Melissa ging stumm an ihr vorbei. Doch anstatt ins Licht der nackten Birne zu laufen, schlug sie die andere Richtung ein, zur seit langem nicht mehr benutzten Dienstbotentreppe, die direkt zur Küche führte.

Cora folgte ihr nach unten. »Melissa? Hast du was?« fragte sie. Melissa blieb stehen. Ihr Blick schweifte über die Küche. Sie wirkte etwas verwirrt. Auf Coras Frage hin fing sie wieder zu sprechen an. Diesmal lächelte sie sogar, aber es war ganz und gar nicht Melissas Lächeln, so wie auch die Stimme nicht die ihre war.

»Mir geht es gut«, sagte sie. »Ist das nicht eine herrliche Nacht?«

Cora trat näher an sie heran. »Etwas stimmt doch nicht mit dir«, rief sie. »Deine Stimme klingt ganz anders. Und wie siehst du überhaupt aus? Mein Gott, du bist ja leichenblaß!«

Mit einem Schlag begriff sie: Sie hatte sich für das Kostümfest als D'Arcy verkleidet! Die Spannung in Cora ließ nach. Sie mußte sogar schmunzeln. »Du hast mich ja ganz schön drangekriegt. Zuerst wäre ich vor Schreck fast in Ohnmacht gefallen. Hoffentlich sieht dich nur niemand am Strand. Die Leute fallen ja auf der Stelle tot um.« Sie wollte sie umarmen, doch Melissa ging weiter zur Tür.

»Bitte nicht«, hauchte sie. »Sonst wird mein schönes neues Kleid ganz zerknittert.« Sie stellte die Öllampe auf den Küchentisch, lächelte Cora noch einmal an und huschte durch die Hintertür in die Nacht hinaus.

Verwirrt eilte Cora ihr nach. Was für ein neues Kleid? Wovon redete sie da? Das Kleid war doch uralt! Und was war mit der Stimme los?

Sie hatte sich ganz und gar nicht nach Melissa angehört. Irgendwie hatte sie älter geklungen. Und so sonderbar tonlos. Sie spähte in die Dunkelheit. Melissa hatte den Rasen schon halb überquert. Außer einem verschwommenen Weiß vor dem schwarzen Hintergrund der Nacht war nichts mehr zu erkennen. Einen Moment lang blieb Cora unschlüssig stehen.

Sollte sie Mrs. Holloway bei den Barnstables anrufen?

Sofort verwarf sie den Gedanken wieder. Sie wußte

nur zu gut, wie ihre Dienstherrin reagieren würde, wenn sie wegen Melissa von einer Party gerufen wurde.

Sie würde ihre Wut nicht nur an ihr, sondern vor allem an Melissa auslassen.

Vielleicht fehlte Melissa auch überhaupt nichts.

Sie wollte D'Arcys Rolle vielleicht nur so lebensnah wie möglich spielen. Cora wühlte in ihrem Gedächtnis nach den alten Legenden über diese D'Arcy. Zum erstenmal hatte sie vor fünfzig Jahren davon gehört, als sie in Secret Cove angefangen hatte.

Wenn D'Arcy wirklich in diesem Haus gelebt haben sollte, hatte sie mit Sicherheit im kleinen Zimmer im Speicher oben gewohnt. An jenem Tag vor fast hundert Jahren muß sie siebzehn oder achtzehn Jahre alt gewesen sein.

Bei der Erinnerung an Melissas Gesicht lächelte Cora. Mit diesem Make-up, das ihr Gesicht so blaß hatte erscheinen lassen, wirkte sie wie siebzehn.

Und ihre Stimme hatte ja auch älter und reifer erklungen.

Genau, das war es.

Melissa trug nicht nur D'Arcys Kleid, sie spielte auch ihre Rolle.

Und das ist ihr wirklich gelungen, sagte Cora sich und wandte sich wieder ihrer Arbeit zu. Mich hat sie jedenfalls reingelegt. Ich hätte schwören können, daß das D'Arcy ist.

Jeff Barnstable drehte den Zündschlüssel herum. Mit einem Brummen erwachte der Porsche zu neuem Leben. Erst einmal ließ Jeff den Motor ein paarmal aufheulen, dann löste er die Handbremse und trat fast bis zum Anschlag aufs Gaspedal. Die Reifen drehten mit einem Kreischen durch. Im nächsten Augenblick schoß der Porsche nach vorne. Mit achtzig Kilometern näherte sich Jeff der scharfen Kurve, hinter der die Auffahrt in die Landstraße mündete. Alle vier Räder gleichzeitig verloren die Bodenhaftung, als Jeff das Lenkrad herumriß. Sofort korrigierte er und nahm den Fuß vom Gas. Auf der Landstraße mußte er eine zweite Haarnadelkurve bewältigen, danach beschleunigte er wieder. Der Tachometer zeigte einhundertfünfzig Kilometer an. Schon wieder mußte er abbremsen, denn er bog in die Auffahrt zum Haus der Holloways ein. Keine zwei Minuten, nachdem er den Club verlassen hatte, hielt er vor dem Haus an. Lässig sprang er aus dem Wagen, rannte die Treppe zur Veranda hinauf und klingelte.

Niemand kam. Er klingelte noch einmal und hörte endlich Coras Stimme. »Immer langsam mit den jungen Pferden. Ich komm' ja schon.« Das Außenlicht ging an, und die Tür wurde geöffnet. Cora musterte ihn, zog die Tür weiter auf, sagte aber nichts.

»Ist Melissa da?« fragte Jeff. »Ich wollte sie abholen.«

Cora schürzte die Lippen. »Sie abholen? Bist du da nicht ein bißchen zu spät dran?«

Jeff spürte, wie er rot anlief. Er hoffte nur, daß sie das im Außenlicht nicht sah. »Ich mußte vorher noch was erledigen«, rief er. »Und dann mußte ich noch zu Brett, mir den Wagen holen.«

Coras Blick richtete sich auf den Porsche. »Seit wann darfst du denn Auto fahren?« wollte sie wissen.

»Ich habe es ja schon gelernt. Außerdem sind die Cops hier nicht so streng.«

»Das wird sich schon ändern, wenn sie dich erwischen. Aber Melissa ist schon weg.«

»Schon weg? Was meinen Sie?«

»Sie ist vor knapp zehn Minuten in ihrem Kostüm weggegangen.« Sie musterte ihn kritisch von oben bis unten. »Sie hat nicht unbedingt den Eindruck auf mich gemacht, als würde sie jemanden erwarten.«

Jeff schluckte nervös. Er fragte sich, ob er sie noch einholen konnte. Wenn sie ohne ihn im Club ankam...

Aber er war wohl aus dem Schneider. Als er das Haus verlassen hatte, war die Party seiner Eltern noch nicht zu Ende gewesen. Ihm blieb noch genügend Zeit, den Wagen abzuliefern und dann Melissa zu suchen.

»Welchen Weg hat sie denn genommen?« fragte er.

»Wie soll ich das wissen. Wahrscheinlich läuft sie auf der Straße. Auf dem Strandweg würde sie sich nur das Kleid schmutzig machen.«

Jeff war schon wieder die Stufen hinuntergelaufen. »Okay«, rief er. »Ich finde sie bestimmt.«

Cora trat auf die Veranda hinaus. »Gib aber erst den Wagen ab. Ich will nicht, daß mein Mädchen mit einem blutigen Anfänger ihr Leben riskiert.«

»Und wie ich fahren kann«, rief Jeff und klemmte sich wieder hinter das Steuer. Vorsichtig beschrieb er im ersten Gang einen Kreis vor dem Haus. Kaum war er wieder auf der Zufahrt, drückte er aus purer Angabe aufs Gas. Hinter ihm spritzten die Kiesel davon, daß es eine Freude war. Er sah, wie Cora ihm die Faust nachschüttelte, und raste grinsend weiter zur Landstraße.

Mit weit aufgerissenen Augen ging Melissa den Waldweg entlang. Das Kleid raffte sie etwas hoch, damit der Saum nicht beschmutzt wurde. Ein sonderbares Gefühl hatte sich ihrer bemächtigt. Angedeutet hatte es sich in dem Augenblick, als sie das Kleid angezogen hatte. Während Teri sie geschminkt hatte, war es immer stärker geworden.

Und jetzt war sie nicht mehr Melissa. Melissa schlummerte irgendwo tief in ihr. Die, die hier auf dem Weg zum Tanz war, hieß D'Arcy.

Alles kam ihr sonderbar vor. Sie hätte Cora vorhin fast nicht erkannt. Auch die Küche war ihr völlig verändert vorgekommen, und die alte Kühltruhe hatte plötzlich gefehlt. An ihrer Stelle hatte eine Art weißer Metallschrank dagestanden. Und die Lichter waren so hell gewesen...

In der vertrauten Dunkelheit fühlte sie sich richtig erleichtert, viel wohler als im Haus. Sofort hatte sie den Weg zum Wald eingeschlagen. Dort hatte sich nichts verändert. Der Boden war weich und elastisch wie immer, und die Zweige war sie auch gewöhnt.

Aber dann bekam sie durch die Bäume den Cove Club zu Gesicht. Genau wie in der Küche vorhin war ihr seine Beleuchtung ungleich heller als gewohnt vorgekommen – fast taghell.

Sie kam zu einer Gabelung, die sie nicht kannte. Über ihr verlief die Straße. Sie sah unsicher auf den Waldweg, von dem sie nicht wußte, wohin er sie führen würde. Also entschied sie sich für die Straße. Zum Club waren es von hier nur noch drei Minuten.

Jeff befand sich jetzt auf der Straße über der Küste. Vor der letzten Kurve bremste er ein bißchen ab. Plötzlich erfaßten die Scheinwerfer eine weiß gekleidete Gestalt am Straßenrand. Zunächst schoß ihm die Geschichte über D'Arcy in den Kopf, doch sofort sagte er sich, daß das Melissa sein mußte.

Er nahm den Fuß vom Gas, weil er damit rechnete, sie würde einsteigen wollen. Aber sie schien ihn nicht wahrzunehmen. Da kam ihm eine Idee. Wenn er das Licht ausschaltete, ganz langsam herankroch und direkt hinter ihr auf die Hupe drückte...

So fuhr er ohne Licht dicht an sie heran und hupte unvermittelt los. Die Gestalt wirbelte herum. Er schaltete sofort wieder die Scheinwerfer an.

Und schrie auf.

Das war ja gar nicht Melissa.

Eine gespenstische Fratze, umrahmt von hüftlangem blondem Haar, starrte ihn da an.

Der Geist von D'Arcy? Jeff drückte das Gaspedal bis zum Anschlag durch. Der mächtige Motor donnerte los, und der Wagen schoß mit quietschenden Reifen nach vorne. Jeff achtete nicht weiter auf die Straße vor ihm. Er hatte nur noch Augen für die Gestalt in seinem Rückspiegel.

Die groteske Erscheinung stand regungslos am Straßenrand und starrte ihm nach.

Er sah wieder auf die Straße vor sich und riß die Augen entsetzt auf. Die Leitplanken direkt vor der Klippe wurden größer, kamen näher.

Ein Schreckensschrei schwoll in ihm an. Sein linker Fuß sprang auf die Bremse über, drückte, so fest er konnte. Die Räder wurden mit aller Gewalt blockiert. Kreischend drehte sich der Wagen um die eigene Achse, schlitterte weiter und raste gegen die Leitplanke. Die Wucht des Aufpralls riß das Metall aus seiner Verankerung. Der Wagen schoß über den Abgrund hinaus. Eine quälende Sekunde lang schwebte er in der Luft, dann stürzte er ab.

Im Fallen überschlug er sich. Kurz bekam Jeff die Felsen zu sehen. Sie schienen auf ihn zuzurasen. Und dann schlug der Wagen unten auf. Jeff spürte noch, wie die Windschutzscheibe explodierte.

Das plötzliche Gedröhn der Hupe hatte Melissa aus der Trance gerissen. Sie sah den Wagen nur noch durch die Leitplanken brechen udn über die Klippe verschwinden. Sie begriff gar nichts mehr. Wie hatte das geschehen können? Wie war sie überhaupt hierhergekommen?

Sie konnte sich nur noch daran erinnern, in ihrem Zimmer die Perücke aufgesetzt und sich dann im Spiegel betrachtet zu haben.

Und da hatte sie etwas gesehen, das nicht sie war.

Jetzt aber, da sie ihr Bewußtsein wiedererlangte, wußte sie, wen sie gesehen hatte.

D'Arcy.

Als sie fertig verkleidet dagestanden hatte, war D'Arcy zu ihr gekommen, obwohl sie sie nicht gerufen hatte.

D'Arcy war zu ihr gekommen und hatte sie schlafen geschickt.

Benommen starrte sie auf die durchbrochene Leitplanke. Noch begriff sie nicht ganz, was da geschehen war.

Dort war ja nichts. Sie hatte nur den Lärm in Erinnerung, der sie geweckt hatte, und einen Wagen, der an ihr vorbeigerast war.

Einen schwarzen Wagen.

Schwarz wie der von Brett Van Arsdale.

Sie hob das Kleid hoch und rannte zur durchbrochenen Leitplanke. Sie beugte sich über den Abgrund und starrte in die Dunkelheit. Auf den Felsen, unmittelbar über der tosenden Brandung, konnte sie einen Schatten ausmachen, den zusammengedrückten Wagen.

Ein Schrei brach aus ihr hervor. Sie wandte sich abrupt um und stürzte auf den hellerleuchteten Cove Club zu.

20

Phyllis blieb vor dem Swimmingpool stehen, um von außen die raffinierte Beleuchtung des Clubhauses zu bewundern. Sie hatte die Party bei den Barnstables höchst ungern so zeitig verlassen, aber der Tanzlust hatte sie einfach nicht mehr widerstehen können. Außerdem mußte sie unbedingt sehen, ob mit ihren Arrangements auch wirklich alles klappte. Es war eine herrlich laue Sommernacht. Durch die geöffneten Fenster drang eine sanfte Melodie an ihr Ohr. Allmählich wich ihre Anspannung. Die Band war also da, und sie sah auch ein paar verkleidete Paare über die Tanzfläche schweben.

»Schau!« rief sie und hängte sich bei Charles ein. »Siehst du die japanischen Lampions? Ich habe jede einzelne Birne damit verkleiden lassen. Ist das Licht nicht aufregend?«

Lächelnd blickte Charles in die gewiesene Richtung. Mit den Regenbogenfarben, die da auf der weißen Decke tanzten, hatte seine Frau wirklich einen guten Einfall gehabt. Auch ihr Entzücken freute ihn. Bislang wenigstens sah alles nach einem vollen Erfolg aus.

»Gehen wir lieber rein«, meinte er und zog seine Frau weiter. »Drinnen ist es noch viel toller.«

Er führte seine Frau die Stufen zum Clubhaus empor. Plötzlich verkrampften sich ihre Finger um seinen Arm. Er sah sie fragend an.

Sie blieb stehen. »Ich werde so ein komisches Gefühl einfach nicht los«, erklärte sie. »Irgendwie spüre ich, daß heute noch etwas schiefgeht.«

»Aber natürlich«, schmunzelte Charles. »Das sind aber nur deine Nerven. Was wäre denn schon so schlimm, wenn es eine kleine Panne gäbe. Ändern könnten wir daran jetzt auch nichts mehr. Und so schlimm wie letztes Jahr, als Eleanor Stevens Präsidentin war, kann es bestimmt nicht kommen.«

Phyllis stöhnte auf. »Erinnere mich nicht daran.«

Charles brach in dröhnendes Gelächter aus. »Warum denn nicht? Es war schon eine besondere Leistung von ihr, daß sie den Tisch mit dem kalten Buffet umgerissen hat. Und das Beste war: Alle hatten ihr vorher gesagt, sie soll aufpassen. Eleanor war selbst schuld. Allein ihr Gesichtsausdruck war das verdorbene Essen wert!«

Fast gegen ihren Willen lachte nun auch Phyllis. Sie sah noch genau, wie Eleanor Stevens erst auf den Trümmerhaufen gestarrt und dann in die Runde geschaut hatte, um die Schuld vielleicht doch auf einen anderen abzuwälzen. Aber wohin sie auch geblickt hatte, die Leute hatten erst an ihren ruinierten Kostümen heruntergeschaut und dann sie entsetzt angestiert. Schließlich hatte ihr Mann die Stille mit einer knappen Bemerkung gebrochen: »Das nenne ich eine Party schmeißen, meine Liebe.«

Wohl zum erstenmal in ihrem Leben hatte es Eleanor Stevens die Sprache verschlagen. Und dann war sie davongestürzt und hatte sich eine Woche nirgends blicken lassen.

»Du hast recht«, räumte Phyllis ein. »Schlimmer kann es wirklich nicht kommen.«

An Charles' Seite trat sie ins Clubhaus. Nachdem sie ihren Umhang an der Garderobe abgegeben hatte, empfand sie neben der Spannung erstmals Vorfreude.

Beim Eintreten ließ sie zunächst die Blicke über den Ballsaal schweifen. Die Tische waren rings um die Tanzfläche angeordnet. Auf jedem standen mit Seidenschleifen geschmückte Rosen zwischen drei hohen Kerzen. An der langen Wand zu ihrer Rechten stand das kalte Buffet. Unter ihren kritischen Blicken füllte ein Kellner gerade behende zwei halbleere Platten mit Krabben auf. Weiter hinten stand die Bar mit alkoholischen Getränken. Die Soft Drinks gab es an der Bar gegenüber, direkt neben der Tür zur Terrasse.

Der Saal war bereits zur Hälfte gefüllt. Lächelnd sah

Phyllis zu, wie die kostümierten Paare an ihr vorbeitanzten. Engel und Teufel waren zu bewundern, drei Hasen, mehrere Landstreicher und sogar eine Vogelscheuche, der gerade ein Bündel Stroh vom Bein abgegangen war. In der Mitte erblickte sie Teri mit Brett Van Arsdale. Wieder packte sie ihren Mann am Arm. »Siehst du sie?« flüsterte sie. »Ich hab' dir ja gesagt, daß keine ihr das Wasser reichen kann.«

Und in der Tat bewegte Teri sich voller Anmut im Takt des langsamen Walzers, den die Band gerade spielte. Das rosa Kleid, das noch vor wenigen Stunden so ausgewaschen ausgesehen hatte, schillerte und glitzerte jetzt in allen Regenbogenfarben. Die Kristalle fingen jedes Licht von oben auf und brachen es vielfach wider. Wie ein überirdisches Wesen tanzte Teri durch den Saal. Es gab keinen, der sie nicht bewunderte.

Als sie Charles und Phyllis erblickte, eilte Teri sofort zu ihnen hinüber. Ihre Augen funkelten fast genauso hell wie das Kleid. »Ist das nicht aufregend, Daddy?« rief sie. »Du bist sicher sehr stolz auf Phyllis!«

Charles lächelte sie selig an. »Nichts ist heute so aufregend wie du. Aber sag mal, wo ist deine Schwester? Recht viel länger kann ich die Spannung nicht aushalten. Was hat es nun mit der großen Überraschung auf sich?«

Das Funkeln in Teris Augen wurde matter. »Sie... sie ist noch nicht da«, stammelte sie.

Phyllis' Lächeln erstarb. »Hat Jeff sie denn nicht abgeholt?«

Teri überlegte fieberhaft. Wenn Phyllis nichts davon wußte, daß Jeff Melissa hatte sitzenlassen... Sie sah Phyllis in die Augen. »Doch, doch«, log sie. »Aber Melissa war noch nicht fertig. Also sind wir schon mal gefahren, und Jeff wollte sie später mit Bretts Wagen abholen.«

»Jeff?« fragte Charles stirnrunzelnd. »Darf der überhaupt schon Auto fahren?«

Teri setzte eine besorgte Miene auf. »Ach so? Ich dachte... Wenn ich das gewußt hätte...«

»Das konntest du ja nicht wissen«, beschwichtigte sie Phyllis. »Es klappt auch alles ganz bestimmt. Es ist ja nur eine knappe Meile. Was soll da schon passieren?« Sie wandte sich an ihren Mann. »Jetzt sind sie sicher schon unterwegs. Da können wir ohnehin nichts mehr machen.«

»Na ja«, meinte Charles beunruhigt. »Vielleicht sollte ich mal anrufen...«

Doch schon zog ihn Phyllis zur Tanzfläche. »Vielleicht solltest du mal mit deiner Frau tanzen«, entgegnete sie. »Wenn sie in zehn Minuten nicht da sind, können wir uns immer noch Sorgen machen.« Sie schmiegte sich an ihn. Nach kurzem Zögern wirbelte Charles mit ihr übers Parkett.

Als fünf Minuten später der Schlußakkord verhallte und das Stimmengewirr um sie herum wieder anschwoll, strahlte Phyllis ihren Mann an. »Ich hab's geschafft«, flüsterte sie ihm ins Ohr. »Hast du es vorhin gehört? Sogar Eleanor Stevens meint, daß sie noch nie so einen schönen Ball erlebt hat. Und der Ball im August wird noch besser. Ich habe mir schon Gedanken gemacht. Dieses Jahr werden wir mal auf die Herbstfarben verzichten. Da gehört etwas Neues...« Ihre Stimme verlor sich. Schon vorher waren die anderen um sie herum verstummt. Sie versuchte festzustellen, was der Grund für die plötzliche Stille sein mochte. Im ersten Augenblick sah sie nichts.

Da alle in die gleiche Richtung – zur Tür – schauten, drehte sie sich um.

Und fuhr zusammen.

In der Öffnung stand eine sonderbare, weißgekleidete

Gestalt. Im ersten Schreck hielt Charles sie fast für einen Geist aus der Vergangenheit. Doch es war nur ein Mädchen in einem altmodischen Kleid. Das blonde hüftlange Haar war ihr ins Gesicht gefallen. Nur so viel war zu erkennen: Leichenblässe und tränenverschmierte Wangen. Und erst jetzt erkannte Phyllis das Kleid. Ihr stockte der Atem.

Dieses Kleid hatte sie doch erst letzte Woche auf ihrem Speicher hängen sehen!

Und jetzt trug es ihre Tochter. Regungslos stand Melissa in der Tür. Die Tränen strömten ihr übers Gesicht, und sie starrte sie nur an.

Phyllis stöhnte auf. Sie hatte sich nicht getäuscht – der Ball hatte zu gut angefangen, um so rauschend weiterzugehen. Eigentlich hätte sie sich den Grund für ihre Vorahnungen gleich denken können.

Melissa.

Wieder einmal setzte ihre Tochter alles daran, sie gründlich zu blamieren. Und das ausgerechnet in der Nacht, in der sie hier den Gipfel des Ruhms hätte erklimmen können. Ihre Finger krallten sich um Charles' Arme. »Mach was«, forderte sie ihn auf. »Kannst du nicht...«

Es war schon zu spät. Mit einem Schlag erwachte Melissa aus der Erstarrung. Sie rannte durch all die Leute, die erschrocken zurückwichen, als fürchteten sie die bloße Berührung mit ihr. Ohne auf ihre Mutter zu achten, warf Melissa sich ihrem Vater in die Arme.

»Missy?« rief Charles. »Was hast du denn, mein Liebling?«

»Ein... ein Wagen!« stammelte Melissa. Sie sah flehend zu ihm auf. Ihre Stimme zitterte. Immer wieder kämpfte sie ein Schluchzen nieder. »Er ist von der Straße abgekommen, Papa. Ich kann nichts dafür! Ich hab' überhaupt nichts getan!«

Ihre Worte gingen plötzlich in einem allgemeinen Stimmengewirr unter. Die Gäste strömten alle zum Ausgang.

»Was für ein Wagen?« fragte Charles.

Melissa schluckte. »Ein schwarzer. Er sah so aus wie der von Brett.«

Phyllis zuckte zusammen. »Der von Brett?« rief sie. »Warst du denn nicht...«

»Jetzt nicht«, unterbrach sie ihr Mann. »Wir müssen erst nachsehen, was geschehen ist.« Er nahm Melissa fest bei der Hand und drängte sich durch die Menge zur Tür.

Das Bild am Unfallort hatte etwas Unwirkliches an sich. Auto an Auto stand mit brennenden Scheinwerfern auf der Straße. Sonderbar gekleidete Gestalten tanzten ein groteskes Ballett. Immer neue Partygäste stiegen aus den Wagen, liefen in ihrer Verkleidung zur durchbrochenen Leitplanke, flüsterten einander die neuesten Meldungen vom Felsenstrand zu, huschten ins und wieder aus dem Scheinwerferlicht.

Melissa weinte jetzt nicht mehr. Ihr Vater hatte schützend einen Arm um ihre Schulter gelegt; an seine freie Hand klammerte sie sich mit aller Kraft. »Bitte nicht Jeff«, flüsterte sie. »Jeff darf es nicht sein... Es war Bretts Wagen...« Die Stimme versagte ihr. Innerlich versuchte sie das Geschehene zu verarbeiten. Es war doch nicht wirklich geschehen – das war gar nicht möglich! Jeff wäre der letzte, dem sie etwas Böses wünschte. Sie unterdrückte ein Schluchzen und preßte sich noch enger an ihren Vater.

Vom Clubhaus hatte man einen Scheinwerfer gebracht. Durch eine schier endlose Schlange von ineinandergesteckten Verlängerungskabeln war er mit der nächsten Steckdose verbunden. Die mächtige Halogenbirne tauchte den Strand in ein grelles, weißes Licht. Sieben Männer arbeiteten dort unten verzweifelt mit Schweißgeräten. Anders ließ Jeff sich nicht aus dem zertrümmerten schwarzen Porsche befreien.

»Ich muß runter«, erklärte Charles.

»Nein! Laß mich nicht allein!« schluchte Melissa. Aber er hatte sich schon von ihr gelöst. »Du bist ja nicht allein«, rief er ihr im Klettern zu. »Deine Mutter und Teri sind ja auch da. Du brauchst keine Angst zu haben.«

Charles wählte denselben Weg, den Minuten vor ihm die Polizisten und Sanitäter hinabgeklettert waren. Am Fuß der Klippe mußte er kleine Umwege vorbei an einem Labyrinth aus von der Flut hinterlassenen Tümpeln machen. Als er neben dem Wrack eintraf, nickte ihm einer der Polizisten kurz zu. Im Scheinwerferlicht erkannte er Tom Mallory. Sie waren gemeinsam in Secret Cove aufgewachsen. Unmittelbar nach der Schule war Tom zur Polizei gegangen. »Wie sieht's aus?« fragte Charles. »Wird er es schaffen?«

Mallory schüttelte den Kopf. »Sie arbeiten noch, Mr. Holloway, aber er hat wenig Chancen. Der Brustkorb ist eingedrückt, und das Rückgrat ist wahrscheinlich gebrochen.«

Charles' Blick blieb auf der Fahrertür haften. Ein Mann bearbeitete fieberhaft mit einem Schweißbrenner das zerdrückte Metall. Die Flut stieg rapide an. Eine Welle brach sich am Fels, und im nächsten Augenblick stürzte eine Kaskade auf ihn zu. Das schäumende Wasser umspülte für einen Moment das Wagendach.

Das Herz wollte ihm stehenbleiben. Aus dem Wageninnern drang ein gedämpftes Stöhnen an sein Ohr. »O Gott«, murmelte er. »Er bekommt das alles ja mit.«

»Wir sind uns nicht sicher«, antwortete Mallory. »Bei vollem Bewußtsein ist er wohl nicht. Er hat ein paarmal gestöhnt, aber wir wissen nicht, ob er uns verstanden hat.« Sein Tonfall wurde bitter. »Wenn sie ihn in den nächsten Minuten nicht befreien, ist alles umsonst gewesen. Die Flut kommt zu schnell.«

»Kann man den Wagen nicht wegschaffen?«

»Ein Lastwagen ist bereits unterwegs, Mr. Holloway. Aber ob er etwas nützen wird, steht in den Sternen. Um den Wagen hochzuheben, bräuchten wir einen Kran.«

»Dann schaffen Sie einen heran!« Unbewußt verfiel Charles in einen Befehlston, als wäre er der Vorgesetzte.

»Meinen Sie, wir hätten das nicht versucht?« schnaubte der Sergeant ungehalten. »Aber der nächste ist fünfzig Meilen weit weg. Auch er ist auf dem Weg hierher, aber bis er eintrifft, ist es zu spät. Entweder sie befreien ihn in den nächsten zehn Minuten, oder...« Er sprach nicht weiter. Ein resigniertes Kopfschütteln verriet, was er dachte.

Ein Sanitäter meldete sich aufgeregt. »Sarge? Er ist jetzt eindeutig bei Bewußtsein. Ich glaube, er versucht uns etwas zu sagen.«

Mallory sprang sofort zur Fahrerseite und bückte sich so tief wie möglich, um durch das Fenster sehen zu können. Ohne auf das um seine Füße wirbelnde Wasser zu achten, kauerte Charles sich hinter ihm nieder. »Jeff?« rief er. »Ich bin's...«

Ein Blick von Mallory ließ ihn verstummen. »Alles wird gut, mein Junge«, sagte der Polizist mit leiser, ruhiger Stimme. Die Anspannung von vorhin war restlos aus ihr gewichen. »Wir schneiden dich da raus, Jeff. Bleib ganz ruhig. In zwei Minuten haben wir es geschafft.«

Jeffs Augen flackerten, dann blieben sie offen. Obwohl das Gesicht des Jungen im Schatten lag, hatte Charles das untrügliche Gefühl, daß er wußte, wie es um ihn stand. Jeffs Augen bewegten sich, richteten sich kurz auf ihn, dann wieder auf den Polizisten.

Die nächste große Welle wälzte sich heran und brandete gegen den Felsen. In ohnmächtiger Wut mußte Charles mit ansehen, wie das Wasser in den Wagen eindrang, bedrohlich hochstieg, bis es Jeff an Mund und Nase leckte und dann plötzlich wieder verebbte. Mit einem Taschentuch wischte Tom dem Jungen das Gesicht ab.

Noch einmal öffneten sich seine Augen. Und der Mund begann, sich mühsam zu bewegen. Mallory und Charles beugten sich weit vor.

Eine Sekunde lang herrschte Schweigen.

Und dann, während sich wieder eine Welle brach, bildeten Jeffs Lippen ein Wort.

»D'Arcy...«

Er hauchte es mehr, als daß er es sagte. Charles glaubte, – oder war es Einbildung? – ein leichtes Schaudern an Jeff bemerkt zu haben.

Plötzlich stieg das Wasser zu seinen Füßen wieder an – höher diesmal – und überschwemmte den Wagen. Jeffs Kopf verschwand vollständig darunter. Mit angehaltenem Atem sah Charles zu. Der Junge tat ihm leid. Er machte sich auf einen Hustenanfall gefaßt, der zwangsläufig Jeff am ganzen Körper schütteln mußte, sobald ihn das Wasser wieder freigab.

Aber als es sich zurückgezogen hatte, herrschte im Wagen Totenstille. Charles starrte in ausdruckslose Augen. Er merkte, daß er immer noch nicht Luft geholt hatte.

»Er ist tot«, sagte Tom Mallory. Er drückte dem Jungen die Augen zu. Endlich richtete er sich auf und gab den Befehl, die Bergungsarbeiten einzustellen. Dann ging er langsam auf den Kletterpfad zu. Unmittelbar davor drehte er sich nach Charles um.

»Haben Sie verstanden, was er gesagt hat?« fragte er.
Charles zögerte. Nur widerstrebend gab er die Antwort. »Ja. D'Arcy.«

»D'Arcy«, wiederholte Mallory. »Können Sie sich einen Reim darauf machen?«

Zunächst schwieg Charles wieder. Schließlich nickte er. »Leider ja«, gab er zur Antwort. »Lieber würde ich es nicht wissen, aber ich fürchte, ich ahne es.« Benommen folgte er dem Polizisten zur Straße, wo seine Familie wartete. Melissa stand noch genauso da, wie er sie verlassen hatte. »Komm, mein Liebling«, sagte er und legte den Arm um sie. »Ich bringe dich heim.«

Während er Melissa durch die jäh verstummte Menge führte, schrillte ein gellender Schrei durch die nächtliche Stille.

Paula Barnstable hatte soeben erfahren, daß ihr Sohn gestorben war.

Und was seine letzten Worte gewesen waren.

»D'Arcy.«

Teri MacIver, die seit Melissas Erscheinen im Ballsaal vor einer Stunde nur still zugesehen und gelauscht hatte, lächelte leise vor sich hin.

Jeffs letzte Worte würden reichen, da war sie sich absolut sicher. Schon richteten sich die ersten Blicke auf Melissa.

Wer glaubte denn noch an D'Arcy?

Außer Melissa Holloway gab es keine Verdächtige.

Und Melissa würden sie auch für Jeff Barnstables Tod verantwortlich machen.

Teris Lächeln wurde immer breiter, aber niemand sah es in der Dunkelheit.

Seltsamerweise beschlich sie jedoch wieder das seltsame Gefühl, beobachtet zu werden.

Sie drehte sich um und spähte in die Finsternis.

Niemand zu sehen.

Aber es blieb dabei. Sie meinte, unsichtbare Augen zu spüren, die mitten in sie hineinsahen. Mit einem leichten Schaudern wandte sie sich schließlich ab.

21

»Er hält sie für verrückt.«

Lange hatte nach Tom Mallorys Aufbruch Schweigen im Wohnzimmer der Holloways geherrscht, bis Phyllis es schließlich mit spröder, fahriger Stimme durchbrach. Um ihr Nervenkostüm stand es nicht besser: Es war zum Zerreißen gespannt. Bis elf Uhr hatte der Sergeant Melissa ein ums andere Mal zu ihrer bruchstückhaften Geschichte befragt.

Fast die ganze Zeit hatte Phyllis schweigend danebengesessen. Nur am Anfang hatte sie eingewandt, Melissa solle nur im Beisein eines Anwalts aussagen.

»Das ist wohl kaum nötig«, hatte Charles sie beschieden. »Abgesehen davon, daß ich zufälligerweise Rechtsanwalt bin...«

»Ein unbefangener Anwalt!« hatte Phyllis eingeworfen, doch Charles war nicht darauf eingegangen.

»...steht doch zweifelsfrei fest, daß Melissa nicht im Wagen saß. Sergeant Mallory will lediglich wissen, was sie gesehen hat.«

Melissa hatte sich die allergrößte Mühe gegeben, doch als sich beim besten Willen nicht mehr aus ihr herausholen ließ, waren sie so schlau wie am Anfang. »Ich kann mich nur an die schrecklich laute Hupe erinnern. Ich habe mich umgedreht, und dann ist er mit Vollgas an mir vorbeigerast und durch die Leitplanken gekracht.«

Jetzt war Mallory gegangen, und Cora hatten sie weggeschickt.

»Was hattest du da draußen zu suchen?« bohrte Phyllis nach.

Melissa trug noch immer das weiße Rüschenkleid. Nur die weiße Schminke hatte sie sich aus dem Gesicht gewaschen. Sie rutschte ängstlich auf ihrem Stuhl hin und her. Ihr Blick war beharrlich auf den Boden gerichtet. »I-ich weiß nicht«, hauchte sie.

»Du weißt nicht?«

Melissa schüttelte verzweifelt den Kopf. »Ich war in meinem Zimmer und habe mich für die Party fertiggemacht. Ich habe die Perücke aufgesetzt und dann...« Ihre Stimme verlor sich. Über ihre Wange kullerte eine Träne. »Es ist, als ob ich schlafen gegangen wäre. Alles andere ist weg. Ich weiß einfach nicht, was geschehen ist, bis Jeff mich mit der Hupe erschreckt hat.«

Phyllis stierte ihrer Tochter wütend in die Augen. »Du bist wieder schlafgewandelt, gib's zu.« Da ihre Tochter keine Antwort gab, wurde Phyllis lauter: »Gib's zu!«

Melissa schüttelte den Kopf. Hilfesuchend sah sie zu ihrem Vater hinüber.

»Lassen wir sie für heute in Ruhe, Phyllis«, sagte Charles mit einem Blick auf seine Armbanduhr. »Nach allem, was sie heute durchgemacht hat, kannst du...«

»Was *sie* durchgemacht hat?« kreischte Phyllis. »Und was ist mit Jeff Barnstable? Meine Tochter zieht sich diese...« – einen Augenblick lang starrte sie auf das Kostüm und rang nach dem richtigen Wort – »...diese Lumpen an und erschreckt ihn damit zu Tode.« Plötzlich beugte sie sich dicht vor Melissa. »Warum?« fauchte sie ihr ins Gesicht. »Was ist in dich gefahren? Wie konntest du mir das antun?«

»Ich... ich«, stammelte Melissa. Vor Angst und Verwirrung konnte sie keinen Gedanken mehr fassen. Schluchzend verbarg sie das Gesicht in den Händen.

»Jetzt reicht's, Phyllis!« schnappte Charles. »Hör sofort auf, sie zu quälen! Kannst du nicht ein einziges Mal nicht nur an dich denken? Was meinst du, was in Melissa vorgeht? Und in Paula Barnstable erst? Ihr Sohn ist tot!«

Phyllis wirbelte herum. »Richtig!« schrie sie aufgebracht. »Und unsere Tochter hat ihn womöglich umgebracht! Kapierst du die einfachsten Zusammenhänge nicht? Was geschehen ist, ist doch vollkommen egal. Es geht nur darum, was die Leute glauben. Und was sie glauben, kann ich dir genau sagen.« Sie senkte plötzlich die Stimme und fing an, mit überbetonter Deutlichkeit ihre Argumente aufzuzählen, als spräche sie mit einem Kleinkind. »Jeff glaubte, er hätte D'Arcy gesehen. Das hat ihn so sehr erschreckt, daß er von der Straße abgekommen ist. Und Melissa – unsere Melissa – war als Gespenst verkleidet! Verstehst du das? Geht dir jetzt ein Licht auf? Wir können von Glück reden, wenn uns nicht alle Leute hier schneiden!«

Charles' Stirnadern traten dunkel über der bleichen Haut hervor. Er hielt beide Hände hoch. »Hör auf damit!« brüllte er. »Merkst du nicht, daß es Melissa schon schlecht genug geht? Du machst alles nur schlimmer mit deinen Anschuldigungen, sie...« Er biß sich auf die Zunge. Als er seine Wut unter Kontrolle hatte, sagte er knapp: »Wir gehen ins Bett. Heute verlieren wir kein Wort mehr darüber.« Er sah seine Frau scharf an. »Ist das klar?«

Phyllis machte den Mund auf. Nach einer Sekunde schloß sie ihn wieder und preßte die Lippen aufeinander. Ihre Nasenflügel blähten sich in kaum verhohlener Wut. Sie nahm Melissa bei der Hand und zog sie von ihrem Stuhl hoch.

»Was hast du vor?« fragte Charles.

Ihr Griff um Melissas Handgelenk wurde fester. »Was soll ich schon vorhaben?« sagte sie kalt. »Ich bringe sie ins Bett. Das wolltest du doch.« Ohne seine Reaktion abzuwarten, wandte sie sich an Teri, die die ganze Zeit über schweigend zugehört hatte. »Ich werde wohl etwas Hilfe brauchen.« Unverzüglich erhob sich Teri und folgte ihrer Stiefmutter aus dem Zimmer.

Zehn Minuten später kämpfte Melissa unter den Blicken ihrer Mutter und ihrer Halbschwester mit den Ärmeln ihres Kostüms. Teri bot ihr ihre Hilfe an, doch Phyllis ließ es nicht zu.

»Sie muß es allein schaffen. Sie kann nicht erwarten, daß die anderen ihr bis an ihr Lebensende helfen. Sie ist jetzt dreizehn. Da sollte man erwarten können, daß sie sich selbst auszieht.«

Nach langem Fummeln an den winzigen Perlmuttknöpfen an den Manschetten zwängte Melissa sich zu guter Letzt aus dem Kleid, und es fiel zu Boden. Phyllis beäugte es angewidert. Mit einem Blick auf Teri meinte sie dann: »Könntest du es wegschaffen, mein Schatz?«

Teri nahm das Kleid in die Hand. »Was soll ich damit machen?«

»Das ist mir vollkommen egal, solange es mir nur nicht wieder unter die Augen kommt. Wirf es in den Abfall. Cora kann es morgen verbrennen.«

Teri zögerte. Es schien, als wollte sie etwas sagen, doch sie überlegte es sich offensichtlich anders. Mit dem Kleid über dem Arm verließ sie das Zimmer.

Kaum war sie mit Melissa allein, wurde Phyllis' Ton schärfer. »Zieh dir den Schlafanzug an und leg dich ins Bett. Ich bin in einer Minute wieder da.«

Melissas Augen weiteten sich. Im Magen spürte sie schon wieder einen Knoten. »W-wohin gehst du?«

Phyllis verzog den Mund zu einem kalten Lächeln. »Ich hole die Riemen, was denn sonst?«

»Aber...«

»Hast du etwa nicht zugegeben, daß du schlafgewandelt bist?«

»Nein« rief Melissa. »Ich bin überhaupt nicht schlafgewandelt! Ich...« Sie verstummte. Wie konnte sie ihrer Mutter nur begreiflich machen, was geschehen war? Sie konnte sich schon lebhaft ihren Blick vorstellen, wenn sie ihr erzählte, wie sie sich beim Verkleiden plötzlich gefühlt hatte.

Daß es ihr so vorgekommen war, als würde sie sich in eine andere verwandeln.

»In wen?« würde ihre Mutter unweigerlich wissen wollen.

Und wenn sie dann D'Arcys Namen preisgab...

Sie verscheuchte den Gedanken. Ihre Mutter würde kochen vor Wut. Die Fesseln wären dann noch das Harmloseste.

»Vielleicht bin ich doch schlafgewandelt«, flüsterte sie fast unhörbar.

»Was? Ich habe dich nicht gehört.«

Melissa zwang sich, zu ihrer Mutter aufzuschauen. »Ich bin vielleicht doch schlafgewandelt«, brachte sie mühsam hervor.

Phyllis Stimme kannte genausowenig Erbarmen wie ihre Augen: »Und wie schaffen wir Abhilfe?«

Der Klumpen stieg Melissa in die Kehle, daß sie daran zu ersticken vermeinte. »M-mit den Riemen«, murmelte sie nach einer Weile.

»Ganz richtig«, höhnte Phyllis. »Mit den Riemen. Und es würde uns beiden die Sache enorm erleichtern, wenn du endlich kapieren würdest, daß sie nur zu deinem Besten sind. Jetzt leg dich hin. Ich komme gleich wieder.«

Sobald sie draußen war, zog Melissa sich die Unterwäsche aus und schlüpfte in den Schlafanzug. Alsbald kam Phyllis mit den gefürchteten Nylon- und Lederriemen zurück.

Kaum hatte sie sich damit über Melissa gebeugt, erschien Charles in der Türöffnung. »Ich wollte nur noch...« setzte er an, doch er versummte mitten im Satz. »Mein Gott, Phyllis! Was machst du da?«

Phyllis sah kurz zu ihm hinüber. »Das siehst du doch, ich binde sie fest«, erklärte sie. »Oder sollen wir zulassen, daß sie im Schlaf herumrennt?«

»Zu solcher Barbarei sinken wir jedenfalls nicht herab«, erwiderte Charles aufgebracht. »Ich habe dir schon einmal gesagt, daß wir dieses Zeug nicht brauchen, und mir war Ernst damit.«

Phyllis erstarrte. »Es ist nur für heute nacht.«

Charles schüttelte den Kopf. »Weder heute nacht noch sonst irgendwann. Ich lasse nicht zu, daß meine Tochter gefesselt wird.«

»Aber Doktor Andrews hat gesagt...«

»Wir sind seit Monaten nicht bei Burt Andrews gewesen. Und erst recht nicht heute.« Er stellte sich vor seine Tochter und strich ihr sanft über die Wange. »Hab keine Angst, mein Liebes«, beruhigte er sie. »Dir kann nicht passieren.« Er sah ihr in die Augen. Was er sah, gefiel ihm ganz und gar nicht. Entsetzen erkannte er darin und noch etwas anderes.

Etwas sonderbar Ausdrucksloses lag in ihnen, fast als hätte sie in ihrer Panik seine Anwesenheit gar nicht wahrgenommen. Er sah Phyllis prüfend an. »Hast du etwa die Fesseln in letzter Zeit benützt?« wollte er wissen.

Phyllis tat entsetzt. »Natürlich nicht«, entgegnete sie. »Aus welchem Grund denn auch?«

Charles kniff die Augen etwas zusammen. »Das weiß ich nicht«, sagte er langsam. »Und ich werde es hoffentlich auch nie herausfinden müssen.« Sein Blick kam wieder auf Melissa zu ruhen. Sie sah ihn jetzt freudig erregt an. Von Angst war nichts mehr zu spüren. »Ist auch alles in Ordnung, Missy?«

Melissa nickte.

»Sind dir die Fesseln vorher schon einmal angelegt worden? Ich meine, diesen Sommer.«

Melissa zögerte. Als sie gerade zu einer Antwort ansetzte, bemerkte sie den wütenden Blick ihrer Mutter über Charles' Schulter hinweg. Und morgen fuhr ihr Vater wieder für eine Woche weg. Ihr Herz fing an zu pochen. Sie schüttelte den Kopf. »Nein, Daddy«, flüsterte sie. »I-ich wußte gar nicht mehr, daß wir sie noch haben.«

Charles drückte seine Tochter fest an sich. »Und morgen verschwinden sie endgültig. Das verspreche ich dir.« Er warf einen Seitenblick auf Phyllis. »Ich will sie nie wieder im Haus sehen, ist das klar?« trug er ihr in solch scharfem Tonfall auf, daß der Gedanke an Widerspruch gar nicht erst aufkam. »Jetzt sag gute Nacht zu Melissa, und dann schaffst du das Zeug aus dem Haus. Sofort.«

Phyllis schob den Kiefer nach vorne. Schließlich hatte sie ihre Wut so weit im Griff, daß sie die Fesseln in die Hand nahm und damit das Zimmer wortlos verließ. Binnen fünf Minuten lagen die Fesseln in der Zedernholztruhe unter der Bettwäsche direkt neben Charles' Bett.

Dort würde er zuletzt nachschauen.

Teri stand im Badezimmer und lauschte an Melissas Tür. Durch das schwere Holz hörte sie alles gedämpft. Sie bekam mit, daß ihr Vater Melissa tröstete. Ein- oder zweimal glaubte sie, Melissa leise lachen zu hören. Als er ihrer Halbschwester endlich eine gute Nacht wünschte, huschte Teri schnell in ihr Zimmer zurück. Die Tür zum Flur ließ sie halb offenstehen und legte sich ins Bett.

Gleich würde ihr Vater zu ihr hereinkommen und auch ihr einen Gutenachtkuß geben.

Die Sekunden verstrichen. Dann hörte sie, wie die Tür nebenan ins Schloß fiel und Schritte näherkamen.

Sie wartete darauf, daß ihre Tür weiter aufging und das Gesicht ihres Vaters zum Vorschein kam.

Statt dessen lief ein Schatten an ihrem Zimmer vorüber. Die Schritte ihres Vaters verhallten, und er verschwand in dem Flügel, in dem das herrschaftliche Schlafzimmer lag.

Kein Laut war mehr zu hören. Teri lag still auf ihrem Bett. Rasende Wut stieg in ihr hoch.

Sie war heute umwerfend gewesen. Alle hatten ihr bestätigt, daß sie die Schönste des ganzen Balls war.

Sie hatte sogar den Stolz an den Augen ihres Vaters abgelesen, als er ihr beim Walzer mit Brett Van Arsdale zugeschaut hatte.

Aber dann hatte Melissa tränenüberströmt in der Tür gestanden, und Teri war vergessen.

Von diesem Augenblick an war ihr Vater kaum noch von Melissas Seite gewichen. Ständig war er um sie herumscharwenzelt, hatte sie umarmt und abgeschmust.

Hatte ihr seine Liebe gezeigt.

Und hatte Teri links liegenlassen, als gäbe es sie gar nicht.

Je länger Teri darüber nachdachte, desto rasender wurde ihre Wut.

Melissa konnte nicht einschlafen. Zum wiederholten Mal versuchte sie sich die Geschehnisse der Nacht zu erklären.

Sie überließ sich ganz ihrer Fantasie, und nach einer Weile hatte sie eine plausible Lösung vor Augen.

Sie hatte heute nacht nichts anderes als D'Arcys Kleid getragen. Bis jetzt war sie sich nicht sicher gewesen, aber allmählich wuchs die Gewißheit.

Vielleicht hatte D'Arcy sogar dieses Kleid in jener Nacht getragen, in der ihr Verlobter ihr den Laufpaß gegeben hatte.

Aber nein, das konnte nicht stimmen. Dann hätte das Kleid ja Blutflecken. Außerdem war D'Arcy nach dem Ball spurlos verschwunden.

Und dann fiel es ihr ein.

Das Kleid war für die Hochzeit bestimmt gewesen.

Es war zwar verstaubt und mit den Jahren vergilbt, aber beim Tragen hatte Melissa gespürt, daß es so gut wie nie benutzt worden war.

Und deswegen war D'Arcy zu ihr gekommen, obwohl sie hellwach gewesen war.

Sie hatte gewußt, wohin Melissa wollte. Dieses eine Mal hatte sie das herrliche Kleid – ihr Hochzeitskleid – deshalb selber tragen wollen.

Melissa hielt es im Bett nicht länger aus und stellte sich ans Fenster. Es war eine milde, klare Halbmondnacht. Das Meer plätscherte gegen den Strand, die Schaumkronen flackerten in einem gespenstischen Leuchten.

Fast bildete sie sich ein, D'Arcys blasse, im unheimlichen Zwielicht über den ruhelosen Wellen kaum auszumachende Gestalt zu erkennen.

Was war damals geschehen?

Bis heute nacht hatte sie niemals wirklich an D'Arcys Existenz geglaubt. Sie hatte sie einfach erfunden, damit sie an ihrer Stelle der Welt standhielt, wenn die Schwierigkeiten überhandnahmen und ihr nichts anderes blieb als die Flucht.

Und bis heute nacht war D'Arcy nur gekommen, wenn sie sie gerufen hatte.

Aber diesmal hatte sie gar nicht nach ihr gerufen. Beim Anprobieren war D'Arcy einfach aus dem Nirgendwo aufgetaucht.

Hatte sich eingeschlichen.

War in sie hineingefahren.

Sie fröstelte, obwohl die Nacht warm war. War das möglich? Hatte D'Arcy ungerufen von ihr Besitz ergriffen?

Und wenn das stimmte, was hatte es zu bedeuten?

Ein Geräusch störte sie in ihren Überlegungen.

Ein Geräusch über ihr.

Das Geräusch kam wieder. Jetzt war sie sicher, was es bedeutete.

Es war ein Schluchzen. Es kam aus dem kleinen Zimmer auf dem Speicher, direkt über dem ihren.

Ein kalter Schauder überfiel sie. Was sollte sie nur tun? Aber während sie noch überlegte, stand die Antwort schon fest. Sie wußte, daß sie keine andere Wahl hatte.

Sie mußte nachschauen.

Das Herz pochte ihr zum Zerspringen. Sie warf den Morgenrock über, bewaffnete sich mit einer Taschenlampe und schlich zur Tür. Dort lauschte sie ein paar Augenblicke. Außer dem erstickten Schluchzen war im Haus nichts zu hören.

Sie huschte über den Flur. Die Taschenlampe schaltete sie erst ein, als sie im Treppenhaus stand.

Endlich hatte sie den Türgriff in der Hand. Die Tür knarrte laut in den Angeln. Melissa erstarrte für einen Moment, dann leuchtete sie in das trostlose Dunkel über sich hinein.

Oben stand eine weißgekleidete Gestalt mit hinter dem Rücken verschränkten Händen. Das Gesicht war hinter einem Schleier verborgen. Ein Schrei stieg Melissa in die Kehle, doch nur ein ersticktes Röcheln kam heraus, denn der rechte Arm der Erscheinung hob sich langsam.

Aus dem Mund der Erscheinung brach plötzlich Gelächter hervor, der Lachanfall einer Irrsinnigen. Mitten drin flog ein Gegenstand auf Melissa zu und landete unmittelbar zu ihren Füßen auf dem Treppenabsatz.

Sie starrte ihn entsetzt an. Ihre Augen waren weit aufgerissen. Ihr Herz raste.

Es war eine Hand. Daran glänzte frisches Blut.

Melissa stöhnte auf. Der Magen drehte sich ihr um. Übelkeit stieg in ihr hoch, drohte sie zu überwältigen. Melissa drehte sich um und raste die Treppe zum Flur hinunter, polterte zum Schlafzimmer ihrer Eltern und stürzte hinein. Sie warf sich zu ihrem Vater aufs Bett. Ein Weinkrampf schüttelte sie am ganzen Leib und schnitt ihr die Atemluft ab.

Charles war sofort hellwach und schaltete das Licht an. Das Gesicht seiner Tochter war aschfahl. »Missy! Was hast du? Was ist los?«

Im Bett daneben regte sich Phyllis und setzte sich auf. Als sie sah, daß Melissa sich an ihren Vater klammerte, verdüsterte sich ihr Gesicht. »Also wirklich, Melissa!« Sie setzte zu einer Gardinenpredigt an, doch ein Blick von Charles ließ sie verstummen.

»Was hast du denn, mein Liebling«, fragte er noch einmal.

»D-D-D'Arcy.« Melissas Stimme bebte. »Ich... Daddy, ich habe sie gesehen! Sie hat ihre Hand auf mich geschleudert!« Wieder schüttelte sie ein Weinkrampf. Charles drückte sie fest an sich und wiegte sie sanft hin und her.

»Nein, mein Liebes, es war nur ein Alptraum. Gleich ist es vorbei.«

»Aber es war kein Traum!« beharrte Melissa. »Daddy, ich hab's genau gesehen.« Sogar in dieser Situation fiel ihr auf, daß sie dasselbe schon einmal gesagt hatte, damals, als sie Blackie tot auf dem Speicher gesehen hatte und es ihrer Mutter begreiflich zu machen versucht hatte. Unwillkürlich sah sie zu ihrer Mutter hinüber, und die Angst schnürte ihr die Kehle zu.

Sie erblickte eine vor Wut verzerrte Fratze.

Aber dann hörte sie ihren Vater wieder begütigend auf sie einreden. »Natürlich hast du das gesehen, mein Schatz. Was man im Traum sieht, wirkt immer lebensecht. Aber das heißt nicht, daß es wirklich existiert.« Vom Nachttisch nahm er ein Taschentuch und wischte ihr damit die Tränen aus den Augen. »So, jetzt wasch dir mal das Gesicht, und dann kriegst du ein Glas kaltes Wasser.« Unter den unverhohlen mißbilligenden Blicken seiner Frau stand er auf und ging mit Melissa ins Bad. Dort ließ er das Waschbecken mit kaltem Wasser vollaufen, tränkte einen Waschlappen damit und wusch ihr das Gesicht.

Als sie das kalte Wasser an ihrer Haut spürte, löste sich das Entsetzen langsam. Die Anspannung ließ etwas nach. Aber sogleich flackerte ihr Blick verstohlen zur Tür hinüber. »Mama ist furchtbar böse«, flüsterte sie. »Sie... sie meint, daß ich das alles erfunden habe.«

»Dann hätte sie aber unrecht«, versicherte Charles seiner Tochter. »Ein Alptraum kann ganz abscheulich sein. Und wenn du Angst hast, ist es vollkommen richtig, wenn du zu uns kommst.« Er drückte ihr ein Glas Wasser in die Hand. Als sie es ausgetrunken hatte, redete er weiter«: »Was meinst du? Sollen wir nach oben gehen und nachschauen, ob dort etwas ist?«

Melissa nickte und folgte ihrem Vater aus dem Zimmer. Gleich darauf standen sie auf dem Treppenabsatz vor der Speichertür. Sämtliche Lichter brannten. Die gespenstischen Schatten waren jetzt verschwunden.

Melissa starrte auf den Boden, auf dem vor wenigen Minuten noch die blutige Hand gelegen hatte.

Jetzt war dort nichts mehr.

Sie sah bestürzt drein. War das denn möglich?

Hatte sie das Ganze wirklich erfunden?

Aber es war so echt gewesen – so grauenhaft echt!

Sie bückte sich, tastete über die in den Jahren nachgedunkelten Holzdielen, nahm sie genau in Augenschein. Vielleicht waren Blutflecken zu sehen.

Wieder fand sie nichts. Abgesehen vom Staub, blieben ihre Finger sauber.

»Willst du weitergehen und den Rest auch absuchen?« fragte Charles.

Melissa schüttelte den Kopf. »I-ich muß mich wohl getäuscht haben«, hauchte sie. »Aber es sah so echt aus. Ich war mir absolut sicher, daß ich nicht geträumt habe.«

Charles legte den Arm um ihre Schulter und führte sie behutsam in ihr Zimmer zurück. Sie legte sich ins Bett, und er deckte sie zu. »Möchtest du, daß ich das Licht anlasse?« fragte er nach dem Gutenachtkuß.

Melissa schüttelte den Kopf. »Es geht schon. Ich habe keine Angst vor der Dunkelheit.«

»Na schön. Schlaf gut. Und wenn du wieder schlecht träumst, kannst du jederzeit zu mir kommen und mich wecken.« Er schaltete das Licht aus, machte die Tür leise zu und ging ins Schlafzimmer zurück.

Phyllis saß nach wie vor aufgerichtet auf dem Bett. Die Hände hatte sie vor der Brust verschränkt. Kaum war er eingetreten, legte sie los: »Sie ist nur wieder schlafgewandelt. Mit den Riemen wäre...«

Charles blitzte sie aufgebracht an. »Dieses verfluchte Zeug nützt nicht das geringste. Sie hat so schreckliche

Angst vor den Fesseln, daß sie alles nur noch schlimmer machen! Morgen rufe ich Doktor Andrews an. Er soll sich mit ihr unterhalten.«

»Ja, hervorragend!« spuckte Phyllis ihm entgegen. »Die ganze Stadt hält sie schon für verrückt, und jetzt mußt du sie auch noch zu diesem Psychiater schleppen!«

»Mein Gott, Phyllis!« überschrie Charles seine Frau. »Sie hat in den letzten Wochen viel durchmachen müssen. Erst mußte sie sich an Teri gewöhnen, und heute hat sie einen Jungen sterben sehen. Sie steht unter Schock. Wer wäre da nicht verängstigt? Da ist es doch keine Lösung, wenn man sie ans Bett fesselt! Uns beiden wird jedenfalls ein Gespräch mit Burt Andrews nicht weh tun...«

»Und was ist mit mir?« schrie Phyllis noch lauter. »Meinst du vielleicht, ich hätte es in der Zeit leichtgehabt? Ein einzig Gutes ist dabei herausgekommen: Teri. Sie ist ein wahrer Engel, nicht nur für mich, sondern auch für Melissa. Und was ist Melissas Dank? Sie verkleidet sich als Gespenst – das sie auch noch für echt hält –, geht raus und erschreckt den Sohn einer Freundin buchstäblich zu Tode! Verrückt ist sie nicht. Sie weiß genau, was sie tut. Sie tut es nur, um mich vor allen Leuten unmöglich zu machen! Aber das werde ich nicht dulden. Da ist sie an die Falsche ge...«

Ihre Tirade kam zu einem abrupten Ende. Fassungslos starrte sie auf Charles.

Zum erstenmal in ihrer Ehe hatte er sie geschlagen.

Sie verbarg das Gesicht in den Händen und fing an zu weinen. Wie erstarrt stand Charles da. Die eigene Reaktion hatte ihn selbst überrascht. Schließlich wandte er sich ab. »Wahrscheinlich hätte ich das nicht tun dürfen«, meinte er bedrohlich sanft und legte sich wieder ins Bett. »Aber ganz ehrlich: Du hast es verdient.«

Er schaltete das Licht aus und kehrte seiner schluchzenden Frau den Rücken zu.

Teri hatte die ganze Zeit vor der Schlafzimmertür gelauscht. Unbemerkt schlich sie in ihr Zimmer zurück. Dort entnahm sie der obersten Schublade einen in ein Taschentuch gewickelten Gegenstand und verschwand damit im Bad. Erst vergewisserte sie sich, daß die Tür zu Melissas Zimmer auch zugesperrt war, dann packte sie ihn aus und legte ihn ins Waschbecken.

Es war die Hand der Gliederpuppe vom Speicher. Während sie das Ketchup, das sie als Blut benutzt hatte, vorsichtig abwusch, schaute sie sich die Hand noch einmal genau an. Ein Finger war beim Aufprall abgebrochen und ein weiterer hatte einen Sprung abbekommen.

Aber ihr Trick hatte vorzüglich geklappt. Wie damals, als sie Blackie vom Dachsparren hatte hängen sehen, war Melissa sofort ins Schlafzimmer ihrer Eltern gerannt. Teri hatte genügend Zeit gehabt, sich das Kleid vom Leib zu reißen, in einer Truhe zu verstauen und die paar Ketchuptropfen von der Treppe wegzuwischen. In aller Ruhe war sie dann in ihr Zimmer zurückgegangen, um sich von Melissas Schreien ›wecken‹ zu lassen.

Statt dessen hatten ihr Vater und ihre Stiefmutter zu schreien angefangen. Sie hatte den Streit im vollen Wortlaut mitbekommen.

Ein Psychiater.

Was würde der Psychiater wohl sagen, wenn Melissa ihm von D'Arcy erzählte? Sie lächelte. Mit etwas Glück würde er sie gleich dabehalten.

Sie trocknete die Hand ab und ging damit noch einmal auf den Speicher, wo sie sie der Puppe wieder an den Arm steckte. Dann schaltete sie das Licht im Speicher aus und kehrte in ihr Zimmer zurück.

Sie hatte das Licht ausgeknipst und lag wieder im Bett, als sie zum Fenster blickte.

Jenseits der Terrasse, hinter dem Swimmingpool, konnte sie Cora Petersons Häuschen sehen.

Eins von den Fenstern im ersten Stock war erleuchtet. Dahinter stand jemand.

Es war Todd.

Beunruhigt fragte sie sich, wie lange er schon dort stand.

Und wieviel er gesehen hatte.

22

Burt Andrews lehnte sich in seinem Schreibtischstuhl zurück. Sein Blick wanderte zum Terminkalender. Das Wort ›Golf‹ unter Dienstag vormittag war durchgestrichen. Darüber hatte er einen Namen gekritzelt: Holloway. Als Charles Holloway ihn am Sonntag angerufen hatte, hatte er ihm ursprünglich einen Termin erst für die folgende Woche geben wollen, weil einer seiner Patienten abgesagt hatte. Charles hatte jedoch nicht lockergelassen, und so hatte er widerstrebend seine Golfpartie geopfert.

Jetzt ließ er sich also von Charles Melissas jüngste Entwicklung erklären. Aus den Augenwinkeln musterte er Melissa immer wieder. Mit gesenktem Kopf und über dem Schoß gefalteten Händen saß sie ganz still zwischen ihren Eltern. Bislang hatte sie kaum etwas gesagt. Und Andrews glaubte den Grund zu kennen.

Phyllis.

Zwar hatte sie sich nach Kräften bemüht, als allein um das Wohlergehen ihres Kindes besorgte Mutter aufzutreten, doch ganz war es ihr nicht gelungen. Es ging ihr augenscheinlich nicht so sehr um den Gemütszustand ihrer Tochter; sie befürchtete vielmehr, ihre Freunde in Secret Cove würden Melissa für nicht normal halten.

»Nun gut«, sagte er und beugte sich einmal mehr nach vorne. »Ich glaube, ich habe jetzt eine ungefähre Vorstellung. Am besten unterhalte ich mich mal mit Melissa allein.«

Charles erhob sich sofort, doch dem Doktor entging ein argwöhnisches Aufflackern in Phyllis' Augen nicht. Er nahm sich vor, mehr von Melissa darüber herauszufinden, was sich wirklich zwischen Mutter und Tochter abspielte. So schnell der verstohlene Ausdruck über Phyllis' Züge gehuscht war, so schnell hatte sie sich auch wieder unter Kontrolle. Sie stand ebenfalls auf. »Wir gehen so lange ins Wartezimmer, meine Liebe«, sagte sie und küßte Melissa auf die Wange.

Andrews Gesicht verriet keine Regung, obwohl er genau sah, wie Melissa unwillkürlich vor den Lippen ihrer Mutter zurückwich. Sobald die Tür wieder zu war, lehnte er sich mit einem aufmunternden Lächeln zurück. »Was ich so höre, klingt ja nicht gerade nach einem berauschenden Sommer. Zwischen dir und deiner Mutter steht es wohl auch nicht zum Besten?«

Nach einigem Zögern nickte Melissa. »Ir-irgendwie ist sie mir die ganze Zeit böse. Was ich auch mache, es ist immer das Falsche.« Tränen glänzten in ihren Augen. Sie wischte sie weg. Diesmal wollte sie ihnen nicht nachgeben.

Andrews lächelte sie verständnisvoll an. »Würdest du nicht manchmal am liebsten verschwinden?«

Schniefend sah Melissa zu ihm auf. Woher wußte Doktor Andrews das denn? Aber dann fiel ihr der letzte Besuch von vor zwei Jahren ein. Anfang hatte sie ihn überhaupt nicht gemocht. Sein Gesicht war vollständig hinter einem Bart verborgen gewesen. Sie hatte ständig das Gefühl gehabt, mit einem Unsichtbaren zu sprechen. Aber mit der Zeit hatte sie begriffen, daß er sie nicht auslachen würde, egal, was sie sagte, und hatte ihn allmählich in ihr Herz geschlossen. Und in diesem Augenblick wurde ihr sogar klar, daß sie mit ihm reden wollte. Außer D'Arcy war er der einzige Mensch, zu dem sie Vertrauen hatte.

»Am liebsten würde ich im Sommer gar nicht wegfahren«, sagte sie nickend. »In der Stadt gefällt es mir tausendmal besser.«

»Hast du dort viele Freunde?«

»Jedenfalls mehr als hier draußen.«

»Und D'Arcy?«

Melissa rutschte unruhig auf ihrem Stuhl hin und her. Ein Schatten fiel über ihre Augen. »W-was soll mit ihr sein?« fragte sie.

»Na ja, war sie da draußen nicht deine beste Freundin?« Bei dieser Fragte neigte Andrews den Kopf.

Melissa zögerte, dann nickte sie. »A-aber es gibt sie nicht wirklich. Ich habe sie erfunden.«

»Und wenn du sie nicht erfunden hättest?« meinte Andrews und zog die Brauen fast unmerklich hoch. »Was wäre, wenn es sie wirklich gäbe?«

Der Schatten über Melissas Augen wurde finsterer. »Aber das ist doch nicht möglich... Ich meine, es ist ja nur eine Gruselgeschichte, aber...« Ihre Stimme verlor sich. Die Erscheinung auf der Speichertreppe Samstag nacht war ihr wieder eingefallen.

»Ich rede jetzt nicht von der Gruselgeschichte«, erklärte Andrews und beugte sich weit über den Tisch. »Ich habe das Gefühl, daß D'Arcy vielleicht mehr ist als nur eine Erfindung von dir. Vielleicht hilft sie dir, wenn alles so schlimm für dich wird, daß du am liebsten verschwinden würdest.«

Jetzt neigte Melissa den Kopf. Auf ihrer Stirn bildeten sich tiefe Falten. »Sie meinen, wenn meine Mutter sich wieder mal fürchterlich über mich aufregt?«

Andrews spürte Erregung in sich hochsteigen. Etwas an Melissas Stimme verriet ihm, daß er auf der richtigen Spur war. »Was passiert denn, wenn deine Mutter sich wieder mal fürchterlich über dich aufregt?« Ganz bewußt wiederholte er Melissas Worte.

Melissa leckte sich nervös die Unterlippe. »Manchmal...«, sagte sie stockend, »Na ja, manchmal kommt D'Arcy und schickt mich schlafen. Und wenn ich dann wieder aufwache, ist alles vorüber.«

Andrews nickte bedächtig. »Ich verstehe.« Er nahm einen Bleistift in die Hand und fing an, damit herumzuspielen. »Und wie ist es am Wochenende, wenn dein Vater heimkommt? Regt sich deine Mutter dann auch so über dich auf?«

Unwillkürlich blickte Melissa zu Boden, dann schüttelte sie den Kopf. »An den Wochenenden ist es nicht so schlimm«, gab sie zu.

Andrews nickte fast geistesabwesend, als hätten diese Worte nichts Besonderes zu bedeuten. Plötzlich lächelte er. »Hättest du Lust auf ein kleines Experiment?«

Melissa sah ihn mißtrauisch an. »Was für ein Experiment?«

»Würdest du dich hypnotisieren lassen?« meinte Andrews immer noch lächelnd. Melissas Augen weiteten sich vor Angst.

»Es ist ganz harmlos, wie wenn du einschläfst«, versprach Andrews. »Wie wenn D'Arcy kommt, nur daß ich diesmal derjenige bin, der dich schlafen schickt.«

»Wozu?« wollte Melissa wissen und sah ihn mißtrauisch an.

Andrews überlegte seine Antwort genau. Er durfte Melissa keine Angst einjagen, aber andererseits wollte er sie auch nicht anlügen. »Na ja«, meinte er. »Ich würde gern herausfinden, was passiert, wenn du einschläfst. Und das geht am leichtesten, wenn ich mich direkt mit D'Arcy unterhalte.«

Einige Sekunden lang sagte Melissa nichts. Als sie schließlich den Mund aufmachte, zitterte ihre Stimme. »T-tut das weh?«

»Aber natürlich nicht«, erwiderte Andrews lachend. »Vielleicht klappt es auch gar nicht. Aber wenn es funktioniert, wirst du nachher aufwachen und meinen, du hättest geschlafen. Aber du wirst nicht wirklich schlafen.«

Melissa schien immer noch zu zögern. »Wenn Sie sich mit D'Arcy unterhalten, werden Sie mir danach erzählen, was sie Ihnen gesagt hat?«

»Aber natürlich.«

Andrews führte noch ein bißchen genauer aus, was er mit ihr vorhatte. Schließlich willigte sie ein.

»Muß ich auf ein Pendel oder so was schauen?«

»Nein, nein. Hör mir einfach zu. Du mußt dich nur auf meine Stimme konzentrieren. Du wirst dich gleich ein bißchen schläfrig fühlen. Deine Augenlider werden schwerer. Sie fallen dir gleich von selber zu. Und deine Arme und Beine werden auch schwer. So schwer, daß du sie nicht mehr heben kannst. Und du wirst immer schläfriger und schläfriger und jetzt schläfst du ein...«

Mit leiernder Stimme redete er weiter. Schließlich fielen Melissa die Augen zu.

»Melissa, hörst du mich?« fragte er.

»Ja.«

»Mach die Augen auf, Melissa.«

Das Mädchen saß still da und blinzelte mit den Augen. Dann sah es ihm ins Gesicht.

»Heb den rechten Arm, Melissa.«

Melissas rechter Arm hob sich, bis er in einem rechten Winkel zu ihrer Schulter stand. So blieb er, als wäre er mit Fäden an der Decke befestigt. Er redete weiter mit monoton leiernder Stimme auf sie ein. Als er schließlich sicher war, daß sie sich in tiefer Hypnose befand, befahl er ihr, den Arm zu senken.

»Und jetzt will ich, daß du die Augen schließt. So, und jetzt schläfst du ein, weil ich mich mit D'Arcy unterhalten möchte.«

Unter seinen aufmerksamen Blicken sank ihr Arm auf die Stuhllehne, und ihre Augen fielen wieder zu.

»D'Arcy?« fragte er leise. »D'Arcy, hörst du mich?«

Von Melissa kam keinerlei Reaktion. Sie blieb mit geschlossenen Augen regungslos sitzen.

Andrews redete unaufhörlich weiter auf Melissas zweite Persönlichkeit ein, die er – dessen war er sich fast ganz sicher – nur noch hervorlocken mußte. »Ich möchte mit dir sprechen, D'Arcy«, sagte er. »Ich möchte mich mit dir über Melissa unterhalten. Hast du denn keine Lust auf ein Gespräch mit mir?«

Keinerlei Regung kam von Melissa, nicht einmal ihre Augenlider zuckten. Und doch, nach allem, was sie ihm erzählt hatte, ging Andrews davon aus, daß diese D'Arcy irgendwo in ihrem Unterbewußtsein verborgen war. Wenn er nur an sie herankäme...

Während des Redens rief er sein Wissen über die multiplen Persönlichkeitsstörungen wach. Dabei zersplitterte ein Individuum buchstäblich in die verschiedenen Teile seines Wesens, die alle auf ihre jeweilige Art auf die Umwelt reagierten. Vermutlich war D'Arcy Melissas zweite

Persönlichkeit, von der Phyllis' endlose Nörgeleien und Schimpftiraden wirkungslos abprallten. Wenn seine Theorie stimmte, gab es im Augenblick für D'Arcy keinerlei Anlaß, sich zu zeigen. Wenn sie fürchtete, ihre Enttarnung könnte Melissa schaden, würde sie sich gewiß verbergen.

Er probierte es mit einer anderen Taktik.

»Melissa? Hörst du mich?«

»Ja.«

»Ich möchte, daß du für mich mit D'Arcy sprichst. Geht das?«

Zunächst herrschte Schweigen, dann sagte Melissa knapp: »Nein.«

Andrews runzelte die Stirn. Er war seiner Sache so sicher gewesen. »Warum kannst du denn nicht mit ihr sprechen?«

»Weil sie nicht hier ist.«

»Wo ist sie denn? Kannst du mir das sagen?«

Melissa stockte. »Ja«, flüsterte sie nach einer langen Pause.

»Sag mir doch, wo sie ist, Melissa.«

Wieder herrschte Schweigen, bis Melissa eine Antwort gab. »Sie... sie ist zu Hause«, hauchte sie. »Auf dem Speicher oben.«

Andrews bohrte noch ein bißchen nach, doch mehr fand er nicht heraus. Anscheinend verbarg D'Arcy sich so tief in Melissas Unterbewußtsein, daß auch Melissa sie nur unter starkem psychischem Druck erreichte. Vielleicht hatte er sich aber auch getäuscht, und D'Arcy existierte gar nicht.

Fünf Minuten später schlug Melissa die Augen auf. »Wann fangen wir an?« wollte sie wissen.

Andrews grinste sie an. »Wir haben nicht nur angefangen, wir sind schon wieder fertig.«

Überrascht riß Melissa die Augen weit auf. »Wirklich? Warum kann ich mich dann an nichts erinnern?«

»Na ja«, schmunzelte Andrews. »Allzuviel ist ja nicht passiert. Ich habe versucht, mit D'Arcy zu reden, aber sie traut mir wohl noch nicht. Sie ist überhaupt nicht zum Vorschein gekommen.«

Melissa schien in sich zusammenzufallen. »Hab' ich was falsch gemacht?« fragte sie bestürzt.

»Überhaupt nicht«, versicherte Andrews ihr eilig. »Es dauert nun mal eine Weile, das ist alles. Aber du könntest mir einen Gefallen tun.« Melissa sah ihn fragend an. »Wenn sie das nächstemal zu dir kommt, sag ihr doch bitte, daß sie sich ruhig auch mit mir unterhalten kann.«

»Und wenn sie nicht will...«

»Wenn sie nicht will, muß sie auch nicht«, meinte Doktor Andrews mit einem Achselzucken und lehnte sich zurück. Dann kam ihm ein anderer Gedanke: »Unterhältst du dich jemals in der Stadt mit D'Arcy?«

Melissa sah ihn vollkommen verblüfft an. »Wie soll das denn gehen? Sie lebt ja hier draußen.«

Andrews nickte. Und hier draußen ist dein Vater unter der Woche nicht da, dachte er. Hier draußen bist du deiner Mutter ausgeliefert, und dann brauchst du D'Arcy am meisten. Er drückte auf einen Knopf auf seinem Schreibtisch. Im nächsten Augenblick kamen Charles und Phyllis herein. »Das wäre alles für heute«, erklärte er Melissa. »Ich unterhalte mich noch kurz mit deinen Eltern, und dann kannst du heimgehen.«

Melissas Augen flackerten zu ihrer Mutter hinüber, doch sie sagte nichts. Hastig lief sie zur Tür hinaus.

Doktor Andrews schenkte ihren Eltern ein aufmunterndes Lächeln. »Tja, ich sehe da einige Probleme, aber nichts, was sich nicht aufarbeiten ließe. Melissa hat in den letzten Wochen unter enormer Anspannung gestanden.«

»Wir alle haben unter Anspannung gestanden, Doktor Andrews«, unterbrach ihn Phyllis.

Doktor Andrews hielt eine Hand abwehrend hoch. »Da haben Sie vollkommen recht«, pflichtete er ihr bei. »Aber im Augenblick weiß ich noch nicht genau, was in Melissa vorgeht. Ich habe ein, zwei Theorien dazu, möchte mich aber eingehender mit ihr unterhalten.«

»Theorien?« wiederholte Phyllis. »Was für Theorien denn?«

Seufzend zwang Andrews sich zu einem Lächeln. »Solange ich mir nicht im klaren bin, kann ich mich wirklich nicht darüber auslassen. Machen Sie sich bitte keine unnötigen Sorgen. Dazu besteht keinerlei Anlaß.«

»Aber was sollen wir denn tun?« drängte Phyllis. »Wenn sie mit dem Schlafwandeln nicht aufhört...«

»Ich glaube nicht unbedingt, daß das wirklich geschieht«, fiel Andrews ihr ins Wort. »Es kann etwas ganz anderes sein, mit dem ich mich noch befassen möchte. Vorläufig halte ich es für das beste, sie in Ruhe zu lassen. Sie steht unter einer gewaltigen Anspannung, und das wirkt sich nachteilig auf sie aus.« Er sah Phyllis in die Augen. »Lassen Sie sie einfach sie selbst sein. Versuchen Sie, sie nicht unter Druck zu setzen.«

Phyllis' Augen verengten sich. »Das tue ich auch nicht«, betonte sie. »Ich gebe ihr Anleitungen, aber das ist ja meine Aufgabe. Zufälligerweise bin ich nämlich ihre Mutter. Mir geht es nur darum, daß sie nicht bei ihren Freunden aneckt. Aber so, wie sie sich in der letzten Zeit benimmt und sich alles mögliche einbildet...«

»Auch darüber werden Melissa und ich sprechen«, sagte Doktor Andrews und erhob sich. Auf dem Weg zur Tür fügte er hinzu: »Bringen Sie bitte Geduld auf. Das ist das Beste, was Sie im Augenblick für sie tun können. Sie befindet sich in einer schwierigen Phase der Entwicklung.«

Phyllis' Gesicht nahm einen harten Zug an. »Sie können so etwas ja leicht sagen, Doktor Andrews. Aber wie stellen Sie es sich für die vor, die täglich damit konfrontiert sind? Wie sollen Teri und ich das anstellen? Vielleicht... na ja, sollten wir Melissa nicht am besten für eine Weile... fortschicken?«

Charles riß entsetzt die Augen auf. Bevor er seiner Empörung Luft machen konnte, gab Doktor Andrews bereits die Antwort:

»Das können wir zu einem späteren Zeitpunkt immer noch in Betracht ziehen. Im Augenblick würden wir damit überhaupt nichts erreichen. Es würde sie nur zusätzlich verunsichern. Zeigen Sie ihr Ihre Liebe, Mrs. Holloway. Das ist das Beste, was Sie für sie tun können. Geben Sie ihr das Gefühl, daß Sie sie so, wie sie ist, akzeptieren. Wenn sie Sie durch irgend etwas irritiert, lassen Sie es sich nicht anmerken. Sie ist sehr verschüchtert; insbesondere vor Ihnen hat Sie Angst. Sie brauchte Ihre Bestätigung, weiß aber nicht, wie sie sie bekommen kann. Geben Sie ihr deshalb einfach zu verstehen, daß Sie sie lieben. Sehen Sie sich dazu in der Lage?«

Phyllis bedachte den Doktor mit einem verkniffenen Lächeln. »Sie weiß ja, daß ich sie liebe. Und sie versteht auch, daß ich nur ihr Bestes will. Aber meiner Meinung nach darf man Kinder nicht an der langen Leine lassen. Sie brauchen vielmehr eine starke Hand. Ich werde weiterhin alles Nötige für Melissa tun.« Ohne eine Antwort abzuwarten, stolzierte sie aus der Praxis.

Charles blieb zögernd in der Tür stehen. »Ich werde mich mit ihr unterhalten«, versprach er. »Sie neigt dazu, Melissa überhart anzufassen, aber damit werde ich schon fertig. Wenn es nötig ist, nehme ich mir diesen Sommer ein paar Tage frei.«

»Das ist eine sehr gute Idee«, meinte Andrews nickend. »Die Frage ist aber nicht, ob Sie mit der Haltung Ihrer Frau Melissa gegenüber fertig werden. Ich frage mich, ob Melissa das schafft.«

Teri trat einen Schritt zurück, um sich im Spiegel zu bewundern. Zu Jeff Barnstables Beerdigung hatte sie ein marineblaues Kleid mit einem für den Anlaß nicht zu knallig roten Gürtel ausgesucht. Dazu würden zwei Ohrringe in genau demselben Rot passen, aber die würde sie wohl erst in ein, zwei Monaten tragen können, wenn sie wieder in der Stadt waren. Dann freilich würde sie umwerfend aussehen. Wenn sie nur eine dazu passende Perlenkette finden könnte...

Gedämpfte Stimmen rissen sie aus ihren Gedanken. Sie warf noch einen letzten befriedigten Blick auf ihr Spiegelbild und lief auf den Flur. Die Stimmen wurden deutlicher. Sie konnten nur aus einem Zimmer kommen.

Aus dem großen Schlafzimmer, wo ihr Vater und ihre Stiefmutter sich ebenfalls für die Beerdigung fertigmachten.

Da Melissas Tür geschlossen war, huschte sie hastig zur Haupttreppe. Dort hielt sie kurz an, um die hochhackigen Schuhe auszuziehen. Die Absätze hätten auf dem Holzboden zu laut geklappert. Sie nahm die Schuhe in die Hand und schlich lautlos weiter. Obwohl die Tür zu war, bekam sie den Streit laut und deutlich mit.

Drinnen funkelte Charles wütend in den Spiegel. Davor saß mit dem Rücken zu ihm, seine Frau und brachte die letzten Verbesserungen an ihrem Make-up an. »Verlangst du das etwa von mir?« wetterte Charles. »Daß ich sie einfach irgendwo einsperre?«

»Natürlich nicht!« schnappte Phyllis zurück und lehnte sich gleichzeitig nach vorne, um die Wimperntusche aufzutragen. »Es hat überhaupt nichts mit ›Einsperren‹ zu tun, wie du es zu bezeichnen beliebst. Aber da sie nun mal etwas Erholung braucht, finde ich überhaupt nichts dabei, wenn wir sie mal ein bißchen auf Urlaub schicken. In ein nettes Ferienlager oder so etwas.«

»Ein Ferienlager?« tobte Charles. »Wovon, zum Teufel, redest du da? Wenn ihr die anderen Kinder schon hier das Leben zur Hölle machen, wie soll sie dann erst mit lauter Fremden fertig werden?«

»Also, wirklich, Charles.« Phyllis warf den Wimpernpinsel auf ein kleines Tablett und drehte sich um. »Ich halte es nun einmal für nötig, daß wir Teri nicht vernachlässigen. Was meinst du, wie sich unser Affentanz wegen jeder Laune von Melissa auf sie auswirkt? Überleg dir doch, was sie alles mitgemacht...«

»Aha, jetzt geht es dir also um Teri«, fiel Charles ihr ins Wort. »Fassen wir mal zusammen. Bis jetzt hast du gesagt, wir sollten sie zu ihrem eigenen und zu Teris Besten wegschicken. Nun gut, und was hättest du davon? Dir würde es die Sache ja enorm erleichtern, nicht wahr? Du hättest dann noch mehr Zeit als ohnehin schon, um im Club in der Sonne zu braten und bei den anderen Weibern Eindruck zu schinden. Dabei interessieren die sich einen Dreck für dich!«

Phyllis sprang auf. Vor Wut bebte sie am ganzen Körper. »Unverschämtheit!« keifte sie. »Wie kannst du es wagen, dich derart abfällig über meine Freundinnen zu äußern? Lenore Van Arsdale ist eine der vornehmsten Frauen, die ich je...«

»Lenore Van Arsdale ist eine blasierte Zimtzicke. Das mußt du doch eigentlich am besten wissen, denn sie läßt sich ja nur zu einem Gespräch mit dir herab, wenn es sich gar nicht vermeiden läßt. Mein Gott, manchmal meine ich, Polly hatte doch recht. Anscheinend geht es hier wirklich nur darum, daß man sich mit den ›richtigen‹ Leuten umgibt. Nicht daß einer von ihnen etwas tun würde! Meistens prahlen sie nur mit den Taten ihrer Großeltern und verprassen das Vermögen, das sie von ihnen geerbt haben. Die Hälfte würde kläglich versagen, wenn sie ihr Geld selber verdienen müßte.«

»Und was ist mit dir?« versetzte Phyllis. »Hältst du dich etwa für etwas anderes?«

»Habe ich das etwa behauptet?« höhnte Charles. »Ich bin ja kein richtiger Rechtsanwalt. Ich habe doch nur Jura studiert, weil es bei den Holloways Tradition ist. Und was habe ich geleistet? Mein größtes Verdienst ist, daß ich ein paar Schlupflöcher bei der Steuererklärung kenne. Jetzt können ich und ein paar meiner Kumpel sich um die gesetzmäßigen Zahlungen drücken.« Er lachte verbittert auf. »Was für ein Leben ist das nur? Und die Art von Leben hast du dir für Melissa auch in den Kopf gesetzt. Ehrlich gesagt, es wäre besser für sie, sie würde eines Tages Todd Peterson heiraten und nicht einen von diesen verzogenen Fratzen.«

Phyllis wurde kreidebleich. »Ich will nichts als das Beste für sie«, zischte sie. »Was habe ich ihr nicht alles gegeben? Und was bekomme ich zum Dank? Sie demütigt mich! Sie stellt mich vor allen unseren Freunden bloß! Und mit ihrem neuesten Glanzstück verschuldet sie auch noch den Tod eines Jungen und tut einfach so, als könnte sie sich an nichts erinnern. Vielleicht muß sie eingesperrt werden. Vielleicht ist sie wirklich verrückt!«

Für einen kurzen Augenblick hatte Charles den Impuls, sie wie am Samstag zu schlagen, doch dann beherrschte er sich. »Das hast du vor, was?« sagte er nur.

Jede Emotion war aus seiner Stimme gewichen. »Jetzt, da Teri da ist, willst du sie loswerden.«

»Teri hat damit überhaupt nichts zu tun!« brauste Phyllis auf. »Sie...«

»Ach, langweil mich doch nicht damit! Ich bin nicht dumm, weißt du? Melissa war für dich doch nie mehr als ein Ersatz für Teri. Daß Polly sie mitnahm, traf dich damals fast härter als mich. Als Melissa dann auf die Welt kam, liebte ich sie als das, was sie war. Du dagegen hattest nur eins im Sinn. Du wolltest sie von Anfang an in eine zweite Teri verwandeln.«

»Das stimmt ja gar nicht!«

»Aber natürlich stimmt es! Und weil Teri zurückgekommen ist, hast du keine Verwendung mehr für Melissa. Du hast ja Pollys Haus, hast ihren Mann und ihre Freunde. Und jetzt hast du sogar ihre Tochter. Wozu brauchst du dann noch Melissa?« Er stürmte zur Tür. Dort fuhr er noch einmal zu seiner Frau herum. »Aber das lasse ich nicht zu, Phyllis. Ich schicke Melissa nicht fort. Und ich dulde auch nicht, daß du ihr das Leben weiter verpfuschst. Laß sie die sein, die sie ist. Wenn du das nicht schaffst, schicke ich eher dich weg als sie, das schwöre ich dir.«

Als er die Klinke heruntergedrückt hatte, war Teri längst verschwunden. Sie hatte genug gehört. Phyllis war schon überzeugt.

Bald sollte es auch ihr Vater sein.

»Meinst du wirklich, du hältst das aus?« fragte Charles Melissa zwanzig Minuten später. »Du mußt nicht gehen, wenn du nicht willst. Das wird sicherlich jeder verstehen.«

Ganz kurz war Melissa versucht, sich von Jeffs Beerdigung fernzuhalten. Gerade als sie den Kopf schütteln wollte, fiel ihr die Warnung ihrer Mutter wieder ein: »Du wirst zur Beerdigung gehen und dich anständig benehmen. Alles andere wäre ein Eingeständnis deiner Schuld. Es ist auch so schlimm genug, daß alle dich für verrückt halten. Wenn sie glauben, daß du es absichtlich getan hast, wird sich keiner von uns mehr in der Öffentlichkeit zeigen können.«

Da Phyllis ihr auch noch hinter Charles' Rücken einen finsteren Blick zuwarf, schluckte Melissa das Nein, das ihr schon auf der Zunge gelegen hatte, hinunter und brachte ein Nicken zuwege. »Ich will gehen«, flüsterte sie. »I-ich habe Jeff immer gemocht.«

Eine Stunde später saß sie in der kleinen Gemeindekirche und wünschte sich, sie wäre doch zu Hause geblieben.

Von dem Augenblick an, als sie an der Seite ihres Vaters eingetreten war, hatte sie das Gefühl gehabt, jeder starre sie in stummer Anklage an.

Sie hatte versucht, nicht darauf zu achten, hatte sich still zwischen ihrem Vater und Teri auf die Bank gesetzt und den Blick nicht vom Gebetbuch gehoben, das der Meßdiener ihnen beim Eintreten in die Hand gedrückt hatte. Doch jetzt, da der Pfarrer die Predigt abschloß und das letzte Gebet sprach, sah sie nervös auf die Gesichter um sich.

Die meisten hielten den Kopf gesenkt, aber hier und da wurde sie verstohlen gemustert.

Cyndi Miller starrte sie unverwandt an. Wenigstens schaute sie hastig in eine andere Richtung, als Melissa den Blick erwiderte.

Ellen Stevens dagegen sah ihr anklagend in die Augen. Melissa hielt ihrem Blick schließlich nicht mehr stand.

Aber ich hab' doch nichts getan! sagte sie sich zum

wiederholten Mal. Ich bin doch nur die Straße entlanggelaufen.

Oder?

Von dem Augenblick, in dem sie die Perücke aufgesetzt hatte, bis zum Dröhnen der Hupe konnte sie sich an nichts erinnern.

War es am Ende D'Arcy gewesen?

Sie durfte nicht mehr daran denken. Sie durfte sich nicht mehr damit quälen, sonst wurde sie noch verrückt.

Wenn sie es nicht schon war.

Aber sie kam sich die meiste Zeit gar nicht verrückt vor.

Plötzlich stupste Teri sie an. Sie erwachte aus ihrer Träumerei. Die Leute strömten bereits zum Hauptportal, wo der Sarg auf einem offenen Leichenwagen stand.

Eiskalte Panik kroch an Melissa hinunter.

Mußte sie das tun?

Mußte sie Jeff ins Gesicht schauen?

Neben ihr erhob sich ihr Vater. Benommen tat sie es ihm gleich.

Ich werde nicht hinschauen, nahm sie sich vor. Ich werde hingehen, aber vor dem Sarg werde ich die Augen zumachen.

Hinter ihrem Vater trat sie in den Mittelgang. Schon wieder packte sie Panik, denn hinter ihr drängten noch mehr Leute nach. Sie sah sich verstohlen um, suchte einen Fluchtweg, aber die Seitenportale waren alle geschlossen. Außerdem erschien ihr schon der Gedanke vollkommen unerträglich, allein durch eine leere Bankreihe zum Seitenschiff zu rasen.

Dann stand sie vor dem Portal und konnte die Leute leise seufzen und ein Abschiedswort vor dem Sarg murmeln hören.

Im nächsten Augenblick stand sie davor.

Anstatt die Augen zu schließen, wie sie sich heimlich geschworen hatte, schaute sie hinab auf Jeff Barnstables Gesicht.

Er sah ganz und gar nicht tot aus.

Mit geschlossenen Augen und einem friedlichen Ausdruck auf dem Gesicht lag er da, als schliefe er. Instinktiv streichelte sie ihm das Gesicht.

Das Fleisch war fest und kalt, wie Marmor.

Sie schnappte nach Luft. Die Panik, die sich in ihr aufgestaut hatte, brach hervor. »Neeeiiin!« stöhnte sie. »Ich wollte doch nicht...«

Tränen stürzten ihr aus den Augen, und sie verbarg das Gesicht in den Händen. Sofort legte ihr Vater schützend den Arm um sie und führte sie eilig durch die Menge.

Alle starrten sie an.

Starrten sie an und tuschelten miteinander.

Sie konnte die Vorwürfe fast hören.

»Nein!« kreischte sie. »Ich hab's nicht getan. Es war D'Arcy! D'Arcy hat's getan!«

Im nächsten Augenblick stand sie im Freien, in der grellen Nachmittagssonne. Sie blinzelte zu ihrem Vater hinauf. Er sah sie mit liebevollen Augen an und streichelte ihr sanft das Haar. Hinter ihm erblickte sie ihre Mutter.

Phyllis sagte zwar kein Wort, doch Melissa erschauerte vor der gräßlichen Wut, die allein von den engen Schlitzen, die einmal Augen gewesen waren, ausging. In ihrer Angst vor dieser stummen Wut bemerkte Melissa das verhalten triumphierende Lächeln auf Teris Gesicht nicht.

Während ihr Vater sie behutsam zum Wagen steuerte, schwappte die Hoffnungslosigkeit wie eine Welle über ihr zusammen.

Ich hab's wieder verpatzt, dachte sie. Und diesmal vergibt sie mir nicht mehr.

23

»Ich verstehe einfach nicht, wie sie so etwas tun konnte«, klagte Phyllis.

Seit einer Stunde waren sie wieder zu Hause. Charles hatte sofort Dr. Andrews angerufen und war danach in die Apotheke geeilt, um Melissa ein Beruhigungsmittel zu besorgen. Danach hatte er bei Melissa am Bett gesessen und sie nicht eher verlassen, bis das Medikament Wirkung zeigte und sie in Schlaf sank. Unten lief Phyllis rastlos im Wohnzimmer auf und ab. Sie kochte noch immer vor Wut. Teri, die das Beerdigungskleid noch nicht abgelegt hatte, hockte nervös auf einem Stuhl.

»Wie konnte sie mir das nur antun?« jammerte Phyllis zum wiederholten Mal.

»Na ja, das überrascht mich kein bißchen«, meinte Charles. »Mich wundert ehrlich gesagt, daß sie überhaupt gegangen ist, so wie sie sich gefühlt hat.«

»Sie ist gegangen«, warf Phyllis ein, »weil ihr klar war, daß es das Beste für sie war. Und es wäre auch in Ordnung gewesen, wenn sie sich unter Kontrolle gehabt hätte. Aber daß sie eine solche Szene machen mußte...« Sie schüttelte verzweifelt den Kopf. Dann warf sie einen Blick auf die Uhr, seufzte schwer und schien sich einen Ruck zu geben. »Die Predigt am Grab dürfte jetzt vorbei sein. Wir sollten lieber hingehen und...«

»Wohin willst du gehen?« Charles starrte seine Frau fassungslos an. »Du schlägst doch nicht im Ernst vor, daß wir jetzt noch zum Leichenschmaus gehen?«

Phyllis hielt seinem Blick nur kurz stand. »Natürlich gehen wir hin. Und ein Streit mit dir wäre das letzte, was ich jetzt brauchen könnte. Was bleibt uns anderes übrig? So wie Melissa sich heute aufgeführt hat, müssen wir uns zumindest entschuldigen. Ist dir Paulas Gesichtsausdruck denn nicht aufgefallen?«

»Ich schere mich einen Dreck um Paula Barnstable und den ganzen Rest. Mir geht es jetzt nur um meine Tochter. Wenn du glaubst, daß ich sie ausgerechnet jetzt allein lasse...«

»Du läßt sie ja nicht allein«, unterbrach ihn Phyllis. »Teri bleibt bei ihr.«

Charles' Blick fiel auf Teri. Sie lächelte ihn verständnisvoll an. »Ich finde, daß Phyllis recht hat«, meinte sie. »Mir ist auch aufgefallen, wie komisch einige Leute Melissa angesehen haben. Machen wir nicht alles nur noch schlimmer, wenn jetzt keiner zum Leichenschmaus geht?«

»Abgesehen davon, daß Melissa die Nerven verloren hat, ist ja nichts passiert«, brummte Charles. Dann fiel ihm auf, wie Phyllis und Teri verstohlene Blicke wechselten. Er runzelte die Stirn. »Gibt es etwas, wovon ich nichts weiß?«

Teri rutschte unbehaglich auf ihrem Stuhl, als wollte sie ihm lieber etwas verschweigen. »Ich... na ja, die meisten Kids reden nun mal über Melissa«, antwortete sie schließlich. Geflissentlich wich sie dabei seinem Blick auf. »Sie... wie soll ich sagen? Einige halten sie für ein bißchen...« Sie zögerte, als suche sie nach dem richtigen Ausdruck. »... na ja, sie halten sie für etwas sonderbar.«

»Du meinst, sie halten sie für verrückt. Ich weiß doch, wie Kinder sind. Ich war selber mal eins.«

»Das habe ich nicht gesagt«, entgegnete Teri hastig. »Ich... ich finde nur, daß Phyllis recht hat. Wäre es nicht besser, ihr würdet hingehen und den Leuten sagen, daß es Melissa zuviel wurde, aber daß sie sich jetzt wieder wohl fühlt? Ich meine, wenn keiner von uns hingeht, machen wir es für Melissa nur noch schlimmer. Die Leute werden glauben, wir hätten Angst, sie allein zu lassen.«

In Charles regte sich noch immer Widerspruch, doch er ließ es bleiben. Teri hatte ja recht. Im Grunde genommen war Melissa nur in Tränen ausgebrochen, mehr nicht. Mit einer Überreaktion würde er alles nur noch schlimmer machen. Ja, er hörte die Kinder schon über sie lästern:

»Sie mußten sie heimbringen und einsperren. Sie war so hysterisch, daß alle daheimbleiben mußten.«

»Ich wußte ja, daß sie nicht ganz dicht ist, aber bei der Beerdigung ist sie vollkommen übergeschnappt. Sie mußten sie in eine Zwangsjacke stecken.«

Auch wenn alles erfunden war, die Kinder würden sich trotzdem den Mund über Melissa zerreißen. Wenn er mit Phyllis zum Leichenschmaus ging und den Leuten erklärte, Melissa hätte sich längst wieder beruhigt, verstummten die spitzen Zungen vielleicht. »Meinetwegen«, willigte er schließlich ein. Er war sich immer noch nicht sicher, ob es das Richtige war. Andererseits hätte er einen weiteren Streit mit seiner Frau nicht ertragen können. Er ging zu seiner älteren Tochter und umarmte sie kurz. »Wir gehen. Macht es dir wirklich nichts aus, allein bei Melissa zu bleiben?«

Ein gequältes Lächeln spielte auf Teris Lippen. »Ich fühle mich bei Beerdigungen nicht wohl. Ich bleibe lieber bei Melissa.«

Nachdem er sich noch einmal von Melissas tiefem Schlaf überzeugt hatte, eilte Charles zehn Minuten später zum Mercedes, in dem Phyllis bereits ungeduldig wartete.

Von der Veranda winkte Teri ihnen zum Abschied.

Zwanzig Minuten danach klopfte Cora an Teris Tür und trat ein. »Ich fahre ins Dorf«, erklärte sie. »Ich backe Melissa einen Auflauf und brauche noch ein paar Sachen.«

Teri sah kurz von ihrer Zeitschrift auf. »Aha.«

Cora biß die Lippen aufeinander, wollte sich aber die Verärgerung über den unverschämten Ton nicht anmerken lassen. »Soll ich dir irgend etwas mitbringen?« Erst jetzt fiel ihr auf, daß Teri noch immer das Beerdigungskleid anhatte. Sie schüttelte mißbilligend den Kopf. »Auf diese Weise ruinierst du dir noch das Kleid. Es ist aus Leinen, weißt du.«

»Wenn es kaputtgeht, kaufe ich mir eben ein neues. Wir sind nicht arm, weißt du.«

Cora holte tief Luft. Am liebsten hätte sie Teri eine Lektion über den Wert von Geld erteilt, verkniff sich dies jedoch. In den letzten Wochen hatte sie Pollys Tochter genauer unter die Lupe genommen und war zu dem Schluß gekommen, daß sie nicht die war, als die sie sich ausgab. Im Grunde war sie ihr überhaupt nicht sympathisch. Ihrer Überzeugung nach hatte Teri den Einfall mit der Verkleidung als D'Arcy gehabt und sich über den Schaden diebisch gefreut. Mochte Teri Mitleid bekunden, soviel sie wollte, Cora wurde das untrügliche Gefühl nicht los, daß sie sich an Melissas Unglück weidete. »Na schön«, lenkte sie ein. »Mach, was du willst. Ich bin in einer Stunde wieder da.«

Kaum hatte sie Coras Wagen davonfahren hören, sprang Teri auf und zog sich aus. Achtlos warf sie das Kleid auf einen Haufen auf dem Boden. Statt dessen zog sie den Badeanzug an und tänzelte zum Swimmingpool. Sie wollte gerade ins Wasser hechten, da erblickte sie Todd.

Er stand nicht weit von ihr entfernt. Den Kopf hielt er seltsam schief und starrte auf etwas.

Den alten Schuppen.

Teri erstarrte. Ein Gedanke jagte den anderen. Dann ließ sie ihr Handtuch auf den Boden fallen und stolzierte über den Rasen auf ihn zu. »Stimmt was nicht?« wollte sie wissen. »Warum schaust du so komisch?«

Todd blickte sie kurz an. »Riechst du denn nichts?« fragte er und schnüffelte in der Luft.

Teri atmete tief ein. Ein widerlicher Gestank trat ihr in die Nase. »Ääähh! Wo kommt das denn her?«

»Vom Schuppen, glaube ich«, sagte er und setzte sich in Bewegung. Teri lief neben ihm her. Je näher sie dem Schuppen kamen, desto ekelerregender wurde der Gestank. »Mein Gott!« rief Todd und zuckte unwillkürlich zusammen. »Das riecht ja nach Verwesung...« Er unterbrach sich abrupt. »Um Himmels willen«, flüsterte er und fing an zu laufen. Er riß die Tür auf und wich reflexartig zurück. Ein ganzer Schwarm von Fliegen quoll ihm entgegen. Mit angehaltenem Atem wagte er sich dann in den fauligen Gestank hinein. auf den ersten Blick war nichts zu erkennen. Bis auf einen verrosteten Spaten war der Schuppen leer. Aber dann fielen ihm zwei lose Dielen auf. Er mußte die Luft herauslassen. Ein abscheulicher Gestank schlug ihm von diesen zwei Brettern entgegen. Er würgte und rannte hustend ins Freie. Dort saugte er die frische Luft tief ein. Mit angehaltenem Atem wagte er sich wieder hinein, griff nach einer der losen Dielen und hob sie an.

Der Magen drehte sich ihm um. Dort unten im Hohlraum unter den Dielen lag Blackies halbverwester Kadaver. Auf ihm und in ihm krochen Tausende weißer Maden. Er war fast nicht mehr zu erkennen, doch Todd begriff sofort. Er prallte schaudernd zurück. In seinen Augen schimmerte es feucht. »Es ist Blackie...« schluchzte er und wandte sich abrupt um, so abrupt, daß Teri keine Zeit mehr hatte, eine betretene Miene anzunehmen. Schadenfroh hatte sie ihm bei der Entdeckung seines toten Lieblings zugeschaut. Als er das grausame Lächeln bemerkte, weiteten sich seine Augen. »Du!« flüsterte er und wich einen Schritt zurück. »Ich hatte also recht.«

»Spinnst du?« fuhr sie ihn an. Ihr Lächeln wich einem verächtlichen Ausdruck. »Wozu sollte ich deinen Hund umbringen? Es liegt doch auf der Hand, daß Melissa es war!«

Todd schüttelte den Kopf. »Dazu wäre sie nie in der Lage gewesen. Sie hat ihn noch mehr geliebt als ich.« Tausend Gedanken schossen ihm durch den Kopf, und plötzlich erinnerte er sich wieder. Hatte er nicht Samstag nacht Teri durch das Haus huschen sehen? Weil er nicht hatte einschlafen können, hatte er zum Fenster geschaut. Im Speicher oben war das Licht an- und wieder ausgegangen. Etwas später war es wieder an- und nach einer Weile ausgegangen. Und danach war sie zwischen ihrem Zimmer und dem Bad hin und her gelaufen. Und vom Bad konnte man in Melissas Zimmer gehen...

»Was hast du vor?« flüsterte er. »Was machst du mit Melissa?« Aber er wußte die Antwort bereits. »Du warst es! Dich hat sie am Sonntag auf dem Speicher gesehen. Und du hast auch Blackie umgebracht.«

Er trat auf sie zu. Tödlicher Haß trat in ihre Augen. Mit ihrem ganzen Gewicht warf sie sich auf einmal gegen ihn, daß er nach hinten stolperte. Er ruderte wild mit den Armen, versuchte den Sturz mit den Händen aufzufangen, krachte aber genau durch die Lücke zwischen den Dielen und sank tief in den faulenden Kadaver. Er wollte sich noch zur Seite rollen, suchte irgendwo Halt, doch es war zu spät.

Teri hatte den Spaten mit beiden Händen gepackt und hielt ihn hoch über ihn.

Im nächsten Augenblick stieß sie mit voller Wucht zu – ihm mitten ins Gesicht.

Er spürte einen rasenden Schmerz in der Nase. Instinktiv rollte er sich beiseite, schaffte es aber nicht mehr rechtzeitig. Schon wieder war die Schaufel auf ihn herniedergesaust, diesmal auf den Hinterkopf. Er zuckte kurz und blieb still liegen.

Keuchend starrte Teri auf Todd hinab. In ihrem Kopf arbeitete es fieberhaft. Sie hatte ihn ja gar nicht umbringen wollen. Er war selber schuld. Warum hatte er ihr denn nicht glauben wollen, daß Melissa den Hund umgebracht hatte? Dummerweise hatte er sie Samstag nacht gesehen und sich den Rest zusammengereimt.

Sie hatte ihn erschlagen müssen – er hatte ihr keine andere Wahl gelassen.

Unwillkürlich sah sie sich um. Niemand war in der Nähe. Warum denn auch? Außer Cora und Melissa waren alle bei den Barnstables.

Cora kam in frühestens vierzig Minuten zurück.

Und Melissa schlief in ihrem Zimmer.

Schlief wie ein Stein.

Plötzlich stand für sie der nächste Schritt fest.

Sie kniete sich nieder und betastete Todds Hals. Erst kam keinerlei Lebenszeichen, dann spürte sie ganz schwach seinen Puls.

Also war er gar nicht tot.

Das hieß, noch nicht. Sie rollte ihn auf den Rücken, um das Gesicht zu begutachten. Die Augen waren geschlossen. Aus der zertrümmerten Nase sickerte Blut. Jetzt war auch sein Atem zu hören, ein Röcheln vielmehr, tief aus seiner Brust. Darunter mischte sich ein Husten. Er drohte am eigenen Blut zu ersticken.

Sie ließ ihn liegen, wie er war, und rannte zum Haus zurück. In Windeseile stürmte sie zum Speicher hinauf und riß das weiße Kleid aus der Truhe, in der sie es versteckt hatte. Damit rannte sie wieder hinunter. Anstatt auf schnellstem Weg zum Schuppen zurückzukehren, machte sie einen Umweg über die Garage.

Dort lagen die Gartenwerkzeuge. An eine Wand gelehnt sah sie die Machete. Vor wenigen Tagen hatte Todd damit die Kletterpflanzen zerhackt. Das war genau, was sie brauchte. Lächelnd nahm sie sie an sich.

Im Schuppen entfernte sie zwei weitere Dielen, ehe sie den bewußtlosen Todd wieder auf den Rücken drehte. Sie packte die Machete und hielt sie hoch über sich. Ohne auch nur eine Sekunde zu zögern, rammte sie die schwere Klinge in Todds Kopf. Dann legte sie die Machete beiseite.

Als nächstes wischte sie mit dem weißen Kleid soviel Blut von den Dielen auf, wie sie konnte, und tauchte es danach in die frischen Wunden des Jungen. Schließlich stand sie auf. Sie schüttelte das Kleid aus und begutachtete mit einem zufriedenen Lächeln die roten Flecken, die es vom Oberteil bis zum Saum übersäten.

Sorgfältig faltete sie das Kleid zusammen und legte es beiseite, um die Dielen an Ort und Stelle wieder anzubringen. Schon wieder summten Fliegen über dem Boden herum. Sie sah zu, wie einige durch die Ritzen krochen, wo ein Festschmaus auf sie wartete. Da Todds Leiche jetzt über dem Hundekadaver lag, schien der abscheuliche Gestank nachzulassen.

Mit dem Kleid über dem Arm kehrte Teri ins Haus zurück. Noch einmal stieg sie zum Speicher hinauf und legte das blutgetränkte Textil in sein Versteck zurück.

Cora kam durch die Küchentür herein. Ihr erster Blick fiel auf die Uhr. Sie war eine gute Stunde weggewesen, hatte aber noch genügend Zeit für Melissas Auflauf und das Abendessen. Sie packte die große Einkaufstüte aus und räumte alles, was sie nicht sofort brauchte, an seinen Platz. Mitten in den Vorbereitungen für den Auflauf fiel ihr auf, daß weder Todd noch Teri sie begrüßt hatten. Normalerweise bot ihr doch irgend jemand seine Hilfe an, wenn sie in der Küche arbeitete. Von Teri freilich hatte sie sich ohnehin keine Gefälligkeit erwartet.

Trotzdem schürzte sie verärgert die Lippen. Todd hatte etwas davon gemurmelt, daß er sich noch einmal auf die Suche nach Blackie machen wollte. Aber was war mit Teri? Sie hatte doch hoffentlich Melissa nicht einfach sich selbst überlassen. Sie stieß die Pendeltür zum Anrichteraum auf und rief laut ins stille Haus: »Hallo! Ist niemand da?« Nach kurzer Stille hörte sie Teris Stimmme:

»Ich bin in der Bibliothek!«

Cora atmete auf. Wenigstens hatte sie Melissa nicht allein gelassen! Durch das Eßzimmer, die Vorhalle und die kleine Diele schlurfte sie zur Bibliothek. Teri lag auf dem Bauch auf dem roten Ledersofa und sah fern. Sie trug eine Blue jeans, eine weiße Bluse und Turnschuhe.

»Deine Mutter hat dir doch sicher beigebracht, daß man sich die Schuhe auszieht, wenn man sich aufs Sofa legt«, meckerte Cora. Da Teri sie ignorierte, fragte sie nur noch: »Alles in Ordnung?«

»Aber sicher. Warum auch nicht?«

»Na ja, du hättest immerhin in die Küche kommen und mir deine Hilfe anbieten können.«

»Ich habe dich nicht kommen hören. Außerdem gehört das wohl kaum zu meinen Aufgaben.«

Cora kniff erbost die Lippen zusammen, sagte aber

nichts. Statt dessen ging sie die Treppe zum ersten Stock hinauf. Sie konnte sich nicht vorstellen, daß Teri sich während ihrer Abwesenheit um Melissa gekümmert hatte. Da wollte sie lieber persönlich nach dem Rechten sehen. Sie fand Melissa friedlich schlummernd in ihrem Bett vor. Wieder besänftigt, kehrte Cora in die Küche zurück und machte sich an die Arbeit.

Zwanzig Minuten später war der Auflauf in dem einen und der Lammbraten für das Abendessen im anderen Ofen. Sie trat durch die Hintertür ins Freie und lief zum eigenen Häuschen. In der Eingangstür blieb sie stehen und rief laut nach ihrem Enkel. Es blieb still. »Todd?« rief sie noch einmal. »Wo steckst du?«

Keine Antwort. Sie sah auf die Armbanduhr. Es war bereits nach sechs. Todd kam doch nie zu spät heim! Sie hastete in die Küche. Vielleicht lag dort eine Nachricht für sie. Sie fand nichts. Verwirrt lief sie schließlich ins Herrenhaus zurück. Noch einmal trat sie in die Bibliothek.

»Hast du Todd gesehen?«

Höchst widerwillig wandte Teri den Blick vom Bildschirm. »Warum sollte ich ihn denn gesehen haben? War er überhaupt im Haus?«

»Wenn ich das wüßte, hätte ich dich wohl kaum gefragt«, schnappte Cora zurück. »Er ist aber nicht zu Hause, und ich hatte mir gedacht, daß du ihn vielleicht gesehen hast.«

Teri schüttelte den Kopf. »Vielleicht ist er bei Freunden.«

Cora seufzte auf. »Er hat gesagt, er wollte noch mal nach Blackie suchen...« Sie unterbrach sich, denn Teri verdrehte spöttisch die Augen. Nach einer kurzen Pause kam sie auf das vorgehende Thema zurück: »Übrigens ist Melissa seine beste Freundin. Es ist wohl ganz normal, wenn er bei ihr hereinschaut.«

Teri stöhnte hörbar auf. »Wenn Melissa seine beste Freundin ist, dann ist er ja noch dümmer, als ich dachte.«

Cora lief dunkelrot an. »Bestimmte Leute sind nicht halb so nett, wie sie tun, oder täusche ich mich da?«

Teri lächelte sie honigsüß an: »Bestimmte Leute«, äffte sie Cora nach, »arbeiten hier vielleicht nicht mehr lange, wenn sie es am nötigen Respekt ihren Vorgesetzten gegenüber fehlen lassen.«

Beide blitzten einander wütend an. Am Ende wandte Cora den Blick ab. Sie drehte sich abrupt um und verließ das Zimmer. Hinter ihr fiel die Tür mit einem Knall zu.

Zufrieden wandte Teri sich wieder dem Fernseher zu. Über die ohnmächtige Wut der Haushälterin kicherte sie noch eine Weile vor sich hin.

Melissa erwachte eine Stunde nach Mitternacht. Sie war noch ganz benommen vom Beruhigungsmittel. Zunächst wußte sie gar nicht, wo sie war, doch allmählich setzte die Erinnerung ein.

Jeff Barnstables Beerdigung war ihr wie ein Spießrutenlauf vorgekommen. Jeder hatte sie angeschaut.

Und als sie in den Sarg hineingeschaut und sein Gesicht berührt hatte...

Selbst jetzt noch graute ihr. Unwillkürlich zog sie die Decke ans Kinn. Jetzt war es ja vorbei, sagte sie sich. Sie war zu Hause, in ihrem Bett, und ihre Mutter hatte sie nicht festgebunden.

Nichts war geschehen.

Sie wälzte sich auf die andere Seite. Dabei spürte sie etwas an den Füßen. Ganz kurz geriet sie in Panik. Hatte ihre Mutter sie vielleicht doch ans Bett gefesselt?

Aber nein. Ihre Hände und Füße ließen sich ja bewegen. Es war wohl nur das Bettlaken.

Sie versuchte sich freizustrampeln. Das Bettlaken flog

davon, aber irgend etwas war noch immer um ihre Füße gewickelt.

Sie schaltete das Licht ein und setzte sich auf.

Ihre Füße steckten in diesem Kleid.

D'Arcys Kleid.

Das Kleid, das sie am Samstag angehabt hatte, als Jeff Barnstable verunglückt war.

Und jetzt, am Tag seiner Beerdigung, lag es in ihrem Bett, und war um ihre Füße gewickelt.

Und hatte lauter Flecken.

Blutrote Flecken.

Sie schnappte nach Luft. Ihr Herz hämmerte wild. Das konnte nicht wahr sein. Sicher war es schon wieder ein Alptraum. Was denn sonst?

Sie drückte die Augen zu. Vielleicht verschwand das Kleid ja wieder. Sie machte die Augen wieder auf.

Es war noch immer um ihre Füße gewickelt. Die Flecken schienen eher noch größer geworden zu sein.

Ein Wimmern drang aus ihrer Kehle. Sofort stopfte sie sich die Faust in den Mund. Und dann ging die Badezimmertür auf, und Teri kam im Morgenrock herein. »Melissa?« fragte sie. »Ist alles in...« Sie verstummte jäh, als ihr Blick auf das blutbefleckte Kleid fiel. »Oh, Melissa«, flüsterte sie. »Was hast du nur getan?«

Melissas Augen weiteten sich. So weit es ging, wich sie an die Wand zurück. Jetzt endlich gelang es ihr, sich freizustrampeln. »N-nichts«, stammelte sie. Ihr Ton gab ihre ganze Verzweiflung wieder. »Ich bin gerade aufgewacht und habe etwas Seltsames gespürt und...« Sie flehte ihre Halbschwester geradezu mit den Blicken an. »Teri, was soll das Ding hier?«

Teri ging zum Bett hinüber, nahm das Kleid fast ehrfürchtig in die Hand und wandte sich wieder Melissa zu. »Kannst du dich nicht erinnern?« fragte sie.

»Er-erinnern? Woran?«

Teri schloß für einen Moment die Augen. Traurig schüttelte sie dazu den Kopf. »O Gott«, flüsterte sie. »Ich dachte, du wärest wach gewesen. aber du warst es gar nicht, oder?«

Entsetzen schnürte Melissa die Kehle zu. Sie war doch nicht schon wieder schlafgewandelt. Es war vollkommen ausgeschlossen, oder? »Wovon redest du?« wimmerte sie. »Ich habe geschlafen!«

Teri warf das Kleid zu Boden, setzte sich auf die Bettkante und nahm Melissas Hände in die ihren. »Du bist rausgegangen«, sagte sie. Plötzlich nahm ihre Stimme einen eindringlichen, flehenden Ton an. »Du erinnerst dich doch? Du mußt dich erinnern!«

Melissa schüttelte den Kopf.

»Es war... ich weiß nicht... vor einer Stunde vielleicht«, erklärte Teri. »Todd war draußen und hat nach dir gerufen. Mich hat er auch geweckt. Ich habe ihm gesagt, daß du schläfst, aber dann bist du zur Hintertür rausgegangen.« Ihr Blick schoß zum Kleid hinunter. »Erst dachte ich, du hättest deinen Morgenrock angehabt, du weißt schon, den weißen. Aber... aber dann...« Die Stimme schien ihr zu versagen. »Woher kommt das Kleid da?« fragte sie. »Woher hast du es?«

Melissa fröstelte, obwohl die Nacht sehr warm war. »Ich weiß es nicht!« heulte sie. »Ich dachte, es wäre weg. Ich dachte, du hättest es in den Abfall gegeben.«

»Das habe ich auch«, log Teri. Ihr Blick begegnete dem Melissas. »Ich habe es in die Mülltonne getan, und die Müllabfuhr hat sie heute morgen geleert.«

Melissa schluckte. Wenn Teri es weggeworfen hatte, dann... Ihr schwindelte. Das mußte ein Alptraum sein. Im richtigen Leben konnte so etwas doch nicht passieren.

»Du bist mit Todd weggegangen«, fuhr Teri fort. »Ich dachte, daß ihr vielleicht Blackie suchen wolltet.«

»Nein«, ächzte Melissa. Sie hielt sich die Ohren zu, als könne sie damit Teris Worte aussperren. »Ich habe geschlafen! Ich bin nirgendwohin gegangen!«

»Aber ich habe dich doch gesehen!« beharrte Teri. »Wenn ich gewußt hätte, daß du schlafwandelst, wäre ich dir nachgelaufen. Aber ich hielt dich für wach. Was auch geschehen ist, ich bin mitschuldig.«

»Ge-geschehen ist? Was soll...?«

»Das Blut«, sagte Teri. »Es muß von irgendwoher kommen...« Melissa vergrub das Gesicht in den Händen. Warum wachte sie denn nicht auf und stellte fest, daß es ein Alptraum war? Als sie wieder aufsah, saß Teri immer noch neben ihr. »Wohin sind wir gegangen?« flüsterte sie.

Teri schüttelte den Kopf. »Ich weiß nicht. Ihr seid hinter der Garage verschwunden.«

»Aber da ist ja nichts!« stöhnte Melissa. »Höchstens der alte Schuppen.«

Teri stand auf. »Sehen wir lieber mal nach«, sagte sie. »Wo ist deine Taschenlampe?«

Melissa schüttelte verzweifelt den Kopf. »Nein! Ich will nicht. Ich...«

»Aber wir müssen«, drängte Teri. »Wir müssen herausfinden, was du getan hast. Verstehst du denn nicht? Wenn du etwas getan hast...«

»Nein!« schluchzte Melissa. »Ich habe doch nie und...«

Teri ließ ihr keine Ruhe. »Du mußt etwas getan haben! Komm schon!«

Sie zog Melissa hoch und half ihr in den Morgenrock. Dann nahm sie die Taschenlampe aus der Schublade und schaltete das Licht im Zimmer aus. Schweigend führte sie ihre Halbschwester die Treppe hinunter und durch die hintere Loggiatür ins Freie. Es war eine klare Vollmondnacht. Teri huschte automatisch im Schatten an der Wand entlang. Sie überquerten die Terrasse, liefen am Swimmingpool vorbei und standen schließlich vor dem Schuppen.

Teri schnüffelte in der Luft. »O Gott«, flüsterte sie. »Das riecht, als würde da drinnen ein Toter liegen.«

Melissa zitterte am ganzen Leib, aber als Teri die Tür aufstieß und eintrat, folgte sie ihr wie in Trance. Teri machte die Tür wieder zu. Jetzt erst knipste sie die Taschenlampe an und leuchtete in den kleinen Raum.

Der Lichtstrahl erfaßte die Machete. Noch immer klebte Blut an der Klinge.

Melissa fuhr zusammen. »Wa-was macht die denn hier?« hauchte sie. »Todd bewahrt sie doch immer in der Garage auf.«

Teri ließ den Lichtstrahl weiterwandern, bis er auf die Bodendielen fiel. Deutlich waren Blutflecken zu erkennen. »Schau«, sagte sie sanft. »Sie sind lose.«

Sie ließ sich auf die Knie sinken und entfernte eine von den Dielen. Das Licht fiel auf den Hohlraum darunter.

Ein Schrei bildete sich auf Melissas Lippen. Zu ihren Füßen lag Todds Leiche. Sein Kopf war gespalten. Noch bevor der Schrei nach außen in die stille Nacht dringen konnte, drückte Teri Melissa den Mund mit aller Kraft zu.

»Ja nicht schreien«, warnte Teri. »Wenn jemand dich hört, kann ich nichts mehr für dich tun. Dann wissen alle, was du getan hast, und du wirst fortgeschickt.«

Der Schrei erstarb in Melissas Kehle. Sie weinte nur stumm vor sich hin. Das war doch nicht möglich! Todd konnte nicht tot sein. Es war bestimmt nur ein schrecklicher Traum. Gleich würde sie aufwachen.

Sie würde in ihrem warmen Bett aufwachen, und alles wäre in bester Ordnung. Sie schlang die Arme um ihre Halbschwester und schluchzte hilflos an ihrer Brust.

»Ich wollte ihm doch nichts tun!« heulte sie. »Ich kann doch nichts dafür! Ich hätte Todd doch nie was zuleide tun können! Ich...«

Teri lächelte in der Dunkelheit vor sich hin, strich Melissa aber sanft über das Haar. »Du brauchst keine Angst zu haben«, gurrte sie. »Ich bin bei dir und werde nie zulassen, daß jemand dir was antut. Wart's nur ab. Ich lass' mir was einfallen. Irgendwie helfe ich dir schon aus der Klemme. Außerdem« – ihre Stimme wurde jetzt noch leiser – »warst du es ja gar nicht, oder?«

Verwirrt sah Melissa aus tränenverschmierten Augen zu Teri auf. Noch immer ging ihr Atem nur stoßweise.

»Verstehst du denn nicht?« rief Teri. »Du warst es ja gar nicht. D'Arcy war es.«

Auf einmal fügte sich eins zum anderen. Melissa glaubte zu verstehen.

D'Arcy war wieder einmal im Schlaf zu ihr gekommen.

Und wie immer hatte sie D'Arcy vertraut. Aber während sie geschlafen hatte, hatte D'Arcy ihren besten Freund umgebracht. Erneut schüttelte sie ein Weinkrampf, und sie sank willenlos in Teris Arme zurück.

Aber alles würde gut werden. Teri war ja bei ihr, und Teri würde sich einen Ausweg einfallen lassen.

Teri würde sie retten.

24

Cora regte sich auf ihrem Stuhl. Zunächst flimmerte alles vor ihren Augen, dann wußte sie wieder, wo sie war. Sie hatte im Wohnzimmer auf Todd gewartet, mußte aber über ihrem Buch eingenickt sein. Das Buch lag aufgeklappt auf ihrem Schoß. Hinter ihr brannte noch die kleine Leselampe.

Vom stundenlangen Sitzen schmerzten alle ihre Gelenke. Vorsichtig streckte sie die steifen Glieder. Langsam wich die Schlaftrunkenheit. Sie sah auf die Uhr. Fast ein Uhr. Sie hatte fast vier Stunden geschlafen. Sie zog sich hoch und schlurfte zur Treppe. Auf halbem Weg blieb sie stehen.

Das Haus kam ihr leer vor. Sie war sich fast sicher, daß Todd nicht heimgekommen war.

Wegen Todd hatte sie schon den ganzen Abend ein flaues Gefühl im Magen. Jetzt schnürte die Angst ihr die Kehle zu. Noch nie war Todd so lange fortgeblieben. Und wenn er ausging, sagte er ihr immer, wohin. Bestimmt hätte er sie geweckt, wenn er sie auf ihrem Stuhl gesehen hätte.

Vielleicht aber auch nicht... Sie weigerte sich, in Panik auszubrechen, auch wenn sie nahe daran war. Vielleicht hatte er sie gesehen und lieber nicht wecken wollen.

Sie erklomm die Treppe. Bei jedem Schritt jagte ein stechender Schmerz von der linken Hüfte bis hinunter zu den Zehen. Vielleicht sollte sie allmählich an einen Umzug ins Erdgeschoß denken. Das Wohnzimmer ließe sich in ein Schlafzimmer umwandeln, und dann gäbe es das leidige Treppensteigen nicht mehr. Im großen Haus drüben müßte sie sich allerdings weiter plagen...

Am Treppenabsatz angelangt, tastete sie zum Lichtschalter. Aber schon bevor die grelle Birne sie für einen

Augenblick blendete, wußte sie, daß Todd nicht da war. Seine Tür stand immer noch genauso offen wie vor vier Stunden. Dennoch sah sie in seinem Zimmer und im Bad nach.

Sie ging wieder nach unten. Ihre Schritte lenkten sie automatisch in die Küche. Dort setzte sie Wasser für eine Tasse Kaffee auf. Bis das Wasser zu sieden anfing, versuchte sie sich den nächsten Schritt zu überlegen.

Ihr erster Impuls war, ins Herrenhaus zu gehen und Mr. Charles zu wecken. Aber dann würde auch Phyllis aufwachen. Sie sah schon ihren Gesichtsausdruck und konnte sich nur zu lebhaft die Reaktion vorstellen:

»Also wirklich, Cora! Wie kannst du so rücksichtslos sein? Ich habe einen schweren Tag hinter mir...«

Und dann würde eine endlose Litanei losgehen, bis Mr. Charles sich einen Morgenrock überwarf und mit ihr zusammen nach unten ging. Aber am nächsten Tag würde Phyllis ihr noch nicht verziehen haben. Und die Wut über die Störung würde sie nicht nur an ihr auslassen.

Melissa würde einen gehörigen Teil davon abbekommen.

Nein, zu Mr. Charles konnte sie morgen auch noch gehen.

Sollte sie es vielleicht der Polizei melden?

Sie mußte fast über sich lächeln. Dort würde man sie nur für eine verschrobene Alte halten, wenn sie einen Halbwüchsigen als vermißt meldete, nur weil sie ihn vier Stunden nicht gesehen hatte.

Und vielleicht gab es auch keinerlei Grund zur Sorge. Wie oft war Todds Vater in diesem Alter nächtelang weggeblieben? Irgendwann hatte sie das Zählen aufgegeben. Wenn er überhaupt gekommen war, dann früh am Morgen und sturzbetrunken.

Der Wasserkessel pfiff. Sie gab einen Löffel Instantkaffee in ihre Tasse und brühte den Kaffee auf.

Vielleicht, sagte sie sich, hatte Todds Ausbleiben auch nur mit dem Erwachsenwerden zu tun. Vielleicht hatte er beschlossen, endlich auszugehen und das Leben zu genießen.

Aber daran konnte sie eigentlich nicht glauben. Todd hatte überhaupt nichts mit seinem Vater gemeinsam.

Sie rührte den Kaffee um und trank einen Schluck. Sie zuckte zusammen. Die kochend heiße Brühe verbrannte ihr den Mund.

Mit der Tasse in der Hand ging sie ins Wohnzimmer zurück. Zum erstenmal seit fast fünfzehn Jahren war sie vollkommen allein. Ein sonderbares Gefühl bemächtigte sich ihrer.

Sie kam sich einsam vor. Einsam und schutzlos.

Sie sah sich nervös um. Die schwarzen rechteckigen Fenster schienen sie anzustarren. Plötzlich beschlich sie das unheimliche Gefühl, daß Augen dahinter waren, Augen, die sie beobachteten. Sie schlurfte von Fenster zu Fenster und zog die Vorhänge zu.

Ihr Blick fiel auf den Kamin. Schürholz lag darin. Sie brauchte es nur anzuzünden. Aber es war mitten im Sommer, und die Nacht war recht warm. Die Flammen mochten sie vielleicht in den ersten Minuten trösten, aber bald würde es unerträglich heiß.

Sie setzte sich wieder auf ihren Stuhl und nahm das Buch in die Hand. Wenn sie sich auf den Roman konzentrierte, mußte sie vielleicht nicht ständig an ihre Sorgen denken. Aber die Buchstaben tanzten vor ihren Augen nur auf und ab. Die Leere im Haus wurde ihr nur noch eindringlicher bewußt.

Auch wurde sie das Gefühl nicht los, daß draußen etwas nicht stimmte.

Sie versuchte sich einzureden, daß ihre Fantasie mit ihr durchging, doch je mehr sie gegen ihre Ahnungen ankämpfte, desto bedrückender wurden sie.

»Du bist doch eine närrische alte Frau«, murmelte sie vor sich hin und stand noch einmal auf. »Du steigerst dich nur in was hinein, was wahrscheinlich überhaupt kein Problem ist. Und jetzt ängstigst du dich zu Tode und machst am Ende aus einer Mücke einen Elefanten.« Trotzdem schlurfte sie zur Tür, schaltete das Außenlicht an und trat auf die Veranda.

Im ersten Augenblick schien die Nacht sie zu verschlucken. Das unangenehme Gefühl in der Magengrube wurde schlimmer. Instinktiv wollte sie zurückhasten und die Tür verrammeln, zwang sich aber, ihre Ängste auszuschalten.

Wenn hier etwas nicht stimmte, flüsterte ihr eine innere Stimme zu, konnte es nur mit Todd zu tun haben.

Sie ging die Stufen von der Veranda hinunter und trat aus dem Lichtschein der Außenlampe.

Durch die Tür drang das Mondlicht matt in den Schuppen. Teri musterte Melissa, die jetzt aus weitaufgerissenen Augen auf die entstellte Leiche unter den Bodendielen starrte. Sie hatte zu weinen aufgehört, ja, sie wirkte sonderbar ruhig.

Mit einem Schlag begriff Teri. Es war dasselbe passiert wie in jener Nacht, in der sie Melissa ans Bett gefesselt vorgefunden hatte. Damals hatte sie mit genauso ausdruckslosen Augen zur Decke gestarrt. Melissas eigentliche Persönlichkeit hatte sich zurückgezogen, um ihrer ›Freundin‹ Platz zu machen, nach der sie immer rief, wenn sie mit der Welt um sich herum nicht mehr fertig wurde.

Das lief ja wie geschmiert!

So leicht hatte sie es sich gar nicht vorgestellt.

Ein Licht schreckte sie auf – die Außenlampe an Coras Veranda. Sofort knipste Teri die Taschenlampe aus und verzog sich ins Hintere des Schuppens. Alsbald erblickte sie eine Silhouette vor der hell erleuchteten Hauswand.

Cora, die um diese Zeit noch auf Todd wartete. Wenn sie in ihre Richtung kam...

Aber sie hatte Glück. Cora schien es nicht auf den Schuppen abgesehen zu haben. Sie lief um ihr Haus herum.

»Wisch die Machete ab, Melissa«, flüsterte Teri, so laut sie es wagen konnte.

Melissa blieb regungslos stehen, als hätte sie Teri nicht gehört. Da fiel es Teri wieder ein.

»D'Arcy?« fragte sie. Melissas Kopf bewegte sich leicht, und ihre seltsam ausdruckslosen Augen richteten sich auf Teri. »Du bist doch gekommen, weil du Melissa helfen willst, nicht wahr?«

Melissas Kopf neigte sich langsam.

»Dann mach doch die Machete sauber. Heb sie auf und wisch das Blut von der Klinge.«

Unter ihren Blicken nahm Melissa die Machete gehorsam in die Hand und wischte das Blut mit einem halb verfaulten Lappen, der auf dem Boden gelegen hatte, ab.

»So ist es recht«, flüsterte Teri. »Und jetzt wirfst du den Lappen ins Loch.«

Wie geheißen, warf Melissa den Lappen auf Todds Leiche. Ihre Bewegungen glichen denen eines Roboters.

»Und jetzt hilf mir bitte, die Dielen an Ort und Stelle zu legen.«

Sie nahm eine Diele am Ende in die Hand und rückte sie über der Leiche zurecht. Melissa imitierte schweigend ihre Bewegungen am anderen Ende. Binnen weniger Sekunden lagen sämtliche Dielen da, wo sie hingehörten.

Vom Loch war nichts mehr zu sehen, und die Machete lehnte wieder wie zuvor an der Wand.

»Du mußt jetzt ins Haus zurückgehen, D'Arcy«, flüsterte Teri. Sie spähte noch einmal zur erleuchteten Veranda hinüber, doch von der alten Haushälterin war nichts zu sehen. »Du mußt Melissa ins Bett bringen.« Ein gehorsames Kopfnicken war die Antwort. Ansonsten gab Melissa weiterhin kein Wort von sich. »Geh um den Swimmingpool herum. Wenn du gesehen wirst, kommt keiner drauf, wo du warst.«

Noch einmal leuchtete sie mit der Taschenlampe in die Nacht. Da von Cora nichts zu sehen war, schob sie Melissa sanft durch die Tür. Mit starr nach vorne gerichteten Augen schlurfte Melissa durch die Dunkelheit auf den Swimmingpool zu.

Teri überprüfte vorsichtshalber noch einmal den Schuppen. Dann huschte sie zur Garage, lief weiter im Schatten der hohen Mauern und schlüpfte durch die Loggiatür ins Haus. Hinter sich sperrte sie zu.

Ohne etwas gesehen zu haben, vollendete Cora ihre Runde um das Haus. Sie wollte gerade wieder hineingehen, da nahm sie beim Swimmingpool eine flüchtige Bewegung wahr. Das grelle Außenlicht raubte ihr aber die Sicht, also schaltete sie es aus. Als ihre Augen sich an die Dunkelheit gewöhnt hatten, erkannte sie eine Gestalt vor dem Hintergrund des dunklen Pools.

Eine weiß gekleidete Gestalt, die sich langsam auf die Hintertür des Herrenhauses zu bewegte.

Cora unterdrückte einen Aufschrei. Unwillkürlich fielen ihr sämtliche Geschichten über D'Arcy ein. Gleich schaltete sich aber wieder ihr Verstand ein und damit die Gewißheit, die Gestalt zu kennen.

Sie schaltete das Licht lieber nicht mehr ein. In der

Dunkelheit schritt sie schnell über den Rasen. Je näher die Gestalt kam, desto langsamer wurden ihre Schritte. Sie konnte sie jetzt deutlich sehen und nickte bedächtig. Sie hatte sich nicht getäuscht.

Es war Melissa, die mit weit aufgerissenen Augen und schlaff herabhängenden Armen auf das Haus zuging.

Sie ging auf das Haus zu, schlief aber tief.

Cora rekapitulierte die Verhaltensregeln, die sie erhalten hatte, als Melissa mit dem Schlafwandeln angefangen hatte.

»Der Doktor sagt, daß man sie auf keinen Fall erschrecken darf«, hatte Charles ihr erklärt. »Wahrscheinlich wird es ja nicht passieren, aber wenn es wirklich einmal der Fall sein sollte, weck sie nicht auf. Sie wacht vielleicht von selbst auf, und dann solltest du ihr ganz ruhig erklären, was los war und sie ins Bett bringen. Vielleicht geht sie auch ins Bett zurück, ohne überhaupt aufzuwachen. Sprich ganz sanft zu ihr und versuche, sie behutsam in ihr Zimmer zu führen.«

Cora holte tief Luft. Dann nahm sie Melissa sanft am Arm. »Es ist alles gut, mein Schatz«, flüsterte sie. »Ich bin's nur, Cora. Ich bring' dich ins Bett zurück.«

Sie paßte ihre Schritte Melissas langsamem Tempo an. Behutsam hielt sie Melissa fest, als sie vor der Hintertür den Schlüssel aus der Schürzentasche fischen mußte. Drinnen hatte sie die Hand schon am Lichtschalter, zuckte aber rechtzeitig zurück. Das grelle Licht hätte das Mädchen garantiert erschreckt.

Mit dem Haus war sie so vertraut, daß sie Melissa auch bei Dunkelheit sicher durch die Küche und den Anrichteraum brachte.

»So ist es recht«, raunte sie. »Jetzt noch durch das Eßzimmer, und dann die Treppe hoch.«

Sie umgingen geschickt den großen Tisch, brachten die

Vorhalle hinter sich und erklommen die Stufen. Am Treppenabsatz im ersten Stock blieb Melissa kurz stehen. Als sie sich wieder in Bewegung setzte, ging sie nicht zu ihrem Zimmer, sondern schlug die entgegengesetzte Richtung ein. Cora runzelte verwirrt die Stirn. Dann begriff sie.

Der Speicher.

Wie so oft zog es Melissa zum winzigen Zimmer unter den Dachsparren.

»Nein, mein Liebling«, flüsterte Cora. »Heute nacht nicht.«

Sie stellte sich eilig Melissa in den Weg. Das Mädchen blieb stehen und starrte sie aus leeren Augen an. Ein verwirrter Ausdruck machte sich auf ihrem Gesicht breit, als Cora sie sachte herumdrehte.

»Es ist alles gut, mein Schatz«, versicherte sie ihr noch einmal. »Du bist in Sicherheit. Jetzt kann dir nichts mehr passieren.«

Melissas Lippen bewegten sich. Cora ahnte die Worte mehr, als daß sie sie hörte, so leise kamen sie: »Alles gut?«

»Ja«, flüsterte Cora. »Alles ist gut. Deine Mutter ist in ihrem Zimmer und schläft wie ein Stein. Niemand weiß, was los war.«

Ein Seufzer drang über Melissas Lippen, und ihre Augen fielen zu. Erst blieb sie ruhig stehen, dann plötzlich gaben ihre Knie nach, und sie sackte zusammen. Augenblicklich riß sie die Augen auf. Im matten Licht der Lampe erkannte Cora die Panik in ihren Augen.

»C-Cora?« stammelte Melissa. Ihr Blick flatterte über den Flur wie der eines gehetzten Tiers. Sie wußte im ersten Augenblick nicht, wo sie war, doch sogleich schlug die Erinnerung in ihr hoch. Da war doch etwas im Schuppen gewesen. Sie hatte auf ein Loch im Boden hinuntergeschaut und...

Jetzt kam es ihr wieder. Sie unterdrückte ein Schluchzen. Aber was war seitdem geschehen? Warum war sie im Flur?

Warum war Cora bei ihr?

Wie war sie hierhergekommen?

Wortlos starrte sie zu Cora hinauf.

»Es ist alles gut mein Schatz«, beschwichtigte Cora sie und half ihr auf die Beine. Die alte Haushälterin überlegte fieberhaft. Melissas panische Angst war nicht zu übersehen. Warum hatte sie nicht eine Minute länger schlafen können. Dann wäre sie in ihrem Zimmer gewesen.

»W-wie bin ich hierhergekommen?«

»Schsch, mein Kleines.« Die alte Frau flehte zu Gott, daß Melissa sich wenigstens nicht noch mehr fürchtete. »Es ist alles gut. Ich konnte nur nicht schlafen. Darum wollte ich mir etwas Milch warm machen. Aber wie's der Zufall so will, hatte ich keine mehr und wollte mir hier welche holen. Da habe ich dich hier oben herumtrampeln gehört. Mein Gott, du hättest ja einen Toten wecken können. Aber zum Glück hat deine Mutter nichts gehört. Du brauchst also keine Angst zu haben. Ich bring' dich jetzt wieder ins Bett, einverstanden? Oder möchtest du mit mir runterkommen? Dann trinken wir zusammen ein Glas Milch.« Ihr war klar daß sie aufs Geratewohl daherplapperte. Eigentlich hätte Melissa das merken müssen. Aber als sie ihr ins Gesicht sah, war sie sich nicht sicher, ob das Mädchen sie überhaupt gehört hatte. Zur Verängstigung war in ihren Augen Verwirrung gekommen, als rätselte sie immer noch darüber, was eigentlich geschehen war.

»Du bist wieder mal schlafgewandelt, mein Liebling«,

erklärte Cora und nahm Melissa sanft am Arm, um sie in ihr Zimmer zu führen. »Wahrscheinlich wolltest du wieder auf den Speicher gehen, aber jetzt ist alles gut. Ich habe dich rechtzeitig gefunden, und niemand braucht davon zu erfahren. Geh einfach in dein Bett zurück.«

Sie standen vor Melissas Tür. Plötzlich erstarrte das Mädchen.

Das Kleid.

Teri und sie hatten das blutbefleckte Kleid auf dem Boden liegenlassen. Wenn Cora es erblickte...

Cora machte die Tür auf und schaltete das Licht ein. Sofort hetzte Melissas Blick über den Boden.

Das Kleid war verschwunden.

Benommen ließ sie sich durch das Zimmer führen und aus dem Morgenrock helfen. Fast ohne es wahrzunehmen, ließ sie sich ins Bett bringen und von Cora zudecken. Immer noch konnte sie sich einfach keinen Reim auf all die Ereignisse machen. »So«, hörte sie die Haushälterin flüstern. »Jetzt kann dir nichts mehr passieren.« Sie spürte Coras Lippen auf ihrer Wange, spürte, wie sie sie noch einmal streichelte. »Jetzt ist alles gut. Schlaf schön.«

Nachdem Cora gegangen war, wartete Melissa noch eine Weile, dann kletterte sie aus dem Bett und stellte sich ans Fenster. Mit Mühe konnte sie da draußen eine Ecke des Schuppens hinter der Garage hervorlugen sehen.

War sie dort wirklich gewesen? Oder war das womöglich nur ein Traum gewesen?

Nein. Die Erinnerung war zu lebendig, zu echt. Sie und Teri...

Teri.

Teri war mit ihr hingegangen. Teri mußte das Kleid sichergestellt haben.

Aber sie hatte noch immer diese Erinnerungslücke.

Von dem Augenblick an, in dem sie diesen grauenhaften Anblick im Schuppen vor Augen gehabt hatte und D'Arcy um Hilfe angefleht hatte, bis zu ihrem Erwachen auf dem Flur draußen war alles weg.

Weg, ein weißer Fleck in ihrem Kopf, als hätte es in der Zeit nichts gegeben.

Sie drehte sich um und lief durch das Bad zu Teris Tür. Erst klopfte sie leise an. Da sich nichts rührte, drückte sie die Klinke herunter und trat ein. Im fahlen Mondlicht konnte sie Teris Konturen unter der Bettdecke kaum ausmachen.

Zögernd, fast ängstlich, schlich sie näher und kniete sich vor dem Bett nieder. »Teri?« flüsterte sie. »Teri, bist du wach?«

Von ihrer Halbschwester kam keine Reaktion.

Melissa legte die Hand auf ihre Schulter. Teri stöhnte leise auf und wälzte sich auf die andere Seite.

Melissas Herz pochte zum Zerspringen. Wie konnte Teri nur so schnell so fest schlafen? Vor wenigen Minuten waren sie doch noch gemeinsam im Schuppen draußen gewesen!

Es sei denn...

Sie holte tief Luft und schüttelte Teri an der Schulter. »Teri«, zischelte sie. »Wach auf!«

Teri drehte sich um und fuhr hoch. Sie blinzelte ein paarmal, dann sah sie Melissa aus zusammengekniffenen Augen an.

»Melissa?« Ihre Stimme hörte sich ganz belegt an. »Wie spät ist es?«

»I-ich weiß nicht.«

»Was willst du überhaupt bei mir? Warum schläfst du nicht?«

»Das... das Kleid«, sagte Melissa stockend. »Was hast du damit gemacht?«

Jetzt erst schaltete Teri die Nachttischlampe an. Der plötzliche Lichtstrahl blendete Melissa im ersten Augenblick. Sie wich zurück. Dann hatte sie sich daran gewöhnt, und Teri tauchte deutlicher vor ihren Augen auf.

Ihre Halbschwester machte ein verwirrtes Gesicht. »Was für ein Kleid?« wollte sie wissen und starrte sie durchdringend an. »Wovon redest du?«

Um Melissa schloß sich eine eisige Faust. Das war doch nicht möglich! Das war nie und nimmer ein Traum gewesen!

»Das weiße Kleid«, flüsterte sie. »Das vom Speicher, das ich zur Tanzparty anhatte. Es war heute nacht in meinem Zimmer.

Teri schüttelte ungläubig den Kopf. »Das ist nicht möglich«, sagte sie. »Ich hab's in derselben Nacht noch weggeworfen, gleich nachdem wir dich heimgebracht haben.«

»Aber nein!« beharrte Melissa. »Weißt du das nicht mehr? Du hast es vorhin gesehen. Und wir sind zusammen zum Schuppen gegangen.«

Teris Gesicht war ein einziges Fragezeichen. »Melissa! Wovon redest du da? Wir sollen zum alten Schuppen gegangen sein? Wann denn?«

Tränen schossen Melissa aus den Augen. »Gerade erst! W-wir haben Todd dort gefunden. D-D'Arcy hat ihm etwas angetan!«

Teri schüttelte erneut den Kopf. »Ich habe wirklich nicht die geringste Ahnung, wovon du redest, Melissa. Sag mir doch, was los ist.«

So gut sie es konnte, setzte Melissa die Bruchstücke zusammen. Immer wieder schluckte sie ein Schluchzen, das sie zu überwältigen drohte, hinunter. »A-aber nachdem ich Todd gesehen habe«, schloß sie, »kann ich mich an nichts mehr erinnern. Ich bin dann im Flur aufgewacht. Cora hat mir gesagt, ich wollte auf den Speicher.«

Teri ließ sich stöhnend auf ihr Kissen fallen. »Also wirklich, Melissa. Wann wirst du endlich erwachsen?«

Melissa wich erschrocken zurück. »Aber...«

»Es war ein Alptraum, Melissa. Das liegt doch auf der Hand. Du hattest einen Alptraum und wolltest im Schlaf auf den Speicher gehen. Da hat Cora dich gefunden.«

Melissa wollte sich nichts ausreden lassen. »Aber es war kein Alptraum. Du warst dabei!«

Teri schüttelte den Kopf. »Ich war nirgendwo, Melissa. Ich bin kurz nach zehn ins Bett gegangen und habe seitdem geschlafen.« Auf ihren Lippen spielte ein verächtliches Lächeln. »Wenn du nicht mehr merkst, wann du geträumt hast, bist du vielleicht wirklich so verrückt, wie die anderen sagen. Jetzt geh wieder ins Bett und laß mich schlafen, ja?« Sie wartete erst gar nicht auf eine Antwort, sondern machte sofort das Licht aus, drehte sich auf die andere Seite und zog das Kissen über den Kopf.

Als Melissa gegangen war, stieß sie das Bettzeug von sich, warf sich auf den Rücken und preßte sich die Faust vor den Mund.

Eins konnte sie jetzt nämlich überhaupt nicht brauchen: daß Melissa ihr Gelächter hörte.

25

»Missy? Liebling, Zeit zum Aufwachen.« Sanft berührte Charles Holloway seine Tochter an der Schulter. Endlich wälzte Melissa sich herum, blinzelte kurz mit einem Auge in die strahlende Sonne und machte es sofort wieder zu.

»Daddy?« fragte sie. »Wie spät ist es?«

»Fast neun Uhr, mein Schatz.« Charles setzte sich an die Bettkante und streichelte Melissa die Hand. »Ich muß in die Stadt zurück, aber erst wollte ich dir auf Wiedersehen sagen.«

Melissa nahm seine Worte nur am Rande wahr. Die Erinnerung an die vergangene Nacht hatte sie schon wieder überfallen. Es überlief sie eiskalt. Sie setzte sich in panischer Angst jäh auf und schlang die Arme um ihren Vater. »B-bitte geh nicht!« bettelte sie. »Bitte!«

Charles drückte sie fester an sich, dann machte er sich sachte frei. »Hey, es ist ja nur für heute. Ich fliege runter, treffe ein paar Leute zu einem Geschäftsessen und bin am Abend schon wieder hier.« Er lächelte sie aufmunternd an. »Es ist ja nur für ein paar Stunden. Wenn ich mich jetzt nicht beeile, verpasse ich den Flug. Okay?«

Melissa erstarrte. Sie wollte ihrem Vater erzählen, was in der Nacht Schreckliches geschehen war, wollte ihn bitten, jetzt sofort mit ihr zum Schuppen zu gehen und unter den Dielen nachzusehen.

Sogleich fielen ihr aber die zwei Nächte auf dem Speicher ein. Einmal hatte sie Blackie vom Dachsparren hängen sehen, und das andere Mal hatte D'Arcy auf der obersten Treppe gestanden und ihr ihre Hand vor die Füße geworfen.

Und beide Male hatte sie darauf bestanden, daß jemand mit ihr nachschauen ging, mit dem Ergebnis, daß sie nichts gefunden hatten.

Dabei konnte sie sich genau erinnern. Sie sah ja Todds Leiche im fahlen Mondlicht im Schuppen noch vor sich.

Sollte das wirklich nur ein Alptraum gewesen sein?

Anscheinend, denn nachdem sie auf das zerhackte Opfer in der Grube gestarrt hatte, setzte ihre Erinnerung aus. Erst im Haus, nur wenige Schritte von ihrem Zimmer entfernt, war sie wieder aufgewacht.

Coras Worte hatte sie noch im Ohr.

»Du bist wieder mal schlafgewandelt, mein Liebling. Ich glaube, du wolltest auf den Speicher gehen.«

Cora war im Haus gewesen, im Erdgeschoß. Wenn sie wirklich draußen gewesen wäre, hätte Cora sie dann nicht kommen hören?

Es mußte einfach ein Alptraum gewesen sein.

»D-du bleibst wirklich nicht über Nacht weg?« fragte sie mit zitternder Stimme.

»Bestimmt nicht. Ich habe Doktor Andrews gesagt, daß ich mir öfter frei nehmen will, damit ich mehr Zeit für dich habe, und das habe ich auch so gemeint. Aber dieses eine Treffen läßt sich nicht verschieben. Das verstehst du doch?«

Melissa brachte ein Nicken zuwege, doch als ihr Vater sich erhob, klammerte sie sich an seine Hand. »I-ich hatte letzte Nacht wieder einen Alptraum, Daddy«, flüsterte sie.

Zögernd setzte Charles sich noch einmal neben sie. »Schon wieder?«

»T-Todd war tot«, brachte sie mit tränenerstickter Stimme hervor. »Er...«

Charles drückte seine Tochter an sich und wiegte sie an seiner Brust. »Schsch, mein Liebes. Es war nur ein Traum. Todd ist bestimmt nichts geschehen...«

Melissa riß sich entsetzt von ihrem Vater los. »Ist er denn nicht da?«

Charles hätte sich verwünschen können, daß er unbedacht den Mund aufgemacht hatte. »Er ist gestern abend irgendwohin gegangen«, gab er widerstrebend zu. »Bis jetzt ist er noch nicht zurückgekommen.«

Ein unterdrücktes Aufheulen drang von Melissas Lippen. »W-was ist, wenn...« Ihr Vater ließ sie nicht weiterreden. Er legte ihr den Finger auf den Mund.

»Jetzt aber Schluß. Du hattest einen Alptraum, sonst nichts. Weißt du nicht mehr, wie dich Jeffs Beerdigung gestern mitgenommen hat? Hätte ich dich nur nicht in den Sarg schauen lassen! Es ist, weiß Gott, eine barbarische Unsitte, daß man sich die Toten zum Abschied noch einmal ansieht. Ich kann mich noch gut an meine Alpträume als Kind erinnern. Als ich so alt war wie du, starb meine Großmutter. Ich mußte mich zum Abschied über die Leiche beugen. Eine Woche lang bin ich jede Nacht aufgewacht, weil ich mir sicher war, daß ich sie wieder gesehen hatte. Sie war tot, aber sie starrte mich aus weitaufgerissenen Augen an. Starrte mich einfach an, als ob ich ihr etwas angetan hätte. Und mehr ist dir auch nicht geschehen. Gestern hast du Jeff Barnstables Leiche angeschaut, und im Traum hat sie sich in Todd verwandelt. Aber das ist nicht die Wirklichkeit, mein Schatz.« Er sah ihr tief in die Augen. Seine Stimme wurde etwas leiser. »Du mußt allmählich die Wirklichkeit von den Träumen unterscheiden, mein Liebling. Träume sind nun mal Träume – mehr nicht. Teilweise bedeuten sie etwas, aber das macht sie noch lange nicht zu etwas Wirklichem.«

Er lächelte sie liebevoll an. »Weißt du was?« sagte er und stand auf. »Bleib heute doch einfach im Bett und laß es dir gutgehen. Und wenn ich dann heimkomme, machen wir zwei uns einen wunderschönen Abend. Nur wir zwei. Wir könnten essen gehen oder vielleicht ins Kino. Na, wie klingt das?«

Melissa nickte mechanisch. Seine Worte hatte sie kaum wahrgenommen.

Wenn Todd verschollen war...

Nein, sagte sie sich noch einmal. *Es war nur ein Alptraum.* Doch mochte sie sich einreden, was sie wollte, sie konnte einfach nicht an einen Traum glauben.

Eine Stunde später lag Melissa immer noch im Bett. Durch das Fenster drang ein vertrautes Geräusch herein. Kiesel knirschten unter Reifen. Cora fuhr also zum Einkaufen ins Dorf. Vorhin hatte sie ihr das Frühstück auf einem Tablett ins Zimmer gebracht, aber bis jetzt hatte Melissa es noch nicht angerührt. Sie hatte sich nach Todd erkundigt. Cora hatte ihr zwar zu versichern versucht, sie erwarte ihn jeden Augenblick zurück, doch Melissa hatte ihr angemerkt, daß sie selbst nicht daran glaubte. Als sie von ihrem Alptraum hatte erzählen wollen, war Cora heftig geworden:

»Ich will nichts davon hören! Vergiß deine schlimmen Träume lieber. Wenn du dich in sie hineinsteigerst, verfolgen sie dich nur. Dämonen sind sie, laß dir das gesagt sein.« Sie hatte noch weitergeplappert, doch Melissa hatte nicht mehr hingehört. Sie konnte die schrecklichen Bilder der Nacht nicht aus der Erinnerung bannen.

Endlich hatte sie jetzt das Haus für sich, denn ihre Mutter und Teri spielten im Club Tennis. Sie stand auf und zog sich eine Blue jeans und ihr Lieblings-T-Shirt, ein Geschenk von Todd, an und schlüpfte in ihre abgetragenen Pantoffeln. Appetit hatte sie nach wie vor nicht, aber sie zwang sich wenigstens zu einem Glas Orangensaft. Dann brachte sie das Tablett nach unten.

Das Haus kam ihr so leer vor. Bedrückende Stille lastete über ihm. Melissa wollte fliehen. Statt dessen machte sie sich ans Geschirrspülen. Als aber das Wasser ins Becken lief, hielt sie es nicht länger aus.

Sie mußte im alten Schuppen nachsehen. Nur so bekam sie Gewißheit, daß ihre grauenhaften Erlebnisse in der Nacht tatsächlich nur ein Alptraum gewesen waren. Dann endlich wäre sie von der schrecklichen Angst befreit, die sie seit dem Aufwachen nicht mehr losließ.

Aber wenn sie es nicht geträumt hatte...

Sie verscheuchte den Gedanken und ließ alles stehen und liegen. Durch die Hintertür trat sie ins gleißende Sonnenlicht. Aber selbst die Morgensonne vermochte gegen den eiskalten Knoten in ihrer Magengrube nichts auszurichten.

Unbewußt lief sie denselben Weg um den Swimmingpool herum, den sie im Schlaf als D'Arcy gegangen war.

Vor dem Schuppen trat ihr beim Anblick der aufgebrochenen Tür kalter Angstschweiß auf die Stirn. Die Beine hätten fast unter ihr nachgegeben. Sie wollte sich umdrehen und davonlaufen, aber sie wußte, daß das nicht möglich war.

Sie mußte Gewißheit haben.

Sie zwang sich, nach vorne zu treten und drückte die Tür auf. Als erstes sah sie etwas in der Morgensonne glänzen – die scharfe Klinge der Machete.

Sie starrte die Waffe an. Warum konnte sie nicht dorthin verschwinden, wo sie hingehörte – in die Garage?

Sie blieb, wo sie war, und klagte sie stumm an.

Und dann bemerkte sie den Geruch.

Der ekelhaft süßliche Gestank von verfaulendem Fleisch stieg ihr in die Nase, drang in ihre Lungen.

Und mit ihm kamen die Bilder zurück, klarer und deutlicher als in der Nacht.

Sie bückte sich und hob mit zitternden Händen eine Diele an.

Der Anblick ließ sie zurücktaumeln.

Melissa kam der Mageninhalt hoch. Die Flüssigkeit strömte einfach durch ihren Mund, ohne daß sie merkte, was mit ihrem Körper geschah. Ihre Nerven, die in den letzten Tagen zum Zerreißen gespannt gewesen waren, hielten dem Druck nicht mehr stand.

In einem stillen Hilfeschrei wandte sie sich an die einzige Freundin, die sie nie im Stich gelassen hatte. *Hilf mir, D'Arcy! Bitte hilf mir...*

Sie spürte, wie die vertraute Dunkelheit sich über sie senkte. Die unerträglich gewordenen Bilder lösten sich langsam vor ihren Augen auf.

Schlafen.

Sie mußte schlafen.

Und diesmal, hoffte sie, würde sie nie wieder aufwachen.

Diesmal wollte sie sich einfach für immer in den schwarzen Abgrund fallen lassen, wollte auf ewig in der herrlichen Dunkelheit des Schlafs Vergessen und Vergebung finden.

Niemand war zugegen, der die Veränderung an Melissa hätte wahrnehmen können, keiner, der hätte bezeugen können, wie D'Arcy erstmals bei Tageslicht auftauchte.

Vorhin hatte sie die Augen ganz fest zugedrückt, um nur dieses Schreckensbild zu ihren Füßen nicht sehen zu müssen. Jetzt gingen sie wieder auf. Regungslos, fast neugierig registrierten sie den grauenhaften Anblick.

Teris Worte, die in ihrer Erinnerung gerade erst ausgesprochen worden waren, kamen ihr in den Sinn.

»...du warst es ja gar nicht.«
Warum war sie hier?
Sie war ins Haus zurückgegangen.
Sie war ins Haus zurückgegangen, um Melissa ins Bett zu bringen.
Aber jemand hatte sie fortgeschickt.
Jemand hatte mit ihr gesprochen. Melissa hatte das gehört und war aufgewacht.
Sie blickte noch einmal auf die Leiche unter dem Boden. Hatte Melissa das getan?
Sie wußte es nicht. Aber sie hatte auch nie gewußt, warum Melissa in Not war. Sie hatte nur immer eins gewußt: Wenn Melissa wieder einmal bestraft wurde, hatte sie sich um sie zu kümmern.
Wenn Melissa das hier angerichtet hatte, erwartete sie bestimmt eine drastische Strafe.
D'Arcy wußte, was das bedeutete.
Sie wandte sich vom gähnenden Loch ab und ging langsam zum Haus. Ohne auf das schmutzige Geschirr im Spülbecken zu achten, lief sie durch die Küche zum alten Dienstbotenaufgang und geschwind in den ersten Stock hinauf.
Die Treppe führte sie in den Gästeflügel. Sie ging den Flur hinunter bis zum Schlafzimmer der Holloways, trat ein und lief schnurstracks auf die Kommode zu.
Am Boden der dritten Schublade fand sie das Gesuchte unter einem Stapel Kleider.
Damit ging sie in Melissas Zimmer, trat ans Bett und schlug die Bettdecke auf.
Über dem leeren Bett band sie die dicken Nylonriemen fest. Als sie damit fertig war, zog sie sich aus und schlüpfte in Melissas Schlafanzug.
Danach legte sie sich auf das Bett, streckte die Füße aus und schnallte sich die Lederschlaufen um die Knöchel.

Zum Schluß fesselte sie mit der rechten Hand die linke an die Schlaufe am Kopfende. Um die verbleibende Schlaufe, die sie nicht mehr anbringen konnte, schloß sie ganz fest die Faust und legte sich zurück. Einmal mehr wollte sie Melissas Strafe auf sich nehmen.

Ohne es zu merken, kaute Tom Mallory beim Studieren von Coras Vermißtenanzeige an seinem Bleistift herum. Schließlich warf er den Bleistift auf den Tisch und sah zu Cora hinüber, die nervös auf ihrem Stuhl hin und her rutschte. »Na ja«, sagte er zögernd. »Bei jedem anderen würde ich erst einmal vorschlagen, daß wir noch einen Tag abwarten, aber in Todds Fall... Wie soll ich sagen?« Mit einem Seufzer lehnte er sich zurück und faltete die Hände über dem Bauch. »Ich muß Ihnen zustimmen. Todd hat in seinem ganzen Leben noch keinen Ärger gemacht. Als Dreikäsehoch war er schon reifer als mancher Erwachsene.«

Zum erstenmal seit Todds Verschwinden ebbte die Spannung in Cora etwas ab. »Dann wollen Sie also nach ihm suchen?« fragte sie ängstlich.

Mallory nickte. »Ich lass' das Bild vervielfältigen. Meine Jungs werden sich umsehen.« Er deutete auf ein Foto, das Cora mitgebracht hatte. Es zeigte den selig strahlenden Todd mit einer Baseballmütze auf dem Kopf. Tom Mallory hatte sie ihm letzten Sommer geschenkt. »Mir will einfach nicht in den Kopf, daß auch nur ein Mensch Todd etwas antun könnte«, murmelte Tom und schüttelte traurig den Kopf. »Der Junge ist doch überall beliebt.«

Cora nickte. »Das ist es ja, was ich nicht verstehen kann. Als ich gestern in die Stadt gefahren bin, hat er wie immer gearbeitet. Und als ich zurückkam, war er spurlos verschwunden.«

»Was ist mit seinem Hund? Ist er wieder aufgetaucht?«

»Nein. Aber das ist etwas anderes. Hunde laufen immer wieder mal weg.«

»Tja, als erstes schicke ich mal ein paar Leute in die Wälder um die Bucht herum. Vielleicht hat Todd dort nach dem Hund gesucht und einen Unfall gehabt. Er könnte in den Klippen herumgeklettert sein...« Er redete nicht weiter, denn aus Coras sonst gesund aussehendem Gesicht war plötzlich jede Farbe gewichen.

»Das hätte er nie getan«, rief sie. »Er weiß ja, wie gefährlich es dort ist. Er...«

»Nur die Ruhe, Mrs. Peterson. Ich habe ja nicht gesagt, daß ihm etwas zugestoßen ist. Aber im Moment können wir nur hoffen, daß er irgendwo reingefallen ist und sich ein Bein gebrochen hat. Und dann finden wir ihn auf alle Fälle.«

Cora war jedoch immer noch nicht überzeugt. Sie rutschte wieder nervös auf ihrem Stuhl herum. Etwas hatte sie in ihrer Anzeige nicht erwähnt. Auch Tom Mallory gegenüber hatte sie es bislang verschwiegen. Aber seit gestern spukte es in ihrem Kopf herum. Die ganze Nacht, als sie schlaflos auf ihrem Bett gelegen hatte, war ihr Teri MacIver nicht aus dem Sinn gegangen. Andererseits hatte sie Hemmungen, die Tochter ihres Dienstherren anzuschwärzen.

Mallory, der ihr Unbehagen spürte, beugte sich vor. »Gibt es noch etwas, Mrs. Peterson?«

Cora holte fest entschlossen Luft. »Eigentlich ja«, gab sie zu. »Ich komme Ihnen wirklich sehr ungern damit... Es... es hat mit Teri zu tun, Teri MacIver.«

Mallory nickte. »Hübsches junges Ding. Sieht genauso aus wie ihre Mutter.«

»Aber vom Wesen ist sie gewiß nicht wie ihre Mutter«, warf Cora bissig ein. Jetzt da sie das Thema endlich angeschnitten hatte, sprudelten die Worte geradezu aus ihrem Mund hervor. »Seit ihrer Ankunft ist absolut nichts mehr beim alten geblieben. O ja, sie tut honigsüß, wenn jemand in der Nähe ist. Tut, als wäre sie Melissas beste Freundin und so. Aber ich glaube ihr nicht. Und Blackie hat ihr auch nicht getraut.«

»Blackie?«

Cora nickte aufgeregt. »Sie war gerade erst angekommen, da ist er schon vor ihr zurückgewichen. Ja, ja, sie hat versucht, sich mit ihm anzufreunden, aber er hat nur immer geknurrt. Ein Hund durchschaut die Leute, wissen Sie. Wenn ein Hund einen nicht mag...« Sie unterbrach sich mitten im Satz, denn sie merkte, daß sie drauflosplapperte. »Wie dem auch sei, Todd hat gesehen, wie sie Blackie einmal einen Fußtritt gegeben hat. Und seit ihrer Ankunft sind Melissas Probleme von Tag zu Tag schlimmer geworden. Sie hat ständig Alpträume, schlafwandelt...« Sie schüttelte den Kopf und schnalzte dazu mitleidig mit der Zunge. »Ich bin felsenfest davon überzeugt, daß Teri etwas mit ihr macht. Ich...«

Mallory hielt die Hand hoch. »Moment. Sagten Sie, daß Melissa schlafwandelt?«

Cora hielt verlegen inne. Das hatte sie ja gar nicht sagen wollen. Aber jetzt war es ihr herausgerutscht, und es gab kein Zurück mehr. Sie nickte zögernd.

Mallory sah sie düster an. »Warum hat mir Samstag nacht keiner was davon gesagt? Ist das vielleicht der Grund, warum sie sich nicht erinnern kann, wie sie zur Straße gekommen ist? Sie wisen schon, an die Stelle, wo der junge Barnstable verunglückt ist.«

Cora sah ihn unsicher an. »Ich weiß auch nicht«, sagte sie. Sie rief sich die Szene wieder vor Augen, als Melissa in ihrer Verkleidung in der Küche erschienen war. Etwas hatte ihr an Melissas Augen tatsächlich nicht gefallen. Sie hatten diesen seltsamen, leeren Ausdruck gehabt. »Wenn ich es mir genau überlege«, fuhr sie fort, »kam Melissa mir in dieser Nacht wirklich ein bißchen sonderbar vor. Ich dachte mir, sie würde so tun, als wäre sie eine andere. Verstehen Sie, das ist ja ganz normal, wenn man sich verkleidet.«

»Schon gut«, beschwichtigte Mallory sie. »Ich sag' Ihnen, was ich tun werde. Ich schicke gleich ein paar Jungs los. Vielleicht finden sie Todd ja. Und ich möchte persönlich nach Maplecrest rauskommen und mich mit ein paar Leuten unterhalten. Ich muß wissen, wann Todd zum letztenmal gesehen wurde und so.« Und ich will unbedingt herausfinden, was mit Melissa Holloway los ist, fügte er für sich hinzu. Am Samstag beim Gespräch mit der versammelten Familie war mit keinem Wort erwähnt worden, daß Melissa Probleme hatte und schlafwandelte. Statt dessen hatten sie – vor allem Phyllis – darauf gedrängt, der Schock hätte den Gedächtnisverlust ausgelöst.

Aber wenn der Grund ein anderer war...

Hatte sie möglicherweise doch den Unfall verursacht und nicht nur gesehen?

Er wußte es nicht, aber er wollte es klären.

Kurz vor Mittag kamen Phyllis und Teri vom Club heim. Sofort stürmte Phyllis wutentbrannt in die Küche, denn das Mittagessen war noch nicht fertig. »Also wirklich, Cora!« rief sie. »Ich habe dir doch gesagt, daß wir um zwölf zurückkommen und daß das Essen bis dahin auf dem Tisch zu stehen hat. Wenn du nicht einmal die einfachsten...«

»Es ist ja fast fertig«, fiel Cora ihr ins Wort und zog eine Platte mit Melonenscheiben aus dem Kühlschrank. »Es dauert höchstens noch zehn, fünfzehn Minuten.

Ich mußte zur Polizei, eine Vermißtenanzeige aufgeben.«

Phyllis verdrehte die Augen bis zur Decke. »Also Cora! Er ist noch keine vierundzwanzig Stunden weg. Mein Gott, er ist ein Teenager! Du weißt doch, wie die Jugendlichen heutzutage sind.«

»Todd ist nicht so!« widersprach Cora und warf ihrer Arbeitgeberin einen herausfordernden Blick zu. »Und Tom Mallory gibt mir recht.« Ihr Blick richtete sich auf Teri, die hinter Phyllis eingetreten war. Entgegen ihrer sonstigen Veranlagung verspürte Cora plötzlich Gehässigkeit. »Er hat sogar vor, persönlich herzukommen und jedermann zu befragen«, rief sie triumphierend. Sie fixierte Teri, vermochte aber nicht zu bestimmen, ob ihre Worte irgendeinen Eindruck auf das Mädchen machten. »Vor allem wird er wissen wollen...« Sie biß sich auf die Zunge. Warum sollte sie Teri denn vor unangenehmen Fragen warnen? »Na ja, er wird die Leute eben befragen wollen.«

Phyllis zuckte gleichgültig mit den Schultern. »Von mir aus kann er gern mit uns reden. Aber was sollen wir ihm schon sagen. Von uns weiß ja keiner, wo Todd steckt.«

»Vielleicht«, sagte Cora und starrte weiter auf Teri. »Vielleicht aber auch nicht.« Sie war sich fast sicher, ein ängstliches Aufflackern bemerkt zu haben, aber dann brachte Teri ein freundliches Lächeln zuwege.

»Wo ist Melissa überhaupt? Ist sie schon aufgestanden?«

»Ihr Papa hat ihr erlaubt, den ganzen Tag im Bett zu bleiben. Darum wird sie wohl in ihrem Zimmer sein. Ich hab' sie zumindest nicht gesehen, seit ich ihr das Frühstück raufgebracht habe.« Sie deutete auf den Stapel Geschirr in der Spüle. »Manche Leute«, fuhr sie spitz fort, »helfen mir wenigstens hin und wieder beim Abwaschen.«

Aber Teri war schon aus der Küche gerannt. »Ich schau' mal nach!« rief sie über die Schulter.

Oben klopfte sie erst an Melissas Tür, dann trat sie geräuschlos ein. Melissa lag auf dem Bett. Aus weit aufgerissenen Augen starrte sie zur Decke. Dann erblickte Teri die Riemen.

Sie trat ans Bett. An den Augen hatte sie bereits erkannt, daß sie D'Arcy vor sich hatte.

»D'Arcy?« flüsterte sie. »Bist du das?«

Melissas Augen richteten sich langsam auf Teri.

»Sie ist zum alten Schuppen gegangen, nicht wahr?«

Ein fast nicht wahrnehmbares Nicken war die Antwort.

»Weißt du, was geschehen ist?«

Schweigen.

Durch das offene Fenster hörte Teri Reifen auf der geschotterten Auffahrt knirschen. Sie eilte zum Fenster.

Ein schwarzweißer Polizeiwagen fuhr vor dem Haus vor. Teri überlegte fieberhaft.

Sie mußte herausfinden, woran D'Arcy sich erinnern konnte, ob sie von der Szene im Schuppen überhaupt etwas wußte. Und danach wollte sie D'Arcy so weit bringen, daß sie ihr Wissen gegen Melissa verwendete.

Sie eilte zum Bett zurück und sah ihrer Halbschwester tief in die ausdruckslosen Augen. »Du willst Melissa helfen, nicht wahr?«

Wieder dieses fast unmerkliche Nicken.

Eilig befreite Teri Melissa von den Fesseln. Dann zog sie sie mit einem Ruck hoch. »Komm mit«, zischelte sie. »Wenn du Melissa wirklich helfen willst, kann ich dir zeigen, wie.«

Wenige Sekunden später waren sie auf dem Speicher. Noch einmal half Teri Melissa in das Kleid.

»Du mußt ihnen sagen, daß du es warst«, flüsterte sie.

»Sonst machen sie Melissa dafür verantwortlich. Du willst doch nicht, daß es Melissa schlecht geht, oder?«

Melissa schüttelte ganz leicht den Kopf.

»Dann weißt du ja, was du zu tun hast«, gurrte Teri, während sie die Knöpfe am Rückenteil zuknöpfte. »Du mußt die Strafe auf dich nehmen, damit Melissa verschont wird.«

Sie hörte unten nach ihr rufen. Hastig zerrte sie die Perücke aus der Truhe und setzte sie Melissa mit einem boshaften Grinsen auf.

»Bleib noch hier oben«, sagte sie. »Ich komm' dich holen.«

Melissa blieb stumm und reglos stehen, als Teri die Treppe hinunterhuschte.

26

»Wie lange dauert das denn noch?« stöhnte Teri. Sie saß auf der Couch in der Bibliothek. Mit dem Zeigefinger bohrte sie nervös in einem Loch im Lederbezug herum.

Tom Mallory sah von seinem Notizbuch auf. Seit einer halben Stunde unterhielt er sich mit Phyllis Holloway und Teri MacIver. Noch war er sich unschlüssig, welche von den beiden er weniger mochte.

Phyllis war nicht gerade höflich zu ihm. Von Anfang an hatte sie ihn deutlich spüren lassen, daß sie seinen Besuch als Einbruch in ihre Privatsphäre empfand. »Ich kann beim besten Willen nicht verstehen, wozu Sie mit uns allen sprechen wollen«, hatte sie ihn beschieden, nachdem sie ihn zuerst einmal zehn Minuten hatte warten lassen. »Ich habe heute sehr viel zu erledigen.«

»Ich werde Ihre Zeit auch kaum in Anspruch nehmen«, hatte er ihr versichert. »Aber Todd Peterson wird nun mal leider vermißt.«

Phyllis zog die Augenbrauen skeptisch hoch. »Finden Sie nicht, daß Cora etwas übertrieben reagiert? Der Junge ist ja erst seit vierundzwanzig Stunden weg.«

Mallory schüttelte den Kopf. »Bei einer ganzen Menge Jungen hier in der Gegend würde ich mir keine Gedanken machen. Sie könnten sogar zwei Tage wegbleiben. Aber zu denen gehört Todd nicht, Mrs. Holloway. Können Sie mir denn beim besten Willen nicht sagen, wann Sie Todd gestern...«

»Ich weiß es wirklich nicht, Lieutenant«, sagte Phyllis und zuckte hilflos mit den Schultern.

»Sergeant«, verbesserte Mallory automatisch.

Phyllis' Augen verengten sich. »Sergeant«, wiederholte sie, als widerstrebe es ihr, dieses Wort auszusprechen. »Jedenfalls kann ich Ihnen wirklich nicht sagen, wann ich Todd zum letztenmal bewußt wahrgenommen habe. Er ist eben ständig da, wissen Sie. Wir bezahlen ihn für alle möglichen Hausmeisterarbeiten, aber Cora ist für ihn verantwortlich, nicht wir.« Phyllis stieß einen tiefen Seufzer aus. »Na ja, wahrscheinlich war es nach der Beerdigung. Wenn meine Erinnerung mich nicht täuscht, hat er den Rasen gemäht, aber beschwören möcht' ich's nicht. Gestern war nämlich ein äußerst schwerer Tag für uns alle«, fügte sie spitz hinzu.

Danach war Teri hereingekommen. Er hatte ihr dieselbe Frage gestellt, und auch sie hatte ausweichend geantwortet:

»Ich bin mir wirklich nicht sicher.« Sie warf die Stirn in tiefe Falten, als dächte sie angestrengt nach. »Eigentlich«, fuhr sie nach einer Weile fort, »war ich die ganze Zeit im Haus, als Daddy und Phyllis gegangen waren.

Aber ich bilde mir ein, ich hätte ihn nach Melissa rufen hören.«

»Melissa?« rief Phyllis. »Aber sie war doch in ihrem Zimmer und schlief wie ein Stein!«

Teri zuckte nur mit den Schultern. »Na ja, ich hab' ihn ja nicht gesehen. Vielleicht hab' ich mich auch getäuscht. Aber ich hätte schwören können, daß er ihren Namen gerufen hat. Ich dachte mir, daß sie sich durch das Fenster unterhalten würden.«

Cora Peterson, die schweigend zugehört hatte, musterte Teri mißtrauisch. »Eigentlich hättest du doch nachschauen müssen. Ich meine, du wußtest ja, daß Melissa die Schlafspritze bekommen hatte.«

»Wo ist Melissa überhaupt?« fiel es Mallory ein. Er gab Cora mit einem warnenden Blick zu verstehen, daß das Befragen immer noch seine Sache war.

»Sie schläft«, erwiderte Phyllis eine Spur zu hastig, so daß der Polizist den Eindruck bekam, sie wollte Melissa vor ihm verbergen. Sie bemerkte ihren Fehler sofort und versuchte ihn auszubügeln. »Gestern war ein sehr schlimmer Tag für sie. Ich fürchte, sie hat bei Jeffs Beerdigung ein bißchen hysterisch reagiert. Darum haben wir sie auf den Rat des Arztes hin zu Bett gebracht.«

»Aber sie ist nicht krank?« drängte Mallory.

»N-nein, nicht direkt«, stotterte Phyllis.

»Wenn es Ihnen nichts ausmacht, Mrs. Holloway, würde ich Sie bitten, Ihre Tochter zu wecken. Es dauert garantiert nur ein, zwei Minuten. Aber wenn sie tatsächlich mit Todd gesprochen hat, würde ich gerne wissen, worüber.«

Nach kurzem Nachdenken ging Phyllis schließlich aus dem Zimmer. Kaum war sie weg, änderte sich Teris Benehmen schlagartig. »Was soll das Ganze überhaupt?« jammerte sie. »Was ist schon dabei, wenn Todd mal verschwindet. Das machen doch tausend Jungs, oder? Es ist ja nicht so, als ob er keine Freunde in der Gegend hätte. Was hat er hier denn schon Besonderes gemacht? Er hat gerade mal den Rasen gemäht und die Hecken beschnitten, und das auch nicht gerade sauber. Wahrscheinlich hatte er nur die Nase voll.«

»Jetzt hör mal gut zu, Fräulein...« wollte Cora sie tadeln, doch Mallory schnitt ihr das Wort ab.

»Wir wollen doch alle ruhig bleiben, ja?«

An dieser Stelle hatte Teri ihn böse angeschaut und zu wissen verlangt, wie lange die Befragung noch dauern solle. »Ich hab' nämlich nicht ewig Zeit. Ein paar Freunde wollten heute noch kommen.«

»Heute?« rief Cora empört. »Du hättest durchaus auch mal Rücksicht auf den Zustand deiner Schwester nehmen können.«

Teri lächelte sie honigsüß an. »Vielleicht habe ich das«, entgegnete sie. »Vielleicht habe ich mir gedacht, etwas Gesellschaft könnte sie auf andere Gedanken bringen.«

»Vielleicht hast du dir auch überhaupt nichts gedacht«, blaffte Cora. Sie setzte zu einer Gardinenpredigt an, aber in diesem Augenblick erschien Phyllis in der Tür.

»Sie ist nicht in ihrem Zimmer.«

»Aber das ist unmöglich!« rief Teri. Eine tief besorgte Miene war an die Stelle des frechen Grinsens getreten. »Ich war doch vorhin oben, und da hat sie tief gesch...« Sie verstummte jäh. Ihre Hand fuhr zum Mund, doch sie ließ sie sogleich lässig herunterhängen.

»Was?« schrie Phyllis. »Sie *war* vorhin da?«

»J-ja«, erklärte Teri. Zögernd, als formulierte sie einen Gedanken, der ihr gerade in den Sinn geschossen war, fuhr sie fort: »Aber... na ja, sie ist gestern nacht zu mir ins Zimmer gekommen und hat mir gesagt, daß sie wieder schlafgewandelt ist.« Sie wandte sich an Cora. »Sie hat mir auch erzählt, du hättest sie gestern gefunden, als sie zum Speicher hinaufwollte.«

Cora leckte sich nervös die Lippen. »Ja, schon«, gab sie zu. »Aber was...«

»Na ja, vielleicht hat sie es wieder getan«, deutete Teri an. Ihr Blick wanderte zu Phyllis hinüber. »Ich meine, es wäre ja nicht das erstemal, oder?«

Phyllis kochte innerlich. Hier wurden die Probleme ihrer Tochter in aller Öffentlichkeit breitgetreten. Cora hatte wenigstens Fremden gegenüber den Mund gehalten. Aber jetzt schwindelte ihr bei der Vorstellung, der Polizist würde es seinen Stammtischbrüdern brühwarm weitererzählen:

»Die Kleine ist total plemplem. Rennt mitten in der Nacht im Haus rum. Halluziniert. Jenseits von Gut und Böse, sag' ich euch! Sie hätte schon längst in die Klapsmühle gehört!«

Recht hätte er ja, sinnierte Phyllis düster. Es erboste sie, daß Burt Andrews ihren Vorschlag, man solle Melissa in ein Heim geben, einfach beiseite gewischt hatte. Ja, hätte er nur auf sie gehört, und hätte auch Charles auf sie gehört!

»Na ja... Wahrscheinlich... ich...« stammelte sie.

»Sehen wir doch einfach oben nach«, schlug Mallory vor. Er nahm Phyllis beim Arm und führte sie zum Flur.

Ein paar Augenblicke später standen die vier im Treppenhaus zum Speicher. »Das ist doch lächerlich!« protestierte Phyllis. »Sie würde nie am hellichten Tag...«

Ein Geräusch ließ sie abrupt verstummen.

Es war ein Schritt. Eine Sekunde später folgte ein zweiter. Während die vier noch nach oben starrten, ging die Speichertür auf. Eine weiß gekleidete Gestalt erschien darin.

Es war Melissa. Ihr Blick war geradeaus gerichtet.

Sie blieb einen Augenblick lang stehen. Dann bewegte sich ihr Kopf leicht und starrte mit ausdruckslosen Augen nach unten.

»Ich hab's getan«, sagte sie mit hohler Stimme. »Sie kann nichts dafür. Ich war's.«

Sie setzte sich wieder in Bewegung. Weiter unten fiel Licht auf ihr Kleid. Zum erstenmal sprangen ihnen die Blutflecken in die Augen.

Vom Mieder bis zum Saum war das Kleid braunrot beschmutzt.

Phyllis unterdrückte einen Schrei des Entsetzens. Sie klammerte sich unwillkürlich an Teris Arm.

Cora starrte benommen auf die gespenstische Gestalt, die da auf sie zuschlurfte. Die Knie wurden ihr plötzlich weich. Sie wäre hingefallen, hätte Tom Mallory sie nicht schnell gestützt.

Teri MacIver lächelte still vor sich hin.

»Ich versteh' einfach nicht, warum Teri mich auch herbestellt hat«, rätselte Kent Fielding. Er lief gemeinsam mit Brett Van Arsdale über den Strand zum Haus der Holloways. »Du bist doch derjenige, den sie mag.«

Brett grinste seinen Freund boshaft an. »Vielleicht will sie dich mit Melissa verkuppeln«, meinte er. Sofort wurde er bei der Erinnerung an Jeff Barnstable wieder ernst. »Was ist denn deiner Meinung nach Samstag nacht wirklich geschehen?« fragte er. »Ich meine, wie konnte Melissa den ganzen Weg laufen und sich an nichts erinnern?«

»Weil sie eben einen Dachschaden hat«, meinte Kent achselzuckend. Dann kam ihm ein Gedanke. »Hey, kannst du dich noch an das Lagerfeuer erinnern, als Ellen und Cyndi D'Arcy gesehen haben wollen?«

»Ich hab' gerade dasselbe gedacht. Sie hat so aufgeregt getan, als ich die Geschichte erzählt habe.«

»Genau. Aber als Teri uns verklickert hat, daß Melissa D'Arcy für ihre Freundin hält, war der Ofen ganz aus. Mann, das war doch komisch. Vielleicht ist sie heimgerannt und hat sich als D'Arcy verkleidet, um die Leute zu erschrecken.«

»Wenn es wirklich so war«, gluckste Brett, »ist es ihr voll gelungen. Vielleicht haben Ellen und Cyndi aber gar nicht gelogen und D'Arcy tatsächlich gesehen.«

Kent warf Brett einen Blick aus den Augenwinkeln zu. »Ach was. Den Blödsinn glaubt doch wirklich keiner. Und seit der Sache mit Jeff liegt es ja auf der Hand, daß die Mädchen Melissa gesehen haben müssen.«

»Findest du nicht auch, daß sie sie allmählich in die Klapsmühle stecken sollten? Ich meine, selbst wenn sie sich an nichts erinnern kann, hat sie doch so unheimlich ausgesehen, daß wohl jeder so einen Unfall gebaut hätte. Scheiße noch mal, mir wäre bestimmt das gleiche passeirt.«

Sie verließen den Strand und näherten sich dem Haus. »Hast du auch wirklich keinen Schiß?« spöttelte Brett und sprang eilig beiseite, ehe Kent mit dem Strandtuch nach ihm schlagen konnte. »Stelle dir nur vor! Vielleicht hat Melissa es jetzt auf dich abgesehen – wie vorher auf Jeff.«

Kent maß seinen Freund mit einem finsteren Blick. »Mein Gott, Brett, das ist wirklich fies! Egal, was da passiert ist, ich kann mir nicht vorstellen, daß sie ihn absichtlich...«

Er verstummte. Seine Augen hatten etwas weit hinter Bretts Schultern registriert. Eine sonderbare Gestalt kam durch die Hintertür aus dem Haus der Holloways heraus. »Verdammte Scheiße«, entfuhr es ihm. »Was ist denn da los?«

Erschrocken fuhr Brett herum und starrte in die gleiche

Richtung. Selbst aus der Entfernung erkannte er in der weißgekleideten Gestalt mit dem blonden, über die Schultern wallenden Haar Melissa.

»Was, zum Teufel, macht sie nur?« flüsterte er. »Sie hat schon wieder dieses dämliche Kostüm an.«

Beide Jungen rannten los. Auf dem Rasen blieben sie jäh stehen, denn Melissa war nicht allein. Tom Mallory und Phyllis Holloway folgten ihr stumm. Und dahinter tauchten gerade Cora Peterson und Teri MacIver auf der Terrasse auf. Die Jungen rührten sich nicht von der Stelle. Dann sah Kent die Flecken. Er stieß Brett an.

»Schau dir das an«, flüsterte er. »Das... das sieht wie Blut aus.«

Tom Mallory erblickte sie als erster. Unverzüglich lief er auf sie zu. »Geht hier weg!« befahl er ihnen leise, aber in einem Tonfall, der keinen Widerspruch duldete. »Los, weg. Macht keinen Mucks und keine hastigen Bewegungen.«

Die Jungen sahen einander an. Brett wollte etwas sagen, ließ es aber bleiben. Statt dessen packte er Kent am Arm und wich mit ihm langsam zurück.

Melissa schien von diesem makabren Spektakel überhaupt nichts mitzubekommen. Sie ging jetzt über die Terrasse und hielt auf den Swimmingpool zu.

Mallory nahm die Jungen schon nicht mehr wahr. Er huschte wieder zu Phyllis, um Melissa weiter zu folgen.

»Was sollen wir machen?« flüsterte Kent, während die bizarre Prozession Melissa um den Swimmingpool herum folgte.

»Ich bleib' auf alle Fälle da«, erwiderte Brett. »Ich will wissen, was da gespielt wird.«

So gingen sie weiter, wahrten aber gebührenden Abstand zur Gruppe hinter Melissa. »Sie sieht unheimlich aus«, flüsterte Brett im nächsten Augenblick. Melissa hatte sich langsam und feierlich umgedreht und lief jetzt Richtung Garage. »Kommt mir so vor, als würde sie schlafwandeln.«

Melissa blieb vor dem alten Schuppen stehen. Zunächst rührte sie sich überhaupt nicht mehr, dann streckte sie langsam die Hand aus und stieß die Tür auf.

Drinnen schwirrten Fliegen über dem Boden. Durch die offene Tür drang ein faulig stinkender Geruch nach draußen.

Die anderen prallten unwillkürlich vor dem Gestank zurück. Melissa dagegen ließ sich davon nicht beeindrukken.

Sie trat ein.

Noch einmal hob sich ihre Hand.

Der Zeigefinger deutete auf die losen Dielen.

»Da«, sagte sie.

Das Wort schien in der Luft zu schweben. Dann schlüpfte Tom Mallory hinein, kniete sich hin und hob ein Brett an.

»Mein Gott«, flüsterte er erschüttert. Im ersten Schock schloß er beide Augen, um den Anblick von Todds zerfetzter Leiche unter dem Boden nicht weiter ertragen zu müssen. Dann hatte er sich wieder unter Kontrolle und erhob sich schwerfällig.

Ohne weiter auf Phyllis und Teri zu achten, ging er direkt auf Cora zu und legte den Arm um sie. »Es ist Todd«, sagte er leise. »Es tut mir leid, Cora. Es tut mir entsetzlich leid.«

Er wandte sich ab und stakste auf das Haus zu. In Gedanken teilte er bereits die Leute für die Spurensicherung ein.

Viel blieb ihnen freilich nicht mehr zu tun.

Melissa hatte ja schon gestanden.

27

Burt Andrews parkte seinen BMW in einer engen Lücke zwischen einem Polizeiauto und einem Krankenwagen. Vor Maplecrest standen noch drei weitere schwarzweiße Streifenwagen sowie mehrere andere Fahrzeuge von einem verschmutzten Volkswagen mit dem Aufkleber PRESSE bis hin zu einem Rolls-Royce-Cabriolet mit New Yorker Kennzeichen.

Andrews eilte unverzüglich durch die offene Tür in die Vorhalle. Im ersten Moment beschlich ihn das unheimliche Gefühl, das Haus sei trotz der vielen Wagen davor leer. Dann fiel ihm eine Traube von Menschen auf der Terrasse hinter dem Haus auf und weitere kleinere Gruppen, die sich auf dem Rasen zwischen der Terrasse und dem Swimmingpool drängten. Es kam ihm so vor, als hätte sich bereits halb Secret Cove hier versammelt. Gerade wollte er auf die Terrasse treten, da ließ ihn eine Stimme von der Treppe innehalten.

»Doktor Andrews?«

Er sah auf. Eine große blonde Frau in weißer Bluse und einem bunten Baumwollrock schaute zu ihm herunter. Trotz des gräßlichen Ereignisses wirkte sie beherrscht. Sie kam eilig die Treppe herunter. »Ich bin Lenore Van Arsdale«, sagte sie und reichte ihm die Hand. »Ich bin mit den Holloways befreundet.«

Andrews schüttelte ihr kurz die Hand und ließ sie sogleich los. Sein Blick wanderte suchend die Treppe hinauf. »Wo sind sie?«

»Phyllis ist in ihrem Zimmer. Teri ist bei ihr. Und Melissa ist mit Doktor Chandler in der Bibliothek. Sie wollten sie irgendwohin bringen. Aber dann hat Teri etwas von Ihnen gesagt. Darum habe ich vorgeschlagen, daß vor Ihrem Eintreffen nichts unternommen werden sollte.«

Andrews zog die Augenbrauen eine Spur hoch. Lenore Van Arsdale entging diese Geste nicht. »Ich stehe im Ruf der Unerschütterlichkeit«, sagte sie mit einem angespannten Lächeln. »Heute wollte ich diesem Ruf einmal gerecht werden.« Das Lächeln erstarb. »Melissa steht anscheinend unter Schock. Ich glaube nicht, daß sie überhaupt ahnt, was geschehen ist, oder das Durcheinander hier bewußt wahrnimmt. Darum sah ich keinen Sinn darin, sie auf der Stelle abtransportieren zu lassen.«

Andrews nickte. Er war bereits auf dem Weg zur Bibliothek. Lenore lief neben ihm her. »Was ist mit Charles?« wollte er wissen. »Ist er benachrichtigt worden?«

»Er ist auf dem Weg hierher. Ich habe ihn gleich als ersten angerufen. Er hat das nächste Flugzeug genommen. Vorhin hat er vom Flughafen in Portland angerufen. Er wird bald hiersein.«

»Und Phyllis?« Andrews blieb vor der Tür zur Bibliothek stehen und wandte sich zu Lenore um.

Für einen kurzen Augenblick glaubte er, ihre Augen hätten sich überschattet, aber sofort wich dieser Ausdruck wieder, und sie schüttelte den Kopf. »Sie ist natürlich sehr aufgeregt«, erklärte sie. »Aber ich habe das Gefühl, das hat nichts mit den Ereignissen hier zu tun. Sie... Na ja, sie fragt unaufhörlich, was die Leute jetzt wohl sagen werden.« Eisige Verachtung klang aus ihrer Stimme. »Ich fürchte, ihre Hauptsorge gilt ihrem Ruf in der Gesellschaft hier. Aber ich war schon seit jeher der Meinung, daß sie sich noch nie um Melissa oder überhaupt um andere Menschen gekümmert hat.«

»Sie mögen sie nicht besonders, nicht wahr?«

»Ich habe sie nie gemocht. Ich bin höflich zu ihr, weil ich mit Charles zusammen aufgewachsen bin und weil er mir leid tut. Melissa tut mir auch leid.« Sie tat einen schweren Seufzer. »Vielleicht... vielleicht hätten wir alle mehr für sie tun sollen. Wir wußten ja, unter welch großen Druck Phyllis sie ständig setzte...«

»Wir wollen jetzt lieber von Schuldzuweisungen absehen«, warf Andrews ein. »Erst sollten wir herausfinden, was eigentlich geschehen ist.«

»Aber das wissen wir doch. Allem Anschein nach hat Melissa gestanden.«

»Haben Sie nicht gerade gesagt, Melissa nehme nicht bewußt wahr, was um sie herum geschieht?«

Den Bruchteil einer Sekunde schien Lenores Fassade einen Riß zu bekommen, doch sie erlangte ihre Selbstbeherrschung sofort wieder. »Sie haben natürlich recht«, sagte sie. »Kann ich etwas für Sie tun?«

Andrews schüttelte den Kopf. »Ich schaue mir erst einmal Melissa an.«

Lenore Van Arsdale blieb einen Augenblick neben ihm stehen, fast als wollte sie mit in die Bibliothek gehen. Schließlich wandte sie sich doch ab. Andrews trat ein und zog die Tür hinter sich zu.

Melissa trug immer noch das blutverschmierte Kleid. Sie saß still auf der Sofakante. Ihr Blick war starr auf den Kamin gerichtet, die Hände lagen sittsam übreinandergefaltet auf dem Schoß. Fritz Chandler, ein etwas übergewichtiger Mittfünfziger mit silbergrauem Haar, erhob sich.

»Burt«, begrüßte er seinen Kollegen mit automatisch gesenkter Stimme, wie es von den Visiten im Krankenhaus her seine Gewohnheit war. »Wie schön, dich wiederzusehen. Ich habe ja einige Merkwürdigkeiten in meinem Leben gesehen, aber so etwas...« Hilflos schüttelte er den Kopf.

»Hast du ihr etwas gegeben?« fragte Andrews.

»Nichts. Ich habe sie gründlich untersucht, Burt, aber

ich verstehe das einfach nicht. Wenn man ihr in die Augen sieht, kann man vielleicht feststellen, daß sie unter Schock steht. Aber sonst lassen sich absolut keine Symptome feststellen. Puls, Blut, Blutdruck, Reflexe – alles ist vollkommen normal. Aber sie hat kein Wort gesagt. Sie war noch draußen, als ich kam. Stand vor diesem verdammten Schuppen, als würde sie auf den Bus warten. Mein Gott...« Sein Blick, der die ganze Zeit auf Melissa geruht hatte, wanderte zu Andrews. »Bist du schon dort gewesen?« Andrews schüttelte den Kopf. »Eins laß dir gesagt sein, da ist die Hölle los. Dort liegt nicht nur der kleine Peterson mit gespaltenem Schädel, dort ist auch noch ein Hundekadaver, der seit schätzungsweise einer Woche vor sich hinfault. Und sie stand einfach daneben, als würde sie nicht das geringste mitbekommen.«

Andrews betrachtete nun seinerseits Melissa. »Wie habt ihr sie hierhergebracht?« wollte er wissen. »Irgendwelche Probleme?«

»Überhaupt keine. Ich habe ihr keine Anweisungen zu geben brauchen. Sie versteht, was ich sage, aber selbst sagt sie nichts.«

»Gut, schauen wir sie uns mal gemeinsam an.«

Er kniete sich vor Melissa nieder. Falls sie ihn sah, so gab sie es nicht zu erkennen. Ihr Blick blieb weiter starr auf den Kamin gerichtet, das Gesicht war ausdruckslos.

»Melissa?« sagte Andrews. »Melissa, ich bin's, Doktor Andrews. Hörst du mich?«

Schweigen. Andrews fühlte den Puls. Er hatte sich auf eine kalte Haut gefaßt gemacht, aber sie fühlte sich vollkommen normal an.

Nur daß sie seine Berührung überhaupt nicht zu registrieren schien.

Er untersuchte geschwind die anderen Körperfunktionen, aber wie sein älterer Kollege konnte auch er nichts

Außergewöhnliches feststellen. Abgesehen von ihrem Schweigen und der ausdruckslosen Miene, war an Melissa nichts Anomales festzustellen.

Bei eingehenderem Betrachten ihres Gesichts dämmerte Doktor Andrews jedoch, daß sich etwas verändert hatte. Es war dasselbe Gesicht; er bemerkte jedoch im Vergleich zu früher einen feinen Unterschied in ihren Zügen, den er nur noch nicht zu benennen vermochte.

Und dann verstand er.

Er hatte gar nicht mehr Melissa vor sich.

»D'Arcy?« fragte er. »D'Arcy, hörst du mich?«

Melissas Kopf drehte sich zu ihm. Ohne jedes Anzeichen von Erkennen starrte sie ihn an.

»Ich bin Doktor Andrews, ein Freund von Melissa. Hat sie dir schon mal von mir erzählt?«

Etwas änderte sich an Melissas Augen. Andrews war sich fast sicher, ein Lächeln um ihre Mundwinkel spielen gesehen zu haben. Sie schwieg jedoch weiter.

»Wo ist Melissa, D'Arcy? Darf ich mit ihr sprechen?«

Einen Augenblick lang starrte ihn das Mädchen nur an. Dann schüttelte sie ganz langsam den Kopf. Ihre Lippen formten ein einziges Wort. »Schläft.«

»Melissa schläft?« fragte Andrews.

Melissa nickte.

»Kannst du sie wecken?«

Melissa schüttelte den Kopf. »Sie will nicht aufwachen. Sie will nie wieder aufwachen.«

Andrews nahm ihre Hände zwischen die seinen und beugte sich zu ihr vor. »D'Arcy, weißt du, warum sie nicht mehr aufwachen will?«

Melissa lächelte. »Sie hat Angst. Sie hat etwas Schlimmes getan und hat jetzt Angst vor der Strafe.«

Plötzlich sprang die Tür auf, und Charles Holloway kam hereingestürmt. Als er Melissa in ihrem blutgetränkten Kleid auf dem Sofa sitzen sah, blieb er wie angewurzelt stehen. Aus seinem Gesicht wich jede Farbe. »Me-Melissa?« stammelte er.

Andrews erhob sich eilig, und als Charles auf sie zugehen wollte, hob er abwehrend die Hand. »Versuchen Sie jetzt nicht mit ihr zu sprechen, Charles. Ich muß Ihnen zuerst etwas erklären.«

Charles schob den Psychiater beiseite, doch als sein Blick auf Melissas Gesicht fiel, bemerkte auch er die Veränderung an ihren Zügen.

»Was hat das zu bedeuten?« fragte er benommen. »Sie... sie sieht so anders aus.«

»Sie ist jetzt eine andere«, erklärte Andrews ihm leise. »Das ist nicht mehr Melissa. Das ist D'Arcy.«

Charles' Augen weiteten sich vor Entsetzen. »D'Arcy? Was, zum Teufel, meinen Sie damit? Es gibt keine D'Arcy.«

»Doch«, widersprach Andrews geduldig. »D'Arcy ist eine andere Person, die Melissa zu ihrem Schutz benützt hat. Und jetzt hat sie ganz von ihr Besitz ergriffen. Sie sagt, daß Melissa sich schlafen gelegt hat und nicht mehr aufwachen möchte.«

Charles wurden die Knie plötzlich weich. Er sackte auf den nächsten Stuhl. »Wa-was heißt das?« fragte er. Tief in seinem Innersten hatte er freilich schon die schreckliche Gewißheit, die Antwort zu kennen.

»Das heißt, daß wir jetzt sehr viel Arbeit vor uns haben«, sagte Andrews und legte mitfühlend die Hand auf die Schulter des verzweifelten Mannes. »Irgendwie werde ich einen Zugang zu Melissa finden. Aber wenn sie nicht will, daß man sie anspricht...« Er verstummte. Seine letzten Worte blieben in der Luft hängen.

Cora Peterson regte sich in ihrem Bett, dann setzte sie sich mühsam auf. Elsie Conners, die sofort herbeigeeilt war, als sie die schreckliche Nachricht gehört hatte, erhob sich von ihrem Stuhl beim Fenster. »Bleib jetzt ganz ruhig, Cora«, sagte sie streng. Normalerweise schalt sie nur den Sohn ihres Arbeitgebers in diesem Tonfall. »Der Arzt hat strenge Bettruhe angeordnet.«

»Ich bleib' aber nicht im Bett«, versetzte Cora und schwang die Füße über die Bettkante. Automatisch strich sie sich beim Aufstehen die Falten aus dem Kleid. »Ich habe meine Eltern und meinen Mann verloren und bin stark geblieben. Außerdem wäre es bestimmt nicht in Todds Sinne, wenn ich mich jetzt gehenlassen würde.«

»Aber der Arzt...«

»Die Ärzte haben die Weisheit auch nicht gepachtet. Wenn du mir helfen willst, ist es mir recht. Aber wenn du jetzt nur an mir herumnörgeln willst, solltest du lieber zu den Fieldings zurückgehen.«

Sie ging ins Bad, um sich die Haare zu bürsten. Beim Anblick von Todds Toilettenset mit seinen Initialen, das sie ihm letztes Weihnachten geschenkt hatte, stieg ihr ein Schluchzen in die Kehle.

Nein, das kann ich mir jetzt nicht leisten, hielt sie sich vor. Sie bürstete sich kurz das Haar und wusch sich eilig das Gesicht. Das kalte Wasser war eine Wohltat. Sie holte tief Luft. In der letzten halben Stunde hatte sie gegen die Wirkung des ihr von Doktor Chandler verabreichten Beruhigungsmittels angekämpft und dabei gegrübelt. Je mehr sie darüber nachdachte, desto fester wurde ihre Überzeugung, daß etwas nicht stimmte.

Ein ums andere Mal hatte sie sich Melissa als Todds Mörderin vorzustellen versucht. Sie konnte einfach nicht daran glauben.

Noch hatte sie Todd nicht gesehen. Jemand hatte sie

fortgeführt, unmittelbar nachdem Tom Mallory ihr von seiner Entdeckung unter den Dielen berichtet hatte. Aber jetzt war ihr klar, daß sie ihn sehen mußte, egal wieviel Schmerzen es ihr bereiten würde.

Sie mußte sehen, was ihm angetan worden war, mußte die Wunden mit eigenen Augen sehen.

Mußte sich ein Bild davon machen, ob Melissa zu einer solchen Tat fähig war.

Sie stieg die Treppe hinunter. Elsie Conners hetzte ihr nach. »Cora? Wohin gehst du? Du sollst doch nicht...«

»Ich will meinen Enkel sehen, Elsie.«

Elsie schnappte nach Luft, doch ein Blick von Cora brachte sie zum Schweigen. »Streit nicht mit mir, Elsie Conners. Ich weiß genau, was ich tue. Und ich darf nicht nur an Todd denken. Es gibt auch noch Melissa.«

»Melissa?« schrie Elsie mit vor Empörung bebender Stimme. »Cora Peterson, hast du den Verstand verloren? Melissa Holloway hat Todd umgebracht! Wie kannst du dir da Sorgen um sie machen? Wenn ich an deiner Stelle...«

»Du bist aber nicht an meiner Stelle«, schnappte Cora. »Und vielen Dank auch für deine Hilfe.«

Sie stieß die Haustür auf. Wieder stand das Bild von der letzten Nacht vor ihren Augen. Sie blieb abrupt stehen.

Melissa war schlafgewandelt.

War in der Nähe des...

Des Schuppens gewesen?

Möglich war es. Sie kaute nachdenklich auf ihrer Unterlippe. Woran konnte sie sich noch erinnern?

Melissa hatte ihren Morgenrock getragen.

Einen weißen Frotteemantel.

Und darauf waren keine Blutflecken gewesen.

Vorhin erst hatte Melissa das weiße Kleid vom Dachboden angehabt. Und das war blutbefleckt gewesen.

Sie atmete tief durch, dann wagte sie sich hinaus zu den in Trauben herumstehenden Leuten auf dem Rasen. Beileidsbekundungen wurden gemurmelt, doch sie blieb nicht stehen, nahm sie nicht entgegen, sondern hastete wortlos weiter. Die Zeit kam ihr wie eine Ewigkeit vor, doch es konnte keine halbe Minute gedauert haben, bis sie vor dem Schuppen ankam.

Man hatte dort eine Bahre abgestellt. Vier Männer trugen gerade Todds Leiche heraus. Sie war mit einer Plastikplane zugedeckt. Coras Entschluß kam für einen Augenblick ins Wanken. Dann gab sie sich einen Ruck und trat näher heran. Hinter den vier Männern, die Todd jetzt auf die Bahre legten, kam Tom Mallory aus dem Schuppen. Er blieb überrascht stehen.

»Cora, Sie sollten wirklich nicht...«

»Ich will ihn sehen, Tom«, erklärte Cora mit fester Stimme. »Ich will meinen Enkel sehen.«

Mallory trat von einem Fuß auf den anderen. »Das müssen Sie sich doch nun wirklich nicht antun, Cora.«

»Ich habe meine Gründe, Tom. Ich will ihn sehen.«

Tom sah die alte Frau forschend an. Spuren von Hysterie waren nicht zu erkennen. Sie sah ihm mit stetem Blick in die Augen, und er spürte die Entschlossenheit, die von ihr ausging. »Na gut«, sagte er ruhig und nickte dem Mann am Kopfende der Bahre zu.

Der Sanitäter schlug die Plane zurück. Der Schreck über die gebrochene Nase und den gespaltenen Schädel ging Cora durch Mark und Bein. Einmal mehr erlangte sie wieder die Selbstbeherrschung. »Danke«, flüsterte sie und wandte den Blick schnell ab. Der Mann deckte die Leiche wieder zu.

»Wie ist es geschehen, Tom?«

»Cora, das müssen Sie sich nicht zumut...«

»Sagen Sie's mir, Tom.«

Mallory seufzte, doch er zog sein Notizbüchlein aus der Brusttasche und blätterte es hastig durch. »Natürlich wird es eine Autopsie geben, aber es sieht ganz danach aus, daß er zuerst einen Schlag auf den Kopf bekam. Dabei wurde seine Nase gebrochen, und er verlor sehr viel Blut. Das wäre aber nicht möglich gewesen, wenn er schon tot gewesen wäre. Vermutlich blieb er eine Weile bewußtlos auf dem Boden liegen. Dann wurde der Kopf mit der Machete gespalten.«

»Wer?« fragte Cora. »Wer hat ihn niedergeschlagen? Wer hat ihm den Kopf gespalten?«

Tom starrte die Haushälterin bestürzt an. »Melissa«, antwortete er. »Melissa Holloway.«

Cora schüttelte den Kopf. »Nein«, sagte sie leise. »Das glaube ich nicht.«

»Sie waren doch dabei, Cora. Sie haben sie gehört. Es besteht keinerlei Zweifel. Ich bin sicher, daß wir ihre Fingerabdrücke an der Machete finden werden.« Er wollte ihr den Arm streicheln, doch Cora wich ihm aus.

»Was sie gesagt hat, ist mir egal«, erklärte sie unerschütterlich. »Mir ist auch egal, was Sie alles finden. Ich kenne Melissa. Ich kenne sie von Kindheit an. Todd war ihr bester Freund. Das hätte sie ihm nie und nimmer angetan. Dazu wäre sie gar nicht in der Lage, Tom. Sie könnte keiner Fliege was zuleide tun.«

Sie wandte sich ab und ging zum Haus zurück. Erneut ignorierte sie die Herumstehenden, die sie alle entsetzt anstarrten und ihren Ohren nicht trauen wollten.

Sie erreichte das Haus, als Melissa gerade die Treppe hinuntergeführt wurde. Das abscheuliche, befleckte Kleid hatte man ihr ausgezogen. Statt dessen trug sie wieder den Morgenrock, in dem Cora sie in der vergangenen Nacht beim Swimmingpool angetroffen hatte. Cora sah Melissa schweigend an. Ihre Augen wanderten suchend über den Morgenrock.

Von Blutspuren war nichts zu sehen.

Nur ein paar Staub- oder Schmutzflecken. Die konnten freilich von überallher stammen.

Als Melissa unten anlangte, eilte Cora auf sie zu und schloß sie in die Arme. »Es ist alles gut, mein Kleines«, murmelte sie. »Ich weiß, daß du Todd nichts getan hast, und werde nicht zulassen, daß dir was geschieht.« Plötzlich bemerkte sie die unheimliche Apathie des Mädchens. Sie wich etwas zurück, um ihr ins Gesicht zu sehen.

D'Arcys ausdruckslose Augen starrten ihr entgegen.

»O Gott«, stöhnte Cora. Sie wandte sich zu Charles um. Endlich strömten Tränen aus ihren Augen. »Was ist los mit ihr? Was haben sie mit ihr gemacht?«

Charles legte den Arm um die alte Frau. »Sie haben gar nichts mit ihr gemacht, Cora. Sie ... sie hatte eine Art Zusammenbruch.«

»Aber ... aber sie hat doch nichts getan!«

Charles drückte Cora an sich. Vom Weinen waren seine Augen an den Rändern rot. »Es ist schon gut, Cora«, würgte er hervor. »Sie werden ihr nichts antun. Sie bringen sie nur in ein Krankenhaus. Ihr passiert überhaupt nichts. Sie wollen alles tun, damit es ihr wieder gutgeht.«

Die ganze Zeit blieb Melissa regungslos stehen. Ihr Blick ging ins Leere, ihre Miene verriet keinerlei Anteilnahme. Widerstandslos ließ sie sich jetzt von den zwei Ärzten zur Tür führen. Als jedoch einer der Sanitäter die Tür aufmachte, drehte sie sich um und richtete den Blick unverwandt auf ihren Vater. Ihr Gesicht verzerrte sich, als tobe ein Streit in ihrem Innern. Tränen fluteten ihr aus den Augen, und sie sagte etwas:

»Perlen.«

Alle starrten sie schweigend an. Mit einem Schlag begriff Charles. »Ihre Kette«, sagte er. »Sie will ihre Halskette.«

Er jagte die Treppe zu Melissas Zimmer hinauf, riß die Schublade auf, in der sie die Kette aufbewahrte, die er ihr letztes Weihnachten geschenkt hatte, und fischte sie unter den Pullovern hervor. Im nächsten Augenblick war er wieder unten. Ganz sachte legte er die Kette seiner Tochter um den Hals und küßte sie noch einmal auf die Wange. Dann wandte er sich an Burt Andrews.

»Sie liebt sie über alles. Wird sie sie im Krankenhaus behalten dürfen?«

Andrews nickte nach kurzem Zögern. »Ich werde dafür sorgen. Es ist ein gutes Zeichen, daß sie darum gebeten hat.«

Charles sah den Psychiater verständnislos an.

»Soeben hat Melissa sich gemeldet«, fuhr Andrews fort. »Haben Sie nicht die Veränderung in ihrem Gesicht bemerkt? Sie wollte die Perlen so dringend, daß sie dafür sogar aufgewacht ist. Und wenn sie einmal aufgewacht ist, werden wir einen Weg finden, sie wieder zu wecken.«

Aber während sie seine jüngere Tochter zum Krankenwagen führten, drängte sich Charles ein ganz anderer Gedanke auf.

Warum nur? Warum sollten sie sie überhaupt wecken?

Warum ließen sie sie nicht einfach schlafen?

Ein Schluchzen stieg ihm in die Kehle. Möglicherweise sah er seine Melissa nie wieder.

Es war fast Mitternacht. In Maplecrest war Ruhe eingekehrt. Cora war schon lange in ihrem Häuschen.

Charles' Angebot, die Nacht im Herrenhaus zu verbringen, hatte sie abgelehnt.

»Heute nacht werde ich wohl kein Auge zutun«, hatte sie gesagt. »Aber wenigstens bin ich dann in meinem eigenen Haus und spüre Todds Gegenwart.« Ihre Augen wurden wieder feucht. »Ich weiß noch gar nicht, was ich ohne ihn tun soll. Ich kann mich nicht erinnern, jemals in einem leeren Haus gelebt zu haben. Aber daran werde ich mich schon noch gewöhnen. Man kann sich an alles gewöhnen, wenn man nur muß.« Sie ergriff Charles' Hand. »Und machen Sie sich keine Sorgen um Melissa. Tief im Herzen weiß ich, daß sie Todd nichts getan hat. Sie hat ihn genausosehr geliebt wie ich.«

Charles wollte Cora nicht davon abbringen. Er war sich noch nicht im klaren, wie er ihr das alles erklären sollte. Eigentlich hatte er es selbst noch nicht in seiner vollen Bedeutung verstanden. Daß ein anderes Wesen – eine eigene, selbständige Persönlichkeit – in Melissa leben konnte, überstieg beinahe sein Fassungsvermögen.

»Ich weiß noch nicht, ob wir je herausfinden werden, was sich abgespielt hat«, sagte ihm Andrews nach Melissas Abtransport. »Im Augenblick scheint diese D'Arcy die Kontrolle über sie übernommen zu haben. Solange ich nicht an Melissa herankomme, kann ich nichts tun, um die beiden Persönlichkeiten miteinander in Einklang zu bringen. Aber vielleicht finde ich mehr darüber heraus, was sich in den letzten Jahren in Melissa abgespielt hat. D'Arcy dürfte einiges wissen, von dem Melissa nicht das geringste ahnt. Und wenn ich D'Arcys Vertrauen gewinne... Na ja, noch ist der Zeitpunkt nicht gekommen, daß wir darüber reden.«

Schließlich hatte das Haus sich geleert. Die Nachbarn

waren heimgegangen, und die Ermittlungsbeamten hatten ihre Arbeit abgeschlossen. Die drei Bewohner waren allein zurückgeblieben.

Und jetzt, kurz vor Mitternacht, da Charles und Phyllis zu Bett gegangen waren, war Teri MacIver als einzige noch wach.

Rastlos lief sie durch die leeren Zimmer. Sie kamen ihr vor, als sähe sie sie zum erstenmal.

Denn seit heute, da Melissa endlich verschwunden war, hatte sie wirklich das Gefühl, Maplecrest gehöre ihr allein.

Sie verweilte noch im Erdgeschoß. Den Augenblick, auf den sie sich am meisten freute, schob sie noch ein bißchen hinaus. Schließlich hielt sie es nicht länger aus.

Lautlos stieg sie die Treppen hinauf. Vor dem großen Schlafzimmer blieb sie stehen und lauschte. Kein Laut. Ihr Vater und ihre Stiefmutter schliefen fest.

Sie ging in den anderen Flügel. An der eigenen Tür lief sie vorbei und machte statt dessen Melissas Tür auf. Sie schlüpfte in den dunklen Raum, schloß die Tür hinter sich und knipste das Licht an.

Das blutgetränkte Kleid, das sie vor wenigen Stunden Melissa ausgezogen und auf den Boden geworfen hatten, war weg. Cora mußte es weggeschafft haben.

Vielleicht hatte es auch die Polizei mitgenommen, um zu untersuchen, ob das Blut auch wirklich von Todd stammte.

Zu bedeuten hatte das ja nichts mehr. Melissa war nicht mehr da, und Teri hatte keine Verwendung mehr für das Kleid.

Seinen Zweck hatte es ja erfüllt.

Sie legte sich auf Melissas großes Bett. Genüßlich streckte sie sich der Länge nach aus und malte sich aus, was sie aus dem Zimmer machen würde.

Melissas Sachen – und zwar alle – mußten auf den Speicher. Und dann war eine Renovierung nötig. Angewidert sah sie die Tapete an. Vielleicht ließ sie sie durch Seide ersetzen. So etwas hatte sie in Zeitschriften gesehen. Immer wenn sie in ihrem Bett in San Fernando gelegen und an Maplecrest gedacht hatte, hatte sie sich ein Zimmer mit Seidentapeten vorgestellt. Smaragdgrün mit eingewebten weißen Fäden.

Bei der bloßen Vorstellung mußte sie lächeln. Sie kuschelte sich tief in die weiche Matratze. Eine wohlige Schläfrigkeit übermannte sie. Noch einmal blickte sie zur Decke empor. Darüber lag das Mansardenzimmer unter den Dachsparren.

»Danke, D'Arcy«, sagte sie mit einem leisen Kichern. »Du warst eine große Hilfe.«

Wenige Minuten später versank sie allmählich in Schlaf. Ein Geräusch von oben – so leise, daß sie es kaum wahrnahm – drang an ihr Ohr.

Vielleicht ist es D'Arcy, dachte sie. Vielleicht lacht sie genauso wie ich.

28

Es war ein herrlicher Nachmittag, wie ihn die Mitglieder des Cove Club fast schon als Gewohnheitsrecht vor dem traditionell im August stattfindenden Vollmondball betrachteten. Den ganzen Juli und August hatte drückende Hitze über der Küste gelastet. Das Leben hier kroch nur noch vor sich hin. Spätestens um neun Uhr morgens waren sämtliche Tennisplätze wie leergefegt. Die wenigen, die sich an die Sonne wagten, drängten sich an den knappen schattigen Plätzchen unter den Sonnenschirmen beim Swimmingpool. Zur Mittagszeit wurde Tag für Tag das Buffet bereitgestellt, aber mit zunehmender Dauer der Hitzewelle zogen immer mehr Leute ihre kühlen, abgedunkelten Häuser vor, und das Essen blieb unangetastet. Erst am späten Nachmittag rafften die Clubmitglieder sich auf und schworen einander bei einem Long-drink feierlich, daß das Klima sich verändere und Maine sich im nächsten Jahr in Miami verwandelt haben würde.

Aber jetzt, zu Monatsende, hatte die Hitze endlich nachgelassen. An diesem Samstag konnte man mit Fug und Recht von Prachtwetter sprechen. Der Himmel war klar. Wie eine tiefblaue Kuppel wölbte er sich über der Bucht und schien sie vom Rest der Welt abzusondern. Selbst die hohe Luftfeuchtigkeit hatte sich einen Tag freigenommen. Vom Meer wehte eine erfrischende Brise herein.

Selbst die Erinnerung an Melissa Holloways Tragödie verblaßte. Sie mochte das Hauptereignis dieses Sommers gewesen sein, aber in späteren Jahren würde man sich nur noch beiläufig darin erinnern.

Die Barnstables waren nicht mehr da. Eine Woche nach der Beerdigung hatten sie das Haus zum Verkauf angeboten. Paula hatte darauf bestanden. Obwohl sich damit erstmals seit drei Generationen ›Außenseiter‹ in den Ort einkaufen konnten, hatte sich noch kein Interessent gefunden. Es hieß, daß man das Haus jetzt in ein Heimatmuseum verwandeln wollte.

»Wer würde es auch kaufen wollen«, hatte Lenore Van Arsdale Eleanor Stevens kürzlich gefragt. »Jedermann an der Ostküste weiß schließlich, daß wir mit unserer Inzucht nicht mehr weit von der Degeneration weg sind. Wir sind eben ein Anachronismus.«

»Ganz so degeneriert können wir nicht sein, wenn wir

noch solche Wörter in den Mund nehmen«, hatte Eleanor gemeint, dazu jedoch resigniert aufgeseufzt. »Wahrscheinlich hast du ja recht. Wer würde jetzt noch hierherkommen und sich unsere Erinnerungen an die guten alten Zeiten von vor drei Generationen anhören wollen?«

Kay Fielding hatte hohl gegluckst. »Ich höre schon, was sie in fünfzig Jahren über die Neuen sagen werden: ›Ach die sind's! Sie haben in dem Jahr, in dem die schreckliche Sache mit Melissa Holloway passierte, das Haus der Barnstables gekauft. Nächstes Jahr nehmen wir sie vielleicht in den Club auf.‹«

Sie hatten alle gedämpft über diesen Scherz gelacht, doch insgeheim hatte jede sich den Ernst der Situation eingestanden und mit dem Gedanken gespielt, den Urlaub im nächsten Jahr woanders zu verbringen. Dieses Jahr hatte es einen Riß im Gewebe ihres Lebens gegeben. Anstatt ihn auszubessern, hatten sie sich lieber überlegt, wie sie etwas Neues anfangen könnten.

Allmählich war aber ihr normales Lebensgefühl zurückgekehrt. Und heute knisterte es im ganzen Ort vor Spannung auf den Ball. Ein Lieferwagen nach dem anderen war mit Blumen vor dem Clubhaus eingetroffen. Die Türen blieben den Einheimischen verschlossen, die Vorhänge waren zugezogen. Das Thema des Balls war trotz tausend Fragen und Anfechtungen das gutgehütete Geheimnis des Organisationskomitees.

Früh am Morgen war ein Sattelschlepper eingetroffen. Ein Firmenname war nirgends auszumachen. Seine Besatzung hatte den ganzen Tag im Club geschuftet, doch keiner hatte sich eine Andeutung entlocken lassen.

Teri lag mit Brett Van Arsdale und einigen Freunden am Swimmingpool und rätselte gemeinsam mit ihnen über das Thema des Balls. Sie blickte einmal mehr zum Sattelschlepper, der immer noch vor dem Clubhaus stand, und stöhnte entnervt auf. »Hat deine Mutter denn überhaupt nichts gesagt?« fragte sie Brett schon zum x-tenmal. »Ich meine, was will sie anziehen?«

»Woher soll ich das wissen.« Brett wandte sich erst gar nicht zu ihr um. »Warum fragst du nicht Phyllis?«

Teri verdrehte die Augen. »Das hab' ich doch! Jeden Tag in den letzten vier Wochen! Aber sie läßt nichts raus. Sogar über die Farbe ihres Kleids will sie mir nichts verraten. Sie hat mir nur gesagt, ich brauche mich nach niemandem zu richten.«

Brett lachte auf. »Wetten, daß sie das Melissa nie gesagt hätte?«

Teri setzte ein ernstes Gesicht auf. »Das ist wirklich nicht nett. Melissa kann doch nichts dafür, daß sie durchgedreht hat.« Seit Melissa fortgebracht worden war, hatte sie sie lautstark vor jeder Häme in Schutz genommen. »Jeder kann mal so einen Zusammenbruch haben«, hatte sie bei jeder Gelegenheit beteuert. Und wenn sie sich auch nichts davon anmerken ließ, so weidete sie sich doch an der allgemeinen Bewunderung für ihre Treue zu einer Halbschwester, die sie kaum gekannt hatte.

»Falls sie wirklich durchgedreht hat«, erwiderte Brett. Seit Wochen flüsterte man sich in der Bucht Zweifel an der Theorie von Melissas Wahnsinn zu. »Ich meine, vielleicht simuliert sie nur, weil man sie sonst für den Rest ihres Lebens ins Gefängnis stecken würde.«

Teri verdrehte ungeduldig die Augen. »Das ist einfach idiotisch. Wenn du sie gesehen hättest...«

»Ich weiß schon«, stöhnte Kent Fielding und leierte den Katalog herunter: »Sie sagt nie etwas. Sitzt bloß da und starrt ins Leere.« Er mimte ein übertriebenes Schaudern. »Sie kommt mir vor wie ein Zombie.«

»Wenigstens brauchen wir wegen D'Arcy keine Angst mehr zu haben«, kicherte Cyndi Miller. »Wenn sie mit

Melissa alle Hände voll zu tun hat, kann sie uns heute nacht ja nicht auf die Nerven gehen.«

»Also bitte«, beschwerte sich Teri. »Können wir nicht mal über was anderes reden? Komm schon, Brett, gehen wir ein bißchen ins Wasser.«

Sie stand auf und lief zum Strand hinunter. Brett folgte ihr. Am Fuß des Hügels holte er sie ein und ergriff ihre Hand. Sie liefen gemeinsam über den Sand.

»Es ist ja nur Gerede«, versuchte er einzulenken. »Keiner meint es wirklich ernst.«

»Aber es ist gemein«, klagte Teri.

»Dann ist es eben gemein«, meinte Brett achselzukkend. »Aber alle sind nun mal nicht so nett wie du. Ich meine, egal, wie komisch Melissa geworden ist, du hast immer ihre Partei ergriffen.«

Teri sah zu ihm auf. »Und das werde ich auch immer«, sagte sie. »Sie ist meine Schwester. Egal, was sie getan hat, ich werde sie immer lieben. So. Können wir es nicht dabei bewenden lassen?« Sie ließ seine Hand los und rannte ungeachtet des eisig kalten Wassers ins Meer, tauchte in eine Welle hinein, kam wieder an die Oberfläche und drehte sich auf den Rücken. »Komm rein, du Feigling!« schrie sie Brett zu, der noch am Strand stand. »Es ist super!«

»Es ist kalt!« schrie Brett zurück. Schließlich gab er sich einen Ruck, hielt die Luft an und stürmte ebenfalls hinein. Unter Wasser schwamm er ihr nach, bis er nicht mehr konnte und auftauchen mußte.

Teri schwamm lachend zwanzig Meter vor ihm.

Brett machte sich an die Verfolgung. Mit kräftigen Schlägen kraulte er weiter, aber Teri schwamm besser, als er erwartet hatte. Es dauerte fast fünf Minuten, ehe er sie erreichte. »Hey!« keuchte er. »Hast du heimlich trainiert oder was? Als du hierherkamst, konntest du kaum schwimmen. Weißt du noch? Ich mußte dich am ersten Tag rausziehen.« Da Teri ihn nur angrinste, beschlich ihn ein Verdacht. »Oder hast du damals nur so getan?«

Teris Lippen kräuselten sich zu einem rätselhaften Lächeln. »Das wirst du wohl nie herausfinden«, meinte sie.

Brett zog sie neckisch am Bein. Sie riß sich los und schwamm zum Strand zurück.

Das Banner war endlich so weit, daß man es über der Orchesterbühne anbringen konnte. Phyllis, die heute Khakishorts und eine an mehreren Stellen mit Farbe bekleckste weiße Bluse trug, trat ein paar Schritte zurück und begutachtete ihr Werk. Dabei fuhr sie sich mit der Hand durch das Haar. Zu spät bemerkte sie, daß die nasse Farbe noch an ihren Fingern klebte. Schon wieder lächelte Lenore Van Arsdale. Anstatt jedoch angesichts der Demütigung rot anzulaufen, kicherte sie nur etwas verlegen. »Ich glaube, ich lasse mir heute mal Farbverdünner von der Friseuse auftragen.«

Zur eigenen Überraschung lachte Lenore mit. Vor drei Monaten hätte sie Phyllis gewiß nicht in diesem Raum angetroffen. Und wenn doch, so wäre sie in ihren besten Sachen gekommen und hätte den Arbeitern von oben herab ihre Befehle erteilt. Aber in den letzten drei Tagen hatte Phyllis mit ihnen zusammen für die Dekoration geschuftet. Den ganzen gestrigen Tag und heutigen Vormittag hatte sie sich mit dem Banner jede erdenkliche Mühe gegeben, bis die Buchstaben alle in tiefem Rot und mit makellosem Goldrand in schönem, gleichmäßigem Schriftzug vor ihr prangten. »Mein Vater war Schildermaler«, hatte sie erklärt, als sie die Beschriftung des Banners übernommen hatte. »Von Kindesbeinen an hat er mir alles beigebracht, was er wußte. Darum habe ich in der Schule immer Schilder gemalt, während die anderen alle als Kellnerinnen gearbeitet haben. Es war mir zuwider, aber ich konnte es.«

Die anderen Frauen hatten überraschte Blicke gewechselt. Nach fast fünfzehn Jahren hatten sie zum erstenmal erfahren, womit Phyllis' Vater seinen Lebensunterhalt bestritten hatte. »Er ist in der Werbebranche«, hatte sie sonst immer gesagt und hastig das Thema gewechselt.

Aber in den letzten Wochen hatte sich auch sonst sehr viel an Phyllis geändert. Nachdem die Ärzte Melissa mitgenommen hatten, hatte sie sich in den ersten Tagen kaum blicken lassen. Das Haus hatte sie nur verlassen, um zum Krankenhaus zu fahren, in dem Melissa lag. Nach einer Woche allerdings, in der sie – wie Teri Brett erzählt hatte – dumpf in der Bibliothek bei zugezogenen Vorhängen vor sich hingebrütet hatte, war Lenore schließlich aus Mitleid zu ihr gefahren.

»Ich weiß nicht, was ich tun soll«, hatte Phyllis widerstrebend zugegeben. »Alle halten mich für die Schuldige, weil ich angeblich zu hart zu Melissa war, aber...« Sie hatte gestockt. Tränen waren ihr in die Augen getreten. Angesichts dieser Selbstvorwürfe war Lenores jahrelang gehegte Abneigung von einem Augenblick zum anderen dahingeschmolzen.

»Unsinn«, hatte sie erwidert, wenngleich sie insgeheim die Wahrheit von Phyllis' Worten keineswegs bestritt. »Du hast bestimmt dein Bestmögliches getan. Keiner kann dir daraus einen Strick drehen. Wenn du den Rest deines Lebens hier im Dunkeln bleibst, tust du dir selbst auch keinen Gefallen, und es wird weder Melissa noch sonst jemandem helfen. So, und jetzt ziehst du dich an, und dann gehen wir essen.«

»Aber das ist doch unmöglich«, hatte Phyllis gejammert. »Ich könnte niemandem in die Augen sehen. Was soll ich dann sagen? Die Leute starren mich ja alle an!«

»Die Leute starren dich garantiert an, wenn aus dir eine Eremitin wird. Jetzt komm schon.«

Sie war mit Phyllis nach oben gegangen und hatte für sie einen dunkelbraunen Rock und eine schlichte Bluse aus dem Schrank gezogen. »Zieh das an. Es ist recht schlicht. Aber wenn du etwas Marineblaues oder Schwarzes trägst, meint jeder, du würdest trauern.«

Phyllis war zusammengezuckt. »A-aber so komme ich mir vor«, hatte sie gestammelt.

»Tust du aber nicht«, hatte Lenore mit einem Stoßseufzer gemeint. »Die ganze Stadt weiß, was los war – und daß Melissa nicht tot ist. Du kannst nicht so tun, als wäre sie es. Damit machst du alles nur schlimmer, als es ohnehin schon ist.«

Phyllis hatte ebenfalls aufgeseufzt. »Wahrscheinlich hast du recht. Teri predigt mir ja auch immer dasselbe. Aber ich weiß einfach nicht, wie ich mich geben soll.«

Zum erstenmal in ihrem Erwachsenenleben hatte Lenore darauf eine unbedachte Antwort gegeben. »Sei doch mal ehrlich, Phyllis. Du hast wirklich nie gewußt, wie du dich geben sollst. Ein ganzes Jahrzehnt lang hast du jemanden gespielt, der du gar nicht bist. Es hat nicht funktionieren können. Gib's doch einfach auf und versuch mal, du selbst zu sein.«

In den letzten Wochen war anscheinend genau das passiert. Phyllis hatte sich wieder im Club gezeigt, aber nicht allein, sondern meistens mit Teri. Anstatt sich in die jeweils anwesende Gruppe zu drängen, hatten sie und Teri sich still an einen freien Platz gesetzt.

So hatten die Leute sich allmählich zu ihnen gesellt – am Anfang aus Pflichtgefühl, das man den anderen Clubmitgliedern gegenüber nun einmal hatte, aber in zunehmendem Maße, weil ihnen die Veränderung an Phyllis nicht verborgen geblieben war.

Sie war ruhiger geworden und schien auch mal zuhören zu können. Insgesamt wirkte sie lockerer und paßte so viel besser zu ihnen.

Vielleicht, so überlegten die Mitglieder des Secret Cove Club, hatte Melissas Tragödie auch ihr Gutes bewirkt.

Lachend gingen Phyllis und Lenore jetzt zum Ausgang und erteilten den Arbeitern die letzten Anweisungen, als Teri vor der Tür auftauchte. »Hab' ich dich erwischt!« rief Phyllis. »Du wolltest wohl einen Blick riskieren, was?«

»Na ja«, meinte Teri grinsend. »Den Versuch kannst du mir ja nicht verübeln.«

»Kann ich schon, aber ich will nicht. Komm mit, sonst kommen wir zu spät zum Friseur.« Sie wandte sich zu Lenore um. »Wollen wir uns dort treffen? Charles fährt Melissa besuchen. Ich muß ihm noch etwas für sie mitgeben.«

Lenore war mit einem Schlag das Mitleid in Person. »Wie geht es ihr? Hat ihr Zustand sich gebessert?«

Phyllis kniff die Lippen zu einem resignierten Lächeln zusammen. »Ich wünschte, es wäre so. Aber Doktor Andrews scheint zu glauben, daß es noch sehr lange dauern kann.«

Lenore schüttelte traurig den Kopf. »Wenn ich etwas tun kann...«

»Du weißt nicht, wie sehr ich mich freuen würde. Aber im Augenblick können wir nur abwarten. Wer weiß – vielleicht ist es auch besser so. Ich weiß, es klingt grausam, aber was wäre, wenn es ihr besser ginge? Was sie dann alles durchstehen müßte...« Sie geriet ins Stocken, gab sich dann aber einen Ruck. »Na ja, ich darf mich nicht ewig gehenlassen. Schließlich muß ich mich auch noch um Teri kümmern, nicht wahr?« Sie drehte sich zu ihrer Stieftochter um. »Und du mußt heute noch eine Menge erledigen. Oder willst du, daß Brett ohne dich zum Ball geht?«

»Das glaube ich nicht«, versicherte Teri. »Wenn ich sonst schon nichts bin, pünktlich bin ich.«

Die zwei verabschiedeten sich und gingen davon. Lenore sah ihnen nachdenklich nach. Es war schon bemerkenswert, überlegte sie, wie gut Phyllis und ihre Stieftochter miteinander auskamen. Jede ersetzte für die andere eine Person, die sie diesen Sommer verloren hatte, und doch schien es beiden gutgetan zu haben.

Vielleicht war Melissa von Anfang an verrückt gewesen, und Phyllis hatte ihre ganze Kraft darauf konzentriert, sie unter Kontrolle zu halten. Es mußte schrecklich für sie gewesen sein, all die Jahre mit einem Kind fertig werden zu müssen, das mit der Realität nicht mehr zurechtkam.

Ja, schloß Lenore beim Einsteigen in ihren Rolls-Royce, es hatte wohl so kommen müssen. Höchstwahrscheinlich hatte Phyllis recht.

Vielleicht war es gut so, daß Melissa sich an nichts mehr erinnerte. Vielleicht war es das Beste für sie, wenn sie aus ihrer Fantasiewelt nicht mehr aufwachte. Dann würden alte Wunden wenigstens nicht mehr aufgerissen.

Teri und ihre Stiefmutter liefen über den Strand auf Maplecrest zu. »Na, wie läuft's?« wollte Teri wissen und hakte sich bei Phyllis ein. »Wie fühlst du dich jetzt?«

Phyllis schenkte ihrer Stieftochter ein entzücktes Lächeln. »Bestens. Und du hattest recht. Sie tun alles für einen, solange sie glauben, daß man Hilfe braucht. Die ganzen Jahre habe ich immer versucht, eine von ihnen zu sein, und sie haben mich wie ein Stück Dreck behandelt.

Aber jetzt mache ich und sage ich, was ich will – und sie verzeihen mir alles. Es ist, als wäre ich plötzlich eine Heilige in ihren Augen.«

»Bist du's denn nicht?« fragte Teri in einem Ton vollkommener Unschuld. »Ich meine, es ist ja unvorstellbar, was du in den letzten Jahren ausgehalten hast. Melissa ist nur immer verrückter geworden, und du hast alles Erdenkliche getan, um ihr zu helfen. Für dich muß es ja viel schlimmer gewesen sein als für sie. Ich meine, sie merkte ja nichts von ihrem Wahnsinn.«

»Ehrlich gesagt, lange Zeit habe ich auch nichts davon gemerkt«, gestand Phyllis. Sie fing an, aufs Geratewohl drauflosuplappern. Mit Teri war das so leicht. Teri schien sie immer zu verstehen.

Insbesondere, was die Sache mit Melissa betraf.

In den ersten Tagen nach Melissas Abtransport hatte sie weder ein noch aus gewußt. Sie war davon überzeugt gewesen, daß die ganze Stadt sich den Mund über sie zerriß, und hätte sich am liebsten vergraben. Aber dann hatte Teri ihr gut zugeredet und ihr erklärt, daß sie überhaupt nichts dafür konnte. »Du wußtest ja nicht, was mit ihr los war«, hatte sie betont. »Keiner konnte das vorhersehen. Drum kann dir auch keiner den Schwarzen Peter zuschieben.«

»Das tun sie aber alle«, hatte Phyllis geanwortet. »Sie glauben alle, ich wäre zu streng zu ihr gewesen.«

»Dann sag ihnen doch genau das«, hatte Teri mit einem Achselzucken gemeint. »Sag allen, daß dir deine Schuld jetzt klar ist. Und wart ab, was passiert.«

Und zu Phyllis' Überraschung hatte es geklappt. Vor Lenore Van Arsdale hatte sie lediglich auf die Tränendrüse zu drücken brauchen, und schon war die Frau, die sie fast eineinhalb Jahrzehnte lang brüskiert und gedemütigt hatte, ihre beste Freundin geworden.

Und die anderen – all die Frauen, denen sie sich nie gewachsen gefühlt hatte – taten es ihr gleich.

Sie lächelte selig vor sich hin. So viele Jahre hatte Melissa sie vor allen anderen immer nur bloßgestellt; jetzt, da Melissa endlich aus dem Weg geräumt war, erhielt sie die längst verdiente Anerkennung.

Und mit Teri hatte sie auch die Tochter, die ihr zustand.

Jetzt endlich nahm ihr Leben den Verlauf, den sie an jenem Tag geplant hatte, als sie nach Maplecrest gekommen war und Teri in die Arme genommen hatte. Von solch einem Kind hatte sie zuvor immer geträumt.

Nach all den Jahren war sie endlich mit ihrem Wunschkind zusammen. Und konnte das langersehnte Leben führen.

Sie drückte Teri liebevoll die Hand. Melissa war aus ihren Gedanken gebannt.

Ohne sie waren schließlich alle besser dran.

Charles fuhr vor der Harborview Clinic vor und nickte dem Pförtner zu. Sogleich drückte dieser einen Knopf, und das schwere Eisentor glitt zur Seite. Links und rechts vom Tor erstreckte sich ein geschickt hinter Büschen verborgener Stacheldrahtzaun. Er verlief um einen gut zwei Quadratkilometer großen Park, in dessen Mitte die Klinik stand. Charles hatte nie das Gefühl, er befinde sich in einem Gefängnis, auch dann nicht, als er vor dem Gebäude parkte. Wer es nicht wußte, hielt es für ein normales altes Privatkrankenhaus. Das war es auch einmal gewesen. Zwar hatte man ihm die Sicherheitsanlagen gezeigt, die bei der Umwandlung installiert worden waren, doch sie waren so raffiniert angebracht, daß er sie mit den Augen nicht zu erkennen vermochte.

Charles stieg aus und eilte die Treppe hinauf. Die hinter einem antiken Schreibtisch sitzende Empfangsschwester lächelte ihm zu. »Auf Ihr Kommen können wir uns immer verlassen, nicht wahr, Mr. Holloway?«

Charles nickte ihr dankbar zu, aber sein Blick war schon zum Aufenthaltsraum gewandert. Die Empfangsschwester deutete seinen Blick richtig. Ihr Lächeln erstarb.

»Noch nicht«, sagte sie bedauernd. »Sie wurde heute morgen wieder heruntergebracht, aber sie hat dasselbe getan, wie sonst auch immer. Anscheinend fühlt sie sich in ihrem Zimmer am wohlsten.«

Charles' ohnehin schon schwache Hoffnung erlosch, doch er zwang sich zu einem Lächeln. »Na ja, morgen vielleicht.« Er stieg die Treppen zum ersten Stock empor. Dort nahm ihn die diensthabende Schwester in Empfang. Auch sie saß hinter einem antiken Schreibtisch – fast ein Pendant zu dem im Erdgeschoß.

»Sie können gleich reingehen, Mr. Holloway.«

Charles schritt den Flur zum Westflügel hinunter. Vor der dritten Tür links blieb er stehen und spähte durch das kleine Sichtfenster. Wie gestern und die ganzen Tage davor saß Melissa auf einem Stuhl vor dem Fenster. Ihre Hände lagen auf dem Schoß, ihr Blick war starr geradeaus gerichtet.

Und ging ins Leere.

Nein, sagte sich Charles und trat ein. Sie sieht etwas. Sie schaut auf etwas Bestimmtes, das sie nur mit dem geistigen Auge sehen kann. Nur kann sie sich noch keinen Reim darauf machen. Aber irgendwann ist es soweit, und dann ist sie geheilt.

»Melissa?« sagte er und stellte einen Stuhl neben den ihren. »Missy, ich bin's. Hörst du mich?«

Keine Reaktion. Es war, als hätte sie seine Gegenwart gar nicht registriert.

»Aber das heißt nicht notwendigerweise, daß sie Sie nicht hört«, hatte Doktor Andrews ihm letzte Woche versichert. »Melissas Persönlichkeit ist nach wie vor da, nur sehen wir sie im Augenblick noch nicht. Sie müssen sich das ungefähr wie ein Versteckspiel vorstellen. Sie sehen und hören Melissa nicht, aber sie ist irgendwo ganz in der Nähe. Möglicherweise hört sie Ihnen sogar zu. Sie dürfen nicht vergessen, daß sie ein verängstigtes kleines Mädchen ist. Vermutlich hat sie ein schlimmes Ereignis so sehr verschreckt, daß sie die Konsequenzen fürchtet und sich deshalb nicht zu erkennen gibt.«

»Aber D'Arcy sagt doch, daß sie schläft?« hatte Charles gemeint.

»Sehr richtig. Aber wahrscheinlich kennt D'Arcy die ganze Wahrheit genausowenig wie Melissa. Melissa wußte von D'Arcys Existenz, hatte aber keinerlei Kenntnis von D'Arcys Erlebnissen. Wir müssen annehmen, daß es sich mit D'Arcy genauso verhält.«

»Hat D'Arcy Ihnen erzählt, was geschehen ist?«

Andrews hatte den Kopf geschüttelt. »Wie gesagt, sie weiß es aller Wahrscheinlichkeit nach nicht. Ich kann nur eins mit Gewißheit sagen: Sie beschützt Melissa oder glaubt zumindest, dies zu tun.«

Es hatte Wochen gedauert, bis Charles sich mit der Doppelidentität seiner Tochter abgefunden hatte. Er war bereit, mit Doktor Andrews über D'Arcy zu diskutieren, brachte es jedoch immer noch nicht übers Herz, dieses sonderbare, stille Wesen persönlich anzusprechen, das sich offensichtlich Melissas bemächtigt hatte.

So setzte er sich bei seinen täglichen Besuchen neben sie, hielt ihr die schlaffe Hand und erzählte ihr mit leiser Stimme, was er getan hatte – und vor allem von der Vergangenheit, von den schönen Stunden, die sie gemeinsam erlebt hatten.

Heute blieb er fast eine Stunde bei ihr. Schließlich sah er auf die Uhr. »Ich muß jetzt gehen«, entschuldigte er sich. »Heute nacht steigt ein großes Fest. Deine Mutter hat ihre ganze Zeit mit der Vorbereitung im Clubhaus verbracht, aber mir hat sie nicht einmal das Motto des Balls verraten wollen. Doch ihrem Gesichtsausdruck nach zu schließen, wird es dieses Jahr etwas ganz Besonderes.«

Er beugte sich vor und nahm Melissas beide Hände in die seinen. »Ich wünschte mir, du könntest dabeisein«, sagte er leise. »Weißt du noch, was ich dir versprochen habe? In dem Sommer, in dem du dreizehn wirst, wollte ich im August beim Vollmondball den ersten Tanz mit dir tanzen.«

Den Bruchteil einer Sekunde schien ein Funke in Melissas Auge aufzublitzen. Sein Herz fing rasend zu pochen an. »Missy?« rief er. »Missy, hast du mich gehört?«

Aber so schnell er gekommen war, so schnell erlosch der Funke auch wieder. Charles erhob sich widerwillig. Er küßte sie sanft auf die Stirn und ging aus dem Zimmer. Das Bild des sonderbaren kurzen Aufflackerns in ihren Augen ging ihm aber nicht aus dem Sinn. Er spähte noch einmal durch das Sichtfenster in ihr Zimmer.

Melissa saß da wie die ganze Zeit schon und starrte ins Leere. Er wollte sich gerade abwenden, da hob sich ihre Hand und betastete vorsichtig die Perlenkette um ihren Hals.

Tränen quollen ihm aus den Augen. Ihm war wieder eingefallen, was sie ihm zu Weihnachten beim Öffnen des Päckchens zugeflüstert hatte: »Ich werde sie im August zum Vollmondball tragen.«

Aber sie würde nicht zum Ball gehen. Heute nacht nicht und vielleicht niemals.

Er wischte sich die Tränen aus den Augen und eilte davon.

29

Teri schloß die Arme enger um Bretts Hals und schmiegte sich an seine Brust. Mit geschlossenen Augen wiegte sie sich, ganz durchdrungen von der sanften Melodie des letzten Tanzes. All die Paare um sie herum tanzten genauso langsam, als könnten sie damit diesen herrlichen Abend noch ein bißchen verlängern.

Der Ball war von Anfang an ein voller Erfolg gewesen. Kaum waren die Türen um Punkt halb neun aufgesprungen, waren auch schon die meisten Clubmitglieder in die Vorhalle geströmt. Und als Phyllis und Lenore schließlich die massive Mahagonitür feierlich öffneten, stockte allen der Atem.

Ein kollektives *Ahhh* ging beim Anblick der Innenausstattung durch die Menge. Der Speisesaal, wie er vor hundert Jahren ausgesehen hatte, war wiederauferstanden. An den Wänden hatte man Holzvertäfelungen angebracht. Bedeckt waren sie mit roter Velourstapete. Die Kronleuchter, die auch schon vor hundert Jahren hier gehangen hatten, waren für den Anlaß neu vergoldet worden. Nur die Birnen hatte man durch neue ersetzt, die das Aufflackern von Gasflammen täuschend ähnlich nachahmten.

An den Wänden hatte man echte Gaslampen angebracht. Sie verliehen dem Raum einen Glanz, als wäre die Zeit nie verstrichen.

Topfpalmen zierten sämtliche Ecken, und auf der Orchesterbühne waren keine Mikrofone zu sehen. Heute sollte das Orchester ohne elektronische Verstärkung spielen. Über dem Orchester verkündete das von Phyllis so sorgfältig beschriftete Banner das Motto:

> *Der Kreis schließt sich –*
> *Zurück zu den Anfängen*

Und in der Tat ließ der Abend den Eindruck entstehen, die letzten hundert Jahre hätten nie stattgefunden.

Phyllis hatte an alles gedacht. Jeder Frau hatte man eine Tanzkarte mit einem rosa Band um das Handgelenk gebunden. Die Musik und alles, was dazu gehörte, kam aus einer anderen Zeit. Das Orchester spielte von vergilbten Notenblättern, die man aus fast jedem Speicher von Secret Cove hervorgekramt hatte.

Bilder aus der guten alten Zeit waren ebenfalls zu sehen – ausgeblichene Daguerrotypien. Fast jeder der Geladenen war ein Nachkomme eines der Gäste des ersten Vollmondballs hundert Jahre zuvor.

Nachdem Brett die Dekoration gebührend bewundert hatte, fegte er mit Teri über die Tanzfläche. »Das ist fast unheimlich«, flüsterte er ihr ins Ohr. »Glaubst du nicht auch, daß D'Arcy im nächsten Augenblick hereinkommt?«

Teri lief es eiskalt den Rücken hinunter. Sie erholte sich schnell davon, doch in der ersten Stunde kam es ihr so vor, als wäre es auch anderen so ergangen. Immer wieder sah sie Gäste verstohlen zur Tür lugen und dann leicht erröten, weil sie sich plötzlich selbst durchschauten.

Mit zunehmender Dauer der rauschenden Ballnacht wurden die Leute jedoch immer ausgelassener, und jetzt, da der Schlußakkord des letzten Walzers verhallte, fegte donnernder Applaus durch den Saal.

Allmählich strömten die Gäste zum Ausgang, wo sie noch einmal stehenblieben, um Phyllis und Lenore zum Erfolg zu gratulieren. Phyllis lauschte verzückt den Komplimenten. Herrlicher als das Lob hatte nicht einmal die Musik klingen können.

Zum Schluß näherten sich Hand in Hand Teri und Brett. »Es war grandios, Mutter«, murmelte Teri und küßte ihr die Wange.

Phyllis wurden die Augen feucht. Was hatte Teri da gesagt? Hatte sie richtig gehört? Oder hatte Teri sich nur versprochen?

Aber Teri lächelte sie strahlend an. »So fühle ich mich«, sagte sie. »Irgendwie bist du jetzt meine richtige Mutter. Für mich bist du mindestens genauso vollkommen, wie es der Ball heute für die Gäste war.«

Phyllis schwoll das Herz vor Freude. »Mir geht es ganz genauso«, flüsterte sie und drückte Teri fest an sich. »Du bist für mich die Tochter, nach der ich mich mein Leben lang gesehnt habe. Und jetzt habe ich dich.«

Brett zog Teri schließlich weiter, und sie traten in die Nacht hinaus. Sie war so klar und mild, als hätte sogar das Wetter sein möglichstes getan, um Phyllis zum Erfolg zu verhelfen. Brett schlug die Richtung zum Parkplatz ein, doch Teri hielt ihn zurück. »Gehen wir lieber zu Fuß«, schlug sie vor. »Machen wir es so wie die Leute damals in der ersten Nacht.«

So stiegen sie die Treppe zum Swimmingpool hinunter und weiter bis zum Strand. Dort zog sich Teri die Sandalen aus und lief barfuß über den kühlen Sand. Der Mond stand hoch am Himmel. In seinem silbernen Licht glitzerte das Meer. Teri ließ ihre Hand in die von Brett gleiten.

»War es nicht herrlich?« seufzte sie. »Manchmal wünsche ich mir, ich hätte damals gelebt. Ich meine, als man noch soviel Personal hatte und im Sommer das Haus voller Gäste war. Findest du nicht auch, daß das Leben damals unheimlich Spaß gemacht haben muß?«

Statt einer Antwort legte Brett den Arm um ihre Hüfte und zog sie näher an sich heran. Schweigend legten sie den Weg nach Maplecrest zurück. Auf der Veranda schlang er beide Arme um sie und küßte sie. »Warum bittest du mich nicht herein?« raunte er. »Deine Leute sind noch bei meinen Eltern und kommen vor morgen früh bestimmt nicht heim.«

Teri sagte zunächst nichts, sondern drückte sich fest an ihn und küßte ihn. Dann aber entwand sie sich ihm. Sie schüttelte den Kopf. Ein leises Lächeln spielte dabei um ihre Mundwinkel. »Heute nacht nicht«, flüsterte sie. »Vergiß nicht, daß wir jetzt im letzten Jahrhundert sind. Anständige Mädchen haben solche Sachen damals nicht getan.«

Ehe Brett zum Protest ansetzen konnte, war sie durch die Haustür geschlüpft und machte die Tür leise hinter sich zu.

Die Lichter in der Vorhalle brannten noch. Teri lehnte sich mit dem ganzen Gewicht gegen die Tür und ließ das Haus auf sich einwirken.

Ja, hier fühlte sie sich zu Hause.

Mit jedem Tag sank die Vergangenheit tiefer in die Winkel ihres Erinnerungsvermögens. Sie konnte kaum noch glauben, daß sie hier jemals weggegangen war, daß man ihr jemals diesen Luxus in der drangvollen Enge ihres Häuschens in San Fernando vorenthalten hatte.

Plötzlich sprang ihr ein Bild ungerufen vor Augen. Sie schauderte unwillkürlich bei der Erinnerung an das Feuer, das sie ja letztendlich hierhergebracht hatte. Schnell verscheuchte sie all die anderen Gedanken an ihre weiteren Taten.

Keine davon war doch wirklich. Für sie gab es nur noch eine Wirklichkeit: Sie war wieder in ihrem rechtmäßigen, angestammten Heim und unter Leuten, die sie liebten.

Oder die zumindest das Bild liebten, das sie so akribisch genau für sie inszeniert hatte.

Mit einem zufriedenen Seufzer nahm sie den dünnen Seidenumhang ab, den sie extra für den Ball gekauft hatte, und stieg in den ersten Stock. Das Zimmer ganz hinten am Gang war jetzt das ihre. Sie legte den Umhang in die Kammer und ließ sich in den Stuhl vor dem Schminktisch sinken, um im Spiegel noch einmal das Zimmer zu bewundern.

Genauso hatte sie es sich vorgestellt. Von Melissa war jede Spur getilgt worden. Cora hatte die Sachen ihrer Halbschwester zusammenpacken und auf dem Speicher verstauen müssen. Dann waren die Handwerker gekommen, dieselben, die den Ballsaal für das heutige Fest hergerichtet hatten.

Sie hatten auch für sie das Rad der Zeit zurückgedreht und ihr Zimmer so gestaltet, wie sie es seit ihrer Kindheit erträumt hatte. Jeden Morgen spürte sie beim Aufwachen ein Prickeln. Die Wände waren mit smaragdgrünem Moiré bezogen. Von genau dieser Farbschattierung hatte sie immer geträumt. Auf dem Bett mit vier verschnörkelten Pfosten lag eine Decke mit einem genau zur Tapete passenden Muster. Das Bett hatte sie zusammen mit Phyllis in einem Antiquitätengeschäft in Portland aufgestöbert. Teri hatte die Idee gehabt, das alte Bett und die Kommode in das Speicherzimmer unter den Dachsparren zu verbannen, wo in Melissas Einbildung D'Arcy sich immer aufgehalten hatte. An der Stelle der Kommode stand jetzt ein kunstvoll verzierter, handgeschnitzter Kleiderschrank.

Zwei dazu passende Nachtkästchen standen zu beiden Seiten des Betts.

So und nicht anders hatte sie es sich immer vorgestellt.

Sie war noch ganz in das Spiegelbild versunken, als sie die ersten dumpfen Geräusche von oben hörte.

Leichte Unruhe meldete sich, aber dann tat sie sie wieder ab. Bestimmt hatte der Wind einen Zweig gegen die Hauswand geschlagen.

Es kam wieder.

Es klang wie ein leises Wimmern.

Als ob jemand weinte.

Teris Puls beschleunigte sich. Dann aber erstarb das fast unhörbare Schluchzen, und im Haus herrschte wieder Stille.

Bis die Schritte einsetzten.

Sie hörte sie ganz deutlich direkt über sich. Es waren langsame, regelmäßige Schritte.

Sie glaubte, eine Tür über sich aufgehen und mit einem leisen Klicken wieder zugehen zu hören.

Stille.

Sie lauschte. Ihr sträubten sich die Nackenhaare.

Sie bildete sich die Geräusche nur ein. Das Haus war leer – das wußte sie! In Coras Wohnzimmer hatten vorhin die Lichter gebrannt. Sie hatte die alte Frau sogar in ihrem Sessel schlafen sehen!

Ihre Angst legte sich schon, da kamen die Schritte wieder.

Jetzt waren sie auf ihrem Stockwerk. Langsam kamen sie über den Flur, näherten sich ihrem Zimmer.

Sie unterdrückte einen Aufschrei. Mit einem Satz war sie bei der Tür und sperrte zu.

Die Schritte wurden immer lauter. Jemand war vor ihrer Tür – sie spürte es geradezu.

Ihr Herz hämmerte zum Zerbersten. Eisige Finger griffen nach ihr, panische Angst schnürte ihr die Kehle zu.

Erneut redete sie sich ein, daß es nichts sei, daß ihr nur die Fantasie einen Streich spiele, so wie sie mit Melissa gespielt hatte, bis sie sich alles mögliche einbildete, das es nicht gab.

Mit einem Schlag sprang der Riegel vor ihrer Erinnerung auf. All die Bilder ihrer Taten strömten hervor, wurden immer größer vor ihren Augen, peinigten sie.

Sollte es ihr ganzes Leben lang so weitergehen?

Daß diese schrecklichen Schuldvisionen an sie heranschlichen, sie plötzlich ansprangen und quälten?

Sie rannte fort von der Tür, doch die Bilder folgten ihr, verspotteten sie. Sie schloß die Augen. In diesem Augenblick hörte sie, wie ein Schlüssel sich in ihrem Schloß herumdrehte. Sie riß die Augen wieder auf und starrte in den Spiegel.

Die Tür hinter ihr, die vorhin noch zugesperrt gewesen war, die sie mit eigenen Händen zugesperrt hatte, stand einen Spaltbreit offen.

Sie zitterte vor Angst. Gegen ihren Willen drehte sie sich um.

Gebannt blieb sie auf der Stelle stehen. Mit einem Knarren ging die Tür weiter auf.

Eine verschleierte Gestalt in weißem Kleid stand in der Tür und starrte sie an. Teri konnte ihr Gesicht unter dem Schleier nicht ausmachen, doch in ihrem Entsetzen fügte sie die Züge von selbst hinzu.

Polly MacIvers Gesicht – eine verzerrte Totenmaske, wie nach dem Sturz aus dem Fenster.

Tom MacIvers Gesicht – das Fleisch war vollkommen verbrannt. Aus den leeren Augenhöhlen traf sie jedoch ein anklagender Blick.

Todd Petersons Gesicht – zerschlagen lag es vor ihr,

und Maden krochen zu Tausenden über die Wunden. Sie konnte die Augen deutlich unter dem Schleier sehen. Sie folgten ihr, starrten sie unentwegt an, als sähen sie ihr Innerstes. Sie hatte ihn töten müssen. Eine andere Wahl hatte er ihr ja nicht gelassen. Er hatte gewußt, was sie trieb, und hatte sie daran hindern wollen.

Und sogar Jeff Barnstables Züge sah sie. Auch er erhob sich noch einmal anklagend vor ihr. In diesem schrecklichen Moment der Wahrheit trat ihr klar vor Augen, daß sie auch Jeff auf dem Gewissen hatte. Vielleicht nicht mit der kalten Vorsätzlichkeit wie bei den anderen, aber letztendlich hatte sie zu verantworten, daß es soweit gekommen war.

Und ganz zum Schluß war sie fast sicher, daß sie durch die dichten Maschen des Schleiers auch Melissas Augen fast mitleidig anschauten.

Melissa, die sie schon lange vor der ersten Begegnung gehaßt hatte.

Melissa, die sie zu guter Letzt aus ihrem eigenen Haus und sogar aus ihrem Leben verbannt hatte.

All diese Menschen erkannte sie in der verhüllten Gestalt. Die Erkenntnis der eigenen Schuld überlief sie eiskalt. Sie war zu allem bereit, was die Getalt auch von ihr verlangte.

Das Wesen hob seinen rechten Arm und deutete anklagend auf sie.

Aber es hatte keine Hand.

An ihrer Stelle war nur ein blutiger Stumpf. Das Fleisch und die Sehnen standen vom durchtrennten Knochen ab, so daß ein weißer, glänzender Knochen auf sie deutete.

Teri wußte, was ihr noch zu tun verblieb. Sie erhob sich und folgte der grauenerregenden Gestalt, die sich langsam umdrehte und davonschlurfte.

Melissa kam in ihrem Zimmer in der Harborview Clinic langsam zu sich. Schon bevor sie die Augen aufschlug, spürte sie, daß sie nicht im eigenen Bett in Maplecrest lag. Nein, sie war irgendwoanders.

In einem Krankenhaus.

In einem Krankenhaus, in das man sie gebracht hatte, nachdem sie...

Mit einem Schlag öffneten sich die Schleusen der Erinnerung. Sie riß die Augen auf und setzte sich abrupt auf.

Die Bilder überstürzten sich. Jedes verlangte unbedingte Aufmerksamkeit.

Einige waren vertraut – vertraut und auch entsetzlich.

Da war Todds Anblick. Sein verstümmelter Körper lag unter den Dielen im alten Schuppen.

Und Blackie hing von einem Dachsparren auf dem Speicher. Um seinen Hals lag eine Perlenkette.

Andere Bilder waren sehr seltsam.

Sie sah sich selbst unter der Dusche. Brühend heißes Wasser lief über ihren Körper, während ihre Mutter sie wütend abschrubbte und anbrüllte.

Dann lag sie endlose Nächte hindurch im Bett. Riemen an den Hand- und Fußgelenken scheuerten ihr die Haut wund.

Teris Gesicht tauchte in der Dunkelheit über ihr auf. Sie sagte ihr etwas.

Aber nein! Sie sagte ja gar nichts zu ihr.

Sie sprach mit D'Arcy.

Sprach mit D'Arcy...

Ihre Gedanken wechselten die Richtung. Plötzlich führten sie sie in die Nacht des Kostümballs zurück. Und jetzt konnte sie sich an alles erinnern. Sie erinnerte sich, wie sie die Perücke aufsetzte, zum Speicher hinaufging und über die Dienstbotentreppe in die so komisch andersartige Küche hinunterhuschte.

Und auch die Auffahrt hatte anders ausgesehen.

All die schwarzen Löcher in ihrer Erinnerung füllten sich plötzlich. Im ersten Augenblick packte sie gräßliche Angst.

Instinktiv rief sie nach D'Arcy.

Keine Antwort.

Eine Anwort konnte nicht kommen, denn D'Arcy war weggegangen.

Gar nicht eigentlich weggegangen.

D'Arcy war vielmehr ein Teil von ihr geworden und fügte ihre eigenen Erinnerungen denen Melissas hinzu.

Sie blieb still sitzen und ließ die Blicke durch das Zimmer schweifen. Es kam ihr jetzt nicht mehr sonderbar vor. Im Gegenteil, sie merkte, daß sie jeden Winkel, jeden Fehler in der Tapete kannte. Und doch war ihr, als sähe sie es zum erstenmal.

Ihr Blick wanderte zum Nachtkästchen und der darauf liegenden Perlenkette. Sie nahm sie in die Hand, betastete das vertraute Kleinod.

Aber etwas daran stimmte nicht.

Eine der Perlen – die dritte von unten – hätte eine kleine unebene Stelle haben müssen. Aber sie fühlte sich vollkommen glatt an. Nicht die geringste Unregelmäßigkeit ließ sich feststellen.

Verwirrt sah sie sich die Perlen genauer an. Ihr Blick fiel auf den goldenen Verschluß.

In winzigen Buchstaben standen dort ihre Initialen.

Sie führte den Verschluß bis nahe vor die Augen und suchte nach dem vertrauten M. J. H.

Aber sie las ganz andere Buchstaben.

T. E. M.

Teresa Elaine MacIver.

Aber das war doch nicht möglich. Es waren ihre Perlen! Ihr Vater hatte sie ihr letztes...

Und dann fiel es ihr ein.

Das waren die Perlen, die sie von Blackies Hals abgenommen hatte, als sie ihn auf dem Speicher hatte hängen sehen.

Lange Zeit blieb sie reglos sitzen und rätselte über die Bedeutung ihrer Entdeckung.

Allmählich fügten sich sämtliche Erinnerungen – die ihren und die von D'Arcy – ineinander zu einem logischen Ganzen.

Dann endlich strömten Tränen über ihr Gesicht. Es waren mehr Tränen des Mitleids für die Gestorbenen denn für sich selbst. Sie drückte auf den Alarmknopf. Die Nachtschwester würde gleich kommen.

Die Haustür fiel hinter Charles und Phyllis ins Schloß. Impulsiv schloß Phyllis die Arme um ihren Mann und gab ihm einen Kuß. »War es nicht herrlich?« fragte sie. »Hätte der Abend denn vollkommener sein können?«

Er wäre vollkommen gewesen, wenn Melissa dabeigewesen wäre, sinnierte Charles düster. Aber heute wollte er Phyllis die Freude nicht mit seiner Traurigkeit verderben. Er wollte ihr den Triumph gönnen. Einmal wenigstens sollte sie sich in ihrem Ruhm sonnen dürfen. Für die Realität war auch morgen noch Zeit genug.

Er wußte nämlich allzugut, daß sie Melissa mied, daß sie eine Ausrede nach der anderen vorschob, um einem Krankenhausbesuch zu entgehen.

Aber Melissa war nach wie vor ihre Tochter. Sie war nach wie vor verantwortlich für sie, mochte ihr diese Pflicht auch noch so abstoßend erscheinen.

Als spürte sie seine Gedanken, löste Phyllis sich aus der Umarmung. Ihr seliges Lächeln erstarb. »Muß sie dir denn sogar heute im Kopf herumgeistern?« klagte sie.

»Es tut mir leid«, sagte Charles. »Aber es tut mir entsetzlich weh, daß sie nicht dabeisein konnte. Sie hatte sich schon so lange auf diesen Ball gefreut.«

Phyllis stöhnte ungeduldig auf. »Sie weiß doch nicht einmal, daß sie ihn verpaßt hat, Charles. Doktor Andrews hat gesagt...«

Charles hielt beschwichtigend die Hände hoch. »Bitte, keinen Streit heute nacht«, bat er. »Ich wollte das Thema gar nicht erst anschneiden. Wollen wir nicht zu Teri reinschauen? In ihrem Zimmer brennt noch Licht. Ich kann mir nicht vorstellen, daß sie schon schläft. Sie könnte zu uns auf einen Plausch runterkommen. Ich mache uns einen Drink, und sie kann eine Cola haben.«

Phyllis' Zorn war so schnell verraucht, wie er gekommen war. Sie stürmte die Treppe hinauf, doch schon auf dem Absatz oben spürte sie, daß etwas nicht stimmte.

Das Haus war so merkwürdig still.

»Charles?« rief sie. »Charles, komm bitte rauf.«

Charles eilte ihr nach. Ihm fiel auf, daß sie still auf den Boden starrte. Sein Blick folgte dem ihren. Eine dunkelrote Blutspur führte über den Boden.

Beunruhigt folgte er ihr bis zu Teris weit offenstehender Tür. »Teri?« rief er. »Hast du was, Teri?«

Das Zimmer war leer. In der Mitte lag eine zusammengeknüllte hellgrüne Masse auf dem Boden – das Kleid, das Teri beim Ball getragen hatte.

Er starrte es benommen an, dann trat er hastig ins Badezimmer.

Auch dort war niemand.

Er kam wieder heraus, trat auf den Flur und folgte der Blutspur in umgekehrter Richtung.

Phyllis stolperte ihm heftig schluchzend nach.

Vor dem Treppenhaus, das zum Speicher führte, blieben sie stehen.

Auch hier stand die Tür offen. Charles sah angestrengt

in die Dunkelheit nach oben. Phyllis klammerte sich an seinen Arm. Er holte schließlich tief Luft und setzte sich in Bewegung. Phyllis klammerte sich noch fester an ihn.

»N-nein!« stöhnte sie. »I-ich will nicht!«

»Wir müssen«, stieß Charles zwischen zusammengepreßten Zähnen hervor. »Es geht nicht anders. Wenn sie da oben ist...«

Der Satz blieb unvollendet in der Luft hängen. Erneut setzte er sich in Bewegung.

Fast schleifte er seine Frau hinter sich her. Als sie auf dem Treppenabsatz oben neben ihm stand, tastete er nach dem Lichtschalter.

Sie sahen es beide gleichzeitig – fünf Meter vor ihnen.

Das blutbefleckte weiße Kleid, in dem Melissa den Polizisten zu Todds verstümmelter Leiche geführt hatte, erblickten sie zuerst. Dann sahen sie Teri. Sie baumelte an einem Dachsparren. Um ihren Hals war ein dickes Seil fest verknotet.

Das Kleid glitzerte rot im kalten Licht der nackten Birne. Zu Teris Füßen breitete sich eine Blutlache aus.

Ihr linker Arm hing schlaff herunter. Er endete in einem Stumpf, aus dem noch immer Blut tropfte. Direkt unter Teris leblosem Körper blitzte eine Klinge auf, das Hackmesser.

Phyllis starrte auf Teris Gesicht. Die Augen quollen daraus hervor und stierten sie anklagend an, die Lippen waren zu einer grinsenden Grimasse verzerrt. Sie stieß einen Schrei aus und sank zu Boden. Weinkrämpfe schüttelten sie am ganzen Körper.

Charles, der den grauenhaften Anblick im ersten Schreck nur benommen registriert hatte, wurde mit einemmal schlecht. Er würgte, beherrschte sich aber sofort wieder. Er fuhr herum, polterte die Treppe hinunter und raste ins Schlafzimmer, wo das Telefon auf dem Nachtkästchen stand. Gleichzeitig packte er mit einer Hand den Hörer und schaltete mit der anderen das Licht an. Er mußte den Notruf wählen.

Da erstarrte er.

Der Hörer fiel wieder auf die Gabel. Etwas auf dem Kissen war ihm ins Auge gefallen. Entsetzt starrte er darauf.

Es war Teris abgehackte Hand. Die blutroten Finger hatten sich um eine Perlenkette gekrallt.

Die Perlen, dämmerte es ihm, die sie angeblich nie erhalten hatte.

Er starrte sie immer noch an und versuchte ihre Bedeutung zu erfassen, als das Telefon laut neben ihm losklingelte.

Er wollte es ignorieren, das herrische Schrillen einfach aus seiner Wahrnehmung verbannen. Erst mußte er sich einen Reim auf all diese Bruchstücke machen.

Aber das Telefon gab keine Ruhe. Schließlich nahm er doch den Hörer ab.

»H-hallo?« Er war fast nicht zu verstehen, so sehr zitterte seine Stimme. Einen Augenblick lang herrschte Schweigen. Dann meldete sich am anderen Ende der Leitung ein fast genauso zittriges Flüstern.

»P-Papa? Ich bin's, Melissa.«

Epilog

Melissa lief ein Schauer über den ganzen Körper, sie war sich aber nicht sicher, ob aus Furcht oder aus Vorfreude. Obwohl sie nichts sagte, merkte Charles Holloway seiner Tochter die plötzliche Verkrampfung an. Er warf ihr vom Fahrersitz des Mercedes einen Seitenblick zu. »Noch ist es nicht zu spät fürs Umkehren, mein Schatz. Es besteht keinerlei Grund, dorthin zu gehen.«

Melissa schüttelte den Kopf. »Wir haben sehr viele Gründe, hinzugehen, Papa«, erwiderte sie. »Wir können doch nicht einfach so tun, als wäre dort nie etwas geschehen.«

Seit fünf Jahren waren beide nicht mehr in Secret Cove gewesen. Wie aus heiterem Himmel hatte sie ihm diesen Sommer einen Besuch beim Vollmondball vorgeschlagen. Zunächst hatte er sich glattweg geweigert.

»Keine zehn Pferde bringen mich noch einmal dorthin«, hatte er gesagt. »Und ich verstehe auch nicht, was du dort noch willst.«

Sie hatte ihn jedoch nur wissend angelächelt. »Und wenn ich dich bitte?«

Also waren sie gefahren. Cora war in New York zurückgeblieben. »Ohne mich«, hatte sie mit einem traurigen Kopfschütteln gemeint, als sie ihr das Ziel genannt hatten. »Wenn du unbedingt die alten Wunden aufreißen willst, kann ich dich wohl nicht daran hindern. Aber ich habe genug Kummer gehabt, und er ist mit diesem Ort untrennbar verbunden.« Ihre alten Augen hatten sich in die von Charles gebohrt. »Und Ihnen hat er auch kein Glück gebracht.«

Melissa hatte sich jedoch nicht davon abbringen lassen. »Ich will es nur sehen; leben möchte ich dort nicht mehr«, hatte sie erklärt. Ihr hatte viel daran gelegen, daß sie ihre Gefühle richtig verstanden. »Ja, ich glaube, ich würde nicht einmal eine Nacht dort verbringen wollen. Aber ich will einfach die Gewißheit haben, daß ich dorthin gehen kann. Ich habe mich viel zu lange vor allem versteckt. Das muß jetzt endlich vorbei sein. Und glaubt es oder glaubt es nicht: Ich will immer noch zum Vollmondball gehen. Du hast es mir versprochen Daddy, weißt du noch? Du wolltest den ersten und den letzten Walzer mit mir tanzen.«

Und so erblickten sie jetzt zum erstenmal seit jenem schrecklichen Sommer vor fünf Jahren wieder das Ortsschild von Secret Cove.

Charles sah seine Tochter fragend an. »Fünf Jahre lang ist es uns gelungen, so zu leben, als wäre nie etwas gewesen«, bemerkte er. »Warum machen wir nicht einfach so weiter?«

Melissa drückte ihm liebevoll die Hand. »Du mußt ja nicht hingehen, wenn du nicht willst. Du brauchst mich nur aussteigen zu lassen, und dann gehe ich allein ins Dorf. Ich schaue mir noch einmal das Haus an und gehe dann zum Ball. Du kannst dich in der Zeit in die Bar setzen und deinen Kummer in Schnaps ertränken.«

Charles setzte eine übertrieben gramgebeugte Miene auf. »Du weißt genau, daß ich so etwas noch nie getan habe!« rief er.

»Das Recht dazu hättest du zumindest gehabt. Was mußtest du nicht alles in der Ehe mit Mutter ertragen!« Sie biß sich auf die Lippen. Allzuoft hatten sie darüber schon gesprochen, als daß sie das Thema schon wieder aufwärmen wollte. Die Erinnerung an ihre Mutter war für beide immer noch so schmerzlich, daß sie ihren Namen nach Möglichkeit nicht mehr erwähnten.

Melissa sah neugierig zum Fenster hinaus. »Das Dorf verändert sich wohl nie, was meinst du?« fragte sie.

»Das macht seit jeher seinen Reiz aus. Ein Hort der Beständigkeit in einer sich stetig ändernden Welt.«

Fünf Minuten später fuhren sie vor Maplecrest vor. Keiner machte jedoch Anstalten auszusteigen. Sie blieben statt dessen still sitzen und starrten auf das Haus, in dem sie bis vor fünf Jahren jeden Sommer verbracht hatten. Aber im Gegensatz zum Dorf hatte Maplecrest sich sehr wohl verändert.

Rein äußerlich schon wirkte es verwahrlost. Die Farbe blätterte vom Putz, und der Rasen wucherte wild. Wie alle leerstehenden Häuser hatte es etwas Einsames an sich, als sei es sich dessen bewußt, daß niemand mehr in ihm leben wollte.

Nach einiger Zeit gingen sie doch hinein. Schweigend liefen sie durch die verstaubten Räume. Von den Möbeln war kaum etwas zu sehen. Seit Jahren waren sie mit weißen Tüchern zugedeckt. Vater und Tochter waren jeweils mit ihren eigenen Erinnerungen beschäftigt. Zum Schluß ging Melissa in ihr ehemaliges Zimmer im ersten Stock.

Es war nicht mehr das ihre. Die von Teri ausgewählten Möbel standen noch dort. Nichts kam ihr mehr vertraut vor. Eigentlich, so sagte sie sich, war es ganz gut so. Wenn sie jemals nach Maplecrest zurückkehrte, würde sie wenigstens dieses Zimmer nicht mehr verfolgen, würden nicht zu viele Bilder aus der Vergangenheit über sie hereinbrechen, mit denen sie am Ende nicht fertig würde.

Die vielen Sachen aus der Kindheit waren verschwunden. Sie wußte, daß sie irgendwo auf dem Speicher verstaut waren. Ein andermal wollte sie sie vielleicht noch einmal sehen, aber nicht heute.

Für heute genügte es ihr, daß sie ohne Angst und böse Ahnungen ins Haus treten konnte.

Die Erinnerungen waren geblieben, aber die Vergangenheit konnte ihr nichts mehr anhaben.

Am Abend um halb neun parkte Charles den Mercedes vor dem Cove Club und eilte unverzüglich um den Wagen herum, um Melissa herauszuhelfen. Vor dem Ballsaal stand eine kleine Gruppe in ein ruhiges Gespräch vertieft. Sie verstummten jäh, als sie Charles und Melissa erkannten.

Charles hatte sich in diesen fünf Jahren wenig verändert. Sein Haar war an den Schläfen ergraut, und in die Stirn hatten sich Falten gegraben.

Aus Melissa dagegen war eine Erwachsene geworden. Sie war jetzt so groß wie ihr Vater und hatte den Babyspeck längst verloren – eine elegante, schlanke Erscheinung. Ihr Gesicht mit seinen hohen Wangenknochen und dem weit geschwungenen Kinn hatte etwas Geheimnisvolles, Berückendes an sich. Vor allem die großen dunkelbraunen Augen erregten Bewunderung. Neugierde funkelte darin, zugleich strahlten sie aber auch Gutmütigkeit aus und eine für ihr Alter äußerst ungewöhnliche Tiefe und Weisheit.

Sie spürte sämtliche Blicke auf sich und ihrem dunkelroten Kleid, in dem ihre Figur noch besser zur Geltung kam.

Spürte, daß sie angestarrt, aber nicht ausgelacht wurde.

Die Hand ihres Vaters schloß sich fester um ihren Arm. »Kannst du's ertragen?« raunte er so leise, daß nur sie ihn hören konnte.

Sie lächelte ihn an. »Ich fühle mich bestens.«

Eine Stunde später wußten sie, daß sie die Wahrheit

gesagt hatte. In den ersten Minuten, als alle sie schweigend und mit offenen Mündern angafften, hatten sie schon schlimme Vorahnungen befallen. Aber sie hatte sich fest vorgenommen, nicht zurückzuweichen, und war mit ausgestreckter Hand und einem warmen Lächeln weitergegangen. Und es war richtig so gewesen.

Jetzt, da die ersten Takte eines langsamen Walzers erklangen, spürte sie jemanden hinter sich. Sie drehte sich um und erkannte Brett Van Arsdale. Mit einundzwanzig Jahren sah er noch besser aus als damals. Er lächelte sie unsicher an. Als er zu sprechen anfing, zitterte seine Stimme leicht. So habe ich mich früher immer gefühlt, dachte Melissa. Er weiß nicht, ob ich mit ihm sprechen werde. Aber auf seine fast schüchterne Bitte hin, mit ihm zu tanzen, nickte sie sofort und glitt anmutig in seine Arme. Ein paar Minuten tanzten sie durch die Menge, ohne ein Wort zu wechseln. Schließlich löste er sich so weit von ihr, daß ihre Blicke sich treffen konnten.

»Ich kann dir gar nicht sagen, wie leid mir das alles tut«, fing er mit erneut bebender Stimme an. »Ich meine, nicht nur ich, wir alle haben ein entsetzlich schlechtes Gewissen wegen unseres Verhaltens damals. Ich weiß, daß es für eine Wiedergutmachung jetzt zu spät ist, aber...«

Melissa legte ihm einen Finger auf die Lippen. »Es ist nicht zu spät«, sagte sie. »Und ich weiß, wie die anderen sich fühlen. Ich seh's ihnen an den Augen an. Aber darüber brauchen wir nicht zu sprechen, Brett. Die Vergangenheit ist abgeschlossen, und die Geister sind alle weg.«

Brett schwieg eine Weile. »Würdest du mir eines sagen?« wollte er schließlich wissen.

Melissa lächelte ihn verschmitzt an. »Vielleicht. Was denn?«

Brett zögerte. Dann formulierte er die Frage, die ihn

seit fünf Jahren beschäftigte. »Es ist wegen D'Arcy. Glaubst du... Na ja, glaubst du, daß es sie wirklich gab?«

Jetzt war es an Melissa zu verstummen. Schließlich nickte sie. »Für mich existierte sie. Sie war ein Teil von mir. Und am Ende existierte sie wohl auch für Teri.«

Brett runzelte die Stirn. »Sie hat sich doch umgebracht.«

»Vielleicht«, meinte Melissa in feierlichem Ton. »Vielleicht aber auch nicht. Vielleicht hat D'Arcy sie umgebracht.«

Ganz der Musik hingegeben, tanzten sie weiter. Nach dem letzten Takt verließen sie langsam das Parkett. Brett stellte eine letzte Frage: »Was ist mit deiner Mutter? Was ist aus ihr geworden?«

Für einen kurzen Augenblick schauderte Melissa, aber sie schüttelte das Gefühl sogleich ab. »Ich weiß es nicht«, erwiderte sie mit fester Stimme. »Und ich will es, ehrlich gesagt, auch gar nicht wissen.«

Es stimmte. Mit dieser Nacht hatte sie die letzten Reste der Vergangenheit endgültig abgestreift.

Dreitausend Meilen weiter, in den Hügeln westlich von Los Angeles, saß Phyllis Holloway nervös auf einer Stuhlkante und sah einer jungen Frau beim Lesen ihrer Referenzen zu. Als die junge Frau lächelnd aufsah, atmete Phyllis erleichtert auf. Es würde gutgehen.

»Schön«, sagte die junge Frau. »Alle waren ja außerordentlich zufrieden mit Ihrer Arbeit. Und ich glaube, Sie sind genau das, was wir suchen. Wollen Sie mit nach oben kommen und sich unser Baby anschauen?«

Phyllis schlug das Herz höher. Schon beim Betreten des Hauses vor zwei Stunden hatte sie ein gutes Gefühl gehabt. Es war groß und geräumig und ganz oben auf einem Hügel gelegen. Von der einen Seite hatte man einen herrlichen Blick auf Los Angeles und von der anderen auf das San Fernando Valley. Auf dem Grundstück gab es ein Schwimmbecken, das Olympia-Ansprüchen genügt hätte, zwei Tennisplätze und mehrere vorzüglich gepflegte Ziergärten, die sie an ihr Zuhause erinnerten.

Ihr Zuhause.

Nur daß Maplecrest und Secret Cove nicht mehr ihr Zuhause waren und es nie wieder sein würden. Sie hatte sogar versprechen müssen, niemals an die Ostküste zurückzukehren. Im Gegenzug wollte Charles auf eine Anzeige wegen Kindesmißhandlung verzichten.

Als ob sie Melissa je etwas zuleide getan hätte! Allein beim Gedanken daran kochte ihr das Blut über.

Sie hatte doch nie etwas anderes versucht, als Melissa anständiges Benehmen beizubringen. Und welchen Lohn hatte sie dafür bekommen? Nicht den geringsten Dank, auf den sie doch den allerersten Anspruch hatte. Im Gegenteil – wie die letzte Dienstbotin war sie aus dem Haus gejagt worden. Scheiden hatte er sich von ihr lassen, mit einer Abfindung, die gerade für ein Jahr gereicht hatte. Und Melissa durfte sie nie mehr sehen.

Aber sie fiel immer wieder auf die Füße, und dieser Job bei einem Rechtsanwalt mittleren Alters und seiner jungen Frau, war genau das Richtige.

Sie durfte eine eigene Suite im ersten Stock bewohnen, gleich neben dem Kinderzimmer. Familienanschluß bekam sie hier auch.

Und wenn die Ehe ihr vorhersehbares Ende fand...

Sie verscheuchte den Gedanken. Die Frau – wie hieß sie doch? Ach ja, Emily! – machte die Tür zum Kinderzimmer auf. Aus dem Bettchen vor dem Fenster kam ein leises Gurgeln. Phyllis schritt eilig durch den Raum und beugte sich vor dem Baby, das in ihre Obhut kommen sollte, nieder.

Zwei dunkelbraune Augen starrten groß und ernst zu ihr empor. Das winzige Gesichtchen war fast vollkommen rund. Nur mitten auf dem Kinn war ein tiefes Grübchen. »Na, bist du nicht das süßeste kleine Ding, das ich je gesehen habe?« gurrte Phyllis. Sie nahm das Baby aus dem Bettchen und drückte es eng an sich.

Fast auf der Stelle brüllte das Baby los. Emily eilte unverzüglich herbei, um es Phyllis aus dem Arm zu nehmen. Aber Phyllis wandte sich mit ihm ab und schüttelte den Kopf. »Nein, nein. Es muß sich daran gewöhnen, daß nicht nur seine Mutter es hält. Und ein bißchen Weinen hie und da schadet einem Baby überhaupt nicht. Das ist absolut normal.« Ihr Blick ruhte wieder auf dem schreienden Säugling. Sie herzte es noch fester an ihrer Brust. »Aber wir zwei finden schon zusammen, was? Du wirst mich genauso mögen, wie ich dich liebe. Und bald wirst du wie mein eigenes Kind sein.«

Das Baby schrie noch eine Weile weiter. Als ob es eine unsichtbare Gefahr spürte, verstummte es schließlich. Aber seine Augen blieben argwöhnisch auf Phyllis haften.

Phyllis schenkte der jungen Mutter, die zögernd neben ihr stehenblieb, ein aufmunterndes Lächeln. »Sehen Sie? Es wird alles gut, und Sie brauchen sich um nichts zu sorgen. Ich werde es wie mein eigenes Kind behandeln.« Für ein paar Augenblicke verstummte sie. Dann setzte sie fast unhörbar wie für sich selbst von neuem an. »Ja«, sagte sie. »Ich werde es behandeln, als wäre es mein zweites Kind.«

🏛 PAVILLON

John Saul
Teuflische Schwester
02/113 · nur DM 8,-
öS 58,- / sFr 8,-

Phyllis und Charles Holloways Tochter Melissa ist eine Träumerin, introvertiert und etwas linkisch. Nach einem Brand kommt auch ihre Halbschwester Teri in ihr Haus, die bald ein grausames Spiel mit Melissa treibt. Denn Teri ist abgrundtief böse ...

Catherine Cookson
Am Ende der Flut
02/111 · nur DM 6,-
öS 44,- / sFr 6,-

Craig Thomas
Das Gesetz der Rache
02/109 · nur DM 6,-
öS 44,- / sFr 6,-

Louisa Francis
Geisel der Fantasie
02/112 · nur DM 6,-
öS 44,- / sFr 6,-

Elizabeth Elliot
Der Schurke
02/110 · nur DM 6,-
öS 44,- / sFr 6,-

Judith McNaught
Der Rausch einer Nacht
02/114 · nur DM 8,-
öS 58,- / sFr 8,-

Pavillon
Die neuen Taschenbücher

🏛 PAVILLON

Heinz G. Konsalik
Das geschenkte Gesicht
02/116 · nur DM 6,-
öS 44,- / sFr 6,-

Im Winter 1944 wird
Erich Schwabe in ein
Lazarett als Kriegsverletzter
eingeliefert. Er lebt, aber
er hat kein Gesicht mehr.
Die Ärzte geben ihm zwar
eine zweite Chance, doch die
Rückkehr in sein altes Leben
wird ein langer Kampf.

Caroline Harvey
Vermächtnis der Liebe
02/118 · nur DM 8,-
öS 58,- / sFr 8,-

Evelyn Sanders
Das hätt'ich vorher wissen müssen
02/115 · nur DM 6,-
öS 44,- / sFr 6,-

Dean Koontz
Auf Tauchstation
02/119 · nur DM 6,-
öS 44,- / sFr 6,-

Rebecca Ambrose
Der Liebesduft
02/117 · nur DM 6,-
öS 44,- / sFr 6,-

Catherine Coulter
Die Stimme der Erde
02/120 · nur DM 6,-
öS 44,- / sFr 6,-

Pavillon
Die neuen Taschenbücher

John Saul

Entsetzen, Schauder, unheimliche Bedrohung ... Psycho-Horror in höchster Vollendung.

Höllenfeuer
01/7659

Bestien
01/8035

Teuflische Schwestern
01/8203

Prophet des Unheils
01/8336

Schule des Schreckens
01/8762

Die Wächter
01/9092

Tochter des Bösen
01/9549

Blitze des Bösen
01/9963

Hauch der Verdammnis
01/10601

01/10601

HEYNE-TASCHENBÜCHER

Dean Koontz

»Visionen aus einer
jenseitigen Welt –
Meisterwerke der modernen
Horrorliteratur.«
HAMBURGER ABENDPOST

Eine Auswahl:

Mitternacht
01/8444

Schattenfeuer
01/7810

Die Augen der Dunkelheit
01/7707

Das Haus der Angst
01/6913

Das Versteck
01/9422

Flüstern in der Nacht
01/10534

Phantom
01/10688

Schwarzer Mond
01/7903

Tür ins Dunkel
01/7992

Brandzeichen
01/8063

Schattenfeuer
01/7810

Wenn die Dunkelheit kommt
01/6833

01/6913

HEYNE-TASCHENBÜCHER